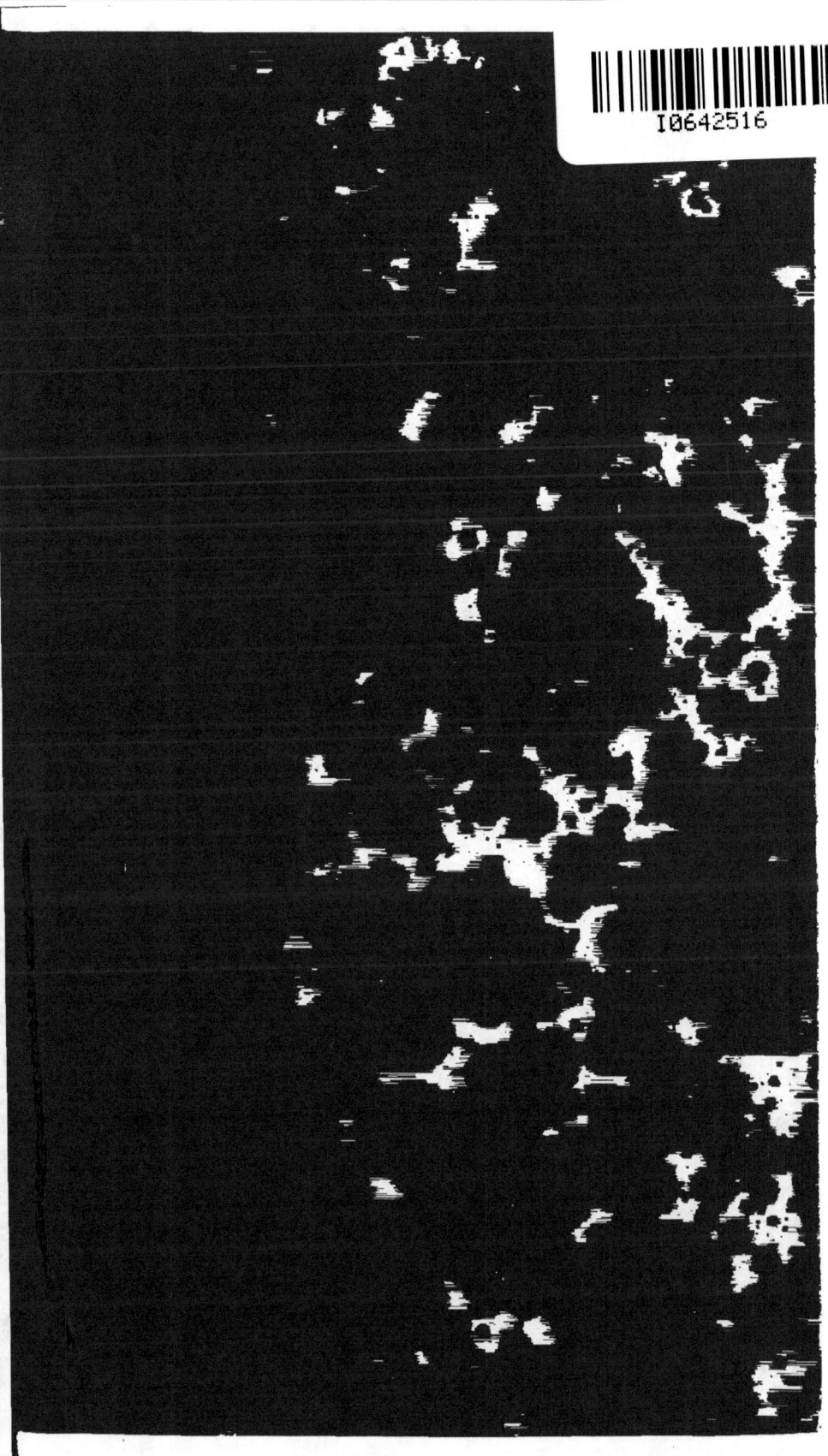

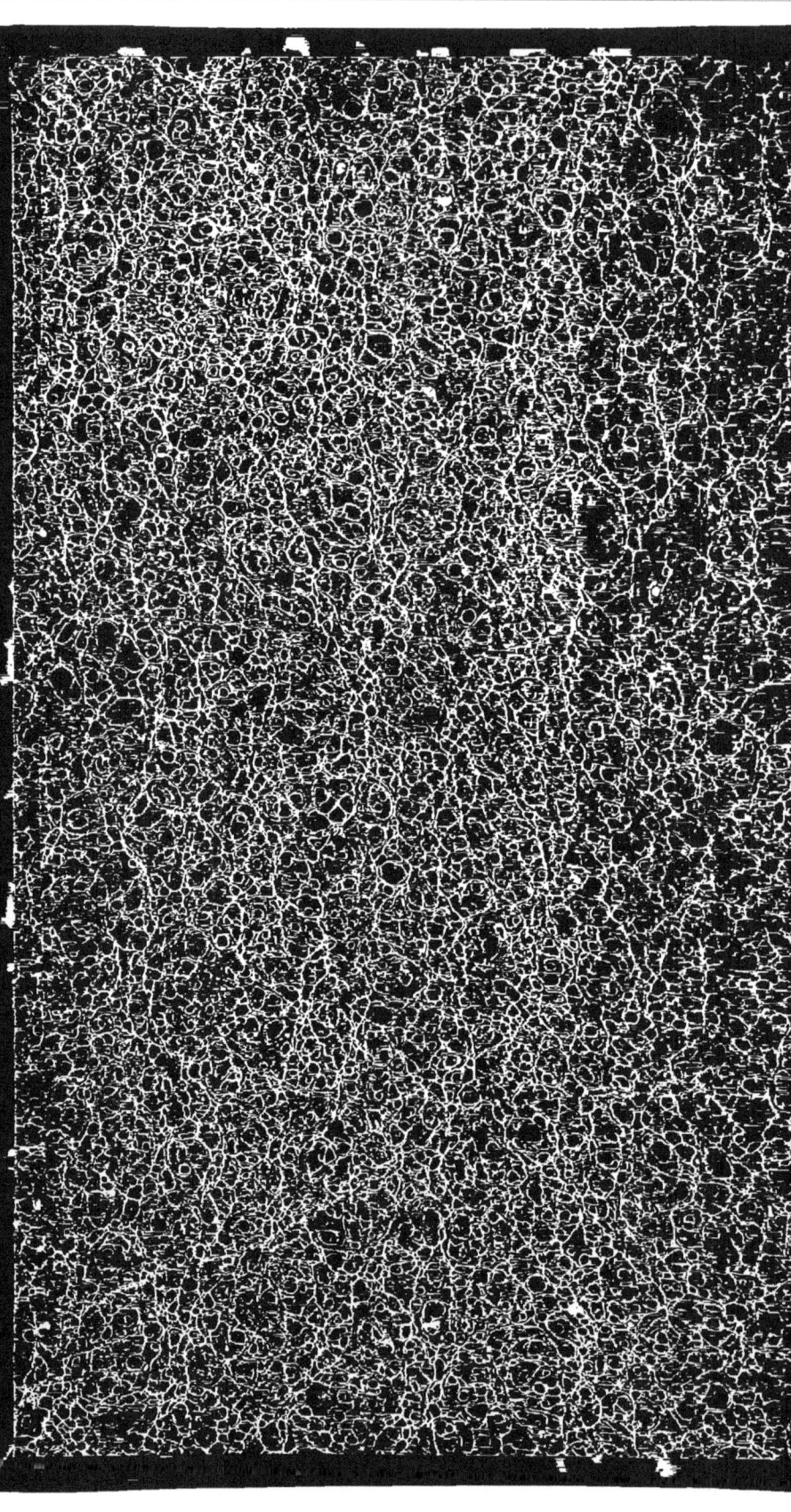

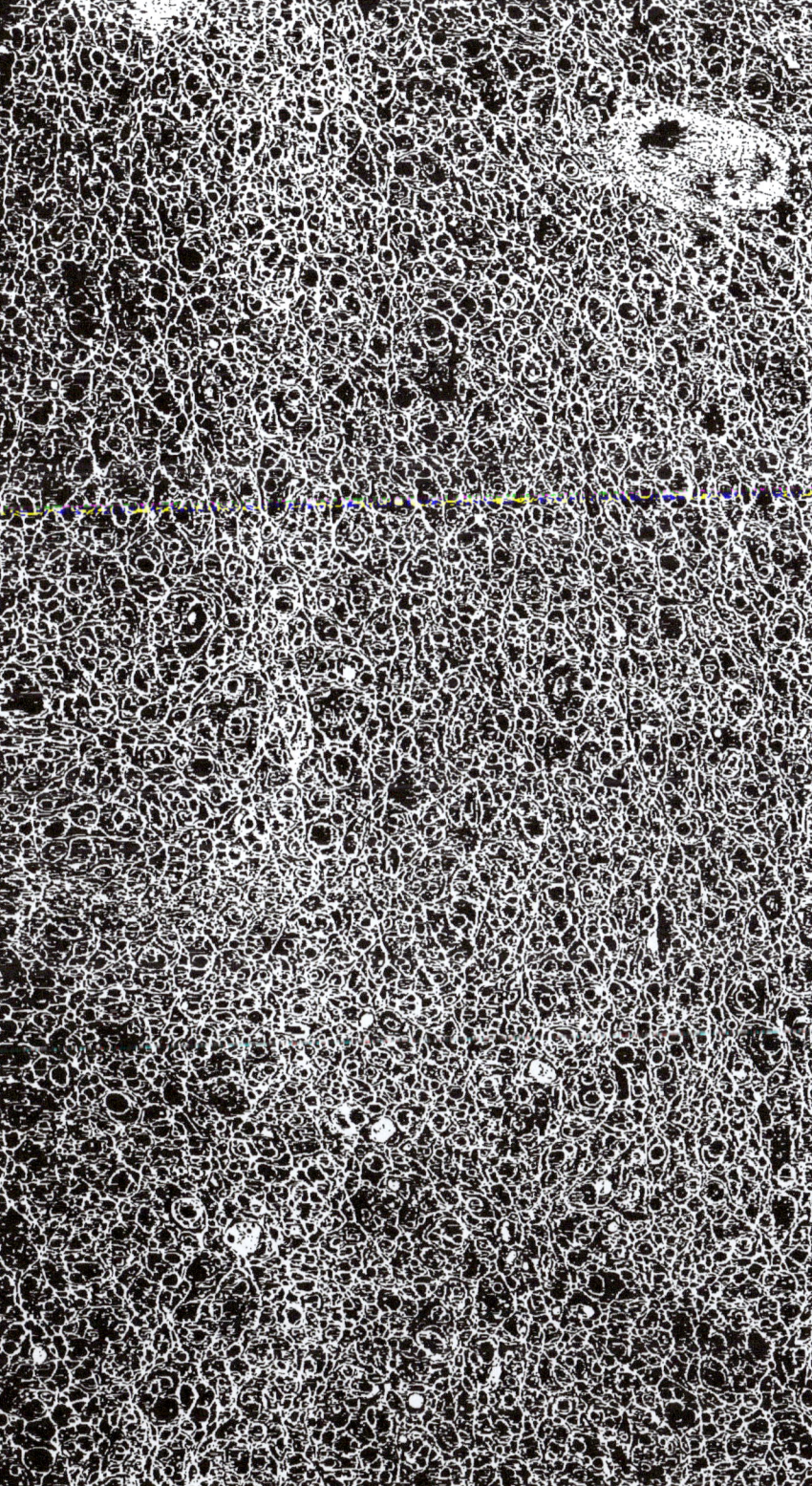

17633

ŒUVRES

POSTHUMES

D'ATHANASE AUGER.

DE LA

CONSTITUTION

DES ROMAINS,

SOUS LES ROIS

ET AUX TEMS

DE LA RÉPUBLIQUE;

PAR ATHANASE AUGER,

TOME TROISIEME.

A PARIS;

Chez les Directeurs de l'Imprimerie du CERCLE
SOCIAL, rue du Théatre François, n°. 4.

(1 7 9 3.)

L'AN II DE LA RÉPUBLIQUE.

DE LA CONSTITUTION

DES ROMAINS,

SOUS LES ROIS

Et aux tems de la république.

DISCOURS

DE CICÉRON,

POUR ROSCIUS LE COMÉDIEN.

Sommaire du plaidoyer pour Quintus Roscius le comédien.

Cicéron avoit été absent de Rome trois ans après
avoir plaidé pour Sextus Roscius d'Amérie.
Il plaida la cause actuelle l'an de Rome 677 ,
dans la 31 de son âge , pour Quintus Ros-
cius , comédien célèbre , son ami intime ,
dont il estimoit beaucoup le talent et la probité.
Tome. III. A

Comme il nous manque une grande partie du commencement et de la fin de ce plaidoyer, il n'est pas possible d'en faire l'analyse. Tout ce qu'on peut dire d'après des endroits de ce qui nous en reste, c'est qu'un nommé Caïus Fannius Chéréa avoit acheté de ses deniers un esclave nommé Panurge, qu'il chargea Roscius de le former dans son art, à condition qu'il seroit commun entre eux deux, et qu'ils partageroient le gain qu'on en retireroit quand il seroit instruit. Roscius l'instruisit avec soin et en fit un bon acteur. Panurge fut tué par un Caïus Flavius de Tarquines. Fannius, de concert avec Roscius, se chargea de poursuivre le meurtrier, en stipulant qu'il partageroit avec son associé, ce qui lui seroit adjugé en justice. Cependant Roscius transige avec Flavius pour sa part, et en reçoit une terre de la valeur de cent mille sesterces, selon Fannius. Celui-ci attaque Roscius en justice, comme s'étant fait payer au nom de la société, et lui devant en conséquence la moitié du prix de la terre. Cicéron plaide pour Roscius; il prétend qu'il ne doit rien à Fannius, que Fannius doit se faire payer pour sa part, comme Roscius s'est fait payer pour la sienne.

Il y a dans ce qui nous reste de ce plaidoyer, des choses piquantes et intéressantes sur le caractère et sur le talent du comédien Roscius. On voit dans ce discours, et dans d'autres du même orateur, que les particuliers à Rome tenoient des livres de dépense et de recette avec la même exactitude que chez nous les commerçans et les marchands.

Plaidoyer pour Quintus Roscius le comédien.

Il (1) n'y a, sans doute, qu'un parfait honnête-homme, un homme d'une probité rare, qui puisse vouloir que les autres s'en rapportent à son jugement, au témoignage de ses livres. Ceux qui ont payé de l'argent par le mi-

(1) Pour ce commencement, d'abord j'ai abandonné *malitiam naturæ*, *crederetur*, comme tenant à une phrase perdue, et ne présentant aucun sens : ensuite, j'ai traduit comme si on lisoit, *is scilicet* . . . . *præditus, qui suo judicio, suis tabulis.... per tabulas hominis honesti pecuniam....* Au reste, on voit partout cet endroit du discours, et par d'autres du même orateur, que les particuliers à Rome tenoient des livres de dépense et de recette avec la même exactitude que chez nous les commerçans et les marchands.

nistère d'un homme de bien ont coutume de
dire : aurois-je pu corrompre un tel homme,
l'engager à porter une fausseté sur un livre à
cause de moi ? J'attends que Fannius dise tout-
à-l'heure : Aurois - je pu déterminer cette
main perfide et ces doigts trompeurs à écrire
une fausse dette ? s'il produit ses livres, Roscius produira les siens. La dette se trouvera sur
les livres de Fannius et non sur ceux de Roscius.
Pourquoi en croira-t-on les livres de notre adversaire, plutôt que les livres de celui que nous
defendons? Fannius eût-il écrit ce qu'il n'auroit
pas payé par l'ordre de Roscius ? Celui-ci n'eût-
il pas écrit ce qu'il auroit ordonné de payer en
son nom ? s'il y a de l'infamie à écrire ce qui
n'est pas dû , il y auroit de la friponnerie à ne
point porter ce qu'on doit. On réprouve égale-
lement les livres et de celui qui n'a point porté
le vrai, et de celui qui a écrit le faux. Mais
comptant sur la bonté , sur la supériorité
de ma cause , voyez jusqu'où je m'avance.
Si Fannius produit ses livres de dépense
et de recette , les livres qu'il a faits pour
lui-même, à sa volonté, je consens, Pison,
à ce que vous prononciez (1) en sa faveur.

(1) Le *judicetis* du latin est impropre, selon l'ob_

Accorda-t-on jamais à son frère ou à son fils
de ratifier tout ce qu'il auroit porté sur ses livres? Roscius le ratifiera. Produisez vos livres ;
ce que vous aurez cru il le croira, ce que vous
aurez approuvé il l'approuvera. Il y a quelques momens, nous demandions à Perperna
les livres de Saturius (1) ; nous ne demandons plus que les vôtres, Fannius, et nous
consentons à ce que le procès soit jugé d'après
leur témoignage. Pourquoi ne pas les produire?
est-ce qu'il ne tient pas de livres ? il en tient
au contraire avec une extrême exactitude. N'y
porte-t-il pas les petites dettes ? toutes les sommes y sont portées. S'agit-il d'une dette modi-

servation d'un savant : Pison seul jugeoit ; Perperna
n'étoit qu'un simple assesseur qui devoit l'éclairer de
ses lumières pour bien juger.

(1) J'ai suivi la leçon, *Paulò antè à M. Perperna.*
P. Saturii tabulas poscebamus. Perperna étoit l'assesseur de Pison, Saturius étoit l'avocat de Fannius.
Mais pourquoi demandoit-on à Perperna les registres
de Saturius ? J'avoue que je l'ignore : peut-être ce
qui est perdu auroit-il jeté du jour sur cet endroit,
que les autres leçons sont loin d'éclaircir.

A 3

que et méprisable ? Il s'agit de cent mille (1) sesterces. Comment avez-vous négligé d'écrire une aussi forte somme ? comment cent mille sesterces ne se trouvent-ils pas sur votre livre de dépense et de recette ? Grands dieux ! peut-on avoir assez de hardiesse pour oser demander ce qu'on craint de porter sur ses livres ; pour revendiquer en justice, lié par un serment, ce qu'on n'a pas voulu écrire chez soi ; pour entreprendre de persuader à un autre ce qu'on ne pourroit se justifier à soi-même ?

Il dit qu'ici je prends feu trop aisément : il avoue qu'il n'a point porté la dette sur son livre de recette et de dépense , mais il soutient qu'elle se trouve dans ses brouillons (2). Avez-vous donc assez de confiance en vous-même , avez-vous une opinion de votre vertu assez relevée , pour répéter une somme d'argent

(1) 12,500 livres. On appelloit *extraordinaria pecunia , pecunia non in ordinem relata , non in tabulis perscripta.*

(2) *Adversaria* en latin étoient des espèces de journaux ou registres volans qu'on avoit toujours devant les yeux , sur lesquels on portoit à la hâte des articles qu'on avoit intention de transporter dans de grands registres plus en forme.

d'après des feuilles volantes , et non d'après des livres ? citer en témoignage ses seuls livres, il y a de la présomption : produire en justice des brouillons et des notes fugitives, n'y a-t-il pas de l'extravagance ? si ces notes ont la même force , la même autorité que les livres , si elles sont faites avec la même attention , qu'est-il besoin de tenir des livres , de les rédiger , de les mettre en ordre , d'y déposer d'anciens comptes qui restent après nous ? Mais si nous prenons le parti de tenir des livres , parce que nous n'avons aucune confiance dans des notes passagères ; ce qui , aux yeux de tout le monde, n'est d'aucun poids , d'aucune conséquence , sera-t-il pour un juge quelque chose de sacré et de vénérable ? Pourquoi faisons-nous si négligemment des notes ? Pourquoi tenons-nous aussi exactement les livres ? Pour quelle raison ? c'est que les unes ne sont que pour un mois, et les autres pour toujours ; les unes sont supprimées aussi-tôt , les autres sont conservés avec soin ; les unes n'existent que pour un court espace de tems, les autres restent pour attester éternellement notre bonne-foi et notre scrupuleuse probité : dans les unes , les articles sont jetés au hasard ; dans les autres ils sont rangés par ordre. Aussi ne produisit-on jamais en justice des feuilles volantes ; on y produit les livres , et on en fait lecture. Vous-même , Pison , malgré votre sagesse , votre probité re-connue , et la haute considération dont vous jouissez , vous n'oseriez pas répéter une somme d'argent d'après des notes fugitives.

Je ne dois pas m'étendre davantage sur ce qui est évident d'après une pratique générale : mais ce qui est essentiel pour notre cause , de-puis quand , Fannius , avez-vous porté la dette sur vos feuilles volantes ? Il rougit , il ne sait que répondre , il ne peut rien imaginer pour le moment. Il y a déjà deux mois , direz vous. Cependant elle auroit dû être portée sur le livre de recette et de dépense il y a plus de six mois. Pourquoi la dette reste-t-elle si long-tems couchée dans d'informes minutes ? Mais s'il y a plus de trois années ?.... Comment ? lorsque tous ceux qui tiennent des livres y reportent leurs comptes presque tous les mois , vous avez eu assez de négligence pour laisser une dette dans d'informes minutes plus de trois années ? Avez-vous porté ou non les autres dettes sur votre livre de recette et de dépense ? si vous ne les avez point portées ,

comment tenez - vous vos livres ? si vous les
avez portées , pourquoi mettiez-vous par ordre les autres dettes , lorsque celle-ci , qui étoit
une des plus considérables , vous la laissiez
plus de trois ans dans des feuilles volantes ?
Vous ne vouliez pas qu'on sût que Roscius
étoit chargé de cette dette. Pourquoi l'écriviez-
vous ? on vous avoit prié de ne pas la porter
sur vos livres. Pourquoi la portiez-vous sur de
simples brouillons ? Ces raisons sont fortes ,
je ne serai pas content néanmoins si je ne fais
attester par Fannius lui-même que cet argent
ne lui est pas dû. J'entreprends beaucoup ; ce
que je promets est difficile. Je ne veux pas que
Roscius gagne sa cause, s'il n'a un témoin dans
son adversaire.

On vous devoit une certaine somme que
vous répétez maintenant en justice réglée :
vous avez déposé la partie de la somme pres-
crite par la loi (1). Si vous avez répété un seul
sesterce de plus qu'on ne vous devoit, votre
cause est perdue , parce qu'il y a de la diffé-

(1) On déposoit le tiers de la somme contestée , et
si l'on perdoit sa cause , on perdoit et la somme contestée, et la somme déposée.

rence entre un jugement et un arbitrage. Dans un jugement la somme est fixe ; elle est incertaine dans un arbitrage. Nous nous présentons devant un juge pour obtenir ou pour perdre toute la somme contestée : quand nous venons devant un arbitre (1) , ce n'est ni pour ne rien avoir absolument , ni pour avoir aussi tout ce que nous demandons. Les termes mêmes des formules en sont une preuve. Quelle est la formule d'un jugement ? elle est simple , ferme , sévère : *s'il est prouvé qu'on doit donner cinquante mille sesterces* (2). Si le demandeur ne prouve pas qu'il lui est dû cinquante mille sesterces , ni plus ni moins , il perd sa cause. Quelle est la formule de l'arbitrage ? elle est moins austère et plus douce : *On donnera ce qu'il est juste et raisonnable de donner*. Ici le demandeur avoue qu'il demande plus qu'on ne lui doit , mais qu'il se contentera de ce qui lui sera adjugé par l'arbitre. Il parle avec assurance dans le premier cas ; dans le second il s'exprime avec défiance.

Ainsi, Fannius, je vous demande pourquoi par

_____

(1) *Arbitre* , juge donné par le préteur dans les causes qu'on appelloit *de bonne foi* , *bonæ fidei*.

(2) 6250 livres.

rapport à la somme contestée , aux cinquante mille sesterces mêmes , à la foi due à vos livres, vous avez fait un compromis (1) , vous avez pris un arbitre , vous avez consenti à ce qu'on vous donnât ou qu'on promît de vous donner ce qui seroit juste et raisonnable , s'il étoit prouvé qu'on vous devoit. Qui est-ce qui étoit arbitre dans cette affaire ? Que n'est-il à Rome ! il y est. Que n'est-il présent à la cause ! il est présent. Que n'est-il assesseur de Pison ! c'est Pison lui-même. Preniez-vous donc le même homme pour juge et pour arbitre ? Accordiez-vous au même homme un pouvoir illimité (2) , et le renfermiez-vous dans la formule étroite d'un jugement rigoureux ? Qui jamais a obtenu d'un arbitre tout ce qu'il demandoit ? personne : car on ne demande que ce qui'l est juste et raisonnable de donner. Vous êtes venu , Fannius , répéter devant un juge la

(1) *Compromis* , engagement de part et d'autre de s'en rapporter à la décision de l'arbitre. *Si pareret ,* sans doute , *tibi aliquid deberi.*

(1) Au lieu de *infinitam largitionem remittebas* un savant propose *infinitam potestatem permittebas.* J'ai traduit d'après cette conjecture.

même somme pour laquelle vous aviez eu recours à un arbitre. Ordinairement, lorsqu'on
s'apperçoit qu'on pourroit perdre devant un
juge, on a recours à un arbitre : notre adversaire n'a pas craint de passer d'un arbitre à un
juge. En prenant un arbitre pour la somme
contestée, pour la foi due à ses livres, il a
jugé lui-même qu'on ne lui devoit pas la
somme.

Voilà deux parties de la cause terminées. Il
avoue qu'il n'a pas compté la somme. Ne point
produire ses livres, c'est convenir qu'il ne l'a
point portée en dépense. Reste à dire qu'il
l'a stipulée (1) : car je ne vois pas qu'il
ait d'autres moyens de répéter une somme fixe.
Vous l'avez stipulée ? en quel lieu ? en quel
tems ? en présence de qui ? qui est-ce qui atteste que j'ai pris des engagemens ? personne.

Quand je finirois ici, j'aurois, ce me semble,
satisfait à mon ministère, j'aurois suffisamment
plaidé la cause, suffisamment rempli la for-

_____

(1) *Qu'il l'a stipulée*, c'est-à-dire, qu'il a demandé
à Roscius, en présence de témoins, s'il la lui devoit,
et que Roscius lui a répondu qu'il l'a lui devoit, s'en-
gageant à la lui payer.

mule du préteur (1), suffisamment éclairé le juge, il seroit en état de prononcer pour Roscius. On répète une somme fixe ; on en a déposé le tiers. Il faut nécessairement que la somme répétée ait été, ou donnée, ou portée en dépense, ou stipulée. Fannius avoue qu'elle n'a pas été donnée. Ses livres déclarent qu'elle n'a pas été portée en dépense. Le silence des témoins dépose qu'elle n'a pas été stipulée.

Quel est donc notre dessein ? nous avons à défendre un accusé pour qui l'argent fut toujours très-peu de chose, et la réputation un objet sacré ; nous avons à le défendre devant un juge dont nous ne sommes pas moins jaloux d'obtenir l'estime, qu'une sentence favorable ; nous avons à le défendre devant (2) un assesseur et devant des hommes présens à la cause, que la grande considération dont ils jouissent doit nous faire respecter comme des juges ; nous

(1) En donnant action et des juges, le préteur marquoit ce qu'on devoit demander et prouver : c'est ce qu'on appelloit la formule du préteur.

(2) J'entends *advocatio*, et de Perperna que Pison *advocaverat sibi in consilium*, et des hommes que Roscius *advocaverat ut causam ipsius suâ præsentiâ adjuvarent*.

nous figurerons donc, dans le jugement actuel, que nous avons à parler, non-seulement devant des juges nommés par la loi, mais encore devant des arbitres choisis librement, et devant des parens pleins d'affection. Nous parlions auparavant au juge et pour l'accusé; nous parlerons maintenant à Pison et pour Roscius; nous parlions auparavant par nécessité et pour le gain de la cause, nous parlons maintenant de notre pleine volonté et pour l'intérêt de notre réputation.

Vous demandez, Fannius, de l'argent à Roscius. Quel argent? parlez avec hardiesse et sans feinte. Est-ce de l'argent qui vous est dû en vertu d'une société? ou de l'argent que vous a promis la générosité de Roscius? L'un est plus grave et plus odieux, l'autre est de moindre conséquence et plus excusable. Vous demandez de l'argent en vertu d'une société? Ah! sans doute, une telle imputation ne doit être, ni passée légèrement, ni repoussée négligemment. S'il est des procès particuliers qui intéressent la réputation et l'honneur, qui soient, je dirai presque, capitaux, ce sont ceux qui regardent un fidéicommis (1), une tutèle, une

(1) *Fidéicommis*, disposition de quelqu'un qui

société. C'est une action également perfide,
également indigne, et de violer la bonne-foi
qui est le lien de la vie civile, et de frustrer un
pupille qui a été mis sous notre tutèle, et de
tromper un associé qui s'est lié avec nous pour
une affaire.

Ainsi donc examinons quel homme on accuse d'avoir trompé et fraudé son associé. Sa
vie passée déposera tacitement, mais fortement,
pour ou contre lui. C'est Roscius? Eh! quoi?
si le feu jeté dans l'eau se refroidit et s'éteint
sur-le-champ, ne peut-on pas dire que les traits
enflammés de la calomnie, lancés sur une vie
pure et intègre, tombent à l'instant et s'étei-
gnent? Roscius a fraudé son associé? un tel
homme peut-il être soupçonné d'un tel crime?
un homme, je n'hésite pas à le dire, qui a
plus de probité que de talent, plus de droiture
que de science; qui de l'aveu de tout le monde,
est plus homme de bien que bon comédien,
qui par son intégrité est aussi digne d'entrer
dans le sénat qu'il est digne de monter sur le

donne à un autre une possession ou un effet, avec
l'intention exprimée de bouche qu'il en fera tel ou tel
usage.

théâtre par son habileté. Mais quelle folie de
louer Roscius devant Pison ? sans doute, je m'é-
tends sur l'éloge d'une personne inconnue. Parmi
tous les hommes, en est-il quelqu'un, Pison, dont
vous ayez une opinion plus avantageuse ? en est-il
quelqu'un en qui vous trouviez plus de sagesse,
plus d'honneur, plus de douceur, un caractère
plus obligeant et plus généreux ? vous-même,
Saturius, qui plaidez contre lui, pensez-vous
autrement ? toutes les fois que vous avez parlé
de lui dans la cause, n'avez-vous pas dit que
c'étoit un homme de bien ? ne l'avez-vous pas
nommé avec tous les égards qu'on a ordinairement pour un personnage d'une grande distinction ou pour un intime ami. Et en cela vous
m'avez paru d'une inconséquence ridicule,
d'outrager et de louer le même Roscius ; de le
dire un homme d'honneur et fripon achevé ;
de le nommer avec égard, de l'annoncer pour
le plus honnête des hommes (1), et de l'accuser d'avoir fraudé son associé. Mais, sans doute,
vos éloges étoient un hommage rendu à la
vérité, vos reproches étoient un langage

(1) Par *virum primarium*, j'entends et je crois qu'on
doit entendre *virum primas in probitate partes agentem.*

accordé

cordé à l'intérêt de la cause. Vous disiez de
Roscius le bien que vous en pensiez vous-
même ; vous plaidiez contre lui au gré de
Fannius.

Roscius a fraudé son associé ! l'accusation
est absurde , elle choque les idées et offense
les oreilles de ceux qui l'entendent. Si encore
Roscius eût trouve un homme riche , timide ,
qui n'eût ni sens , ni activité , qui ne fût point
capable de l'attaquer en justice , la chose seroit toujours incroyable : mais enfin voyons
celui qu'il a fraudé. Roscius a fraudé Caïus
Fannius Chéréa. Je conjure ceux qui les connoissent l'un et l'autre , de comparer leurs
vies ; que ceux qui ne les connoissent pas exami-
nent l'air de tous deux. Cette tête pelée de
Fannius , ces sourcils entièrement rasés (1) , ne
sentent-ils pas , ne proclament-ils pas la ruse
et la mauvaise foi ? Si on peut juger des hommes par leur figure muette , Fannius ne vous
paroît-il pas, depuis la tête jusqu'aux pieds, tout
pétri de fraude , de tromperies et de menson-
ges ? Il se fait toujours raser la tête et les sour-

(1) C'étoit une marque de mollesse de se faire raser
la tête et les sourcils.

Tome III.   B

cils, dans la crainte d'offrir même l'ombre d'un homme de bien (1). Roscius joue avec beaucoup d'art son personnage sur le théâtre ; et un pareil service n'est payé que d'ingratitude. Lorsqu'il représente Ballion, cet infame corrupteur de jeunesse, ce fripon odieux, n'est-ce pas Fannius qu'il représente ? Ce personnage de comédie, vil, impur, détestable, est le portrait au naturel des mœurs, du caractère, de la vie de Fannius. S'il a cru que Roscius lui ressembloit en friponnerie et en malice, ce ne peut être apparemment que d'avoir vu qu'il le copioit à merveille dans le personnage d'un corrupteur de jeunesse. Ainsi, Pison, voyez et examinez par qui l'on prétend que Fannius a été trompé : par Roscius ; c'est-à-dire, un fripon par un honnête homme, un impudent par un homme plein de pudeur, un homme fin par un homme simple, une ame intéressée par un cœur généreux. Cela n'est pas croya-

_____

(1) Mot à mot, *dans la crainte qu'on ne dise qu'il a un seul poil d'un homme de bien* ; expression latine comme proverbiale, et que Cicéron emploie ici fort agréablement. —— *Ballion*, nom d'un marchand d'esclaves dans le Pseudolus de Plaute.

ble (1). Si on disoit que Fannius a fraudé Roscius, il paroîtroit vraisemblable, d'après le naturel de l'un et de l'autre, que Fannius a trompé par mauvaise foi, et que Roscius a été trompé faute de précaution. Mais lorsqu'on accuse Roscius d'avoir fraudé Fannius, il est également incroyable, et que Roscius ait convoité de l'argent par cupidité, et que Fannius s'en soit laissé prendre par trop (2) de facilité.

Tel est l'apperçu général de l'affaire, voyons les détails. Roscius a fraudé Fannius, il l'a frustré de cinquante mille sesterces. Pour quelle raison ? Saturius sourit en homme fin, comme il croit l'être. C'est pour les cinquante mille sesterces même, dit-il. J'entends ; toutefois je demande pourquoi Roscius a désiré avec tant d'ardeur les cinquante mille sesterces même. Assurément, Perpenna (3) et Pison,

(1) J'ai mis un point après *incredibile est* comme faisant une phrase.

(2) Je crois, avec plusieurs savans, qu'au lieu de *per se bonitate*, il faut lire *per suam bonitatem.* —— *Cinquante mille sesterces*, 6250 livres.

(3) Cicéron nomme Perpenna avant Pison, quoi‹

cette somme ne seroit pas capable de vous déterminer à frauder un associé. Je demande
pourquoi elle a déterminé Roscius. Etoit-
il dans l'indigence ? Au contraire , il étoit
riche. Avoit-il des dettes ? non , il étoit en
argent. Etoit-il avare ? point du tout : même
avant d'être riche , c'étoit l'homme le plus
généreux et le plus libéral. Grands Dieux ! un
homme qui a refusé de gagner trois cents
mille sesterces (1) (et assurément il pouvoit se
procurer de tels honoraires , puisque ceux
d'une Dionysia montent bien à deux cents
mille sesterces) , a-t-il voulu ravir cinquante

qu'il ne fût que l'assesseur , parce qu'il avoit été censeur et consul.

(1) 37,500 livres. 200,000 sesterces , 15,000 livres.
—— *Debuit* , il le devoit , c'est-à-dire , il le pouvoit
sans manquer à l'honneur. —— *Dionysia* , danseuse
connue. Torquatus appelloit Hortensius une Dionysia,
parce qu'il étoit trop curieux de son geste. — *De*
gagner trois cents mille sesterces , sans doute , dans une
seule sorte de jeux : or , il y en avoit de deux sortes,
les mégalésiens et les plébéiens. Roscius auroit donc
pu gagner par an six cents mille sesterces , et en dix
ans les six millions de sesterces dont Cicéron parle un
peu plus bas.

mille sesterces par un excés de fraude, de mauvaise foi et de perfidie ? Cependant l'un de ces gains étoit immense, l'autre modique ; l'un étoit honnête, l'autre sordide ; l'un n'avoit rien que d'agréable, l'autre rien que de fâcheux ; l'un étoit assuré, l'autre litigieux et contesté. Dans ces dix dernières années Roscius pouvoit acquérir fort honorablement six millions de sesterces (1); il ne l'a pas voulu : il a pris la peine et a refusé le profit. Il n'a point cessé de s'occuper des plaisirs du peuple Romain ; il y a long-tems qu'il ne s'occupe plus de ses propres intérêts. Vous, Fannius, agiriez-vous de la sorte ? et si vous pouviez faire de tels gains, n'épuiseriez-vous pas et vos gestes et vos poumons ? Dites maintenant que Roscius vous a frustré de cinquante mille sesterces, Roscius qui a dédaigné des sommes immenses, non par indolence et par haine du travail, mais par grandeur d'ame et par générosité. Ferai-je maintenant, Perperna et Pison, les réflexions que vous faites, sans doute. On vous fraudoit dans une société, dites-vous, Fannius ; il est des règles, il est des formules (2) établies pour

(1) 750,000 livres.

(2) On sait que le préteur dictoit aux juges qu'il

tous les cas , on ne sauroit se tromper ni pour l'espèce de l'injure , ni pour le genre de l'action ; d'après les torts , les injustices , les dommages , les peines et les disgraces faites à chacun , le préteur a rédigé des formules générales qui s'appliquent à tous les procès particuliers.

D'après cela , je vous demande pourquoi vous n'avez pas actionné Roscius (1) comme ayant manqué à la société. Ne connoissiez-vous pas l'espèce d'action que vous aviez contre lui ? Elle étoit fort connue. Ne vouliez-vous pas lui intenter une accusation grave ? pour quel motif ? à cause d'une ancienne amitié ? pourquoi donc le décriez-vous ? à cause de l'importance de l'accusation ? comment ! je vous prie , celui que vous ne pourriez faire condamner par (2) un

chargeoit de juger telle ou telle affaire , une formule dont ils ne pouvoient pas s'écarter en rendant leur sentence.

(1) J'ai suivi la leçon , *cur non arbitrium pro socio adegeris Qu. Roscium.* Résolvez ainsi la phrase , *cur non egeris Qu. Roscium ad arbitrium pro socio. Arbitrium* ou *judicium pro socio* , expression judiciaire , c'est-à-dire , *arbitrium* ou *judicium de violatâ societate.*

(2) Nous avons vu plus haut la différence de l'ar-

arbitre à qui appartenoit proprement la décision de l'affaire, vous le ferez condamner par un juge, qui n'est aucunement le maître de décider ce qu'il juge à propos! Que n'employez-vous l'accusation que je dis, puisque vous le pouvez? ou que ne la laissez-vous puisque vous ne le devez pas? cependant, elle est déja détruite par votre propre témoignage, car dans le tems où vous n'avez pas voulu faire usage de l'action dont je parle, vous avez déclaré par votre conduite que Roscius n'avoit pas fraudé la société. Il a fait un accord, dites-vous. Y a-t-il (1) ou non un acte de cet accord? s'il n'y en a point, comment l'accord subsiste-t-il? s'il y en a, que ne le citez-vous? Dites maintenant que Roscius vous a prié de prendre pour arbittre un de ses amis intimes. Il ne vous en a

bitre et du juge. On ne demandoit rien de fixe à l'arbitre, on le laissoit maître de décider d'après ses lumières ce qu'il croyoit juste et raisonnable. Devant le juge, on demandoit une somme fixe; il n'étoit pas maître de décider à sa volonté, *nullum erat ejus arbitrium*, il falloit qu'il décidât si telle ou telle somme spécifiée étoit due ou non.

(1) *Habet*, sans doute, *Fannius*. Cicéron adresse la parole à Saturius, défenseur de Fannius.

pas prié. Dites qu'il a fait un accord pour se délivrer de l'embarras d'un jugement (1). Il n'en a point fait. Demandez pourquoi il a été délivré de l'embarras d'un jugement. C'est qu'il étoit intègre et irréprochable. Voici ce qui s'est passé. Vous êtes venu de vous-même dans la maison de Roscius. Vous lui avez fait vos excuses de ce qu'étourdiment vous l'aviez obligé de s'adresser aux juges (1) ; vous l'avez prié de vous pardonner, vous avez assuré que vous ne le poursuivriez pas : vous avez déclaré qu'il ne vous étoit rien dû de la société. Il s'est adressé aux juges; il a été délivré de tout embarras de procès. Et vous osez encore parler de dol et de fraude ! Vous persistez dans votre effronte-

(1) *Absolvi* en latin vouloit dire quelquefois *solvi ac liberari lite et judicio.* C'est dans ce sens qu'il se prend ici.

(2) J'ai lu en ponctuant de cette manière : *satisfecisti quòd temerè commisisses in judicium ut denuntiaret; rogasti ut ignosceret.* Tout cet endroit est difficile ; je l'ai éclairci dans ma traduction le mieux qu'il a été possible. Il faut supposer, je pense, que Roscius, persécuté par Fannius, le prévient, et s'adresse aux juges pour être délivré de tout embarras de procès. Fannius le laisse faire et ne s'oppose à rien.

rie (1) : il avoit fait , dites-vous , un accord avec
moi. Sans doute , pour n'être pas condamné.
Mais pourquoi craignoit-il d'être condamné ?
La chose, dites-vous , étoit manifeste , la fraude
évidente. Quel étoit donc l'objet de la fraude ?

Saturius , avec un ton d'importance ; commence l'histoire de la société formée à l'occasion d'un acteur rompu dans son métier (2).
Panurge, dit-il , appartenoit à Fannius qui
l avoit rendu commun entre lui et Roscius. Ici il
s'est plaint avec assez de force qu'un esclave
acheté des deniers de Fannius , lui appartenant
en propre , soit devenu commun entre lui et
Roscius, sans que Roscius ait rien déboursé. Oui ,
sans doute , cet homme généreux , trop facile ,
excessivement bon , Fannius a donné libéralc-
ment son esclave à Roscius. Je le crois. Notre
adversaire s'est arrêté un peu sur cet article ; il
faut que je m'y arrête aussi.

_____

(1) Le latin passe brusquement de la seconde personne à la troisième : le passage auroit été trop brusque en françois, et d'ailleurs auroit jeté dans la phrase
de l'obscurité.

(2) *Rompu dans son métier.* C'est une ironie ; car
cet acteur, Panurge , ne savoit rien, et Roscius se
donna beaucoup de peine pour l'instruire.

Vous dites , Saturius , que Panurge appartenoit en propre à Fannius. Je soutiens moi qu'il
étoit tout entier à Roscius. Car qu'est-ce qui
étoit à Fannius ? le corps. Et à Roscius ? le
talent. C'étoit la science qui étoit précieuse ,
et non la personne. Du côté que Panurge
appartenoit à Fannius, il ne valoit pas cinquante
mille sesterces : du côté qu'il appartenoit à
Roscius il en valoit plus de cent mille. Nul ne
l'apprécioit par la forme du corps , mais par
son jeu de comédien. L'homme en lui-même
ne pouvoit gagner plus de six sesterces (1) :
avec le talent que lui avoit donné Roscius, il
ne se louoit pas moins de cent mille. O société
inique et frauduleuse , où l'un apporte cinquante
mille sesterces et l'autre cent mille ! à moins
que ce ne soit une peine pour vous d'avoir
tiré cinquante mille sesterces de votre bourse
lorsque Roscius en tiroit cent mille de son art.
Par où Panurge obtenoit-il sur le théâtre la
faveur du peuple ? par où méritoit-il qu'on le

_____

(1) *Six sesterces* , quinze sous. Mais le latin dit un
peu moins encore. *Duodecim œris* , sous-entendu *nu-
meros* , douze pièces d'airain, douze as, douze sous.
On sait qu'il falloit deux as et demi pour un sesterce.

désirât avec impatience , qu'on l'écoutât avec applaudissement ? parce qu'il étoit élève de Roscius. Ceux qni aimoient celui-ci estimoient celui-là ; ceux qui admiroient l'un applaudissoient à l'autre ; enfin ceux qui entendoient prononcer le nom de l'un , regardoient l'autre comme habile, comme un acteur parfait. Voilà le peuple , rarement il juge d'après la vérité , fort souvent d'après l'opinion. Très-peu remarquoient ce que savoit Panurge , tous demandoient de qui il avoit appris. On croyoit qu'il ne pouvoit rien sortir de mauvais et de foible de l'école de Roscius. Si Panurge fût sorti de celle de Statilius (1) , quand il auroit mieux joué que Roscius lui-même , on n'auroit pu le regarder, parce qu'on ne pouvoit penser que, comme un père sans probité engendre un fils honnête homme, un mauvais comédien pût former un bon acteur. Panurge, formé par Roscius , paroissoit en savoir encore plus qu'il n'en savoit. C'est ce qu'on a vu dernièrement en la personne du comédien Eros. Il s'étoit retiré du théâtre accablé de huées et même d'injures ; il se

_____

(1) Statilius , comme on voit , étoit acteur , mais acteur peu estimé.

réfugia dans la maison de Roscius, comme dans
un asyle, il se mit sous la discipline et sous la
protection de cet habile homme, à l'abri de
son nom. Aussi Eros, qui n'étoit pas même
dans le rang des derniers comédiens, parvint
bientôt à celui des premiers acteurs. Qu'est-ce
qui l'a fait valoir? Le seul nom de Roscius.
Celui-ci toutefois ne s'est pas contenté de recevoir dans sa maison Panurge pour qu'il fût
nommé son élève; il l'a formé avec beaucoup
de soin, de peine et de tourment : car plus un
homme a d'habileté et de génie, plus il se
fatigue, plus il s'impatiente lorsqu'il enseigne.
Ne voir apprendre qu'avec lenteur ce que lui-
même a saisi avec promptitude, c'est pour lui
un supplice. Je me suis un peu étendu sur cet
article pour bien faire connoître à nos juges les
conditions de la société.

Qu'est-il arrivé depuis? Panurge, dit-
on, cet esclave commun, a été tué par un
certain Flavius de Tarquines. Vous m'aviez
chargé, dit Fannius, de suivre cette affaire ; et
lorsque j'avois obtenu action (1), lorsqu'on

(1) Latin, *lite contestata. Lis contestata dicitur,*
cùm accepto à praetore judicio utraque pars testibus

avoit nommé des juges pour connoître de la réparation en dommage, vous avez transigé sans moi avec Flavius. Ai-je transigé pour la moitié de la société ou pour la société entière ? je m'explique : ai-je transigé pour moi seul , ou pour moi et pour vous ? pour moi seul ? je le pouvois ; j'y étois autorisé par plus d'un exemple ; cela est permis ; beaucoup l'ont fait et pouvoient le faire. Je ne vous ai porté en cela aucun préjudice. Demandez ce qui vous appartient , exigez , tirez ce qui vous est dû. Que chacun poursuive et obtienne ce qui doit lui revenir. Mais j'ai fait une bonne affaire : vous aussi faites-en une bonne. J'ai transigé avec avantage pour ma moitié ; transigez de même pour la vôtre. J'ai tiré cent mille sesterces : si cela est vrai (1) , tirez en aussi cent mille.

Mais on peut exagérer la transaction de Roscius , dans l'opinion et dans le discours ; dans le fait et dans la vérité elle n'offroit qu'un modique avantage. On lui a donné une terre

---

praesentibus pronunciat , testes estote. Ensuite, *damni injuriâ ,* sous-entendez *dati.*

(1) J'ai suivi la leçon , *si sit hoc verum.*

dans un tems où les terres étoient tombées de prix (1) Cette terre étoit sans bâtimens et nullement en valeur. Elle vaut beaucoup plus aujourd'hui qu'elle ne valoit alors ; et cela n'est pas étonnant. Alors, dans les calamités de la république, toutes les possessions étoient incertaines : aujourd'hui, par la faveur des dieux immortels, toutes les fortunes sont assurées. Alors la terre étoit en friche et non bâtie ; aujourd'hui elle est fort bien cultivée, et on y voit une excellente métairie. Mais puisque vous êtes d'un caractère si envieux, je vous laisserai ce souci et cette peine. Roscius a fait une très-bonne affaire, il a tiré une terre des plus fertiles. Que vous importe ? arrangez-vous, comme il vous plaira, pour votre moitié. Mais il change de méthode, et ne pouvant prouver, il invente. Vous avez traité, dit-il, pour le tout. Toute la cause se réduit donc à savoir si Roscius a traité avec Flavius pour sa part ou pour toute la société. Si Roscius a touché quelque chose au nom de la société, j'avoue qu'il doit en rendre compte à la société : c'est

(1) A cause des rigueurs de la proscription, du tems de Sylla.

l'affaire de la société et non la sienne qu'il a terminée en recevant une terre de Flavius. Eh quoi ? n'a-t-il point (1) donné à celui-ci une sûreté d'après laquelle on ne lui demanderoit plus rien ? Celui qui transige pour sa part seule, laisse aux autres liberté entière de poursuivre ; celui qui transige pour des associés, donne une sûreté d'après laquelle aucun d'eux ne demandera plus rien par la suite. Mais comment n'est-il point venu à l'esprit de Flavius de prendre ses sûretés ? Il nè savoit pas, sans doute, que Panurge étoit un effet de société. Il le savoit. Il ne savoit pas que Fannius étoit associé de Roscius. Il le savoit à merveille, puisqu'il avoit avec lui un procès commencé. Pourquoi donc a-t-il transigé sans stipuler (2) que personne ne lui demanderoit plus rien ? Pourquoi consent-il à donner une terre sans se faire délivrer de tout embarras de procès? Pourquoi a-t-il la maladresse de ne lier Roscius par aucune stipulation , et de ne se pas faire délivrer, avec Fannius, de tout embarras

---

(1) Je lis en ponctuant, *quid ità ? satis non dedit.*

(2) Le latin *restipulatur*, est ici pour le simple *stipulatur.* Ainsi que plus bas, *restipulatio.*

de procès ? C'est là une première preuve très-
forte et très-solide, tirée des règles du droit et
de l'usage où nous sommes de prendre des sûretés ; je m'y étendrois davantage si la cause
ne m'offroit pas d'autres preuves plus claires
et plus décisives.

Et pour que vous ne disiez pas, Fannius,
que j'ai promis sans pouvoir tenir, c'est vous,
oui c'est vous que je produirai pour témoin (1)
contre vous-même. Quelle est votre accusation ? Roscius s'est arrangé avec Flavius pour
la société. Dans quel tems? Il y a quatre ans.
quelle est ma défense ? Roscius a transigé pour
sa part avec Flavius. Vous avez fait, il y a
trois ans, une stipulation avec Roscius (2).
Quelle est-elle? Greffier, lisez distinctement
cette stipulation. Je vous en conjure, Pison ;
soyez attentif à cette lecture. Fannius a beau
tergiverser, je le force de témoigner contre lui-

_____

(1) *Ab tuis subselliis* : il y avoit des bancs particuliers pour les juges, pour les plaideurs et pour les témoins, que l'on nommoit *subsellia.*

(2) Il y a apparence que Roscius avoit remis une
somme à Fannius, pour laquelle celui-ci avoit stipulé
qu'il remettroit à Roscius la moitié de ce qu'il retireroit de Flavius.

même.

même. Que dit, en effet, que déclare la stipulation ? Je m'engage à payer à Roscius la
moitié de ce que j'aurai retiré de Flavius. Ce
sont vos propres paroles, Fannius. Mais que
pouvez - vous retirer de Flavius, s'il ne doit
rien ? Pourquoi Roscius stipule-t-il aujourd'hui
pour ce qu'il a fait payer lui-même, il y a long-
tems ? Que vous donnera Flavius, puisqu'il a
payé à Roscius tout ce qu'il devoit ? Pourquoi
une stipulation nouvelle dans une chose aussi
ancienne, dans une affaire déja terminée,
dans une société dissoute ? Qui est-ce qui a rédigé la stipulation ? Qui en est le témoin, le
juge ? Vous-même, Pison. C'est vous qui avez
prié Roscius de donner cent mille sesterces (1)
à Fannius, pour ses soins et pour ses peines
dans la poursuite de cette affaire devant les
juges, de lui donner cette somme à condition
que, s'il retiroit quelque chose de Flavius, il
en donneroit la moitié à Roscius. Cette stipulation vous paroît-elle dire assez clairement que

_____

(1) Les commentateurs ont observé, avec raison,
que la somme est exorbitante, qu'elle devoit être
moindre, et que par conséquent il y a erreur dans le
texte.

Tome III.   C

Roscius a transigé pour lui seul ? Mais peut-
être, Pison, vous vient-il dans l'esprit que
Fannius s'est engagé à donner à Roscius la
moitié de ce qu'il auroit retiré de Flavius, mais
qu'il n'a rien retiré absolument. Que s'ensuit-
il de-là ? Ce n'est pas le succès de la démarche,
mais la cause et le principe (1) de la stipulation, que vous devez examiner. Si Fannius
n'a pas voulu poursuivre, il n'en a pas moins
déclaré, autant qu'il étoit en lui, que Roscius
avoit réglé son affaire et non celle de la société.
Mais si je prouve qu'après l'ancienne transaction de Roscius et la stipulation nouvelle
de Fannius, celui-ci a retiré de Flavius cent
mille sesterces à l'occasion de Panurge, osera-
t-il plus long-tems se jouer de la réputation
d'un parfait honnête homme?

Je demandois tout-à-l'heure, ce qui étoit
essentiel pour la cause, pourquoi Flavius, en
s'arrangeant avec Roscius pour toute l'affaire,
ne prenoit pas ses sûretés contre lui, et ne se
faisoit pas délivrer, avec Fannius, de tout

(1) *Initium repromissionis* : Paul Manuce inter-
prète fort bien ces mots ; *originem , causam repro-*
missionis.

embarras de procès. Maintenant, chose étrange
et nullement croyable, je cherche pourquoi,
après avoir transigé avec Roscius pour toute
l'affaire, il a payé séparément à Fannius cent
mille sesterces : ici, Saturius, je désire de savoir ce que vous vous disposez à répondre.
Direz-vous que Fannius n'a point retiré de Flavius les cent mille sesterces, ou qu'il les a retirés à un autre titre, pour un autre sujet? Si
vous dites que c'est pour un autre sujet, eh !
Fannius, quelle autre affaire aviez-vous avec
Flavius? Aucune. Avoit-il été condamné (1) à
vous payer cette somme? Mais c'est perdre du
tems. Fannius, dit-on, n'a retiré de Flavius
les cent mille sesterces à l'occasion, ni de Panurge, ni d'aucun autre. Mais si je fais voir
qu'après la stipulation récente de Roscius,
vous avez retiré de Flavius les cent mille sesterces, ne devez-vous pas sortir du tribunal
honteusement condamné? Avec quel témoin
donc prouverai-je ce que je dis? L'affaire, je

_____

(1) *Addictus erat tibi?* Paul Manuce explique ainsi
ces mots, *traditus à judice qui eum condemnaverat
H-S cccɔɔɔ. Addicti enim dicebantur quos praetor
damnatos creditori domum ducendos tradebat.*

crois , avoit été portée en justice. Assurément. Quel étoit le demandeur? Fannius. Le
défendeur? Flavius. Le juge? Cluvius (1). Il
faut que je produise un des trois pour attester
que la somme a été remise. Quel est le plus
digne de foi? Sans doute , celui qui a été
nommé juge avec le vœu de tout le monde.
Qui donc , Romains , qui des trois attendez-
vous (2) de moi pour témoin? Le demandeur?
C'est Fannius; il ne déposera jamais contre lui-
même. Le défendeur ? C'est Flavius. Il y a
long-tems qu'il est mort. S'il vivoit, vous en-
tendriez sa déposition. Le juge? C'est Cluvius.
Que dit-il? Que Flavius a payé à Fannius cent
mille sesterces , à l'occasion de Panurge. Si
vous le considérez par son revenu ; c'est un
chevalier Romain : par sa vie ; c'est un homme

(1) Le dictateur Sylla avoit statué par une loi,
que les sénateurs seuls occuperoient les tribunaux;
et cependant Cluvius , nommé juge , n'étoit que chevalier Romain, comme nous le verrons bientôt : c'est
que , dans les causes particulières , le préteur pouvoit prendre des juges parmi les chevaliers Romains,
et même parmi le peuple.

(1) J'ai lu *expectatis* avec Paul Manuçe.

intègre (1). Par rapport à vous-même; vous
l'avez pris pour juge : par rapport à la vérité ;
il a affirmé ce qu'il pouvoit et devoit savoir.
Dites maintenant, dites qu'on ne doit pas
croire un chevalier Romain, homme d'honneur, votre juge. Troublé, embarrassé, il
regarde autour de lui : il prétend que nous ne
ferons pas lire la déposition de Cluvius. Vous
vous trompez ; vous vous flattez d'une espérance vaine et frivole ; nous la ferons lire. Greffier, lisez la déposition de Titus Manilius et
de Caïus Luscius (1), tous deux sénateurs d'un
mérite rare, qui ont entendu dire à Cluvius ce
que nous disons.

On lit la déposition de Titus Manilius et de
Caïus Luscius.

Est-ce Luscius et Manilius, ou Cluvius, selon

(1) Ou il faut lire dans le texte un autre mot que
clarissimus , ou il faut l'entendre dans le sens de *cas-*
tissimus , d'*integerrimus ,* ce dont je n'ai pas vu
d'exemple.

(2) Le texte ajoute *ocreae.* Un savant croit qu'il
faut lire *ocric.* Pour *ocriculanae* en sous-entendant
tribûs ; de sorte que l'orateur auroit exprimé la tribu
de Caïus Luscius. J'ai cru devoir supprimer ce nom en
traduisant.

vous , qu'il ne faut pas croire ? Parlons plus
clairement : Luscius et Manilius n'ont-il rien
entendu dire à Cluvius des cent mille sesterces ?
Ou Cluvius a-t-il dit une fausseté à Luscius et
à Manilius ? Ici , tranquille et sans inquiétude,
je m'embarrasse peu quelle sera votre réponse ,
puisque la cause de Roscius est fortifiée du témoignage authentique et respectable des hommes les plus honnêtes. Si vous avez décidé qui
sont ceux que vous refusez de croire sur leur
serment ; répondez. Dites-vous qu'on ne doit
pas croire Manilius et Luscius ? Osez le dire.
Cette parole convient à votre effronterie , à
votre arrogance , à toute votre vie. Qu'attendez-vous de moi ? Dirai-je que Luscius et Manilius sont de l'ordre des Sénateurs , d'un âge
avancé , d'une probité scrupuleuse , que leur
fortune est considérable et bien établie ? Non,
je ne le dirai pas : je ne me ferai pas tort à
moi-même en prétendant payer de mes
éloges , comme elle le mérite , leur vie
pure et régulière. Ma jeunesse a plus besoin
de leur estime que leur vieillesse irréprochable
n'a besoin de mes louanges. Vous , Pison ,
vous faut-il réfléchir et délibérer long-tems ,
si vous devez en croire dans sa propre cause

Fannius qui n'a point prêté serment, plutôt
que Luscius et Manilius liés par un serment,
dans la cause d'un autre. Il lui reste à soutenir
que Cluvius a dit une fausseté à Luscius et à
Manilius Quelle sera son impudence s'il le
fait ? Rejettera-t-il pour témoin celui qu'il
a pris pour juge ? Dira-t-il qu'on ne doit pas
croire celui en qui il a eu confiance lui-même ?
Osera-t-il devant un juge infirmer l'autorité
d'un témoin auquel il présentoit des témoins
comme à un juge intègre et religieux ? Si je le
prenois pour juge, il ne devroit pas le récuser ;
osera-t-il le reprocher lorsque je le produirai
pour témoin.

Cluvius, dit-on, s'est ouvert à Luscius et
à Manilius sans s'être lié par un serment. Le
croiriez-vous, Fannius, s'il eût déposé comme
témoin sous la foi du serment ? Mais quelle
différence y a-t-il entre un parjure et un menteur ? Tout homme accoutumé à mentir se
parjure de même. Celui que je puis engager à
dire le faux, je le déterminerai sans peine à
se parjurer. Dès qu'une fois on s'est éloigné
de la vérité, le parjure coûte aussi peu que
le mensonge. Quel homme, en effet, craindra

les dieux (1) , s'il ne craint pas sa conscience ?
Aussi, les dieux ont-ils établi la même punition
contre le parjure et contre le menteur. Non ,
ce n'est point la formule du serment , mais la
perfidie et la mauvaise foi, mais les piéges
tendus à autrui , qui excitent le courroux des
dieux contre les hommes. Pour moi je le soutiens contre Fannius, ce qu'a dit Cluvius auroit moins d'autorité, s'il l'eût dit comme témoin sous la foi du serment, que maintenant
qu'il le dit sans être lié par un serment. Alors
peut-être les méchans l'auroient trouvé trop
passionné de se donner pour témoin dans une
affaire dont il avoit été juge : à présent tous
ses ennemis mêmes doivent le trouver aussi
intègre que ferme dans ses principes , lorsqu'il
dit ce qu'il sait à des amis intimes.

Dites maintenant , Fannius , si vous le pouvez , si la chose , si la cause le permet , que
Cluvius a menti. Cluvius a menti ! Ici la vérité
elle-même me retient par la main et me force
de m'arrêter un moment. Comment donc a

(1) *Deprecatione deorum commovetur* , c'est-à-
dire , *commovetur metu deorum quos deprecatus est*
jurando.

été formée et fabriquée toute cette imposture ?
Roscius, sans doute , est un homme plein de
finesse et de ruse ; voici comme il a raisonné
tout d'abord : Fannius me demande cinquante
mille sesterces , je prierai Cluvius , chevalier
Romain , rempli de mérite et de vertu , de
mentir pour l'amour de moi , de dire qu'il y
a eu une transaction de faite qui n'a pas été
faite , que Flavius a donné à Fannius cent mille
sesterces qui n'ont pas été donnés. Voilà le
premier dessein d'un fripon , d'un misérable
sans réflexion et sans esprit (1). Qu'a-t-il fait
ensuite ? Après s'être bien affermi dans son
projet , il est venu trouver Cluvius : quel
homme ? Un homme léger ? non , mais fort
grave. Un homme inconstant ? non , mais
très-ferme. Son intime ami ? non, mais un
homme avec lequel il n'avoit aucune liaison.
Après l'avoir salué , il lui a fait cette demande
flatteuse , et adroitement tournée , sans doute.
Mentez pour l'amour de moi ; dites, en présence de vos amis intimes , hommes de bien ,
que Flavius a transigé avec Fannius , lorsqu'il
n'a fait aucune transaction ; dites qu'il lui a

(1) *Nulli* , ancienne locution , pour *nullius.*

donné cent mille sesterces , lorsqu'il ne lui a pas donné une obole. Qu'a répondu Cluvius ? Je mentirai fort volontiers pour l'amour de vous; et si par hasard , pour aller (1) vîte au fait, vous voulez que je me parjure , me voilà tout disposé. Il ne falloit pas vous donner la peine de venir vous-même ; vous pouviez envoyer quelqu'un pour terminer cette bagatelle.

Grands dieux ! Roscius eût-il jamais fait cette demande à Cluvius, quand même il eût été question dans le jugement de cent millions de (2) sesterces ? Cluvius lui eût-il accordé sa demande , quand même il eût partagé tout le butin ? Vous-même assurément , Fannius, vous n'oseriez faire une pareille proposition à un Ballion , ou à quelqu'un de sa trempe ; vous ne pourriez les y faire consentir , tant elle est contraire à la vérité et à toute vraisemblance : car j'oublie que Roscius et Cluvius sont des hommes d'une grande (3) vertu , je suppose pour le moment que ce sont des

(1) Mot à mot , *pour que vous gagniez un peu de tems.*

(2) 12.500.000 livres.

(3) Je renvoie pour le sens de *primarios* , à une note qui précède. Voyez p. 9.

fripons. Roscius a suborné Cluvius comme
faux témoin. Pourquoi si tard ? Pourquoi,
lorsqu'il falloit faire le second paiement , et
non lorsqu'il faisoit le premier ? il avoit déja
payé cinquante mille sesterces. Ensuite , si
Cluvius étoit déja déterminé à mentir , pourquoi a-t-il dit que Flavius avoit donné à Fannius cent mille sesterces , plutôt que trois cents
mille , puisqu'en vertu de la stipulation , la
moitié étoit pour Roscius.

Vous voyez maintenant , Pison , que Roscius a demandé pour lui seul et non pour la
société. Saturius voit que cela est clair ; il n'ose
donc attaquer la vérité même , et la combattre de front, il a , sur-le-champ, recours à une
autre chicane , à un autre faux-fuyant. J'avoue,
dit-il , que Roscius a demandé sa part à Flavius , je conviens qu'il n'a pas touché à celle
de Fannius ; mais je prétends que ce qu'il a
retiré est devenu un bien de la société. Peut-
on rien dire de plus inique , qui sente plus la
mauvaise foi ? Car enfin , Roscius a-t-il pu demander ou non sa part de la société ? s'il ne l'a
point pu , comment est-ce qu'il l'a retirée ? s'il
l'a pu , comment ne l'a-t-il pas retirée pour lui ?
ce qu'on demande pour soi , assurément on

ne le retire pas pour un autre. Quoi donc? si
Roscius eût demandé ce qui appartenoit à toute
la société, tous les associés partageroient également ce qu'il auroit retiré ; et lorsqu'il n'a
demandé que sa part, ce qu'il a retiré, il ne
l'a pas retiré pour lui seul ! Quelle différence
y a-t-il entre celui qui plaide pour lui-même,
et celui qui plaide au nom d'un autre ? celui
qui poursuit un procès pour lui-même, demande pour lui seul : on ne peut demander
pour un autre si on n'a été choisi pour plaider
en son nom. Comment? si Roscius eût plaidé
en votre nom, ce qu'il auroit obtenu en justice vous l'auriez pris pour vous : il a demandé
en son nom, et ce qu'il a retiré, il l'a retiré (1)
pour vous et non pour lui! Si on peut demander
pour un autre sans être chargé de plaider en
son nom, pourquoi, je vous prie, Panurge
ayant été tué, et le procès étant commencé
avec Flavius en réparation de dommage, pourquoi auriez-vous été chargé par Roscius de
plaider en son nom, sur-tout puisque, d'après
vos paroles, tout ce que vous auriez demandé,

(1) J'ai lu, *tibi, non sibi exegit !* avec un point
d'exclamation.

tout ce que vous auriez retiré, seroit tombé à la société ? S'il est constant qu'il ne seroit rien revenu à Roscius de ce que vous auriez retiré de Flavius, à moins qu'il ne vous eût chargé de plaider en son nom, il ne doit rien vous revenir de ce que Roscius a retiré pour sa part, puisque vous ne l'avez pas choisi pour plaider en votre nom. En effet, Fannius, que pourrez-vous répondre à ce que je vais dire ? lorsque Roscius a transigé avec Flavius pour sa part, vous a-t-il laissé ou non votre action ? s'il ne vous l'a point laissée, comment avez-vous retiré de Flavius cent mille sesterces ? s'il vous l'a laissée, pourquoi demandez-vous ce que vous devez demander et poursuivre pour vous-même ? Une société est parfaitement semblable à une succession. Un associé a sa part dans la société ; un héritier a sa part dans la succession. Un héritier demande pour lui seul et non pour ses co-héritiers ; un associé demande pour lui seul et non pour ses associés : ils demandent l'un et l'autre pour leur part ; ils se désistent donc aussi pour leur part, l'héritier pour celle qu'il a dans la succession, l'associé pour celle qu'il a dans la société. Roscius pouvoit remettre sa part à

Flavius sans que vous pussiez la demander ;
il ne doit donc pas , lorsqu'il a retiré sa part
et qu'il vous a laissé entièrement libre de demander la vôtre , il ne doit pas partager avec
vous , à moins que , par un renversement d'ordre , ne pouvant arracher d'un autre ce qui
est à Roscius , vous puissiez l'enlever à Roscius lui-même. Saturius insiste , et veut que
tout ce que demande pour soi un associé ap-
partienne à la société. S'il en étoit ainsi , quelle
étoit donc la folie de Roscius d'avoir eu l'attention , d'après l'avis et le conseil des jurisconsultes , de faire stipuler à Fannius qu'il lui
paieroit la moitié de ce qu'il auroit retiré de
Flavius, puisque , sans cette précaution et cette
stipulation , Fannius n'étoit pas moins redevable de cette moitié à la société , c'est-à-dire ,
à Roscius !

La fin du plaidoyer manque.

DISCOURS

SUR VERRÈS,

Intitulé : *DIVINATIO*.

Sommaire.

SOUS le consulat de Pompée , consul pour la
première fois , et de Marcus Licinius Crassus,
Caïus Verrès , après avoir exercé les emplois
de questeur et de lieutenant dans les provinces,
et de préteur à Rome , fut nommé préteur pour
la Sicile , et succéda à Caïus Sacerdos. Il rem-
plit cette fonction pendant trois ans , parce que
Arrius , nommé son successeur , n'alla point le
remplacer. S'étant livré pendant cette magistrature à tous les excès de tyrannie , de cruauté ,
d'avarice , il fut accusé de concussion par les
Siciliens. Tous , à la réserve des Syracusains et
des Mamertins , engagèrent Cicéron à remplir
pour eux le rôle d'accusateur , quoique jusqu'a-
lors il n'eût parlé que pour la défense de ses
amis. Il étoit lié particulièrement avec ces peuples , parce qu'il avoit été questeur dans leur
province durant la préture de Sextus Péducéus ,

et qu'en les quittant, dans un discours prononcé à Lilybée, il avoit promis de leur rendre
toutes sortes de bons offices. Ajoutez qu'il y auroit quelque gloire à triompher de Verrès, défendu par les Métellus, les Scipions, par nombre d'illustres personnages, et sur-tout par
Hortensius, qui étoit un des premiers du sénat
par sa naissance, et qui par son éloquence domi-
noit au barreau, en étoit regardé comme le roi.
Hortensius étoit alors désigné consul avec Quintus Métellus, frère de deux Métellus, dont l'un
étoit préteur de Sicile, et l'autre préteur à Rome.

Cependant, Quintus Cécilius Niger, Sicilien
d'origine, questeur sous Verrès, et son ennemi,
à ce qu'il prétendoit, se présente pour être
choisi accusateur préférablement à tout autre,
alléguant pour raisons, premièrement qu'il devoit être ennemi de Verrès, ayant été offensé
par lui, secondement, qu'ayant été son questeur, il devoit être instruit de tous ses excès et
de toutes ses malversations, troisièmement enfin,
parce qu'étant Sicilien, il étoit naturel qu'il
plaidât pour les Siciliens.

Cicéron détruit ces raisons de Cécilius, et
montre qu'on doit préférer pour accusateur,
celui qui se charge, malgré lui, de l'accusation

à

à la prière de tous les Siciliens, et pour s'ac-
quitter d'un devoir, celui qui parle au nom de
la république et pour elle, celui que les plai-
gnans désirent, celui que l'accusé redoute, celui
qui au talent de la parole joint une intégrité
irréprochable, enfin celui qui en se chargeant
de la cause ne fait que suivre les usages des
ancêtres. L'orateur, sans s'écarter des règles de
la modestie, prouve qu'il possède toutes les qualités nécessaires, qualités qui manquent absolument à Cécilius.

(Ce discours a dû être prononcé l'an de
Rome 685, de Cicéron 37. Il est intitulé *divi-*
natio, soit parce qu'il s'y agit d'une chose à
faire, et non d'une chose faite ; ensorte que
les juges ont à décider, et, pour ainsi dire, à
deviner, lequel doit être accusateur de Cicéron
ou de Cécilius ; soit parce que les juges siégeant
dans une cause où ils n'ont point prêté de serment, peuvent se déterminer d'après leurs idées
et leurs conjectures ; soit parce que la cause
étant plaidée sans témoins et sans pièces, la
conjecture et le raisonnement sont pour les
juges les seuls moyens de détermination. Alors
les sénateurs étoient seuls en possession des

Tome III.   D

tribunaux , et décriés auprès du peuple par
les corruptions de plusieurs d'entre eux ; toutes les provinces étoient opprimées , tous les
alliés du peuple Romain gémissoient , épuisés
et fatigués par les vexations et les exactions
de ses magistrats ; les accusateurs vendoient
leur éloquence et trahissoient leurs causes ; le
peuple demandoit à grands cris que l'on rendît à l'ordre équestre les tribunaux que Sylla
leur avoit ôtés dix ans auparavant ; Marcus
Glabrio , préteur , avoit le département des
crimes de concussion , les principaux du sénat
remplissoient le tribunal , et tout le monde
étoit dans l'attente du jugement qui alloit être
rendu. Le discours est dans le genre tranquille,
mais d'une simplicité piquante , et dans un
goût vraiment attique : il produisit tout l'effet
que l'orateur pouvoit désirer.)

Discours au sujet de Verrès , intitulé divinatio.

Plusieurs de nos juges, ou de ceux qui nous
écoutent , seront peut-être surpris de voir
qu'après m'être occupé , depuis tant d'années ,
(1), de causes publiques , et m'être toujours

(1) Il n'y avoit guère que cinq ans , selon le té-

fait une loi de défendre des accusés, sans jamais accuser personne, je change aujourd'hui
tout-à-coup de systême, et descends au rôle
d'accusateur ; mais, lorsqu'ils connoîtront le
sujet et les motifs qui m'engagent à prendre ce
parti, ils ne pourront s'empêcher, ni d'ap-
prouver ma conduite, ni de croire que je dois
être choisi pour plaider cette cause, préférablement à tout autre.

Comme j'avois été questeur (1) en Sicile, et
qu'en quittant cette province, j'avois laissé,
dans le cœur de tous les Siciliens, un souvenir
aussi flatteur que durable de mon nom et de

---

moignage de Cicéron lui-même dans son Brutus,
après son retour de Sicile, où il avoit été questeur,
qu'il étoit occupé à plaider de grandes causes, des
causes publiques : ainsi *depuis tant d'années* est une
exagération oratoire. Au reste, il est visible que nous
n'avons pas tous les plaidoyers que Cicéron a plaidés,
soit qu'il ne les ait pas écrits, soit qu'ils aient été
perdus. —— *Je descends au rôle d'accusateur.* Peut-
être le mot latin *descendere* ne signifie-t-il autre
chose que venir pour accuser, parce que les citoyens
honnêtes habitoient les hauteurs, et qu'il falloit des-
cendre pour venir dans la place publique.

(1) Questeur du département de Lilybée, sous le
préteur Sextus Péducéus.

D 2

ma questure, il est arrivé assez naturellement
que, malgré le ferme appui qu'ils trouvent
dans leurs anciens (3) protecteurs, ils ont cru
pouvoir aussi trouver en moi quelques secours.
Mais, aujourd'hui qu'ils viennent d'essuyer
mille rapines, mille traitemens atroces, ils
m'ont fait, tous ensemble, de fréquentes visites au nom de leurs villes, ils m'ont prié de
me charger de leur cause, et de la défense dè
ce qu'ils ont de plus cher. Je leur avois souvent déclaré que s'il leur survenoit quelqu'occasion de réclamer mes services, je me ferois
un devoir de soutenir leurs intérêts. Or, ajou-
toient-ils, il se présentoit une occasion de défendre, non leurs intérêts, mais leur vie même
et le salut de toute la province : ils n'avoient
plus même, dans leurs villes, de dieux auxquels ils pussent avoir recours, puisque Verrès
avoit enlevé de leurs temples les plus augustes,
leurs images les plus saintes : tout ce que la débauche peut commettre d'excès, tout ce que la
cruauté peut inventer de supplices, tout ce
que la cupidité peut exercer de rapines, tout
ce que l'arrogance peut faire essuyer de mépris

(1) Les Marcellus, les Métellus et les Scipions.

et d'insultes ; ils l'avoient éprouvé pendant trois ans , sous cet unique préteur : ils me prioient et me conjuroient de ne pas rejeter les supplications de ceux qui , tant que je vivrois , ne devoient être réduits à supplier personne.

J'ai ressenti, Romains , une véritable douleur de me voir placé dans l'alternative , ou de tromper l'espérance de ceux qui réclamoient mes services et imploroient mon secours ; ou de me trouver obligé , par devoir et par les circonstances , à devenir accusateur , moi qui , depuis ma jeunesse , m'étois appliqué uniquement à défendre des accusés. Je leur disois donc qu'ils pouvoient s'adresser à Cécilius , et avec d'autant plus de confiance , qu'il m'avoit succédé dans la questure de Sicile. Mais ce que je regardois comme un moyen de me soustraire à leurs importunités , étoit le plus grand obstacle à mon refus ; car ils se seroient désistés plus facilement de leur demande , s'ils n'avoient pas connu Cécilius , et s'il n'avoit pas été questeur dans leur province. C'est le devoir que je me suis imposé , c'est la fidélité à ma parole , c'est ma sensibilité pour les maux de la Sicile , c'est l'exemple de plusieurs citoyens

vertueux , ce sont les usages et les principes de
nos ancêtres qui m'ont déterminé à me charger
d'un ministère et d'une fonction où il ne s'agit
pas de mes intérêts, mais de ceux de mes amis.
Il est néanmoins, dans cette affaire, une chose
qui me console ; c'est que ce qui paroît être,
de ma part, une accusation, n'est, à vrai dire,
qu'une défense : car je défends un grand nombre de villes et de particuliers , je défends la
province entière de Sicile. Si donc il me faut
accuser le seul Verrès, il me semble que je me
renferme toujours , en quelque sorte , dans
mon ancien systême, et que je ne m'écarte pas
entièrement de l'usage ou je suis de défendre
et de secourir les malheureux.

Mais , quand même la cause dont nous parlons ne seroit pas aussi favorable, aussi belle ,
aussi importante ; quand toute la Sicile ne
m'auroit pas prié de m'en charger, et que je
n'aurois pas des rapports aussi intimes avec
cette province ; quand j'annoncerois que c'est
pour l'avantage de la république que je dé-
nonce à la justice, que je poursuis un homme
dont la cupidité , l'audace et la perversité pas-
sent les limites connues; qui s'est deshonoré
par les traits les plus frappans et les plus hon-

teux de rapine et de débauche, non-seulement
(1) dans la Sicile , mais dans l'Achaïe, dans
l'Asie, dans la Cilicie , dans la Pamphilie ;
enfin , à Rome même , sous les yeux de tout
le peuple ; qui est-ce qui pourroit blâmer ma
conduite, et les motifs qui la dirigent ?

J'en atteste les dieux et les hommes. En quoi
pourrois-je, dans la circonstance actuelle, être
plus utile à la république? Puis-je faire une
chose plus agréable au Peuple Romain, plus
désirée des alliés et des nations étrangères, qui
tende plus directement à la conservation et aux
grands intérêts de tous les peuples? Les provinces sont ravagées , épuisées , totalement
ruinées : nos alliés, nos tributaires, opprimés
et dépouillés , sont réduits, non à espérer la
réparation de leurs maux , mais à chercher une
consolation dans leurs désastres. Ceux qui désirent que les tribunaux (2) ne soient pas ôtés

(1) Cicéron embrasse ici la plus grande partie de
la vie publique de Verrès , sa lieutenance , sa préture de Rome , sa préture de Sicile.

(2) Les tribunaux avoient été ôtés aux chevaliers
Romains et donnés aux sénateurs ; mécontent de la
manière dont se rendoit la justice , on auroit désiré
qu'ils fussent ôtés à ceux-ci, et rendus à ceux-là.

au Sénat, se plaignent de n'avoir pas d'assez fermes accusateurs : ceux qui ont assez de force pour accuser, regrettent l'ancienne rigueur des jugemens. Quant au Peuple Romain, quoiqu'assez occupé de ses malheurs et de ses détresses (2), il ne souhaite rien tant que de revoir, dans la république, l'antique sévérité, l'antique intégrité des tribunaux. Regret des jugemens passés, corruption des jugemens présens, fautes et déshonneur des juges ; voilà ce qui a fait désirer et demander, avec instance, le rétablissement de la puissance tribunitienne (3), un autre ordre chargé de rendre la justice, et même l'autorité de censeur, qui autrefois sembloit si dure au peuple, et qui aujourd'hui lui paroît agréable et digne de ses éloges. Au milieu de tous les excès d'une licence coupable, au milieu des plaintes journalières du peuple

---

(1) Malheurs et détresses, suites des guerres civiles et des tems rigoureux de Sylla.

(2) Sylla, en laissant subsister les tribuns du peuple, leur avoit ôté presque tous leurs droits et priviléges, entre autres celui d'accuser qui ils vouloient devant le peuple, et principalement les juge prévaricateurs. La censure avoit été entièrement supprimée.

Romain , du décri des tribunaux, des reproches faits à tout l'ordre des sénateurs , persuadé qu'il n'y avoit pas d'autre remède à tous
nos maux , sinon que des hommes fermes et
intègres voulussent se charger de la défense des
loix et de la république , je l'avoue, j'ai entrepris , pour le bien général , de soulager la partie
de l'état qui se trouvoit la plus malade.

Après vous avoir exposé les motifs qui m'ont
engagé à me charger de cette cause , il faut nécessairement, Romains , que je m'explique sur
la contestation survenue entre Cécilius et moi ,
afin que vous sachiez à quoi vous en tenir dans
le choix d'un accusateur. Sans doute , lorsqu'un citoyen est cité en justice pour crime de
concussion , s'il est question de choisir un accusateur entre plusieurs prétendans , on doit
sur-tout examiner quel est celui que désirent
le plus ceux qui se plaignent d'avoir essuyé
les injustices , quel est celui que souhaitent le
moins ceux qui sont accusés de les avoir commises.

Ces deux points de la cause sont évidens ; je
ne laisserai pas de les traiter l'un et l'autre , et
d'abord je m'occuperai de l'objet qui doit faire
le plus d'impression sur vous, c'est-à-dire, du

désir de ceux qui ont essuyé les injures, et en
faveur desquels on a établi le jugement de concussion.

Verrès est accusé d'avoir, pendant trois
ans, ravagé la province de Sicile, dévasté les
villes des Siciliens, épuisé les maisons, dépouillé les temples. Les Siciliens en corps se
sont rendus à Rome; ils se plaignent de Verrès;
ils réclament mon zèle qu'ils ont mis à l'é-
preuve, qu'ils connoissent depuis long-tems.
Ils implorent, par ma bouche, vos secours et
celui des loix du Peuple Romain; ils veulent
que je les défende dans leurs calamités, que
je venge leurs injures, que je discute leurs
droits, que je plaide seul leur cause.

Direz-vous, Cécilius, que ce n'est point à
leur sollicitation que je me présente pour accuser celui qu'ils poursuivent, ou que le vœu
de bons et fidèles alliés, ne doit pas être d'un
grand poids auprès des juges. Si vous osez dire
ce que Verrès, dont vous feignez d'être l'ennemi, voudroit sur-tout faire croire, que les Siciliens ne m'ont pas sollicité d'abord, vous
favoriserez la cause de votre ennemi; car on
regarde, non comme un préjugé, mais comme
un jugement formel déja prononcé contre

Verrès , ce bruit généralement répandu , que les Siciliens ont cherché quelqu'un pour plaider leur cause , et venger leurs injures. Si vous, son ennemi , niez un fait qu'il n'ose pas nier lui-même , quoique très-favorable à sa cause, prenez garde de paroître trop ami de vos inimitiés. Ensuite , j'ai pour témoins les plus qualifiés personnages de notre ville. Il n'est pas nécessaire de les nommer tous ; je ne citerai que ceux qui sont présens à cette cause , et que je ne voudrois pas avoir pour témoins de mon imprudence, si j'avançois une fausseté. J'en atteste Caïus Marcellus, assis au rang des juges ; j'en atteste Lentulus Marcellinus (1) aussi présent. C'est sur leur protection que les Siciliens fondent leur appui le plus ferme, parce que toute la province est comme liée et enchaînée à ce grand nom. Ils savent que les Siciliens m'ont sollicité si souvent et si instamment,

(1) Marcellus et Marcellinus étoient des noms de la même famille. Cnæus Lentulus Marcellinus , de la famille de Marcellus , étoit passé par adoption dans celle de Cornélius. Les Marcellus étoient les principaux protecteurs de la Sicile , depuis que le Marcellus, vainqueur de Syracuse, avoit épargné cette superbe ville.

qu'il falloit ou me rendre à leurs désirs, ou manquer aux devoirs de l'amitié. Mais, pourquoi recourir à ces témoins, comme s'il s'agissoit d'un fait obscur ou douteux ? Voici les habitans les plus distingués de la Sicile, qui se présentent à vous, Romains, pour vous prier et vous conjurer de confirmer, par votre jugement, le choix qu'ils ont fait d'un accusateur. Voici les députés de toutes les villes de cette province, à l'exception de deux seulement : et même, si celles-ci en avoient envoyé, elles affoibliroient, par cette démarche, deux délits (1) des plus graves, qui leur sont communs avec Verrès.

Mais, pourquoi les Siciliens se sont-ils adressés à moi de préférence ? J'en dirois la raison s'il étoit douteux qu'ils se fussent adressés à moi ; mais, puisque la chose est si évidente qu'on en peut juger par ses propres yeux (2),

(1) *Deux délits*, l'un, d'avoir rendu la ville de Syracuse complice de certains vols, l'autre, d'avoir fait de Messine la receleuse de ses rapines : car Messine et Syracuse sont les deux villes dont parle ici l'orateur.

(2) On voyoit à Rome, tous les députés de la Sicile, visiter Cicéron et implorer son secours.

je ne vois pas pour quelle raison on pourroit me faire un reproche et tirer avantage de ce que j'ai été choisi préférablement à tout autre. Au reste, je n'ai point assez de présomption, pour annoncer à mes juges, et même pour laisser croire à qui que ce soit, que les Siciliens m'ont préféré à tous leurs protecteurs. Non, il n'en est pas ainsi. Ils ont consulté, dans leur choix, l'occupation actuelle de chacun, l'état de sa santé, ses moyens pour la plaidoirie (3). Quant à moi personnellement, telle a toujours été, dans leur cause, ma façon de voir et de sentir : j'aurois mieux aimé que tout autre que moi, parmi ceux qui pouvoient les défendre, s'en fût chargé ; mais j'aimois mieux qu'ils fussent défendus par moi que de ne l'être par personne.

Puis donc qu'il est constant que les Siciliens m'ont sollicité, il me reste à examiner quelle impression doit faire, sur vos esprits, ce vœu de toute la Sicile ; de quel poids doivent être

(1) Un des Marcellus étoit juge, un autre étoit plus versé dans la science du droit que dans l'éloquence, Marcellinus étoit d'une santé très-délicate ; c'est l'explication d'Asconius.

auprès de vous, les supplications de vos alliés qui viennent vous demander justice. Est-il nécessaire que j'entre là-dessus dans de grands détails ? Comme si l'on ne savoit pas que la loi concernant le crime de concussion, a été établie pour les alliés. En effet, des citoyens à qui on a enlevé leur bien, ont recours à l'action civile, et au droit établi entre particuliers. La loi pour les concussions est la loi des alliés ; ce droit est le droit des nations étrangères : c'est là leur citadelle, moins fortifiée (1), il est vrai, qu'elle ne l'étoit auparavant ; mais enfin, s'il reste à nos alliés quelqu'espérance, c'est sur cette loi qu'ils la fondent ; elle seule est capable de les rassurer. Ce n'est pas seulement le Peuple Romain, ce sont encore les peuples les plus éloignés qui souhaitent, depuis long-tems, qu'il y ait des juges sévères pour maintenir cette loi. Qui pourroit donc contester qu'on ne doive user du privilége de la loi, conformément aux désirs de ceux pour lesquels elle a été établie ? Si toute la Sicile ensemble pouvoit parler, voici ce qu'elle

_____

(1) *Moins fortifiée*, parce que les juges sont aujourd'hui moins sévères qu'ils ne l'étoient auparavant.

diroit : Tout ce qu'il y avoit d'ornemens en or et en argent dans mes villes , dans mes maisons , dans mes temples , vous me les avez enlevés , Verrès ; tous ces priviléges que je tenois du Sénat et du Peuple Romain , vous m'en avez dépouillée. C'est pour cela que je vous redemande , en vertu de la loi, cent millions de sesterces (1). Si toute la province , je le répète , pouvoit prendre la parole , elle tiendroit ce langage : ne le pouvant pas , elle a choisi , pour plaider sa cause , celui qu'elle en a jugé le plus capable. Dans une telle circonstance , qui auroit assez de front pour se charger ou se mêler d'une cause qui ne les regarde point , malgré ceux qu'elle intéresse uniquement ?

Si les Siciliens vous disoient , Cécilius : Nous ne vous connoissons pas ; nous ignorons qui vous êtes ; nous vous voyons aujourd'hui pour la première fois ; permettez-nous de défendre nos intérêts les plus chers par le minis-

(1) 12,500,000 livres. Cicéron fait parler ici la Sicile même ; il porte plus haut ses conclusions, qu'il ne les portera quand il plaidera en règle. Il ne conclura alors qu'à quarante millions de sesterces , 5,000,000 livres.

tère de celui dont le zèle nous est connu ; ce
discours ne devroit-il pas être approuvé généralement? Ils font plus; ils disent qu'ils nous
connoissent tous deux , qu'ils désirent l'un
pour défenseur , qu'ils refusent absolument
l'autre. Ils se font assez entendre quand ils ne
s'expliqueroient pas ; mais ils s'expliquent.
Et vous vous présenterez , Cécilius , contre
leur volonté bien marquée ! Et vous défen-
drez des hommes qui aiment mieux être abandonnés de tout le monde, que d'être défendus
par vous ! Et vous promettrez vos services à
des peuples qui ne vous croient pas bien in-
tentionné pour eux , ni en état de les servir,
quand vous auriez les meilleures intentions !
pourquoi vous efforcer de leur ravir les foibles
ressources qui leur restent dans la sévérité des
loix et des jugemens ? Pourquoi vous entre-
mettre dans une affaire contre la volonté bien
reconnue de ceux dont la loi cherche sur-tout
l'avantage ? Pourquoi entreprendre de ruiner
entièrement les espérances de ceux que vous
avez assez mal servis dans la province ? Pourquoi leur enlever le pouvoir , non-seulement de
réclamer leurs droits, mais même de déplorer
leurs malheurs ? Si vous accusiez Verrès , ver-

roit-on,

roit-on , croyez-vous , se présenter ici ces hommes qui cherchent , non à se venger d'un
autre par votre moyen , mais à se venger de
vous par le moyen d'un autre?

Il est clair, sans doute (1), que les Siciliens
me désirent le plus pour leur défenseur; mais
cette autre question est peut-être obscure ;
quel est celui que Verrès souhaite le moins
pour accusateur?

S'employa-t-on jamais si hautement et si vivement pour obtenir les dignités , pour défendre ses plus chers intérêts , que l'accusé et
ses amis, pour empêcher qu'on ne me défère
cette accusation ? Il est bien des qualités , Cécilius, que Verrès croit être en moi et qu'il
sait n'être pas en vous. J'expliquerai , par la
suite, à quel dégré nous les possédons l'un et
l'autre : je dirai seulement ici, et vous en con-
viendrez intérieurement , qu'il n'est rien en
moi qu'il méprise , qu'il n'est rien en vous
qu'il redoute. Aussi, son grand défenseur et
son ami zélé , Hortensius vous est aussi favorable qu'il m'est contraire. Il demande, sans

(1) J'ai traduit comme si on lisoit , *at enim solum
id perspicuum est.*

Tome III. E.

détour, aux juges qu'on vous donne la préférence ; suivant lui, sa prétention n'a rien que
d'honnête ; elle ne doit choquer ni révolter
personne. Car, dit-il, je ne demande pas ce
que j'ai coutume d'obtenir, quand je m'y emploie avec chaleur, que l'accusé soit absous,
mais qu'il soit accusé par celui-ci plutôt que
par celui-là ; voilà tout ce que je demande. Ac-
cordez-moi cette grace ; la chose est facile,
honnête ; elle n'a rien d'odieux : en me l'accordant, vous n'avez aucun risque à courir,
aucun deshonneur à craindre ; accordez-la-
moi, afin que celui pour lequel je m'intéresse
soit absous ; et pour ajouter la crainte au
crédit, il dit encore qu'il a, dans le tribunal,
des hommes affidés auxquels il veut qu'on
montre les tablettes des suffrages (1) ; que rien

(1) Dans les causes importantes, où il y avoit un
certain nombre de juges, on leur remettoit à chacun
une tablette, sur laquelle ils mettoient leur avis, et
qu'ils jetoient dans une boîte nommée *cista*, en se
présentant tous ensemble et non un à un. Cicéron,
qui veut faire soupçonner qu'Hortensius avoit cor-
rompu des juges, et que, pour s'assurer si ces juges
avoient rempli leur engagement, il devoit exiger
qu'ils montrassent à quelqu'un la tablette de leur

n'est plus facile , parce que les juges ne donnent pas leurs suffrages chacun à part, mais tous ensemble (1); il ajoute qu'on remettra à chacun une tablette de couleur ordinaire, non ces tablettes si odieuses et si criminelles. Au reste, c'est moins par amitié pour Verrès qu'Hortensius s'intrigue , que parce qu'en général il voit avec peine que, si l'on fait passer les accusations , des mains de ces jeunes nobles dont il s'est moqué jusqu'à présent, et de ces vils délateurs (2) qu'il méprisa toujours avec

suffrage, avant de la jeter dans la boîte, fait raisonner ainsi Hortensius ; comme les juges se présentent tous ensemble à la boîte , il sera plus facile de montrer les tablettes à mes hommes affidés , pris , sans doute, parmi les juges eux-mêmes. L'orateur rappelle à cette occasion une circonstance où Hortensius avoit marqué de diverses couleurs les tablettes remises aux juges , *ces tablettes* , dit-il, *si odieuses et si criminelles.*

(1) Latin *constituere ;* Asconius explique ainsi ce mot , *tabulas in cistâ ponere.*

(2) On appeloit en latin *quadruplatores* , ces accusateurs ou délateurs à qui on adjugeoit la quatrième partie des biens de ceux qu'ils avoient accusés ou dénoncés.

raison, qu'il compta pour rien, dans les mains de personnages fermes et d'une probité reconnue, il ne pourra plus dominer dans les tribunaux.

Je le préviens que, si vous me nommez pour plaider cette cause, il lui faudra changer toute sa manière, mais pour en prendre une qui sera plus honnête, je dis même qui lui sera plus avantageuse : il lui faudroit imiter ces grands hommes qu'il a vus dans sa jeunesse, Lucius Crassus et Marcus Antonius (1), qui ne croyoient devoir apporter aux tribunaux et à la défense de leurs amis que le zèle et les talens. Si je suis accusateur, qu'il ne s'imagine pas pouvoir corrompre les juges, sans que bien des personnes courent les plus grands risques.

Pour moi, en me chargeant de la cause des seuls Siciliens, (1) je crois me charger de celle du

(1) Orateurs célèbres, qui étoient morts dans la première jeunesse de Cicéron, mais avec lesquels s'étoit trouvé Hortensius, étant un peu plus âgé que notre orateur.

(1) Voilà principalement en quoi diffèrent *recipere* et *suscipere. Recipitur pars alicujus rei, totum sus-*

Peuple Romain entier. Je n'ai pas à faire punir un seul homme pervers, ce que les Siciliens demandent de moi; mais, ce qui est, depuis long-tems, le vœu du Peuple Romain, je voudrois détruire, je voudrois anéantir toute perversité. De quels efforts je suis capable dans cette partie, quels succès je puis obtenir, j'aime mieux le laisser espérer aux autres que de l'annoncer moi-même. Mais, vous, Cécilius, quelles sont vos forces? quelle est l'affaire, quelle est la circonstance, où vous vous soyez fait connoître, où vous vous soyez seulement essayé? sentez-vous combien il est difficile de plaider une cause publique? de développer toute la vie d'un homme, d'en instruire les juges, de l'exposer aux yeux et aux regards des citoyens; d'avoir à parler pour le salut des alliés, pour les intérêts des provinces, pour l'autorité des loix, pour la sévérité des tribunaux?

Apprenez de moi, puisque c'est la première occasion qui s'offre de vous instruire, combien de qualités sont requises dans un homme qui

cipitur : *recipitur res alterius rogatu , suscipimus rem ultrò et propter rem ipsam.*

E 3

en accuse un autre. Si vous vous en connoissez une seule, oui, ce que vous ambitionnez, je vous le cède moi-même volontairement.

Il faut d'abord avoir mené une vie sans reproche et sans tache : car, il n'est rien de plus insoutenable que de prétendre demander compte à autrui de sa conduite, quand soi-même on n'est pas en état de rendre compte de la sienne. Je ne m'étendrai point ici sur ce qui vous regarde : tout le monde, je crois, s'apperçoit assez que vous n'avez pu jusqu'à présent être connu que des Siciliens ; et les Siciliens, tout irrités qu'ils sont contre celui-là même dont vous vous dites l'ennemi, déclarent qu'ils ne se trouveront pas à la cause si vous la plaidez. Je ne vous dirai point quel est leur motif ; laissez les juges concevoir le soupçon qu'ils ne peuvent s'empêcher de prendre. Quant aux Siciliens, comme ils sont naturellement très-subtils et fort soupçonneux, ils s'imaginent, ils soupçonnent, que vous avez envie, non de transporter de Sicile les registres pour en faire usage contre Verrès ; mais de les enlever et de les supprimer, parce que sa préture et votre questure sont consignées dans les mêmes registres.

La seconde qualité d'un accusateur est d'être franc et de bonne-foi. Quand je vous croirois homme à désirer de vous montrer tel que je dis, je conçois sans peine que vous ne le pourriez pas. Je ne dirai point, ce que pourtant il vous seroit impossible de nier, qu'avant de quitter la Sicile, vous vous êtes réconcilié avec Verrès ; qu'à votre départ Verrès a retenu dans la province Potamon votre secrétaire et votre ami intime ; que Marcus Cécilius votre frère, jeune homme d'un mérite rare (1), loin de se joindre à vous pour venger vos injures, est actuellement encore avec Verrès, vivant avec lui dans la plus grande intimité.

Il est encore beaucoup d'autres indices qui prouvent que vous n'êtes point accusateur de bonne-foi ; je les supprime, et je me contente de dire qu'eussiez-vous la plus grande envie d'accuser sérieusement, cela vous seroit impossible. Je vois, en effet, qu'il est beaucoup de chefs d'accusation, par exemple, qui vous

(1) Cet éloge est-il sérieux ou ironique ? C'est sur quoi les critiques ne sont pas d'accord ; mais comme rien n'indique l'ironie, je croirois que l'éloge est sérieux.

E 4

sont tellement communs avec Verrès qu'en l'accusant vous n'oserez y toucher.

Toute la Sicile se plaint que Verrès, lorsqu'il se faisoit payer le blé pour la provision de sa maison (1), ait exigé des agriculteurs au lieu de blé douze sesterces par boisseau, quoiqu'alors le boisseau ne valût que deux sesterces. L'accusation est grave, la somme immense, le vol impudent, l'injustice criante ; ce délit unique est plus que suffisant pour le faire condamner. Vous, Cécilius, quel parti prendrez-vous ? abandonnerez-vous un pareil délit, ou le reprocherez-vous à Verrès ? si vous le lui reprochez, ferez-vous un crime à un autre de ce que vous avez fait vous-même dans le même tems, dans la même province ? oserez-vous intenter à un autre une accusation qui vous réduiroit à passer condamnation sur vous-même ? Si vous abandonnez ce délit, que penser d'un accusateur qui, dans la crainte d'un danger

(1) Les provinces devoient fournir aux gouverneurs tant de blé pour la provision de leur maison : ils pouvoient prendre de l'argent au lieu de blé. Verrès avoit exigé dans sa province douze sesterces par boisseau, c'est-à-dire, environ 36 sous de notre monnoie.

personnel, redoutera d'employer le soupçon
et même la simple mention du délit le plus
grave et le plus avéré ?

Sous la préture de Verrès, on a acheté du blé
des Siciliens (1), d'après un décret de notre sénat, ce blé n'a pas été payé le prix qu'il devoit
l'être. Cette acccusation contre Verrès est grave;
je dis grave entre mes mains : elle seroit nulle
entre les vôtres. En effet, vous étiez questeur,
vous aviez le maniement des deniers publics, vous
étiez maître en grande partie d'empêcher que
le préteur les dissipât malgré vous. Voilà donc
encore un délit dont il ne sera fait aucune
mention, si vous accusez Verrès. On se taira
durant tout le cours du procès sur les vols les
plus énormes et les plus notoires. Croyez-moi,
Cécilius, un accusateur ne peut pas défendre
nos alliés sérieusement, lorsque dans les chefs
de l'accusation il est de moitié avec l'accusé.
Les adjudicataires (1) ont exigé des villes de

_____

(1) Outre le blé que les Siciliens devoient fournir
gratuitement, ils devoient en vendre une certaine
quantité. Verrès n'avoit point payé ce blé le prix qu'il
devoit l'être d'après le sénatus-consulte.

(2) Les adjudicatures, latin *mancipes*, les princi-

l'argent au lieu de blé. Cela s'est-il fait seulement sous la préture de Verrès ? non , mais encore sous la questure de Cécilius. Quoi donc? ferez-vous un crime à quelqu'un de ce que vous avez pu et dû empêcher ? N'en direz-vous point un seul mot? on ne reprochera donc pas à Verrès quand on l'accusera, ce qu'il ne trouvoit aucun moyen de justifier quand il le faisoit ?

Je parle de vols qui sont connus de tout le monde ; il en est d'autres plus obscurs que Verrès a partagés fort honnêtement avec son questeur , sans doute , afin de réprimer les mouvemens trop vifs de son zèle. Vous savez, Cécilius , qu'on m'a dénoncé ces vols. Si je les publiois , on verroit sans peine que vous avez été tous deux du plus parfait accord , et même que le butin n'est pas encore partagé. Si donc vous demandez qu'on vous accorde le droit d'être délateur de Verrès , parce que vous avez été son complice (1) ; je vous cède ce droit si

paux des fermiers publics , qui se faisoient adjuger la commission de recueillir le blé pour la provision du peuple Romain.

(1) Le complice de certains crimes pouvoit obtenir l'impunité , et même une récompense , quand il s'en rendoit le dénonciateur. Mais le dénonciateur ou déla-

la loi vous le donne. Mais s'il s'agit d'être son accusateur, il faut que vous cédiez à ceux qu'aucun délit personnel n'empêche de dévoiler les délits d'autrui. Et voyez combien mon accusation différera de la vôtre. Je dois imputer à Verrès, même le mal que vous avez fait seul, parce que revêtu de la souveraine puissance il ne vous en a point empêché ; vous au contraire, vous ne lui reprocherez pas même ses propres crimes, de peur qu'on ne vous accuse d'y avoir eu quelque part.

Mais, Cécilius, pensez-vous qu'on doive être indifférent sur les qualités nécessaires pour défendre une cause, et sur-tout une cause de cette importance ? ne faut-il pas quelque talent, quelque usage de la parole, quelque exercice du barreau, quelque connoissance des loix et des jugemens ?

Je sens qu'ici le pas est glissant et difficile à franchir. Toute jactance est odieuse, mais la moins supportable seroit de vanter son esprit et son éloquence. Je ne dirai donc rien de

teur de crimes de concussion ne jouissoit point de ce privilége. Asconius ajoute qu'un sénateur ne pouvoit être dénonciateur, ce qui annonce que Cécilius étoit sénateur.

mes talens : je n'ai rien à en dire ; et quand je
pourrois en parler, je m'en dispenserois. Quelque opinion qu'on ait de moi à ce sujet , elle
me suffit. Si cette opinion est foible, je ne
pourrois l'augmenter en me faisant valoir.

Je vais vous parler de vous , Cécilius, et
vous parler en ami, sans songer à notre dé-
mêlé et à nos prétentions réciproques. Examinez
avec une sérieuse attention ce que vous-même
pensez de vous : faites un retour sur vous-même;
considérez ce que vous êtes et ce que vous
pouvez. Lorsque vous serez chargé d'une cause
qui intéresse le salut des alliés, le sort d'une
province, les droits du peuple Romain , la
sévérité des loix et des jugemens, croyez-vous
avoir assez de voix, de mémoire, de génie,
d'intelligence, pour suffire à tant d'objets , et
d'objets si graves, si importans, si variés ?
Tous les crimes que Verrès a commis pendant
sa questure, pendant sa lieutenance , pendant
sa préture , à Rome, dans l'Italie (1), dans
l'Achaïe , l'Asie , la Pamphilie, pourrez-vous
les distinguer par chefs et par articles selon les

(1) La jurisdiction du préteur de Rome s'étendoit
dans une partie de l'Italie.

tems et les lieux ? et ce qui est essentiel lorsqu'on accuse un tel homme, en rapportant de lui tous les traits de passion, de cruauté, de scélératesse, pourrez-vous les présenter de telle sorte qu'ils paroissent aussi révoltans, aussi atroces à ceux qui en entendront le récit, qu'ils ont paru à ceux qui en ont ressenti les effets ? L'entreprise, croyez-moi, est difficile; n'en jugez pas avec mépris. Il faut tout dire, tout démontrer, tout développer. Il ne faut pas simplement exposer la cause, il faut la traiter avec force et avec étendue. Pour vous faire honneur et réussir, il ne faut pas seulement vous procurer des auditeurs, mais attirer et fixer leur attention. Vous auriez reçu de la nature le plus heureux génie, vous vous seriez appliqué dès votre plus tendre jeunesse aux sciences et aux lettres, vous en auriez fait une étude particulière, vous auriez appris la langue grecque à Athènes et non à Lilybée (1), la latine, à Rome et non dans la Sicile, qu'il ne vous seroit

(1) Cécilius étoit Sicilien d'origine ; il avoit été élevé probablement à Lilybée, où l'on parloit mal le grec ; ou bien peut-être avoit-il été questeur dans ce département.

pas encore aisé de plaider une si grande cause ,
une cause qui occupe tous les esprits : il ne
vous seroit pas aisé de rechercher les faits avec
exactitude , de les renfermer dans votre mémoire , de les exposer dans un discours , de les
soutenir et de les animer par la force et la
véhémence de la déclamation.

Vous me direz peut-être ; Quoi donc ? vous-
même possédez-vous toutes ces qualités ? eh!
que ne puis-je dire que je les possède ! mais ,
enfin , dès mon enfance j'ai travaillé avec
ardeur , j'ai fait les plus grands efforts , pour
les acquérir : et si , vu l'importance et la difficulté des objets , je n'ai pu réussir moi qui m'y
suis appliqué toute ma vie ; combien plus
êtes vous éloigné , Cécilius, d'avoir les qualités nécessaires , vous qui n'y avez jamais
pensé auparavant , et qui ne soupçonnez pas
ce qu'elles peuvent être à présent même que
vous voulez en faire l'essai. Moi qui , comme
tout le monde sait, me suis tellement occupé du
barreau et des affaires , que personne ou très-peu
de mon âge n'ont plaidé autant de causes ; moi
qui emploie tout le tems que me laissent les affaires de mes amis à l'étude et au travail du cabinet,
pour être plus en état de paroître et de parler

levant les juges ; oui , j'en atteste les dieux ;
quand je pense au jour où , l'accusé étant cité
par ordre du préteur , il faudra que je parle , je
suis effrayé de cette seule pensée, je frissonne
de tous mes membres. Je m'imagine déja et me
représente d'avance l'empressement et le concours des auditeurs , l'attente de tout le peuple
dans une aussi grande cause, l'immense multitude qu'attirera le décri d'un pareil accusé,
l'attention que me conciliera le récit de ses
crimes. Rempli de ces idées, je crains dès à
présent de ne pouvoir parler d'une manière
qui réponde au juste ressentiment de ceux qui
sont les plus animés contre Verrès, à l'attente
du public , et à l'importance du sujet. Vous ,
Cécilius , vous ne craignez rien de tout cela ,
vous n'y pensez pas même, vous ne vous en
occupez pas ; et pourvu que vous puissiez
mettre dans votre mémoire quelques-uns de ces
vieux exordes , *j'invoque* (1) *le grand Jupiter*. . .
j'aurois voulu, Romains , s'il eût été possible. . .
ou quelque autre , vous vous croyez bien

(1) *J'invoque... J'aurois voulu...* Commencemens
d'anciens exordes très-connus, sans doute , du tems
de Cicéron.

préparé et bien muni pour paroître au tribunal.

Il est certain que vous ne seriez pas en état
de développer la cause, n'y eût-il personne
pour vous répondre.

Mais ne faite-svous pas même cette réflexion,
que vous entrerez en lice avec l'homme le plus
disert, exercé depuis long-tems à parler, avec
qui il faudra, tantôt employer la force du raisonnement, tantôt épuiser les moyens et les
ressources de la parole ? J'admire ses talens,
mais je ne les crains pas ; j'applaudis à son
éloquence, mais si elle a droit de me plaire,
elle ne sauroit me séduire. Quelle que soit son
adresse, il ne me surprendra pas; quelle que soit
sa subtilité, il ne me fera pas tomber dans le
piége; quel que soit son génie, il ne pourra
me renverser, ni même m'ébranler. Je connois
tous ses artifices, je connois tous les coups
qu'il sait porter (1); nous avons souvent défendu
la même cause, nous avons souvent plaidé l'un
contre l'autre. En parlant contre moi il ne

(1) *Petitiones*, mot pris des combats de gladiateurs ;
manières d'attaquer, coups portés : nous dirions,
bottes portées, en termes d'escrime et en langage
vulgaire.

laissera

laissera pas de craindre malgré tout son talent, une lutte où le public sera juge. Pour vous, Cécilius, je m'imagine déjà voir comment il vous retournera de toutes les manières, combien de fois il vous donnera à choisir, il vous laissera le maître d'affirmer ou de nier le fait, de dire qu'il est vrai ou faux, pour vous combattre ensuite, quelque parti que vous preniez. Dans quelle agitation, je vous le demande, ne serez-vous pas alors ! comme vous serez étourdi, comme vous serez ébloui, étant aussi peu subtil que vous l'êtes ! Que sera-ce lorsqu'il reprendra les points de votre accusation, qu'il comptera par ses doigts les diverses parties de la cause (1); lorsqu'il pesera vos raisons, qu'il les discutera, qu'il les détruira ? certes, vous commencerez à craindre vous-même que vous n'ayez appellé en justice un homme innocent. Que sera-ce lorsqu'il cherchera à exciter la compassion, qu'il éclatera en plaintes, qu'il fera tomber sur vous l'odieux dont il aura

(1) Cicéron badine sur l'usage où étoit Hortensius de toujours diviser en parlant, et de compter par ses doigts les divers points qu'il devoit prouver ou réfuter.

Tome III.   F

déchargé en partie l'accusé; lorsqu'il parlera
de la liaison établie nécessairement entre le
préteur et le questeur, des usages de nos ancêtres, de la sainteté de vos engagemens (1)
avec Verrès ? pourriez vous supporter l'odieux
dont vous auront chargé ses reproches? Faites-
y attention, et une attention sérieuse : il est
à craindre, ce me semble, que non seulement
il ne vous accable par la force de ses paroles,
mais que de son seul geste (2), des seuls mouvemens de son corps, il ne vous éblouisse, il
ne vous fasse perdre de vue, et ce que vous aurez
médité, et ce qui pourroit vous venir sur-le-
champ. Et l'on sera à portée d'en juger tout à
l'heure. Si vous pouvez aujourd'hui me répondre sur ce que je dis, si vous vous écartez en rien
de l'écrit qu'un je ne sais quel rhéteur, votre
maître d'escrime, a fait pour vous d'après de
vieilles déclamations, je croirai que vous êtes
en état de plaider cette cause, et de remplir

(1) *Religionem sortis.* On tiroit ordinairement au
sort les provinces où l'on devoit exercer la questure,
et l'on regardoit comme un père le prétenr que le sort
avoit donné.

(2) Hortensius étoit connu par la beauté de son
geste ; on lui reprochoit même de le trop étudier.

les obligations d'une telle entreprise. Mais si vous ne pouvez rien contre moi dans cette légère escarmouche, que pourrez-vous dans un combat en règle contre un redoutable adversaire ?

Soit, dira-t-on, Cécilius n'est rien par lui-même, il ne peut rien, mais il est secondé (1) par des hommes qui avec le talent de la parole ont de l'exercice. C'est toujours quelque chose, bien que ce ne soit pas assez : le principal accusateur doit être plus en état que les autres, mieux muni de toutes les qualités nécessaires. Quoi qu'il en soit, Cécilius est d'abord secondé par Apuléius qui, sans être jeune, n'est encore qu'un apprentif dans l'exercice et dans les pratiques du barreau. Il a ensuite avec lui Alliénus, je pense. Les tribunaux (2) du moins sont connus à celui-ci. Je n'ai jamais trop remarqué son talent pour la parole ; je sais

(1) On appeloit en latin *subscriptores*, des accusateurs en second qui se joignoient à l'accusateur principal, soit avec son consentement pour l'aider et le seconder, soit malgré lui pour le veiller et l'observer, pour l'obliger à accuser franchement.

(2) On appeloit *subsellia*, les bancs des juges, des avocats et des témoins.

seulement qu'il a de forts poumons, qu'il est
exercé à crier. C'est sur lui, Cécilius, que vous
fondez votre espoir, si vous êtes nommé accusateur de Verrès ; c'est lui qui soutiendra tout
le poids de la plaidoierie. Mais afin de ménager
votre honneur et votre gloire, il ne fera pas
même usage de tout son talent : il relâchera un
peu de sa déclamation véhémente, dans la
crainte de vous effacer ; attention qu'ont
ordinairement les acteurs Grecs. Souvent celui
qui n'a que le second ou le troisième rôle,
pouvant élever la voix plus que celui qui est
chargé du premier, baisse de beaucoup son
ton, afin que le premier acteur conserve sa
supériorité. A leur exemple, Alliénus plein
d'égards pour vous et de complaisances, ne
fera pas tout ce qu'il pourroit. Mais vous voyez,
Romains, quels accusateurs nous aurons dans
une cause aussi importante, puisque Alliénus
affoiblira à dessein son talent modique, et
que Cécilius ne se croira quelque chose qu'autant qu'Alliénus, n'employant pas toute sa
force, lui cédera le premier rôle. J'ignore quel
sera le quatrième (1) accusateur, à moins qu'il

_____

(1) *Le quatrième*, en comptant Cécilius. —— *Ces*

ne soit tiré de la troupe de ces discoureurs subalternes , qui ont demandé de l'emploi quel que soit celui que les juges choisissent pour accusateur en chef. Vous êtes si bien en état , Cécilius, qu'il vous faut prendre les premiers venus parmi des hommes tout-à-fait étrangers au barreau. Je ne leur ferai pas l'honneur de réfuter exprès ce qu'ils pourront dire , ou de répondre à chacun en particulier. Je leur rendrai à tous ensemble ce que je leur dois , en peu de mots et comme en passant , puisque c'est par hasard que j'ai parlé d'eux.

Vous semble-t-il, leur puis-je dire à tous , que je sois dans une assez grande disette d'amis pour choisir un second parmi tout le monde indifféremment, et non parmi ceux que j'ai amenés ? et vous autres , êtes-vous dans une assez grande disette d'accusés pour vouloir

---

discoureurs subalternes. Voilà comme j'ai rendu *moratorum.* Suivant Asconius, *moratores* étoient des parleurs sans talens , qu'on employoit pour amuser le tems , et pour soulager les orateurs plus habiles. Il s'ensuivroit de ce passage de Cicéron , qu'il y avoit toujours quatre accusateurs ; mais on doit seulement en inférer que c'étoit assez l'ordinaire sans que cela fût une règle. *Alienissimis,* sans doute , *à causis dicendis.*

F 3

m'enlever une cause dont je suis chargé , plutôt
que de chercher dans les tribunaux inférieurs
(1) des accusés qui vous conviennent ? Donnez-
moi pour surveillant à Cicéron , dit un de vous.
Mais de combien de surveillans n'aurai-je pas
besoin , moi, si je vous laisse prendre connoissance de mes pièces ? il faudra que je veille,
non seulement à ce que vous n'en révéliez ,
mais encore à ce que vous n'en détourniez
aucune. Pour conclure sur cet article , voici ce
que je vous réponds à tous en deux mots : les
juges ne souffriront pas que personne s'entre-
mette malgré moi dans une cause d'une telle
importance , dans une cause qui m'a été
confiée , et dont je me charge. Ma droiture n'a
pas besoin d'un surveillant, et ma vigilance
craint un espion.

Mais pour revenir à vous , Cécilius , vous
voyez combien de choses vous manquent ;

(1) Mot à mot , *de la colonne Ménia* , où sié-
geoient les triumvirs , lequels jugeoient des délits de
la dernière classe des citoyens , et de ceux qui n'étant
pas citoyens habitoient la ville. *Reos vestri ordinis* ,
c'est-à-dire, (c'est l'explication d'Asconius) , *reos
vestrâ defensione condignos.*

vous sentez d'une autre part combien vous en réunissez qu'un accusé coupable désire de trouver dans un accusateur.

Que peut-on répondre à tout ce que je viens de dire ? je ne demande pas ce que vous, Cécilius , vous pouvez répondre ; car ce n'est pas vous qui répondrez , mais l'écrit que tient en main votre souffleur. S'il fait bien , il vous donnera tout bas un bon avis, il vous conseillera de vous retirer sans me répondre un mot. Eh ! que pourriez-vous dire? Direz-vous , comme vous le répétez sans cesse, que vous avez à vous plaindre de Verrès? En effet , il ne seroit guères vraisemblable qu'ayant maltraité tous les Siciliens , vous eussiez été le seul privilégié, (1) le seul qu'il eût épargné. Mais les autres Siciliens ont trouvé un vengeur de leurs injures ; vous , en voulant venger les vôtres par vous-même , ce qui est au-dessus de vos forces , vous travaillez à laisser les vôtres et celles d'autrui sans vengeance et sans punition. Ignorez-vous d'ailleurs qu'il ne faut pas

(1) *Vous eussiez été le seul :* il faut se souvenir , ce que Cicéron rappelle de tems en tems, que Cécilius étoit Sicilien d'origine.

F 4

seulement examiner celui qui est en droit de se venger, mais celui qui en a la puissance ; qu'il faut préférer quiconque réunit les deux avantages ; mais que, s'ils sont séparés, le pouvoir est préférable au vouloir. Que si vous croyez qu'il faille choisir pour accusateur celui qui a le plus à se plaindre de Verrès, à quoi les juges doivent-ils être plus sensibles, ou à vos injures particulières, ou à la dévastation et à la ruine de toute la Sicile ? Vous m'accorderez, je pense, que les injures faites à la province sont beaucoup plus graves et doivent le paroître à tout le monde. Souffrez donc que la province vous soit préférée dans l'accusation ; car c'est la province qui accuse quand celui-là parle qu'elle a chargé de défendre ses droits, de venger ses injures, de plaider seul sa cause.

Mais peut-être vous avez reçu de Verrès une injure vraiment capable d'indigner les autres, quoiqu'elle leur soit étrangère. Point du tout. Je crois, Romains, qu'il est à propos de vous dire quelle est cette injure, de vous exposer le sujet de cette inimitié prétendue. Apprenez-le de moi ; car certainement, à moins d'avoir perdu la raison, Cécilius ne vous le dira pas.

Il est à Lilybée une certaine Agonis, affranchie de Vénus Érycine (1). Cette femme étoit
opulente et riche avant la questure de Cécilius. Un des lieutenans d'Antonius emmenoit
de chez elle, par violence, des esclaves musi-
ciens dont il disoit avoir besoin pour la flotte ;
alors Agonis, pour arrêter l'injustice du lieutenant par le respect dû au culte et au nom de
la déesse, lui représenta, comme c'est la coutume en Sicile de tous ceux qui sont consacrés
à Vénus ou qui en sont les affranchis, que sa
personne et tous ses biens étoient consacrés à
Vénus. Dès que l'honnête et judicieux Cécilius est informé de l'affaire, il mande Agonis ;
il nomme aussitôt des juges pour examiner s'il

(1) *Vénus Érycine*, Vénus qui avoit un temple
célèbre sur le mont Eryx ; Eryx étoit une montagne
fameuse de la Sicile. Il y avoit en Sicile, des hommes et des femmes attachés particulièrement au service de cette déesse, qu'on appeloit esclaves de Vénus.
— *Un des lieutenans d'Antonius.* Marcus Antonius avoit été chargé, avec un pouvoir fort étendu,
de garder toute la côte maritime appartenant aux
Romains. Il commit beaucoup de vexations et d'injustices par lui-même et par ses lieutenans. Il déclara la guerre aux Crétois, et il périt.

étoit vrai (1) qu'elle eut dit que sa personne
et ses biens étoient consacrés à Vénus. Les
Juges prononcent comme ils doivent ; car il
étoit constant qu'elle l'avoit dit. Le questeur
la déclare consacrée à Vénus, envoie pour
se saisir de ses biens, les vend ensuite et en
fait de l'argent. Ce fut ainsi qu'Agonis, voulant conserver quelques esclaves par le nom de
Vénus et le respect dû à cette déesse, perdit
toute sa fortune et sa liberté par l'injustice de
Cécilius. Quelque tems après, Verrès vint à
Lilybée ; il apprend ce qui s'est passé, blâme
la conduite de son questeur, l'oblige de rendre
à Agonis toute la somme provenue de la vente
de ses biens. Jusqu'ici, Romains, ce qui doit
vous étonner tous, on voit dans le préteur,
non pas un Verrès, mais un Mucius (2) Sce-

(1) *Si pareret eam se...* C'étoit la formule sur laquelle on devoit juger. Pour le terme de *recuperato-*
res qui se trouve ici au lieu de *judices*, je renvoie
à mon traité de la constitution de la république
Romaine.

(2) Quintus Mucius Scevola avoit gouverné l'Asie
avec tant d'intégrité, que par la suite il fut proposé
généralement comme modèle d'un juste et sage admi-
nistrateur.

vola. Eh! que pouvoit-il faire de plus beau pour mériter l'estime du peuple? De plus équitable pour secourir une infortunée? De plus vigoureux pour réprimer la cupidité de son questeur? Toute sa conduite est digne des plus grands éloges. Mais tout-à-coup, par une subite métamorphose, comme s'il eût pris un breuvage de Circé (1), il reprend son caractère, et redevient un Verrès, un vil pourceau. Il détourne à son profit une grande partie de la somme, et ne rend à la femme que fort peu de chose.

Ici, Cécilius, si vous dites que Verrès vous a causé une peine, je vous permettrai de le dire ; si vous prétendez qu'il vous a fait une injustice, je soutiendrai le contraire. D'ailleurs, il n'est aucun d'entre nous qui doive ressentir plus vivement votre prétendue injure, que vous-même qui, dites-vous, l'avez reçue. Si donc vous vous êtes ensuite réconcilié avec Verrès, si vous avez demeuré quel-

---

(1) On connoît la fable de Circé, qui, par le moyen d'un breuvage, changea en pourceaux les compagnons d'Ulysse. On sait aussi que *Verrès* en latin signifioit un porc mâle.

que tems chez lui, s'il a mangé depuis chez
vous, lequel aimez-vous mieux, qu'on vous
regarde comme un perfide ou comme un (1)
prévaricateur ? Il faut absolument l'un ou
l'autre. Au reste, je ne veux pas contester avec
vous ; vous êtes bien libre de choisir. Mais s'il
n'existe aucune trace de l'injure que vous prétendez avoir reçue de Verrès, pourquoi vous
préféreroit-on, je ne dis pas à moi, mais à
tout autre ?

Vous direz peut-être que vous avez été son
questeur ; car je le sais, vous ferez valoir ce
titre. Cette raison seroit bonne, si vous dispu-
tiez avec moi pour savoir lequel de nous deux
devroit être le plus son ami : lorsqu'il est question de se déclarer son ennemi, il est absurde
de prétendre que le motif d'une liaison plus in-

---

(1) On appeloit *prévaricateur*, un accusateur qui
s'entendoit avec un accusé pour le faire absoudre.
—— *Aucune trace de l'injure...* Cicéron fait entendre
ici que Verrès avoit rendu à Cécilius l'argent qu'il
l'avoit obligé de rendre. *Injuria quae tibi ab illo
facta sit*, et plus haut, *de injuriâ quae tibi facta
sit*. Si l'orateur avoit dit *facta est*, il auroit affirmé
que l'injure existoit. Mais en disant *facta sit*, il
annonce qu'il ne parle que d'après Cécilius.

time avec un homme soit une raison pour l'accuser. En effet , quand même vous auriez été
accablé d'injustices par votre préteur, vous
seriez plus estimable de les oublier toutes, que
de vous venger. Mais comme ce que vous ap-
pellez une injustice est la plus belle action de
sa vie , les juges décideront-ils qu'une raison
qu'ils n'admettroient pas dans un autre , est
légitime chez vous pour enfreindre les droits
de l'amitié? En supposant que vous ayez reçu
de Verrès la plus atroce des injures ; vous qui
avez été son questeur, vous ne pouvez l'accuser sans vous rendre digne de blâme : vous
ne pouvez l'accuser sans crime , si vous n'en
avez reçu aucune. Ainsi , l'injure étant au
moins douteuse , croyez-vous que les juges n'aiment pas mieux que vous vous retiriez exempt
de blâme que chargé de crime?

Et voyez combien votre façon de penser dif-
fère de la mienne. Quoiqu'inférieur dans tout
le reste , vous croyez que vous devez m'être
préféré par la raison seule que vous avez été
questeur de Verrès ; et moi je croirois , eussiez-vous d'ailleurs toute supériorité , qu'on
devroit , par cette seule raison , vous rejeter
pour accusateur. Car nous avons appris de nos

ancêtres qu'un questeur devoit regarder son préteur comme un père, qu'il n'y avoit aucun motif de liaison plus puissant et plus légitime que d'avoir été choisi par le même sort, d'avoir régi la même province, rempli les mêmes devoirs et les mêmes fonctions publiques. Ainsi donc, eussiez-vous une raison pour accuser Verrès, comme il vous a servi de père, vous ne le pourriez sans crime. Mais, puisque vous n'en avez reçu aucune injure, puisque vous intentez à votre préteur une accusation aussi sérieuse, vous êtes forcé de convenir que vous voulez lui déclarer une guerre odieuse et criminelle.

En effet, cette questure que vous faites tant valoir, vous oblige seulement à des efforts pour justifier le motif qui vous fait accuser Verrès dont vous avez eté questeur, loin de vous autoriser à demander qu'on vous préfère à tout autre dans l'accusation. Aussi, toutes les fois qu'un questeur s'est trouvé en concurrence avec d'autres pour accuser son préteur, ce seul titre l'a-t-il fait rejeter. Je vous citerai en exemple, Philon (1) qui se portoit pour accusateur de

(1) Philon, Scaurus, etc. tous questeurs qui

Servilius, Scaurus de Flaccus, Pompéius d'Al-
buccius. Ce ne fut pas le défaut de capacité
quelconque qui les fit refuser ; mais c'est qu'on
ne voulut pas que les tribunaux autorisassent
la licence de violer les droits de la plus intime
amitié, et remarquez que Pompéius se trouvoit
avec Julius précisément aux mêmes termes où
nous sommes ensemble ; car il avoit été questeur d'Albucius comme vous l'avez été de
Verrès. Julius donnoit pour raison de préférence, qu'il s'étoit chargé de la cause à la
prière des Cardes, comme moi à la prière de
la Sicile. Cette circonstance fut toujours d'un
grand poids ; et l'on regarda toujours comme
un motif d'accuser très-honnête, de s'exposer
aux inimitiés, de courir des risques, d'employer ses soins, son travail et ses peines pour
l'avantage des alliés, pour le salut d'une province, pour les intérêts des nations étrangères.

En effet, si on ne sauroit blâmer ceux qui

s'étoient présentés pour accuser leurs préteurs. Il est
inutile de faire connoître les questeurs et préteurs
dont il est ici fait mention : je dirai seulement que le
Pompéius étoit Cnæus Pompéius Strabo, père du
grand Pompée.

veulent poursuivre leurs propres injures, quoiqu'en cela ils cherchent moins à servir la république qu'à satisfaire leur ressentiment personnel : combien plus n'est-ce pas une conduite honnête, qui mérite même toute la faveur publique, d'être uniquement touché des
injures et des outrages qu'ont essuyé les amis
et les alliés du peuple Romain, sans avoir à se
plaindre d'aucune injure particulière. Dernièrement Pison, citoyen aussi ferme qu'intègre,
demandoit à accuser Gabinius (1) ; Métellus
le demandoit pour sa part, et faisoit valoir
d'anciennes inimitiés entre Gabinus et lui : on
fut déterminé par le nom et le mérite distingué
de Pison, et surtout par ce motif si favorable,
que les Achéens l'avoient choisi pour leur défenseur. En effet, puisque la loi même de
concussion a été établie en faveur des alliés et
des amis du peuple Romain, il seroit injuste
de ne pas regarder comme le plus propre à
défendre cette loi, celui que les alliés ont

(1) Publius Gabinius, qui avoit gouverné l'Achaïe,
autre que le Gabinius qui fut consul avec un autre
Pison que celui dont il est ici parlé. *Métellus* :
Quintus Cœcilius Métellus Numidicus.

choisi

choisi pour défendre leur cause et leurs intérêts les plus chers. Le motif le plus honnête
ne doit-il pas être jugé le plus favorable? Or,
lequel est plus beau, lequel est plus noble, de
dire : j'ai accusé celui dont j'ai été questeur,
avec lequel m'avoient uni les décisions du
sort, les usages de nos ancêtres, le jugement
des dieux ou des hommes ; ou de dire : j'ai
accusé un préteur à la prière de nos alliés et
de nos amis, j'ai été choisi par toute une province pour défendre ses droits et ses intérêts
les plus précieux ? Qui doute qu'il ne soit plus
honnête d'accuser en faveur de ceux chez lesquels un autre a été questeur, que d'accuser
celui dont on a été questeur soi-même?

Dans les meilleurs tems , les plus illustres
personnages se faisoient gloire de venger les
injures et de défendre les intérêts de leurs
hôtes et de leurs cliens , des nations étrangères
qui étoient dans l'amitié et sous la domination
du peuple Romain. Nous apprenons que Marcus
Cato (2), cet homme d'une sagesse , d'un mérite

---

(1) Il accusa , suivant Asconius , Sergius Galba
et Publius Furius. —— *Nous savons que...* Cnæus
Domitius , tribun du peuple , accusa Décimus Sila-

et d'un savoir supérieur, s'est fait de grands
ennemis pour venger les injures des Espagnols
chez qui il avoit commandé étant consul. Nous
savons que plus récemment Domitius a traduit
en justice Silanus, pour venger les injures
faites à un seul homme, à Egritomare, ami
et hôte de son père ; car rien n'effraya jamais
tant les coupables que de voir l'usage de nos
ancêtres rétabli et renouvellé parmi nous,
après un long intervalle ; que de voir les
plaintes de nos alliés portées à un homme qui
ne manque pas d'activité, à un homme qui se
croit assez de vigilance et de zèle pour défendre leurs plus chers intérêts. C'est là ce
qu'appréhendent les coupables (1) ; c'est là
ce qui les inquiète ; c'est là l'usage qu'ils
voient avec peine s'établir, ou plutôt se rétablir dans Rome. Ils conçoivent que cette cou-

nus, personnage consulaire, parce qu'il avoit mal
réussi contre les Cimbres. Au lieu de *Décimus*, de
savans critiques croient avec raison qu'il faut lire
Marcus : car on trouve un Marcus Junius Silanus,
consul l'an de Rome 643.

(1) Ou il faut ajouter *nocentes* à *homines*, ou
supprimant *homines*, rapporter *timent* à *hominum
nocentium* qui précède.

tumé venant à s'introduire peu à peu, la ma-
nutention des loix et des jugemens sera confiée à des hommes fermes et intègres, ne sera
plus abandonnée à de jeunes citoyens sans expérience, ou à des délateurs de profession.

Nos pères et nos ancêtres ne rougissoient
pas de cette coutume et de cet usage, lorsque
Publius Lentulus (2), prince du sénat, accusoit Marcus Aquillius, secondé par Caïus Ru-
tilius; ou lorsque Scipion l'Africain, ce grand
homme que la bravoure, la fortune, la gloire
et les belles actions ont tant illustré, après
avoir été deux fois consul et censeur, dénonçoit Cotta à la justice. Alors le nom du peuple
Romain brilloit justement de tout son éclat;
alors la puissance de cet empire et la majesté

---

(1) Publius Lentulus, aïeul du conjuré. On appeloit *prince du sénat*, celui que les censeurs nom-
moient le premier dans la liste des sénateurs. L'Aquillius, accusé par Lentulus, étoit probablement père
de celui qui fut accusé depuis par Fufius, et défendu
par l'orateur Antonius. Scipion, le second Africain,
accusa un second Lucius Cotta, qui avoit été préteur,
et qui fut consul trois ans après la mort de Scipion.
Cicéron dit dans un autre discours que Cotta fut
absous.

de la République étoient justement révérées.
Personne ne voyoit, avec surprise, dans Scipion, ce qu'on affecte de voir avec étonne-
ment dans moi qui ai si peu de talens et de
crédit, mais ce qu'en effet on ne voit qu'avec
une peine extrême. Que prétend Cicéron? lui
qui a toujours défendu des accusés, veut-il
passer pour accusateur, à-présent sur-tout, à
l'âge où il est (1), lorsqu'il demande l'édilité?
Pour moi, je le pense, il convient à un homme, je ne dis pas de mon âge, mais beaucoup
plus âgé, et qui a obtenu les premières magistratures, d'accuser des méchans, de défendre des opprimés et des malheureux. Oui,
certes! l'unique moyen pour guérir la maladie,
presque désespérée, de la république, pour
rétablir l'honneur des tribunaux flétri par la
cupidité et par les infamies de quelques juges,
c'est que les hommes les plus honnêtes, les
plus intègres et les plus vigilans, intervien-

---

(1) Cicéron n'avoit que 37 ans; mais de son tems
on abandonnoit les accusations à des citoyens plus
jeunes. —— *Lorsqu'il demande l'édilité*, qu'il obtint
cette année même; car il étoit désigné édile quand
il accusa Verrès.

nent pour maintenir la sévérité des loix et la dignité des jugemens : ainsi, ce moyen est inutile ; je ne vois pas qu'on puisse jamais remédier à tous nos maux. Le plus grand avantage pour la république, est que les accusateurs ne craignent pas moins pour leur gloire, pour leur réputation et leur avancement, que les accusés pour leur honneur et pour leur existence civile. Aussi, les accusateurs les plus zélés et les plus actifs furent toujours ceux qui croyoient risquer quelque chose pour eux-mêmes.

Ainsi, Romains, vous devez vous persuader que Cécilius, qui ne s'est jamais fait un nom, de qui on n'attend rien dans ce jugement même, qui ne travaille ni pour conserver une gloire acquise, ni pour soutenir une opinion qu'on auroit de lui, plaidera cette cause avec d'autant moins de fermeté, de soin et d'exactitude, qu'il n'y a rien à perdre si l'on s'apperçoit qu'il prévarique. Fût-il renvoyé du tribunal, décrié et diffamé, il n'aura rien à regretter de ses anciennes distinctions ; au lieu que le peuple Romain a bien des garans de notre part, et ce ne sera pas trop de tous nos efforts pour ménager de telles cautions, pour ne

G 3

point les abandonner, ne point les compromettre. On a pour répondre de nous, la dignité à laquelle nous aspirons; on a les espérances que nous avons conçues; on a la réputation que nous avons acquise par nos
sueurs, nos travaux et nos veilles: ensorte que,
si dans cette cause nous faisons preuve de fermeté et de zèle, nous pourrons, avec le secours du peuple Romain, ne rien perdre de
tous ces avantages; mais si nous venons à faire
quelque faux pas, tout ce que nous avons ac-
quis peu-à-peu et par un long travail, nous le
verrons en un instant s'évanouir.

Ainsi, Romains, c'est à vous de choisir celui
que vous jugez le plus propre à soutenir l'importance de cette cause par sa droiture, ses
soins, ses lumières, et par l'opinion qu'il a
donnée de lui. Si vous me préférez Cécilius,
je ne pourrai croire que ce soit le mérite qui
l'ait emporté auprès de vous; mais d'empêcher que le peuple Romain ne prenne cette
idée qu'un accusateur fidèle, exact et sévère,
vous a déplu, et en général déplaît à votre
ordre; c'est là ce qui est digne de toute votre
attention.

Première action contre Verrès.

Sommaire.

CICÉRON l'emporta sur Cécilius, et fut choisi pour accusateur. Il demanda cent dix jours pour parcourir toute la Sicile, faire des informations contre Verrès, en rapporter des registres et en ramener des témoins. Il mit tant de diligence dans son voyage et dans ses recherches, qu'il revint au bout de cinquante jours. Il s'apperçut de toutes les manœuvres de ses adversaires pour corrompre les juges, pour lui faire manquer l'édilité qu'il demandoit, et pour traîner la cause jusqu'au tems où Hortensius, défenseur de l'accusé, seroit consul. Il prit donc le parti, dans une première action ou plaidoierie, de faire paroître les témoins et de produire les pièces pour établir chaque fait, en se contentant, pour cette fois, de quelques réflexions interrompues, et se réservant à développer les faits, à étendre les preuves, dans une seconde plaidoierie ou action, où il feroit des discours suivis. Il obligea Hortensius d'in-

G 4

terroger les témoins à mesure qu'il les faisoit paroître.

Nous n'avons pas la première plaidoierie de l'orateur, que probablement il n'a pas cru devoir écrire ; le discours qui en porte le nom, n'en est, pour ainsi dire, que l'exorde et le préambule. Il est de la même époque que le précédent. Cicéron y donne une idée de toute l'accusation, de toute la perversité de Verrès ; il détaille toutes ses intrigues, ses paroles et ses démarches, toutes ses manœuvres pour reculer le jugement, pour corrompre les juges, ou pour en avoir dont il puisse disposer. Il montre combien il importe à la république, à tout l'ordre des sénateurs, que Verrès soit jugé sévèrement. Il déploie un courage capable d'intimider l'accusé, ses défenseurs et les juges eux-mêmes. Il annonce la résolution qu'il a prise de ne point faire de discours suivi, et ce qui l'a engagé à prendre cette résolution.

Une occasion presque inattendue et cependant la plus désirable pour nous, la plus propre à faire cesser le décri des tribunaux et la haine qu'on porte à tous les sénateurs, se présente à vous, Romains, dans la plus importante conjoncture, non par un effet de la sagesse des hommes, mais je dirai presque par la faveur des dieux immortels ; c'est une opinion déja ancienne, qui peut avoir de funestes conséquences pour la république et pour vous, une opinion que les discours publics ont accréditée, et à Rome, et chez les nations étrangères, que dans les tribunaux de nos jours, nul homme riche, quelque coupable qu'il soit, ne sauroit être condamné. Dans ce moment critique, pour votre ordre et pour vos jugemens, lorsqu'on se dispose à aigrir, par des harangues (1) et par des loix, la haine qui poursuit tout le sénat, c'est alors qu'on traduit à votre tribunal Verrès, cet homme qui, par sa vie et par ses actions, est déja condamné dans l'esprit de tout le monde ; qui, comme il l'espère et comme il le publie lui-même, est absous par ses grandes richesses. Appellé par

_____

(1) *Par des harangues :* les tribuns, et sur-tout Quintius, cherchoient à animer le peuple contre les jugemens des sénateurs. *Par des loix :* le préteur Lucius Aurélius Cotta se disposoit à porter une loi pour transférer aux chevaliers Romains le département des tribunaux.

les désirs et par l'attente de tout le peuple,[1] je viens plaider cette cause, Romains, non pour augmenter la haine portée à notre ordre (2), mais plutôt pour mettre fin au décri où nous sommes généralement. Oui, je livre à votre justice un homme dont la condamnation vous fera rétablir l'honneur des tribunaux, regagner l'estime du peuple Romain, satisfaire le vœu des nations étrangères; un homme, le déprédateur des deniers du trésor, le persécuteur de l'Asie et de la Pamphilie, l'ennemi et le destructeur des loix dans la préture de Rome, la ruine et le fléau de la province de Sicile. Si vous le jugez avec une sévérité scrupuleuse, l'autorité dont vous avez tant besoin ne vous abandonnera pas; mais si ses grandes richesses triomphent de la vérité et de votre religion, on verra du moins que la république aura manqué d'un jugement, mais non les juges d'un accusé, ou l'accusé d'un accusateur.

Pour convenir de ce qui me regarde, Verrès

---

(1) *Non pour augmenter*.... en n'accusant pas franchement un homme coupable, en cherchant à le faire absoudre, ou en accusant un homme innocent, mais que le peuple croiroit coupable.

m'a dressé, sur terre et sur mer (1), mille embûches, auxquelles, en partie mes précautions,
en partie le zèle et les bons offices de mes
amis m'ont fait échapper ; mais, je le puis dire,
jamais je ne courus d'aussi grands risques et
n'éprouvai d'aussi vives alarmes qu'aujourd'hui
dans le jugement même. L'attente où l'on est
de mon accusation, et le concours d'une immense assemblée suffiroient, sans doute, pour
me troubler et me déconcerter ; c'est moins
toutefois cette attente et ce concours qui m'a-
gitent, que les intrigues criminelles de Verrès,
contre moi, contre vous, contre le préteur
Glabrion (2), contre les alliés, contre les nations
étrangères, contre l'ordre, contre le nom même
des sénateurs. Il ne cesse de dire que l'on n'a

---

(1) Cicéron s'étoit rendu en Sicile pour acquérir les
connoissances et les pièces nécessaires : il prétend
qu'en allant et en revenant, il courut des risques pour
ses jours de la part de Verrès, qui craignoit un accusateur aussi redoutable.

(2) Marcus Acilius Glabrio, préteur pour le ressort
des concussions, et président du tribunal. *Contre*
l'ordre.... Asconius supprime le *senatorio* après *de-*
nique, et le sous-entend aux deux substantifs *ordini*
et nomini.

à craindre que quand on a pris seulement pour
soi ; que lui il a pris assez pour être en état de
contenter plus d'une personne ; qu'il n'y avoit
rien de si saint qui ne pût être violé, rien de
si fort qui ne pût être emporté avec l'argent.
S'il étoit aussi caché dans ses démarches qu'il
se montre hardi dans ses entreprises , quelques - unes de ses manœuvres auroient pu
échapper à nos connoissances. Mais ce qu'il y
a , pour nous, de plus avantageux , c'est que
chez lui une extrême imprudence se trouve
jointe à une audace extraordinaire. Autant il
s'est montré à découvert dans ses vols, autant
il manifeste ses tentatives pour corrompre les
juges , et l'espoir qu'il a de réussir. Il dit qu'il
n'a craint qu'une fois dans sa vie ; c'est au
moment même où je l'ai cité devant vous ,
parce que tout nouvellement de retour de sa
province, depuis long-temps couvert d'infamie
et chargé de la haine publique , il se trouvoit
dans une circonstance peu propre à corrompre
un tribunal. Aussi quoique j'eusse demandé un
tems fort court (1) pour faire mes informations

(1) Cicéron ne demandoit que 110 jours pour aller
en Sicile , la parcourir toute entière et revenir : un

dans la Sicile , Verrès trouva quelqu'un qui
demandoit , pour l'Achaïe , deux jours moins
que moi. Ce n'est pas que cet accusateur prétendu voulût exécuter , par sa diligence et son
activité ; ce que je suis venu à bout de faire par
mon travail et mes veilles : car , tandis que ce
diligent *informateur* n'a pas même été jusqu'à
Brindes, moi j'ai parcouru , en cinquante jours,
toute la Sicile. J'avois visité les registres des
peuples et des particuliers, j'avois pris connoissance des injustices dont ils avoient à se
plaindre ; et par-là il étoit clair que Verrès
avoit cherché un homme , non pour traduire
en justice un accusé , mais pour s'emparer du
tems qu'on m'accordoit.

Voici maintenant ce que pense le plus effronté et le plus extravagant des mortels. Il
comprend que je viens au tribunal ; assez
bien préparé , assez bien muni , pour être
en état , non-seulement d'exposer , dans mon
discours , mais de placer sous les yeux de tout

prétendu accusateur , afin de prévenir Cicéron , n'en
demandoit que 108 pour faire des informations dans
l'Achaïe. On ne sait pas au juste quel étoit cet accusateur prétendu , ni quel étoit l'accusé.

le monde, ses infamies et ses rapines. Il voit;
pour témoins de son audace , beaucoup de
sénateurs , beaucoup de chevaliers romains ,
outre cela une foule de citoyens et d'alliés
accablés , par lui , d'injures atroces. Il voit
qu'un grand nombre de nos villes , les plus
amies, ont envoyé, pour députés , de respectables personnages , qui se sont rassemblés à
Rome , chargés d'instructions publiques.
Toutefois , il a si mauvaise opinion de tous les
gens de bien , il regarde les jugemens des sénateurs , comme si pervertis et si corrompus ,
qu'il ose publier que ce n'est pas sans raison
qu'il a été avide d'argent , puisqu'il éprouve
que l'argent est d'un si grand secours. Il a
acheté, dit-il , ce qu'il y avoit de plus difficile ,
le délai de son jugement , afin de pouvoir ;
par la suite , acheter plus aisément le reste :
par-là ne pouvant se soustraire à tout le poids
des imputations , il évitoit du moins le péril
des circonstances. S'il eût fondé son espoir ,
je ne dis pas sur la bonté de sa cause , mais
sur quelque ressource honnête , sur l'éloquence ou le crédit de quelque citoyen , il
n'eût pas été aussi attentif à faire jouer tant
de ressorts , il ne mépriseroit pas l'ordre des

sénateurs jusqu'à faire choisir, à son gré, un
membre du sénat pour être cité en justice,
répondre, avant lui, à l'accusation, et lui
ménager le tems de disposer toutes ses batteries.
Je vois clairement quelles sont ses espérances
et ses vues dans de pareilles manœuvres ; mais
je ne puis comprendre comment il se flatte de
pouvoir réussir avec un tel préteur (1), et
devant un tel tribunal. La seule chose que je
conçois, et le peuple Romain en a pensé de
même, en voyant les juges qu'on récusoit,
c'est que Verrès ne comptoit trouver que
dans son argent, des moyens d'échapper ;
c'est qu'il croyoit que, sans cette ressource,
rien ne lui seroit d'aucun secours.

Quel génie, en effet, quelle éloquence,
assez subtile et assez féconde, pourroit défendre, par quelque endroit, la vie d'un
homme convaincu de tant de vices et d'in-

_____

(1) Voici la note d'Asconius : *hoc praetore, Gla-
brione scilicet ;* preuve évidente que le mot *Gla-
brione* a été ajouté mal-à-propos au texte. —— *Les
juges qu'on récusoit.* L'accusateur et l'accusé pouvoient récuser un certain nombre de juges. Verrès
avoit récusé tous ceux dont il redoutoit l'intégrité.

famies , condamné , depuis long-tems , par le vœu et dans l'esprit de tout le monde.

Sans parler du désordre et des turpitudes de sa jeunesse , la questure est le premier degré des honneurs auxquels peut s'élever un citoyen; que présente la sienne , sinon Carbon (1) privé par son questeur de l'argent du trésor , un consul dépouillé et trahi , une armée désertée , une province abandonnée , les droits les plus saints d'une liaison solemnelle indignement violés ? Sa lieutenance a été la désolation de toute l'Asie et de la Pamphilie. Dans ces provinces il a pillé quantité de maisons et de villes , il a pillé les temples ; et renouvellant contre Dolabella l'ancienne perfidie de sa questure , il a rendu odieux , par ses forfaits , celui dont il avoit été le lieutenant , auquel il avoit servi de questeur (2) :

(1) Cnæus Papirius Carbo , grand partisan de Marius , alors consul pour la seconde fois , avec Lucius Cornélius Cinna. Verrès , questeur , partit avec la caisse pour aller joindre Carbon. Etant à Rimini , il passa dans le parti de Sylla avec l'argent du trésor , et trahit son consul.

(2) Verrès , lieutenant de Dolabella , dans la Cilicie , fut aussi son questeur après la mort du questeur

daus

dans une accusation capitale, il l'a abandonné,
que dis-je? il l'a même attaqué et livré. Sa préture de Rome n'offre que d'odieuses rapines
exercées sur les temples et sur les édifices publics , que des ordonnances qui adjugeoient
les biens et les possessions contre l'usage et
les réglemens de tous ses prédécesseurs.

Mais c'est dans la province de Sicile qu'il a
laissé les traces et les preuves les plus multi-
pliées et les plus marquées de tous ses vices.
Pendant trois ans il l'a tellement vexée , tellement ruinée, qu'elle ne peut plus absolument
recouvrer son premier état , et que plusieurs
années , sous des préteurs intègres, suffiront à
peine pour la rétablir enfin , du moins en
partie. Sous ce preteur , les Siciliens n'ont
joui , ni de leurs loix , ni de nos sénatus-con-
sultes , ni des droits communs à tous les hommes;
les particuliers en Sicile ne possèdent que ce
qui a pu échapper à la connoissance de ce

Malléolus. Il pilla cette province et les autres par lesquelles il passa pour s'y rendre. Au retour de sa province, Dolabella fut accusé de concussion : Verrès se
joignit à ses accusateurs pour les instruire, et par-là
échappa à la peine.

Tome III.   H

tyran avide , ou rester après que sa cupidité
s'est trouvée assouvie. Rien n'a été jugé
pendant trois ans, que selon la volonté de
Verrès : nul n'a eu de patrimoine possédé
dans sa famille , de tems immémorial ,
dont il ne se soit vu dépouillé en vertu d'une
sentence rendue par ordre du même Verrès.
Des sommes immenses ont été levées sur les
fortunes des agriculteurs par des établissemens
aussi odieux qu'étranges ; des alliés fidèles
se sont vu traités en ennemis ; des citoyens
romains, punis du supplice des esclaves ; les
hommes les plus coupables absous à prix d'or ;
les plus distingués et les plus intègres, accusés
en leur absence , chassés et condamnés sans
être entendus ; les meilleurs ports , les plus
puissantes villes et les plus sûres (1) ouvertes
aux pirates ; les matelots et les soldats de la
Sicile , nos alliés et nos amis , réduits à périr
de faim ; les plus complètes et les plus re-
doutables flottes perdues et ruinées à la honte
de notre empire. Le même préteur a enlevé et
emporté tous les plus anciens monumens , soit

(1) C'est de Syracuse et de son port , que Cicéron
veut parler ici ; il emploie des pluriels pour des sin-
guliers.

ceux dont les plus riches monarques avoient
décoré les villes de cette province , soit ceux
que nos généraux vainqueurs avoient donnés
ou rendus à ces mêmes villes. Et peu satisfait
d'avoir ravi les statues et les ornemens publics ,
il a encore dépouillé tous les temples consacrés
par le culte le plus religieux. Il n'a laissé , en
un mot, aux Siciliens, aucune représentation
de divinité qui lui parût travaillée avec un
peu d'art , et dans un goût antique. La pudeur
m'empêche de rapporter les horribles excès de
ses débauches et ses affreuses dissolutions.
D'ailleurs , je craindrois, en les rapportant,
d'ajouter au malheur de ceux qui n'ont pu
garantir leurs femmes et leurs enfans de ce préteur infame. Dira-t-on qu'il a si bien caché ses
crimes qu'il n'ont pas été connus de tout le
monde ? Non , sans doute , car personne , je
pense , n'a entendu parler de Verrès, qui ne soit
en état de détailler tous ses forfaits ; de sorte que
j'ai plus à craindre de paroître oublier nombre
de griefs, qu'en avoir forgé pour le perdre ; et
toute cette multitude d'hommes qui sont venus
pour m'entendre , me semblent moins avoir
voulu s'instruire par moi de la cause , que se
rappeller avec moi ce qu'ils savent déja.D'après

cela , cet homme aussi impudent que pervers,
me combat d'une manière nouvelle. Il ne
cherche pas à m'opposer l'éloquence d'un orateur ; il ne s'appuie ni du crédit , ni de l'autorité , ni de la puissance de personne. Il affecte
pourtant de compter sur tous ces moyens ;
mais je vois quelles sont ses vues , il ne les
cache pas fort soigneusement. Il m'oppose les
vains noms de citoyens nobles , c'est-à-dire,
d'hommes orgueilleux , qui me nuisent moins
parce qu'ils sont nobles , qu'ils ne me servent
parce qu'ils sont connus (1). Il agit comme
s'il comptoit sur leur secours; et toutefois il
médité depuis long-tems quelque autre manœuvre. Je vais vous dévoiler , Romains , en
peu de mots , ses espérances et ses projets ;
mais écoutez auparavant, je vous prie, quels
ressorts il a fait jouer dès le commencement.

A peine étoit-il revenu de sa province, qu'il
fit un marché pour corrompre le tribunal , et
promit une somme immense. Les conditions
du marché subsistèrent jusqu'à la récusation

(1) Le mot *notus* en latin , comme celui de *connu*
en français , se prennent quelquefois en mauvaise
part.

des juges (1). Après la récusation , comme dans le sort la fortune du peuple romain avoit frustré l'espérance de Verrès , et que mon exactitude , en récusant , avoit trompé son impudence, le marché fut entièrement rompu. Tout alloit bien. La liste des membres qui composoient le tribunal étoit dans les mains de tout le monde. Il ne sembloit pas qu'il pût y avoir lieu à aucune manœuvre odieuse , qu'on pût altérer et marquer (2) les tablettes des suffrages , lorsque Verrès , qui d'abord étoit joyeux et triomphant,

(1) Voici la manière dont on procédoit pour l'élection des juges. Le préteur , par exemple , du ressort des concussions , jetoit dans une urne tous les noms des juges du même ressort ; on en tiroit le nombre convenable : c'est ce qui s'appelloit *sortiri*. L'accusateur et l'accusé récusoient ceux qu'ils jugeoient à propos ; car ils pouvoient chacun récuser tant de juges. On tiroit une seconde fois au sort pour remplacer ceux qui avoient été récusés ; et c'est-là ce qu'il faut entendre par *subsortiri , subsortitio*.

(2) Comme avoit fait Hortensius dans une certaine circonstance, où il avoit marqué de diverses couleurs les tablettes des suffrages , pour reconnoître les juges payés qui avoient rempli leurs engagemens.

H 3

parut subitement si triste et si abattu , que le peuple romain le croyoit déja condamné , et que lui-même n'avoit plus aucun espoir. Mais tout-à-coup , au bout de quelques jours, après la tenue des comices pour l'élection des consuls , on reprend l'ancien projet de corrompre les juges ; une plus forte somme est promise ; on emploie les mêmes hommes pour attenter à l'honneur du tribunal , et aux plus chers intérêts de tous les particuliers. Je découvris d'abord cette menée par de foibles preuves et de légers indices. Ces ouvertures et ces premiers soupçons me firent pénétrer sans aucune méprise dans tous leurs desseins les plus intimes.

Hortensius, désigné consul , étoit reconduit du champ de Mars dans sa maison , par une grande foule de peuple; Curion (1) rencontre , par hasard , cette multitude. Je le nomme avec tous les égards qui lui sont dus , sans aucune intention de l'offenser. Je vais rapporter des paroles qu'il n'auroit pas dites au milieu de tant de monde , si clairement et si publique-

_____

(1) Caïus Curio , père de celui qui , attaché au parti de César , périt en Afrique.

ment , s'il n'eût pas voulu qu'on les répétât.
Je parlerai toutefois avec assez de ménagement
et de circonspection , pour qu'on voie que j'ai
ménagé son rang et notre amitié. Il apperçoit
Verrès dans la foule , près l'arc (2) de triomphe
de Fabius. Il lui adressa la parole , le félicita
à haute voix ; et sans dire un mot à Hortensius lui-même qui venoit d'être nommé
consul , ni à ses parens , ni à ses amis , il
s'arrête avec Verrès ; il l'embrasse , il l'exhorte
à n'avoir plus d'inquiétude. *Je vous annonce* ,
dit-il , *que vous avez été absous dans les comices*
d'aujourd'hui. Ces paroles , entendues d'un
grand nombre de citoyens respectables , me
sont rapportées sur l'heure ; tous ceux qui me
voyoient m'en parloient. Les uns en étoient
indignés , les autres ne faisoient qu'en rire :
ceux-ci pensoient que la cause de Verrès dépendoit de la déposition des témoins , de l'ex-
position des griefs , de la décision des juges ,
et non des comices consulaires ; ceux-là péné-
troient plus avant , et sentoient que ces félicitations alloient à corrompre les juges. Voici

(1) Cet arc se trouvoit dans la rue *Sacrée* , et avoit
été construit par le Fabius, vainqueur des Allobroges.

H 4

comme raisonnoient les plus respectables citoyens. Il est clair, se disoient ils entr'eux et me disoient ils à moi-même, qu'il n'y a plus de justice.
Un accusé qui la veille se croyoit déja condamné , est absous depuis que son défenseur
est nommé consul. Quoi donc ? Toute la Sicile ,
tous les Siciliens , tous les commerçans , tous
les registres publics et particuliers apportés à
Rome , tout cela n'aura-t-il aucune force ?
Aucune , si vous avez contre vous le consul
désigné. Et les juges , ne se décideront-ils pas
sur la déposition des témoins , sur la nature
des griefs ? Ne seront-ils pas jaloux de l'estime
du peuple ? Non ; tout sera à la disposition
et au pouvoir d'un seul homme.

Je le dirai sincèrement ; ces discours me
faisoient une vive impression. Les principaux
du Sénat me disoient : Verrès vous échappera ;
mais nous sénateurs nous n'occuperons plus
les tribunaux. Car si Verrès est absous , qui
pourra empêcher que le droit de juger ne passe
en d'autres mains. Ces réflexions les touchoient
tous ; et ils se sentoient moins affectés de la
joie soudaine d'un homme pervers que des
félicitations nouvelles d'un personnage de la
plus haute considération. Je voulois dissimuler

mon chagrin ; je voulois cacher ma peine par
mon air et par mon silence : voici que, dans
ces jours-là mêmes, les préteurs désignés ayant
tiré au sort, et les concussions étant échues
à Marcus Métellus (1), on m'annonce qu'on
en avoit tellement félicité Verrès qu'il avoit
envoyé chez lui à l'instant pour en porter la
nouvelle à sa femme. Cet arrangement du sort
ne me plaisoit pas, sans doute ; je ne voyois
pas néanmoins ce que j'en avois tant à craindre.
La seule chose qui m'inquiétât réellement,
c'est que je savois, sur le rapport des personnes affidées dont j'ai tout appris, qu'on
avoit transporté plusieurs sacs d'argent de Sicile,
de la maison d'un certain sénateur dans celle
d'un chevalier romain ; qu'on en avoit laissé
environ dix chez le sénateur, pour me nuire
dans les comices où j'étois intéressé ; que Verrès
avoit rassemblé la nuit les distributeurs (2).

(1) Glabrion, comme nous avons vu plus haut,
avoit les concussions cette année ; Métellus devoit
donc lui succéder immédiatement : il étoit ami de
Verrès, et on espéroit traîner l'affaire jusqu'à l'année
suivante.

(2) Il y avoit des hommes qui faisoient métier de
distribuer de l'argent dans les tribus pour gagner leurs

d'argent dans chaque tribu. Un d'entre eux qui croyoit devoir tout faire pour moi, me vient trouver cette nuit-là même. Il me fait part du discours que leur avoit adressé Verrès : il leur avoit représenté d'abord, me disoit-il, avec quelle générosité il en avoit déja usé à leur égard lorsqu'il avoit demandé lui-même la préture, et dans les derniers comices pour l'élection des consuls et des préteurs ; ensuite il leur avoit promis tout l'argent qu'ils voudroient pour me faire exclure de l'édilité ; les uns lui avoient répondu qu'ils n'osoient pas l'entreprendre, les autres qu'ils ne croyoient pas la chose possible. Cependant il s'étoit trouvé un ami courageux de la même famille, Quintus Verrès, de la tribu Romilia, formé dans la meilleure école des distributeurs, disciple et

suffrages : on les appelloit en latin *divisores*. Ce qu'il y a de bien singulier, c'est que ces distributeurs d'argent dans les tribus n'étoient point proscrits par les loix, parce que, sans doute, il y avoit des largesses modérées et permises. Mais ces distributeurs ne tardèrent pas à devenir odieux, parce qu'on les employoit souvent à corrompre les tribus par des largesses outrées et illicites. —— *Devoir tout faire ;* latin, *omnia debere,* sous-entendez *facere.*

ami du père de Verrès , qui s'engageoit à
faire réussir la chose , si on lui remettoit
cinq cents mille sesterces (1) ; quelques autres
avoient pris enfin le même engagement.
D'après ce rapport , il m'avertissoit , avec
beaucoup d'amitié , de prendre mes précautions.

J'étois donc assailli à-la-fois par les soins les
plus sérieux ; les momens pressoient. Les comices étoient proches ; et on y prodiguoit l'or
pour ruiner mes prétentions. L'affaire de
Verrès alloit se plaider , et l'or de Sicile oppo-
soit encore ses impérieuses menaces. La crainte
des comices m'empêchoit de donner toute
mon attention à la cause ; le soin que je don-
nois à la cause , ne me permettoit pas de me
livrer tout entier à ma poursuite de l'édilité.
Enfin , je ne pouvois menacer les distributeurs
qui , sans doute , voyoient que je serois assez
occupé de l'accusation de Verrès. Dans ce
tems même , j'apprends qu'Hortensius avoit
signifié aux Siciliens de se rendre chez lui ;
que les Siciliens étant libres et sachant pour
quelle raison on les mandoit , ne s'y étoient,

(1) 6,250 livres.

pas rendus. Cependant on tint , pour l'élec‑
tion des édiles , les comices dont Verrès
croyoit pouvoir disposer comme des autres de
cette année (1). Cet homme alloit de tribus en
tribus, accompagné de son charmant et aimable
fils ; il parloit aux amis de son père , c'est‑à‑
dire , aux distributeurs , et les faisoit souvenir
de leurs engagemens. Le peuple romain ayant
remarqué ces démarches , n'en fut que plus
porté pour moi ; il ne voulut pas que je fusse
exclus d'une dignité par l'or de celui dont les
richesses n'avoient pu me faire trahir mon
ministère.

Délivré de cette grande inquiétude , bien
plus tranquille et bien plus libre , je ne son‑
geai plus qu'à mon accusation. Nos adver‑
saires, je le vois , ont pris toutes leurs mesures
pour traîner les choses de telle sorte que la
cause soit plaidée devant le préteur Marcus
Métellus (2). Voici ce qu'ils gagnent à cela.

(1) Cicéron fait entendre par-là , que les deux
Métellus et Hortensius avoient été faits consuls et
préteur , grace à l'argent de Verrès.

(2) Il faut bien distinguer les trois Métellus dont
il est question ici : Marcus Métellus , préteur dési‑
gné , ayant pour ressort les concussions ; Quintus

D'abord Marcus Métellus est intime ami de Verrès ; ensuite ils auront pour consuls Quintus Hortensius et Quintus Métellus. Et voyez, Romains, combien celui-ci est ami de Verrès : il lui donne une assurance de sa protection future , pour reconnoître les suffrages qu'il lui a assurés à lui et à son frère (1). Avez-vous cru , Verrès , que je tairois des faits de cette importance , et que voyant le péril auquel sont exposées la république et ma réputation , je ménagerois qui que ce soit aux dépens de mon devoir et de mon honneur? L'un des deux consuls désignés (2) mande les Siciliens : quel-

Métellus , désigné consul avec Hortensius ; Lucius Métellus , actuellement préteur en Sicile.

(1) Pour entendre cet endroit, il faut savoir que , dans l'élection des grandes magistratures , on tiroit au sort la centurie qui donneroit la première son suffrage. Cette centurie s'appelloit *prérogative* , et entraînoit ordinairement les autres centuries. Ainsi , quand on l'avoit , c'étoit comme une assurance qu'on auroit les autres. Quintus Métellus donne donc à Verrès une *prérogative* , c'est-à-dire , une assurance de sa protection future , pour les centuries *prérogatives* qu'il lui avoit procurées à lui , et à Marcus Marcellus son frère.

(2) *L'un des deux consuls....* C'est là , suivant

ques-uns se rendent à ses ordres, parce que Lucius Métellus étoit préteur de Sicile. Il leur dit qu'il étoit consul, qu'un de ses frères gouvernoit la province de Sicile, que l'autre informeroit des crimes de concussions, qu'on avoit pris tous les moyens, pour qu'on ne pût pas nuire à Verrès.

Je vous le demande, Métellus, n'est-ce pas là employer la voie de corruption ? Quoi? effrayer par autorité, par la crainte du pouvoir consulaire, par la puissance de deux préteurs, des témoins, des Siciliens malheureux, timides et abattus ? Que feriez-vous pour un homme innocent, pour un parent, puisque vous trahissez votre devoir et votre honneur pour le plus scélérat des hommes, le plus étranger à votre famille ; puisque vous vous exposez à ce que ceux qui ne vous connoissent pas regardent comme vrai ce qu'il dit par-tout? Verrès, à ce qu'on rapporte, publie que vous devez le consulat à ses intrigues, et non pas au (1) destin, comme les autres consuls de votre

Asconius, l'assurance que Quintus Métellus donne à Verrès de sa protection future.

(1) L'orateur fait allusion à ce vers du poète Né-

famille. Deux consuls et un préteur lui seront donc dévoués. Non-seulement, dit-il, nous éviterons Glabrion, préteur trop exact et trop rigide, trop esclave de l'estime du peuple; nous aurons encore un autre avantage. Césonius, collègue de notre accusateur (1), est un des juges; c'est un homme connu pour son exactitude scrupuleuse dans l'administration de la justice : il ne nous est nullement avantageux qu'il soit membre d'un tribunal que nous voudrions bien corrompre. Il n'y a pas long-tems, nommé un des juges du tribunal que présidoit Junius (2), il ne s'est pas contenté de montrer combien il étoit indigné de la corruption odieuse de quelques-uns de ses collègues, il a même dévoilé cette corruption. Nous ne l'aurons pas pour juge aux calendes de janvier. Nous n'aurons pas non plus Manlius et Cornificius, ces deux hommes aussi

---

vius, *fato Metelli Romae fiunt consules*, c'est par le destin que les Métellus deviennent consuls à Rome.

(1) C'est-à-dire, édile désigné avec Cicéron.

(2) Dans l'accusation intentée par Cluentius à Oppianicus, comme on le voit dans le plaidoyer pour Cluentius.

íntègres que sévères ; ils seront alors tribuns
du peuple. Sulpicius , non moins intègre;
doit entrer en exercice aux nones de décembre
(2). Crépéréius, issu de ces anciens chevaliers
Romains , élevé dans leurs austères principes;
Cassius, d'une famille dont la rigidité , sur-
tout dans la judicature , est fameuse; Trémel-
lius , homme des plus exacts et des plus religieux ; ces trois personnages d'une probité antique , ont été désignés tribuns des soldats :
ils ne jugeront plus aux calendes de janvier. Nous choisirons aussi un juge à la place
de Marcus Métellus , puisqu'il doit présider
lui-même ce tribunal. Ainsi, après les calendes de janvier , le préteur et presque tout
le tribunal se trouvant changés , nous éluderons à notre gré et selon nos désirs, toutes
les menaces de l'accusateur ; nous éluderons
cet arrêt que le public attend avec une si

(1) Et par conséquent Sulpicius étoit désigné tribun du peuple ; car c'étoit aux nones de décembre
que les tribuns du peuple entroient en exercice. Quant
à Cassius, il étoit de la même famille que ce Cassius,
juge si rigide , qui , quand il jugeoit, demandoit ordinairement , qui avoit intérêt à la chose ; *cui bono.*

grande

grande impatience. Nous voilà aujourd'hui aux nones du mois d'août : vous ne vous êtes assemblés que sur le soir. Ce jour n'est pas même compté par vos adversaires. Il y a dix jours d'ici aux jeux votifs que Pompée doit donner au peuple (1). Ces jeux emporteront quinze jours. Ils seront suivis immédiatement des jeux Romains. Ils croient donc qu'il se passera près de quarante jours avant qu'ils répondent à nos accusations ; qu'ensuite, soit en prolongeant la plaidoierie , soit en imaginant des défaites pour ne point plaider, ils traîneront aisément les choses jusqu'aux jeux de la Victoire ; ces jeux touchent aux jeux plébéiens (2), après lesquels il n'y aura plus de jours , ou du moins fort peu où le tribunal puisse tenir ; qu'ainsi l'accusation étant fatiguée et refroidie par tous ces délais, la décision de l'affaire sera remise au préteur Marcus Marcellus. Je n'aurois pas gardé celui-ci pour juge, si sa probité m'eût été suspecte. Mais

(1) Pour célébrer la défaite de Sertorius.
(2) Il y avoit quatre jours entre les jeux de la victoire et les jeux plébéiens ; Cicéron, qui parle en orateur, dit que ces deux jeux se touchoient.

Tome III.   I

enfin j'aime mieux dans cette cause l'avoir pour juge que pour préteur, lui confier la tablette de son propre suffrage quand il aura prêté serment, que les tablettes des autres quand nul serment ne le liera (3).

Je vous consulte maintenant, Romains, sur le parti que je dois prendre. Sans doute, vous me donnerez tacitement le conseil que je me crois obligé de suivre. Si pour plaider j'emploie tout le tems que m'accordent les loix, je recueillerai le fruit de mon travail, de mes soins et de mon zèle; je ferai voir, par mon accusation, que, depuis qu'on rend la justice, nul jamais ne parut au tribunal, mieux préparé, plus en garde contre tout, plus rempli des détails de sa cause. Mais en travaillant pour ma gloire, il est fort à craindre que l'accusé n'échappe. Quel est donc le parti le meilleur? La chose, à ce qu'il me semble, n'est point difficile à découvrir. Réservons, pour un autre tems, la gloire que nous pourrions retirer d'un discours suivi : attaquons

(2) Les juges prêtoient serment : le préteur ne le prêtoit pas ; c'étoit lui qui remettoit aux juges les tablettes de leurs suffrages.

maintenant l'accusé par des registres, par des témoins, par des lettres, par des autorités publiques et particulières. Ici le combat sera entièrement de vous à moi, Hortensius. Je le dis ouvertement ; si je croyois que vous dussiez n'employer d'armes contre nous que les ressources de la parole et de la réfutation des griefs, je m'appliquerois de mon côté à bien établir mon accusation et à développer les délits ; mais puisque vous avez résolu de nous attaquer par des voies obliques, consultant moins votre caractère que l'intérêt de la cause et l'avantage de Verrès, il faut nécessairement que je cherche à rendre vos entreprises inutiles. Votre projet est de ne commencer à me répondre qu'après la célébration des jeux votifs et des jeux Romains ; le mien est d'avoir la seconde audience avant la célébration des premiers jeux. Ainsi l'on verra que vous c'est par finesse que vous retardez les choses, et moi que c'est par nécessité que je les accélère.

J'ai dit que le combat étoit de vous à moi ; je m'explique. Lorsqu'à la prière des Siciliens, regardant comme une gloire et un honneur que des hommes qui avoient déja éprouvé mon intégrité et mon désintéressement, vou-

I 2

lussent éprouver aussi ma fidélité et ma vigilance; lors, dis-je, qu'à la prière des Siciliens
je me chargeai de leur cause, j'avois un dessein plus relevé, un dessein qui pût faire connoître au peuple Romain tout mon zèle pour
la république. Non, je ne trouvois pas assez
digne de tous mes soins et de tous mes efforts,
l'accusation d'un Verrès déja condamné dans
l'esprit de tout le monde, si pour sauver un
homme perdu sans ressource, vous ne faisiez
agir cette insoutenable puissance dont vous
vous êtes prévalu ces dernières années dans
quelques jugemens, et la passion que vous y
avez montrée à découvert. Mais puisque cette
domination tyrannique, exercée dans les tribunaux, vous plaît si fort, puisqu'il est des
hommes qui ne rougissent ni ne se lassent de
leurs excès et des atteintes données à leur réputation, qui se font comme un système de
choquer le peuple Romain et de braver sa
haine, je le déclare, je me suis chargé d'une
entreprise difficile peut-être et périlleuse, mais
qui mérite que j'y employe toute la vigueur
de mon âge et toute mon activité. Oui, puisque, grace à la perversité et à l'audace d'un
petit nombre d'hommes, tout l'ordre des séna-

teurs est attaqué et décrié dans sa manière de rendre la justice, je le déclare, je serai pour cette espèce d'hommes un (1) ennemi irréconciliable, un accusateur opiniâtre, un violent adversaire. Je prends sur moi, et je le fais avec empressement, une cause que je défendrai durant ma magistrature, que je défendrai dans le lieu même (2) où le peuple Romain a voulu que je pusse, aux calendes de janvier, parler devant lui pour la république et contre les citoyens pervers. Ce sont là les jeux les plus agréables que je puisse promettre au peuple Romain ; c'est la fête la plus belle et la plus magnifique que je puisse lui donner. Je préviens, j'avertis ceux qui font comme profession de promettre des sommes d'argent, d'en

---

(1) J'ai traduit comme si on lisoit, d'après la conjecture de Lambin, *inimicum odiosum, accusatorem assiduum....*

(2) *Dans le lieu même*, c'est-à-dire, à la tribune aux harangues, où un édile pouvoit paroître et parler au peuple. On sait que les édiles, et que c'étoit une fonction de leur place, célébroient les divers jeux avec plus ou moins de magnificence. Cette obligation de célébrer les jeux, et les jeux mêmes que célébroit un édile, s'appeloient *aedilitatis munus.*

déposer chez des tiers, d'en recevoir pour eux
ou pour d'autres, qui se donnent pour agens
et entremetteurs dans des corruptions de juges,
qui emploient, pour ce trafic honteux, leur
puissance ou leur audace, je les avertis de ne
prêter aujourd'hui à cette odieuse manœuvre,
ni leurs mains ni leurs intrigues. Hortensius
sera alors consul, revêtu de la souveraine magistrature ; moi je serai édile, c'est-à-dire, un
peu plus que simple particulier : cependant, la
cause que je m'engage de défendre est de telle
nature, elle est si agréable au peuple Romain,
que le consul lui-même, quand je la défendrai, sera, par rapport à moi, s'il est possible, moins qu'un simple particulier.

Non-seulement je détaillerai, mais je dé-
montrerai par des faits incontestables, toutes
les indignités et toutes les infamies qui ont dés-
honoré les jugemens depuis les dix années que
le droit de juger est transporté (1) aux sénateurs. Le peuple Romain apprendra de moi

(1) Par Sylla. —— *De près de cinquante années.*
Il y avoit tout au plus 42 ans ; mais Cicéron gros-
sit un peu les choses en orateur. Au lieu de *nullo
judice,* je voudrois lire avec un savant, *nulla, judice.*

pourquoi, dans l'espace de près de cinquante années, où l'ordre équestre s'est vu en pos- session de rendre la justice, il n'y a pas eu le moindre soupçon d'argent reçu par un juge chevalier Romain ; pourquoi, le droit de juger ayant été transporté à l'ordre sénatorial, et celui de prononcer sur chacun de nous ayant été enlevé au peuple (1), Calidius condamné disoit qu'on ne pouvoit honnêtement con- damner un ex-préteur pour moins de trente mille sesterces ; pourquoi, le sénateur Septi- mius (2) ayant été condamné pour concussion

---

(1) Le même Sylla avoit ôté aux tribuns le droit d'accuser devant le peuple. —— Quintus Calidius, pere de Marcus Calidius l'orateur, fut accusé au retour de la province d'Espagne, où il avoit com- mandé en qualité de préteur : se voyant près d'être condamné par les juges qui s'étoient laissé corrom- pre, il s'écria avec une ironie amère, qu'ils n'avoient pas reçu une somme assez forte, *qu'un ex-préteur ne pouvoit être honnêtemeet condamné pour moins de* 3o,ooo *sesterces*, 3,75o livres.

(2) Publius Septimius Scœvola, juge dans la cause d'Oppianicus, ainsi que Caïus Popillius. Cicéron en parle différemment dans le plaidoyer pour Cluentius. Popillius y a pour prénom *Publius*. On ignore dans

1 4

sous la préture d'Hortensius, on a arbitré la
peine à raison de ce qu'étant juge il s'étoit
laissé corrompre. Je montrerai que, dans la
cause des sénateurs Hérennius et Popillius,
qui tous deux se sont vus condamnés pour
crime de péculat, et dans celle de Marcus Attilius qui s'est vu condamné pour crime de
lèse-majesté, il a été prouvé qu'ils avoient
reçu de l'argent pour juger : je montrerai qu'il
s'est trouvé à Rome des sénateurs (3) qui, sous
la préture de Verrès, sont entrés dans un tribunal pour condamner un accusé sans être ins-

quelle cause et pourquoi Caïus Hérennius et Marcus
Attilius avoient pu se laisser corrompre.

(1) Cicéron dit *des sénateurs*, quoiqu'il n'y en eût
qu'un, Caïus Fidiculanus Falcula. On peut voir ce
qu'il en dit dans le plaidoyer pour Cluentius. —— *Sous
la préture de Vérrès*, mot à mot, *Verrès, préteur
de la ville, tirant au sort*, sans doute les juges qui
devoient remplir le tribunal. Au lieu de *sortiente*, un
savant propose *subsortiente*, tirant au sort après la
récusation ; ou du moins il veut que *sortiente* se
prenne dans le sens de *subsortiente*. Un peu plus
bas, *un sénateur*, Caïus AElius Stalénus, dont il
est beaucoup parlé dans le même plaidoyer pour
Cluentius.

truits de la cause; qu'il s'est trouvé un sénateur qui , étant juge, recevoit, dans le même
jugement, et de l'accusé pour corrompre ses
collègues , et de l'accusateur pour cóndamner
l'accusé. Puis-je assez déplorer le sort malheureux de tout l'ordre, le déshonneur, la tache
qui lui a été imprimée ? Quoi! on aura vu dans
Rome les tablettes de juges liés par un serment,
marquées de différentes (1) couleurs! Je m'engage à parler de toutes ces infamies avec autant de force que d'exactitude.

Quels seront, croyez-vous , mes sentimens
d'indignation , si je m'apperçois que dans cette
cause on a commis quelqu'attentat pareil? Sur-
tout, et je puis le prouver par nombre de témoins, Verrès ayant souvent répété en Sicile,
devant beaucoup de personnes, qu'il avoit un
homme puissant (1) sur lequel il comptoit en
pillant sa province ; qu'il n'amassoit pas pour
lui seul ; qu'il avoit distribué les trois années
de sa préture de façon qu'il se croiroit heureux
s'il s'adjugeoit à lui-même les profits de la

---

(1) Ce qu'avoit fait Hortensius , pour savoir si des
juges payés avoient rempli leur engagement.

(2) Sans doute, Hortensius.

première année, s'il livroit la seconde à ses
protecteurs et à ses défenseurs, et s'il réser-
voit pour les juges la troisième toute entière,
celle dont la récolte a été la plus abondante.
C'est ce qui m'a donné sujet de dire ce que je
répétai dernièrement devant Glabrion, en récusant des juges, et qui fit, à ce qu'il me
parut, une vive impression sur tout le peuple.
Je crois, disois-je, que les nations étrangères
enverront des députés au peuple Romain pour
demander qu'on abolisse la loi et les jugemens
contre les concussionnaires. Car, suivant elles,
si ces jugemens sont abolis, les magistrats ne
prendront que ce qui pourra leur suffire à eux
et à leurs enfans; au lieu que, vu la manière
dont se rend chez nous la justice, ils prendront en outre, pour donner à leurs défenseurs, à leurs solliciteurs, au préteur et aux
juges; or cela n'a point de bornes; elles
peuvent bien assouvir la cupidité du plus avide
des hommes, mais elles ne peuvent fournir
aux frais qu'entraîne l'absolution inique d'un
grand coupable. O que les jugemens des sénateurs sont bien renommés! Que notre ordre
jouit d'une merveilleuse réputation, puisque

les alliés du peuple Romain demandent (1)
qu'on abolisse les jugemens contre les concussionnaires, établis par nos ancêtres en faveur
des alliés ! Verrès auroit-il jamais conçu pour
lui de bonnes espérances, s'il n'avoit pris de
vous une mauvaise opinion? Vous devez donc,
s'il est possible, le haïr plus encore que ne le
hait le peuple, puisqu'il vous croit aussi avides
que lui, aussi scélérats, aussi parjures.

Je vous en supplie, Romains, au nom des
immortels, veillez sérieusement à votre propre
gloire. Je vous en avertis, je vous le dis
comme je le pense, le ciel vous offre cette occasion de décharger tout l'ordre de l'odieux,
de la haine, des infamans reproches dont on le
charge. Tout le monde est persuadé qu'il n'y
a plus de sévérité dans les jugemens, que ce
qu'on appelloit religion des juges, n'existe
plus ; enfin qu'il n'y a plus de justice. Aussi le
peuple Romain nous (2) méprise-t-il ; il nous

(1) Dans le texte, je voudrois *nolint* au lieu de
nolunt.

(2) Cicéron dit *nous*, parce qu'il étoit lui-même
sénateur, étant devenu membre du sénat aussitôt
après sa questure, selon le réglement de Sylla.

abhorre ; nous sommes décriés depuis long-
tems dans tous les esprits. Ce n'est pas pour
un autre motif que le peuple Romain a demandé , avec tant d'ardeur , qu'on rendît
toute leur puissance aux tribunaux (1) ; c'étoit
cette puissance qu'il redemandoit en apparence;
mais en effet c'étoit la sévérité des jugemens.
Cette réflexion n'a pas échappé au sage et respectable Catulus. L'illustre et courageux
Pompée faisoit son rapport sur la puissance
tribunitienne ; Catulus , à qui on avoit demandé son avis , débuta du ton le plus imposant, et dit que les sénateurs se déshonoroient
par la manière dont ils rendoient la justice;
que si , en jugeant, ils s'étoient montrés jaloux de l'estime du peuple Romain , on n'auroit pas si fort regretté la puissance tribunitienne. Enfin , lorsque Pompée lui - même ,
dans la première assemblée qu'il tint aux portes
de Rome (2) en qualité de consul désigné , eut

(1) Sylla avoit laissé les tribuns; mais il leur avoit
ôté presque toute leur puissance, et sur-tout le droit
d'accuser devant le peuple.

(2) Pompée ayant terminé la guerre de Sertorius ,
demandoit le triomphe : il restoit donc aux portes de

annoncé, ce qu'on attendoit impatiemment, qu'il rétabliroit les tribuns dans toute leur puissance, son discours fut accueilli avec un bruit sourd et un murmure de satisfaction. Le même homme, dans la même assemblée, ayant dit que les provinces étoient desolées et ravagées, les tribunaux décriés et diffamés, qu'il vouloit corriger ces désordres ; alors, le peuple Romain manifesta ses sentimens, non plus par un bruit sourd, mais avec des acclamations universelles.

On est maintenant attentif ; on examine comment chacun de nous sera fidèle à la religion du serment et à l'observation des loix, On remarque que, depuis le rétablissement de la puissance tribunitienne (1), il n'y a eu de condamné qu'un sénateur, et un sénateur pauvre. Sans blâmer cette condamnation, on

---

Rome, parce que, comme on sait, on ne pouvoit plus triompher dès qu'on étoit entré dans la ville.

(1) Mot à mot, *depuis la loi tribunitienne*, c'est-à-dire, depuis la loi portée par Pompée, pour rétablir la puissance tribunitienne. —— *Un sénateur* : Asconius pense que c'étoit Dolabella. Il se trompe, sans doute, puisque Dolabella étoit condamné bien avant que Pompée eût porté sa loi.

ne trouve pas qu'elle soit digne de grands
éloges, parce qu'il n'y a pas de mérite à être
intègre quand il n'y a personne qui ait les
moyens ou la volonté de corrompre. Dans
l'affaire actuelle, vous jugerez l'accusé, et le
peuple Romain vous jugera. Il sera décidé, à
l'occasion de Verrès, si un homme aussi coupable que riche peut être condamné quand
il est jugé par des sénateurs. De plus, on ne
trouve dans l'accusé que d'énormes délits et
d'immenses richesses; ensorte que, s'il est
absous, on ne pourra avoir contre les juges
que les plus honteux soupçons. On verra que,
ni le crédit, ni une famille puissante, ni un
nombre d'actions honnêtes, ni même quelque
faute pardonnable, ne pouvoient couvrir ni
adoucir la multitude de ses infamies et de ses
crimes. Enfin, Romains, je plaiderai tellement la cause, je produirai des faits si connus, si attestés, si graves, si manifestes, que
personne n'essaiera d'interposer son crédit
pour vous engager à absoudre Verrès. Une
voie sûre me conduira à la recherche et à la
découverte de toutes leurs manœuvres. Je les
dévoilerai de manière que non-seulement le
peuple Romain en sera informé par mon récit,

mais encore qu'il paroîtra avoir assisté à tous leurs conseils. Vous pouvez effacer et détruire le décri et la honte où cet ordre est tombé depuis quelques années. On convient généralement que , depuis l'établissement des tribunaux actuels (1) , il n'y en a eu aucun composé de membres aussi distingués et aussi justement considérés. S'il s y commet quelque prévarication , tout le monde croira qu'il faut, non point prendre d'autres personnes plus honnêtes dans le même ordre, ce qui est impossible, mais choisir un autre ordre pour juger les affaires.

Ainsi , Romains , je demande aux dieux , ce que je crois pouvoir espérer , qu'il ne se rencontre de méchant dans cette cause que celui qui s'est montré tel il y a long-tems. Que si par hasard il s'en rencontroit d'autres , je vous le déclare à vous , je le déclare au peuple Romain , je cesserai de vivre avant que de cesser de les poursuivre avec force et sans relâche.

Mais ces honteuses prévarications que je

(1) *Des tribunaux actuels* , c'est-à-dire , des tribunaux composés uniquement de sénateurs.

m'engage de poursuivre, quand elles seront
commises, sans craindre pour moi les peines,
les périls, les inimitiés, vous pouvez, Glabrion, les prévenir par l'ascendant de vos vertus, par votre sagesse, par votre vigilance.
Prenez en main la cause des tribunaux, la
cause de la sévérité, de l'intégrité, de la bonne-
foi, de la religion des juges ; prenez en main
la cause du sénat, afin que cet ordre, par la
condamnation d'un tel coupable, puisse regagner l'estime et la faveur du peuple. Pensez
qui vous êtes ; voyez le rang que vous occupez, ce que vous devez au peuple Romain,
ce que vous devez à vos aïeux. Songez à la
loi Acilia, portée par votre père (1), loi qui
nous a donné de bons tribunaux et des juges sévères pour les crimes de concussion. De grands
exemples vous environnent; ils ne vous permettent pas d'oublier la gloire de votre maison ;
nuit et jour ils vous avertissent que vous avez
eu le père le plus courageux, l'aïeul le
plus sage (2), le beau-père le plus ferme.

(1) Marcus Acilius Glabrio, père du préteur actuel, porta, étant tribun, une loi contre les
concussions appelée de son nom *Acilia*.

(2) *L'aïeul le plus sage*, Quintus Mucius Scæ-

Armez-

Armez-vous de la force et de la vigueur de
Glabrion votre père pour tenir tête à l'audace , de la prudence de votre aïeul Scévola
pour découvrir les piéges tendus à votre honneur et à celui de nos juges , de la fermeté de
votre beau-père Scaurus pour n'être pas détourné des principes de justice et de droiture ;
et le peuple Romain verra qu'avec un préteur
aussi intègre que vertueux , avec un tribunal
choisi , de grandes richesses ont plus servi à
faire naître des soupçons contre un accusé
coupable , qu'à lui fournir des moyens d'impunité.

Oui , j'y suis résolu , je ne permettrai pas
que , dans cette cause , nous changions de
préteur et de tribunal : jusqu'ici les Siciliens
n'ont pas été effrayés par les esclaves des consuls désignés , lorsqu'ils les mandoient tous en
corps , ce qui étoit sans exemple ; je ne souffrirai pas que leur affaire soit renvoyée jusqu'au tems où ils seront mandés par les licteurs
des mêmes consuls ; jusqu'au tems où des
malheureux , alliés auparavant , et amis du

vola , habile jurisconsulte. *Le beau-père le plus ferme,*
Marcus Scaurus , prince du sénat.

Tome III.   K

peuple Romain , ses cliens aujourd'hui et ses
supplians , ne perdront pas seulement , par
le despotisme des consuls , leurs droits et
tout ce qu'ils ont de plus cher , mais ne con-
serveront pas même la liberté de déplorer la
perte de ces droits. Je ne souffrirai pas , certes ,
qu'il se passe quarante jours (1) après que
j'aurai plaidé ma cause , qu'on me réponde
enfin lorsque la longueur du tems aura fait
oublier mon accusation : je ne permettrai pas
qu'on ne juge l'affaire qu'après le départ de
cette multitude qui s'est rendue à Rome , en
même tems, de toutes les villes de l'Italie ,
pour les jeux , pour le cens et pour les comices. Voici , Romains , ce que je pense , c'est à
vous à recueillir des éloges pour le jugement
s'il est bien rendu , et s'il l'est mal , à craindre d'encourir le blâme ; c'est à moi à prendre
toutes les peines et tous les soins nécessaires ;
mais pour la connoissance des manœuvres
qu'on emploie , et les observations sur ce qui

(1) Il se seroit écoulé tout ce tems entre l'accusation et la réponse , si l'accusateur plein de zèle et
d'activité n'eût point pressé les choses , pour que la
cause fût jugée avant les jeux.

aura été dit de part et d'autre , c'est l'affaire
de tout le monde (1).

Je suivrai une méthode qui n'est pas nouvelle , une méthode déja pratiquée par les
plus considérables de nos citoyens d'aujour-
d'hui ; je produirai les témoins sur-le-champ.
Ce qu'il y aura de nouveau dans ma manière
de procéder , c'est qu'en produisant les témoins
j'expliquerai chaque fait. Dès que je l'aurai
établi en les interrogeant , en prouvant et en
discutant , alors je rapprocherai la déposition
de l'accusation. Ainsi , la seule différence qu'il
y aura entre l'accusation ordinaire et celle que
j'emploie , c'est qu'ordinairement on ne produit les témoins qu'après qu'on a tout dit , et
qu'ici je les produirai à la suite de chaque
fait. Les adversaires pourront de même interroger , prouver et discuter. Si quelqu'un désiroit un discours et une accusation suivie ,
il aura une autre fois cette satisfaction. Quant

(1) Cicéron menace ici , à mots couverts , de porter la cause devant le peuple , si on employoit de
mauvaises manœuvres pour faire échapper l'accusé ,
ou si l'on n'avoit pas assez d'égard aux charges de
l'accusation.

K 2

au procédé que je suis maintenant , qu'il sache
que (1) je m'y vois obligé , ayant à prévenir
les manœuvres des adversaires.

Voici sur quoi roulera cette première plaidoierie. Je dis que Verrès , outre mille traits de
cruauté et de tyrannie envers les citoyens et
les alliés , outre mille attentats envers les
dieux et les hommes , a enlevé dans la Sicile ,
contre les loix , quarante millions de sesterces (2). Je vous le prouverai par des témoins ,
par des registres , par des autorités publiques
et particulières ; et je le prouverai assez clairement pour vous faire conclure que , quand
j'aurois eu tout le tems convenable pour parler
de suite et sans interruption , je n'aurois pas
eu le besoin de m'étendre davantage (3).

(1) *Eâ ratione facimus.* Asconius pense , et avec
raison , qu'il faut supprimer ce second *facimus* , qui
ne fait qu'embarrasser la phrase.

(2) 5,000,000 livres.

(3) La plupart des éditions terminent ce discours ,
par le mot *dixi* , dont on se servoit anciennement
pour annoncer qu'on avoit tout dit , qu'on n'avoit
plus rien à dire.

PREMIER LIVRE

OU DISCOURS

CONTRE VERRÈS.

Sommaire.

*D*ANS *une première plaidoierie ou action, Cicéron avoit fait paroître et déposer tous les témoins, en obligeant Hortensius de les interroger. Celui-ci fut fatigué et déconcerté par cette attaque brusque à laquelle il ne s'attendoit pas : Verrès lui-même, effrayé, prit la fuite et se condamna volontairement à l'exil. L'accusateur se proposoit, dans une seconde plaidoierie ou action, de développer toutes ses rapines et tous ses crimes : il voulut faire voir qu'il ne lui auroit jamais échappé, quand même il n'eût point prévenu sa condamnation par un exil volontaire. Il composa cinq livres ou discours, dans lesquels il l'attaqua avec force, comme s'il fût resté et qu'il eût paru en justice. Nous expliquerons les sujets de ces livres ou*

K 3

discours contre Verrès, à mesure qu'ils se suc-
céderont. Ce premier roule sur sa questure et
sa lieutenance, et sur sa préture de Rome. Il est
étranger à l'accusation, puisqu'il n'y est pas
question de la Sicile ; mais il y mène, pour
ainsi dire : tout ce qu'a fait Verrès dans sa
questure, dans sa lieutenance, dans sa préture
de Rome, rend plus probables tous ses excès
dans sa préture de Sicile. Après un exorde ou
long préambule, où il attaque l'impudence de
Verrès qui ose paroître en justice ; où il
montre l'avantage qu'en peuvent tirer l'accusateur et les juges ; où il représente l'accusé aveuglé et entraîné par les remords de ses crimes,
venant en recevoir la peine ; où il menace de
le traduire devant d'autres tribunaux, s'il
échappoit à celui-ci, et même devant le peuple
s'il le falloit ; où il rend compte du procédé
qu'il a suivi dans la première action : Cicéron,
dis-je, après un long préambule, divise toute
son action en quatre parties, la questure de
Verrès, sa lieutenance, sa préture de Rome,
sa préture de Sicile. Ce premier livre renferme
les trois premières parties. La préture de Sicile
forme seule et devoit former les quatre autres
livres, comme faisant seule le fonds de l'accusation.

La questure est traitée assez brièvement. Verrès, nommé questeur du consul Carbon, part avec la caisse militaire pour aller joindre l'armée ; il choisit une occasion favorable, abandonne son consul, et passe avec la caisse dans le parti de Sylla. L'orateur explique la vraie cause de cette désertion, s'élève avec force contre cette perfidie, et passe à la lieutenance après avoir prévenu que Verrès a trahi Dolabella, comme il avoit trahi Carbon, Dolabella dont il étoit le lieutenant, et qui l'avoit choisi pour son questeur après la mort de Malléolus.

Il parcourt rapidement plusieurs des vols et des rapines qu'il a exercés sans distinction du sacré et du profane ; il s'arrête sur un trait de sa passion pour la fille d'un citoyen de Lampsaque, nommé Philodame ; il décrit avec intérêt toutes les suites de cette passion, le supplice du malheureux Philodame et de son fils : c'est une des belles narrations de ces livres qui en offrent tant de remarquables. Viennent après cela des traits de cupidité et d'avarice, surtout à l'égard du fils de Malléolus, dont Verrès étoit le tuteur, nommé par le père qui étoit mort dans sa questure. Cicéron raconte la

K 4

manière indigne dont il pilla les biens de son
pupille , dont il chargea lui-même Dolabella
par sa déposition à son retour de la province ;
c'est par-là qu'il termine l'article de sa lieu-
tenance.

Celui de la préture de Rome est plus étendu,
sans compter même ce qui manque à la fin du
discours. Cette dernière partie est subdivisée en
deux , la manière de rendre la justice et l'en-
tretien des édifices publics. Elle est composée
de plusieurs jugemens iniques du préteur sur
ces deux objets , que l'orateur expose de ma-
nière à indigner les juges contre l'accusé.

PREMIER LIVRE CONTRE VERRÈS ,

Ou discours sur sa questure et sa lieutenance ,
et sur sa préture de Rome.

Vous ne l'ignorez pas, sans doute, Romains;
dans ces derniers jours , c'étoit le bruit commun et une opinion générale , que l'accusé ne
se présenteroit pas (1) pour une seconde plai-

(1) Mot à mot , *ne répondroit pas* , sans doute ,
à la voix de l'huissier du préteur ; qui , suivant As-

doierie , qu'il ne paroîtroit pas devant les juges. Ce bruit s'étoit répandu , non-seulement parce que Verrès étoit résolu et bien déterminé à ne point comparoître , mais encore parce qu'on ne pouvoit croire qu'il existât un homme assez audacieux , assez insensé , assez impudent , qui chargé et convaincu de délits si atroces , par une si grande foule de témoins , osât soutenir la présence des juges , ou se montrer au peuple. Verrès est le même qu'il fut toujours : aussi muni de hardiesse pour consommer le crime , que d'effronterie pour se l'entendre reprocher ; il comparoît , il répond à la voix de l'huissier , on le défend. Reconnu et déclaré coupable des plus honteuses actions , il ne se ménage pas même la ressource , en s'éloignant et en gardant le silence , de sembler du moins couvrir une conduite impudente par une démarche qui annonce quelque pudeur.

Je vois sans peine , Romains , et même avec plaisir , que vous allez recueillir le fruit de votre intégrité et moi de mes travaux. Car si

conius , appeloit l'accusateur et les juges, l'accusé et ses défenseurs.

Verrès, suivant sa première résolution , n'avoit
pas comparu , on ne connoîtroit pas autant
que je le désire tous les soins que j'ai pris
pour disposer et pour établir mon accusation :
vous aussi vous auriez peu de mérite et de
gloire. Non , ce n'est point là ce qu'attend de
vous le peuple Romain : la condamnation d'un
homme qui n'auroit pas voulu comparoître ,
d'un homme que personne n'auroit osé défendre , ne sauroit le satisfaire ; il pourroit douter encore d'un courage qui n'auroit pu se dé-
ployer. Ainsi donc , que l'accusé comparoisse ,
qu'il réponde , qu'il soit défendu par tout le
crédit et toute la faveur des hommes les plus
puissans. Qu'on voie mon activité aux prises
avec la passion de tous nos adversaires , votre
intégrité avec l'or de Verrès , la fermeté des
témoins avec les menaces et le pouvoir de ses
défenseurs. Il faut qu'il y ait une lutte , un
combat , pour que la victoire et la défaite
soient reconnues et bien assurées. En se laissant condamner par défaut , Verrès sembleroit
moins avoir agi pour son avantage qu'au préjudice de votre gloire.

Car , rien de plus avantageux pour la république , dans le tems où nous sommes , que

de faire comprendre au peuple Romain ,
qu'avec l'attention de l'accusateur à choisir (1)
des juges , les alliés , les loix , la république ,
peuvent être parfaitement défendues dans un
tribunal composé de tous membres du sénat.
Rien de plus funeste , de plus opposé aux
intérêts de tous , que de voir notre ordre condamné sans retour dans l'esprit du peuple
Romain , de le voir jugé incapable d'intégrité , de bonne-foi , de droiture , d'un scrupule religieux. Ainsi , il me semble que j'ai
entrepris de rétablir une partie du corps poli-
tique , partie essentielle , fort malade , presque désespérée ; et qu'en cela j'ai moins cherché ma gloire et ma réputation que la vôtre.
Je viens donc faire cesser le décri des tribunaux et les plaintes du public ; et si la cause

(1) *A choisir*, le latin dit , *à récuser, à rejeter.*
On sait que l'accusateur et l'accusé avoient le droit
de récuser un certain nombre de juges ; or , l'action
de récuser emporte nécessairement celle de retenir
les juges qu'on ne récuse pas , et par conséquent de
choisir en quelque sorte les juges qu'on veut avoir
dans son affaire. C'est la réflexion judicieuse d'Asconius,

est jugée selon les désirs du peuple Romain, on verra que le rétablissement de l'honneur et du lustre des tribunaux m'est dû au moins en partie : ou après tout, quel que soit le jugement définitif (1), les contestations sur le département des tribunaux seront enfin terminées. En effet, il est hors de doute que cette grande question va être décidée dans la cause présente. L'accusé est des plus coupables. S'il est condamné, on cessera de dire que l'or peut tout dans les tribunaux actuels : s'il échappe à la justice, nous cesserons (2) de nous opposer à ce que le droit de juger passe à d'autres hommes. Cependant Verrès lui-même ne sauroit espérer d'être absous, le peuple Romain ne sauroit craindre qu'il le soit.

Plusieurs s'étonnent qu'il ait la hardiesse de se présenter et de répondre ; pour moi, quand je considère le reste de sa vie, tant de

----

(1) Je crois avec d'habiles critiques, que l'*ut* doit être répété, *ut ut esse hoc judicatum.* Quant à l'*ut* qui précède *finis*, il faut sous-entendre *accessi.*

(2) L'orateur dit *nous cesserons*, parce que, comme je l'ai déja observé dans le précédent discours, il étoit sénateur, et qu'on parloit d'ôter aux sénateurs le département des tribunaux.

traits d'audace et d'extravagance , je ne puis m'en étonner. Combien n'a-t-il pas commis envers les dieux et les hommes d'impiétés et de crimes dont les remords l'agitent , lui ôtent le sens et la raison! Les (1) mânes de ces citoyens Romains , dont il a fait tomber la tête sous la hache de ses licteurs , qu'il a fait expirer dans la prison , ou attacher à une croix infame , quoiqu'ils implorassent les droi s de la liberté et les priviléges des citoyens , ces mânes indignés l'entraînent à sa perte. Ils est traîné au supplice par les dieux protecteurs des par ns , lui qu'on a vu faire conduire à la mort des fils arrachés des bras paternels , et faire payer à de malheureux pères le droit d'ensévelir leurs enfans. Les objets du culte , les cérémonies de la religion les plus saintes profanées , les images des dieux enlevées de leurs temples , jetées dans des lieux obscurs , cachées et ensévelies dans des maisens privées , troublent son esprit et l'égarent. Non,

_____

(1) On voit aisément , sans qu'il soit besoin de le faire remarquer , que Cicéron , dans ce qui suit , fait allusion au supplice de Gavius , à celui des capitaines siciliens , etc.

je le pense , ce n'est point pour subir une con=
damnation ordinaire que Verrès se présente :
souillé de tant de forfaits , ce n'est point assez
pour lui de subir la peine commune (1) in-
fligée à la cupidité ; sa perversité étrange et
monstrueuse demande une punition d'une
nouvelle espèce. Il ne s'agit point seulement
de restituer par sa condamnation , les biens à
ceux qui s'en sont vus dépouillés , il faut ex-
pier la profanation des choses saintes , il faut
venger par son supplice les tourmens de tant
de citoyens Romains , le sang de tant d'innocens qui a été répandu. Car ce n'est pas un
voleur , mais un déprédateur ; ce n'est pas un
adultère, mais le fléau de toute chasteté; ce n'est
pas un sacrilége, mais l'ennemi des temples
et des choses saintes ; ce n'est pas un assassin ,
mais un bourreau cruel des citoyens et des
alliés , que j'amène à votre tribunal ; c'est un
Verrès , le seul accusé de mémoire d'homme
pour qui , je pense , ce seroit un bien d'être
condamné (2).

(1) Une amende et l'exil ; du moins les juges
étoient les maîtres d'imposer ces deux peines selon la
gravité des délits.

(2) Ce sera un bien pour Verrès, d'être condamné

Qui ne sent pas, en effet, que, si Verrès est absous en dépit des dieux et des hommes, il ne peut jamais échapper au peuple Romain? qui ne voit pas que nous (1) serons fort heureux si le peuple se contente de son supplice, s'il ne juge point que Verrès, convaincu d'avoir dépouillé les temples, d'avoir arraché la vie à tant d'innocens, d'avoir fait subir à des citoyens Romains la mort, le supplice de la croix, d'avoir reçu de l'argent pour sauver des chefs de pirates, n'est pas plus coupable que des juges qui, liés par un serment, auront donné leur voix pour absoudre un homme souillé de crimes si multipliés et si atroces? Non, Romains, non, il n'est libre à qui que ce soit de prévariquer dans cette cause. L'accusé, la circonstance, le tribunal actuel ne le permettent pas; et l'accusateur (on trouvera, peut-être, que je parle avec trop de présomption devant de tels juges) l'accusateur n'est pas homme à souffrir qu'un accusé si coupa-

dans le jugement actuel, parce que, sans doute, s'il étoit absous, il seroit cité devant le peuple Romain, qui le condamneroit au dernier supplice qu'il mérite.

(1) *Que nous*, nous autres sénateurs.

ble , si pervers , si (1) convaincu , lui soit dérobé par de secrètes manœuvres , ou lui soit
impunement enlevé.

Ne pourrai-je démontrer à nos juges que
Verrès a pris de l'argent contre les loix ? de
tels personnages pourront-ils ne pas ajouter
foi à tant de sénateurs , à tant de chevaliers
Romains , à tant de villes , à tant d'hommes
aussi distingués , d'une aussi illustre province ,
aux registres de tant de peuples et de particuliers ? Pourront-ils tenir contre le vœu général du peuple Romain ? Quand ils le pourroient , pourvu que je puisse traduire Verrès
vivant à un autre tribunal (2) , nous trouve-
rons des hommes à qui nous démontrerons
que , dans sa questure , il a détourné les deniers du trésor destinés pour le consul Carbon;
à qui nous persuaderons qu'il s'est approprié ,
comme vous l'avez entendu dans la première
plaidoierie , un argent qui lui avoit été donné

(1) Au lieu de *victus* , je voudrois lire *convictus*,
comme le demandent quelques critiques.

(2) A un tribunal où l'on juge du crime de péculat , c'est-à-dire , du crime d'avoir volé l'argent appartenant au peuple Romain , ou qui doit lui revenir.

par.

par es questeurs de Rome pour acheter du
blé en Sicile (1). Plusieurs aussi condamnè-
rent l'audace qui, sous certains prétextes, lui
a fait diminuer à son gré ce qui devoit revenir à l'état, du blé de dîmes. Peut-être même
plusieurs croiront-ils devoir le punir avec la
dernière sévérité, pour avoir osé enlever dans
les temples les plus augustes, dans les villes
de nos alliés et de nos amis, des monumens
qui portoient le nom de Marcellus et de
Scipion, mais qui en effet, et dans l'opinion
publique, appartenoient au peuple Romain.
S'il échappe aux accusations de péculat, qu'il
imagine des moyens de se justifier sur ces chefs
ennemis renvoyés pour une somme d'argent ;
qu'il prépare des réponses sur ces hommes substitués aux vrais pirates, et gardés dans sa maison;
qu'il examine de quelle manière il pourra détruire, et nos griefs, et ses propres aveux.

---

(1) Le latin *alieno nomine* est un peu vague ; j'en
ai déterminé le sens d'après les conjectures de savans
critiques, appuyées sur ce que dit Cicéron ailleurs,
principalement dans le discours sur les blés. —— *Ce
qui devoit revenir...* C'est d'après le même discours
sur les blés, que j'ai traduit *de capite frumenti de-
cumani.*

Tome III.   L

Qu'il se rappelle que , dans la première plai-
doicrie , effrayé par les cris menaçans du peuple en courroux , il s'est levé , il est convenu
qu'il avoit négligé de faire trancher la tête à
des chefs de pirates ; qu'il se souvienne que
dès-lors il craignoit qu'on ne l'accusât de les
avoir relâchés pour une certaine somme. Qu'il
avoue , ce qu'on ne pourroit nier raisonnable-
ment , que lui , simple particulier , de retour
à Rome , a gardé dans sa maison (1) , tant
que je ne les ai pas réclamés , des chefs de
pirates. Dans cette accusation pour crime de
lèze-majesté , je conviendrai qu'il devoit agir
de la sorte , s'il montre qu'il le pouvoit. Qu'il
échappe encore à cette accusation , je passerai
à ce point (2) capital où m'appelle depuis

(1) C'est un crime de lèze-majesté à un particulier
de garder dans sa maison des ennemis publics. Ainsi,
Verrès est coupable du crime de lèze-majesté , soit
qu'il ait relâché des chefs de pirates , soit qu'il les ait
gardés dans sa maison , ce qu'il avouoit par crainte.

(2) Du crime de lèze-majesté , Cicéron passe au
crime qu'on appelloit *perduellionis* , de perduellion ,
ou crime de lèze-majesté au premier chef, qui ne
pouvoit être jugé que devant le peuple , dont le peuple s'étoit réservé la connoissance. Je renvoie pour

long-tems le peuple Romain ; il pense , et avec raison , que c'est à lui à juger une cause où il s'agit des droits, de la liberté et des privilèges de citoyens. Que par ses intrigues Verrès vienne à bout de briser et de rompre tous les liens de la justice , qu'il se dérobe à votre sévérité , qu'il sorte triomphant de tous les tribunaux composés de sénateurs ; les chaînes, croyez-moi , qui le retiendront devant le peuple , seront et plus étroites, et plus fortes. Le peuple en croira les témoins de l'ordre équestre : déja produits devant vous , ils ont déposé que , sous leurs yeux , Verrès avoit fait mettre en croix un citoyen Romain , qui se réclamoit d'hommes bien connus. Toutes les 35 tribus (1) s'en rapporteront à un aussi grave et auss estimable personnage que Marcus Annius , lequel a déposé qu'en sa présence on avoit tranché la tête à un citoyen Romain. Le peu-

une plus ample explication de cet endroit , à mon traité de la constitution de la république Romaine.

(1) Les trente-cinq tribus , lesquelles composoient le peuple Romain entier. —— Marcus Annius, Lucius Flavius , Lucius Suétius ; il est parlé de ces trois témoins et de la force de leurs témoignages , dans le discours *sur les supplices.*

ple Romain entendra Flavius , homme de la première distinction , de l'ordre équestre , lequel a dit aussi en témoignage qu'Hérennius , son intime ami , commerçant d'Afrique , a eu la tête tranchée , quoique connu à Syracuse de plus de cent citoyens Romains qui le défendoient les larmes aux yeux. On reconnoîtra la vertu , la droiture , la bonne-foi religieuse de Suétius , homme distingué à tous égards , qui, sous la foi du serment , a dit devant vous que plusieurs citoyens Romains , dans les prisons de Syracuse (1) , avoient subi, par ordre de Verrès , une mort violente et cruelle. Lorsque je plaiderai cette cause, du haut de la tribune , par le droit que m'en donne le bienfait du peuple (2), je ne crains point qu'aucune puissance enlève Verrès à ses suffrages , ou que mon accusation ne lui soit pas plus agréable que tous les jeux les plus magnifiques que pourroit lui donner mon édilité.

(1) *Prisons de Syracuse* , connues sous le nom de *Carrières.*

(2) Cicéron , comme édile , pouvoit monter à la tribune et parler au peuple ; et c'étoit du peuple qu'il tenoit l'édilité.

Ainsi donc que tous nos adversaires fassent jouer tous les ressorts ; on ne peut plus, Romains, prévariquer dans cette cause qu'à vos propres risques. Quant à l'accusateur, il s'est assez fait connoître par la manière dont il s'est préparé à son accusation, et par les mesures qu'il a prises pour tout le reste. J'ai prouvé mon zèle pour la république, dès le tems où j'ai fait revivre une ancienne coutume (1), presque oubliée après un long intervalle ; où, à la prière des alliés du peuple Romain, mes amis, j'ai appelé en justice le plus audacieux des hommes. Les personnages les plus distingués et les plus estimables, du nombre desquels étoient la plupart d'entre vous, ont tellement approuvé ma conduite, qu'un questeur de Verrès (2), qui, offensé par lui, pou-

(1) *J'ai fait revivre une ancienne coutume*, en accusant moi-même, en n'abandonnant pas les accusations à des jeunes-gens sans lumières et sans expérience. —— *La plupart d'entre vous.* Depuis qu'il avoit été décidé que Cicéron accuseroit, l'accusateur et l'accusé, suivant l'usage, avoient récusé un certain nombre de juges ; et d'autres avoient été choisis à la place.

(2) Ce questeur de Verrès étoit Quintus-Cécilius,

L 3

suivoit de justes inimitiés, demandant à l'accuser en chef, ou du moins en second, ils ne
le lui ont pas permis. Je suis parti en Sicile
pour faire des informations. Dans ce voyage,
j'ai donné des preuves de mon activité, par la
promptitude de mon retour; de mon exactitude, par le nombre des registres que j'ai
apportés, et des témoins que j'ai amenés; de
ma modération et de mon intégrité scrupuleuse,
parce qu'étant membre du sénat, arrivé chez
des alliés du peuple Romain, dans une province où j'avois été questeur, j'ai mieux aimé,
quoique défenseur de la cause commune, loger
chez mes hôtes et mes amis, que chez ceux
mêmes qui avoient imploré mon secours. Mon
arrivée n'a causé d'embarras et de dépense, ni
aux villes, ni aux particuliers. J'ai fait les informations (1) avec toute la chaleur que la

contre lequel Cicéron avoit obtenu qu'il seroit seul
accusateur. Pour faire valoir davantage sa victoire,
il suppose ici que Cécilius pouvoit paroître fondé dans
ses demandes.

(1) C'est-à-dire, qu'il n'a rien fait avec passion,
avec un trop grand appareil, avec une sévérité excessive, comme il le reproche à Lélius dans le plaidoyer pour Flaccus ; mais il s'est renfermé dans les

loi me permettoit , non pas avec toute celle
que pouvoit m'inspirer le juste ressentiment de
ceux que Verrès avoit opprimés. Lorsque je
fus de retour à Rome , Verrès et ses amis ,
hommes riches et somptueux , avoient semé
des bruits de nature à ralentir l'ardeur des
témoins ; ils avoient publié qu'une somme
d'argent m'avoit engagé à prévariquer dans
mon accusation : ces bruits , sans doute ,
n'étoient crus de personne ; j'avois pour témoins de mon intégrité , des habitans de la
Sicile qui m'avoient connu dans la province
étant questeur , d'illustres citoyens de Rome
qui sont connus et qui connoissent chacun de
nous parfaitement : je craignis toutefois qu'on
ne soupçonnât mon intégrité et ma droiture ,
jusqu'à ce qu'on en vînt à la récusation.

Je savois qu'en récusant les juges, quelques
accusateurs de nos jours avoient été soupçon-
nés de collusion , quoique , dans l'accusation
même , ils donnassent ensuite des preuves de

bornes de la loi. Au reste , Cicéron un peu plus haut
dit formellement qu'il étoit sénateur. Il étoit devenu
membre du sénat aussitôt après sa questure , selon
le réglement de Sylla.

zèle et d'exactitude. Tels sont les juges choisis par moi, que certainement, depuis l'état présent de la république (1), il n'y eut jamais de tribunal plus distingué et plus auguste. Verrès prétend partager avec moi cet honneur, lui qui a récusé Galba, et retenu Lucrétius; lui qui, sur la question que lui faisoit son défenseur, pourquoi il avoit récusé (2) ses amis les plus intimes, Péducéus, Confidius, Junius, a répondu qu'il les connoissoit pour des uges trop attachés à leur devoir et à leur sentiment. Ainsi, après la récusation, je me flattois, Romains, que nos tâches étoient communes. J'étois persuadé que ceux qui me connoissoient, ainsi que ceux qui ne me connoissoient pas (3), ne doutoient nullement de ma droiture et de mon exactitude. Et je n'ai pas été trompé. Dans les comices pour l'édilité, où

(1) L'état présent de la république, tel qu'il a été réglé par Sylla.

(2) Latin, *rejici passus esset:* les plus habiles commentateurs croient qu'il faut entendre ces mots comme si on lisoit *ipse rejecisset.*

(3) *Noti et ignoti* se prend ici, comme quelquefois ailleurs, dans le sens actif; *qui me noscebant, qui me non noscebant.*

Verrès avoit prodigué contre moi les largesses,
le peuple Romain jugea que son or , qui
n'avoit pu me faire trahir mon ministère , ne
devoit pas nuire à mon élévation. Le jour où
vous fûtes nommés juges contre Verrès , où
vous siégeâtes pour la · première fois , quel
homme si ennemi de notre ordre , si avide de
nouveautés , si empressé de voir d'autres tribunaux et d'autres juges , ne fut pas frappé de
la majesté de votre séance ? Outre ce fruit
de mon zèle que m'a fait recueillir votre considération personnelle , j'ai gagné encore , dans
une seule heure où j'ai parlé , d'avoir ôté à un
accusé audacieux, riche , prodigue , déterminé ,
l'espoir de corrompre le tribunal. Le premier
jour , j'ai produit une multitude de témoins ;
et ces témoins ont fait penser à tout le peuple
que la république ne pouvoit subsister si Verrès étoit absous. Le second jour fit perdre à
ses amis et à ses défenseurs l'espoir de gagner
leur cause , et même l'envie de la défendre.
Le troisième jour consterna tellement l'accusé ,
que feignant une maladie , il ne songeoit point
à ce qu'il répondroit , mais aux moyens de
ne pas répondre. Enfin , les jours suivans , il
fut chargé et accablé par une multitude de

griefs , par une foule de témoins , tant de
Rome que de la province , de sorte que , dans
l'intervalle des derniers jeux , on ne le regardoit pas comme renvoyé à une seconde audience , mais comme déja condamné.

Ainsi, Romains , quant à ce qui me regarde,
j'ai gagn⸱ ma cause. Car je n'ai pas cherché à
enlever les dépouilles de Verrès , mais à mériter l'estime du peuple. Je ne devois pas accuser sans motif : or quel motif plus honnête
que d'être choisi par une province illustre,
pour la défendre? Je devois m'occuper (1) de
l'intérêt de la république : or , quoi de plus
honorable pour la république, dans un tel
décri des tribunaux , que d'appeler en justice
un homme par la condamnation duquel tout
l'ordre puisse recouvrer le crédit et la considération auprès du peuple Romain? Je devois
prouver et persuader que l'homme que j'accuse est coupable : or , est-il quelqu'un parmi
le peuple qui n'ait pas été convaincu, dans la

(1) L'infinitif *consulere* et les suivans sont gouvernés par *meum erat.* Tous les membres de phrase
où sont ces infinitifs, doivent être marqués d'un point
simple , et non d'un point interrogant.

première plaidoierie, que, si l'on rassembloit les crimes, les vols, les infamies de tous les accusés condamnés avant Verrès, tous leurs délits ensemble n'approcheroient pas d'une légère partie des siens ? C'est à vous, Romains, de veiller à votre honneur propre et au bien général. Telle est la considération dont vous jouissez, que vous ne pouvez faire de faute qui ne porte un coup funeste à la république. Non, le peuple Romain ne peut espérer que d'autres sénateurs soient capables de juger avec équité si vous ne l'êtes pas ; et s'il n'espère plus rien de tout l'ordre, il faut nécessairement qu'il cherche d'autres juges, une autre forme de tribunaux. Si cela vous touche peu, parce que vous regardez la fonction de juge comme un fardeau pesant et incommode, vous devez réfléchir sur la grande différence qui se trouve, entre vous décharger vous-mêmes de ce fardeau, ou vous voir ôter, par le peuple Romain, le pouvoir de juger, parce qu'il n'aura reconnu en vous ni intégrité, ni droiture. Pensez de plus combien nous aurions à craindre de paroître devant des juges que, par haine contre vous, le peuple Romain auroit rendu maîtres de prononcer sur vos personnes. Mais je vais vous faire part de ce que j'ai remarqué. Oui, soyez-en sûrs, il est des hommes si animés contre les sénateurs, qu'ils témoignent hautement désirer qu'un Verrès, le plus pervers des hommes, soit absous, uniquement pour que le sénat éprouve la honte et l'affront de se voir ravir le droit de rendre la justice. Ce qui m'a engagé, Romains, à m'étendre sur cet objet, ce n'est pas que j'aie aucune défiance de votre intégrité, mais c'est que nos adversaires ont conçu une espérance nouvelle, espérance qui, ayant ramené tout-à-coup Verrès des portes de la ville devant ce tribunal, a fait soupçonner à plusieurs que ce n'étoit pas sans raison qu'il avoit changé si subitement de dessein.

Hortensius pourroit se permettre un nouveau genre de plainte (1), et dire de l'accusateur qu'il opprime l'accusé en ne parlant point contre lui, que l'innocence n'a rien tant à redouter que le silence des adversaires : de peur donc qu'il ne loue mes talens autrement que

___

(1) Hortensius avoit vu avec peine la marche qu'avoit suivie Cicéron ; celui-ci le fait s'en plaindre, mais d'une manière qui jette sur sa plainte du ridicule.

je ne voudrois, qu'il ne dise que, si j'eusse fait
un long plaidoyer, j'aurois sauvé celui même
contre qui j'aurois parlé, que je l'ai perdu en
ne parlant pas, je vais me prêter à ses désirs,
je ferai un discours suivi; non que cela soit
nécessaire, mais pour essayer si mes paroles
maintenant lui feront plus de peine que mon
précédent silence. Ici peut-être, Hortensius,
vous observerez (1), avec attention, si j'emploie tout le tems qui m'est accordé par la loi;
vous vous plaindrez si je ne le fais pas;
vous prendrez les dieux et les hommes à témoins, vous direz que l'accusateur opprime
Verres, parce qu'il refuse de parler aussi long-
tems qu'il pourroit. Ne me sera-t-il donc
point permis de ne pas faire usage de ce que
la loi m'accorde? C'est pour moi, c'est pour
accuser, pour pouvoir développer dans un
discours tous les chefs de l'accusation qu'on

(1) *Vous observerez...* Sans doute, parce que vous
avez vu avec beaucoup de peine, dans la première
plaidoierie, que je n'ai pas perdu de tems à parler,
mais que j'ai fait parler les témoins. Cicéron continue
toujours à plaisanter son adversaire, et à user avec
lui du ton ironique.

m'a donné du tems. Si je ne l'emploie pas, je ne vous fais point tort, je fais seulement un sacrifice de mon droit et de mes avantages. Mais, direz-vous, il faut que la cause soit instruite. Sans doute, parce qu'autrement un accusé ne peut être condamné, quelque coupable qu'il soit. Trouvez-vous donc mauvais que j'aie fait une chose qui pût empêcher la condamnation de Verrès? car on peut être absous si la cause est instruite ; on ne sauroit être condamné si elle ne l'est pas. Eh bien ! je dispense (1) Verrès de paroître à une seconde

___

(1) Voici, je crois, le raisonnement de Cicéron : vous vous plaignez, Hortensius, que j'aie peu parlé; eh bien ! je ne parlerai plus du tout, je dispense Verrès d'une seconde audience : trouverez-vous que par-là je fais tort à Verrès ? *Comperendinatio* étoit la remise de la cause au surlendemain, ce qui alors avoit lieu d'après la nouvelle loi pour les causes de concussion. Dans le cas de cette remise, la cause étoit plaidée de nouveau, l'accusé parloit le premier et l'accusateur le dernier, si l'on en croit Asconius. Mais le silence de Cicéron sur cette dernière particularité, et plusieurs endroits des cinq livres où l'orateur suppose qu'on lui répondra, me feroient croire, avec un habile critique, qu'Asconius pourroit bien être dans l'erreur.

audience, c'est-à-dire, de ce qu'il y a de plus désagréable dans la loi , savoir que la cause soit plaidée deux fois, ce qui a été établi plutôt pour moi que pour vous, ou du moins pas plus pour vous que pour moi. Si c'est un avantage de plaider deux fois , cet avantage est égal pour l'une et l'autre partie. S'il est besoin de réfuter celui qui a parlé le dernier (1), c'est pour l'intérêt de l'accusateur qu'il a été établi qu'on plaideroit deux fois. Glaucia , si je ne me trompe, est le premier qui porta une loi pour renvoyer l'accusé à une seconde audience ; auparavant on pouvoit, ou le juger aussi-tôt , ou prononcer un plus ample informé. Laquelle des deux loix , Verrès, regardez-vous comme plus douce? Assurément c'est l'ancienne , en vertu de laquelle on pouvoit , ou absoudre l'accusé sur-le-champ, ou différer long-tems à le condamner. Je suppose que la loi Cécilia (2) existe encore , cette loi

(1) Sans doute , l'accusé qui a parlé le dernier dans la première audience. Caïus Servilius Glaucia , le même qui fut tué avec le tribun Saturninus dans une sédition populaire.

(2) Loi portée par Marcus Acilius Glabrio , selon laquelle il n'y avoit pas de *comperendinatio*.

selon laquelle un grand nombre d'accusés,
après un seul plaidoyer de part et d'autre, après
la déposition de témoins entendus une seule
fois, ont été condamnés, quoique leurs délits
ne fussent ni aussi graves ni aussi manifestes
que ceux dont vous êtes convaincu. Imaginez-
vous que vous plaidez, non suivant la loi actuelle qui est si rigoureuse, mais suivant l'ancienne qui étoit si douce. Je vous accuserai,
vous répondrez. Après avoir produit les témoins, je ferai ensorte que les juges, en allant aux suffrages, malgré la liberté du plus
ample informé, rougissent de ne point prononcer sur-le-champ.

Mais s'il est besoin d'instruire la cause, est-
elle peu instruite ? Pouvons-nous, Hortensius,
nous dissimuler ce que nous avons souvent
éprouvé en plaidant ? Fait-on jamais grande attention à nos discours dans les causes où l'on
se plaint d'objets volés et enlevés ? Les juges
ne s'en rapportent-ils pas aux preuves par écrit
et aux témoins ? Je me suis engagé, dans la
première plaidoierie, à prouver que Verrès a
enlevé, contre la loi, quarante millions de sesterces (1). Eh bien ! l'aurois-je prouvé plus

(1) 5,000,000 livres.

clairement

clairement si j'avois détaillé les faits de cette manière ? Il y avoit à Halèse un certain Dion ; un de ses parens, sous la préture de Sacerdos, ayant laissé à son fils une succession considérable, personne alors ne la lui contesta, personne ne lui intenta procès. Dès que Verrès eut mis le pied dans la province, il écrivit à Messine, il fit venir Dion, il aposta des accusateurs pris dans les hommes de sa suite, qui prétendoient que la succession étoit dévolue à Vénus Erycine. Verrès annonça qu'il connoîtroit lui-même de cette affaire. J'aurois pu ensuite développer le fait, et finir par dire, ce qui est arrivé, que Dion a compté au préteur un million de sesterces (1), pour gagner une cause nullement douteuse, que Verrès outre cela, lui a enlevé ses cavales, tout ce qu'il avoit de tapis et de vases d'argent. Ce n'est, ni lorsque j'avancerois ces faits, ni lorsque vous, Hortensius, vous les nieriez, que nos discours feroient impression. Quand est-ce donc que les juges prêteroient l'oreille et se rendroient attentifs ? Ce seroit lorsqu'ils verroient paroître Dion lui-même et les autres qui en Sicile se

(1) 125,000 livres.

Tome III. M

sont entremis dans ses affaires ; c'est lorsqu'on trouveroit que Dion, dans le tems même où il étoit accusé, a emprunté de l'argent, a vendu des terres, s'est fait payer des dettes ; c'est lorsqu'on produiroit les registres de personnages honnêtes, lorsque ceux qui ont prêté à Dion diroient que dès ce tems-là ils ont entendu dire qu'on leur empruntoit pour donner à Verrès ; c'est enfin lorsque les amis, les hôtes, les protecteurs de Dion, ces hommes si distingués, déposeroient qu'ils ont entendu dire la même chose. C'est, sans doute, alors que vous écouteriez, comme vous avez fait ; c'est alors qu'on toucheroit le point essentiel de la cause. J'ai fait ensorte, dans la première audience, que parmi tous les griefs il n'y en eût pas un seul pour lequel on désirât un discours suivi. Je prétends que les témoins n'ont fait aucune déposition qui fût obscure pour quelqu'un de vous, ou qui demandât l'éloquence d'un orateur. En effet, vous vous le rappellez ; en interrogeant les témoins, j'exposois et je développois tous les griefs, je n'interrogeois un témoin qu'après avoir expliqué l'objet de sa déposition. Ainsi non-seulement les juges connoissent tous les délits de l'ac-

cusé ; mais encore le peuple Romain est instruit de toute la cause.

Toutefois je parle de la marche que j'ai
suivie , comme si je m'y fusse porté de mon
propre mouvement , comme si je n'y eusse
pas été forcé par les (1) manœuvres de nos
adversaires. Je n'avois demandé que cent dix
jours pour faire des informations dans la Sicile;
ils ont fait intervenir un accusateur qui n'en
demandoit que cent huit pour informer dans
l'Achaïe. Ils pensoient que me voyant enlever
trois mois fort précieux (2), je leur ferois grace
du reste de l'année : comment cela ? Si j'avois
employé tout le tems que me donnoit la loi ,
ils ne m'auroient répondu qu'après quarante
jours , après la célébration des jeux votifs et
des jeux romains , et ensuite ils auroient tiré

_____

(1) *Vestrâ injuriâ*. C'est à Verrès et à ses défenseurs que l'orateur s'adresse ici.

(2) Cicéron semble faire entendre ici qu'à son retour du voyage de Sicile , où il ne mit que cinquante
jours , ses adversaires l'obligèrent d'attendre que les
cent huit jours accordés au prétendu accusateur fussent expirés ; qu'ils trouvèrent ensuite le moyen d'a-
muser le tems ; de sorte qu'il perdit trois mois , pendant lesquels il auroit pu plaider sa cause.

l'affaire en longueur , tellement que le préteur Glabrion et une grande partie des juges actuels en étant dessaisis , elle passeroit à un autre préteur et à d'autres juges. Si je n'avois point remarqué cet artifice ; si tous , amis et indifférens , ne m'eussent point averti qu'on ne cherchoit , qu'on ne pensoit , qu'on ne travailloit qu'à renvoyer l'affaire à l'autre année ; sans doute , en voulant employer le tems que la loi donne à l'accusateur , j'aurois craint de n'avoir pas de griefs, de ne pouvoir fournir une vaste carrière, de manquer de voix et de forces , de n'être pas en état d'accuser d'une manière étendue (1) un homme qu'on n'a point osé défendre dans la première audience. Les juges et le peuple ont applaudi à ma conduite : il n'est personne qui croie qu'on pût autrement rompre les manœuvres et l'effronterie des adversaires. En effet , quelle eût été mon imprudence, si pouvant l'éviter , je me fusse laissé conduire jusqu'au jour que les entremetteurs du marché pour faire absoudre . Verrès avoient en vue , en mettant pour con-

(1) J'ai traduit comme si au lieu de *bis* on lisoit, *longioribus verbis*.

dition que le jugement ne seroit prononcé qu'après les calendes de janvier. Mais puisque je suis résolu de développer la cause, il faut que je ménage soigneusement le tems qui m'est donné pour mon accusation.

Je supprime donc la première partie de la vie de Verrès, qui est comme le premier acte de la pièce, ces commencemens si honteux et si infâmes. Je ne lui retracerai pas les désordres de ses premières années, ni les excès d'une jeunesse impure. Vous vous rappellez, Romains, quelle a été cette jeunesse, ou vous pouvez en juger par un fils, sa parfaite ressemblance. Je passerai tout ce qu'il seroit peu honnête de rapporter; et je ne considérerai pas seulement ce que Verrès mériteroit d'entendre, mais ce qu'il me convient de dire. Accordez, je vous prie, à ma pudeur, de pouvoir taire plusieurs traits de sa conduite impudente. Je lui fais grace de tout le tems qu'il a passé avant de parvenir aux honneurs et d'entrer dans l'administration de la république. Ne disons rien de ses débauches et de ses dissolutions nocturnes; ne parlons point de ces joueurs et de ces corrupteurs publics qu'il a fréquentés; supprimons les dissipations de son patrimoine

M 3

et les infamies de son jeune âge ; épargnons-
lui les indices de ses premières turpitudes ; le
reste de sa vie nous permet tous ces sacrifices.

Vous avez été , Verrès , questeur du consul
Carbon (1) , il y a quatorze ans. C'est cette
époque toute entière de votre vie que je dé-
nonce aux tribunaux : dans tout ce temps, on
ne trouvera pas un seul jour qui ne soit marqué par quelque trait de rapine , de scélératesse , de cruauté , d'infamie. Ces années ont
été remplies par votre questure, et votre lieutenance d'Asie (2) , par vos prétures de Rome
et de Sicile. Ainsi toute mon accusation sera
divisée en quatre parties.

Nommé questeur, vous avez tiré une province au sort , en vertu du sénatus-consulte :
il vous est échu une province consulaire (3)

(1) Cnœus Papirius Carbo , grand partisan de
Marius, consul pour la seconde fois avec Lucius Cornélius Cinna.

(2) Dolabella, dont Verrès avoit été questeur, avoit
gouverné la Cilicie et la Pamphilie , qui toutes deux
faisoient partie de l'Asie mineure.

(3) *Consularis* , sans doute , *provincia*. Cette province consulaire étoit la Gaule.

que vous deviez gouverner avec le consul Carbon. Il régnoit alors des dissensions civiles. Je
ne dirai rien du parti que vous deviez prendre;
je dis seulement que, placé dans de telles circonstances et nommé par le sort, vous deviez
vous décider pour un des deux partis. Carbon
voyoit avec peine qu'il lui fût tombé pour questeur un homme dont les dissolutions égaloient
l'incapacité : il ne laissoit pas de le combler de
bienfaits et de mille bons offices. En un mot,
on remit la caisse (1) à Verrès : il partit comme
questeur dans sa province ; il se rendit avec
les deniers publics dans la Gaule, à l'armée du
consul, où il étoit attendu. Remarquez, Romains, comme il a débuté dans les magistratures et dans l'administration de la république : dès que l'occasion lui parut favorable ,
il détourna les deniers du trésor ; questeur il
abandonna le consul , il déserta l'armée et la
province que le sort lui avoit assignées.

Je m'apperçois de ma faute ; il dresse la
tête ; il croit sentir un vent favorable qui s'élève,

(1) Mot à mot, en commentant un peu la phrase :
l'argent destiné par le sénat au consul Carbon fut
compté à Verrès par les tribuns de l'épargne.

qui lui porte la bienveillance et l'approba-
tion (1) de ceux qui détestent la mémoire de
Carbon ; il se flatte qu'ils lui sauront gré
d'avoir abandonné et trahi son consul : comme
s'il avoit agi alors par envie de défendre la
noblesse , ou par esprit de parti ; comme si au
contraire il n'avoit point pillé ouvertement le
consul , l'armée , la province , et que ses impudentes rapines ne fussent point la seule cause
de sa fuite. En effet , la conduite de Verrès
est équivoque ; elle est de nature à faire croire
que , ne pouvant souffrir les hommes nouveaux , il est passé dans le parti des nobles ,
c'est-à-dire , dans le parti des siens , sans se
laisser conduire par un vil intérêt. Examinons
comment il a rendu ses comptes ; lui-même
nous apprendra pourquoi il a abandonné le
consul Carbon , il se décélera lui-même.

Et d'abord , voyez la précision de ses comptes. *J'ai reçu ,* dit-il , *deux millions trente-cinq
mille quatre cents dix-sept sesterces* (2) ; *j'en ai
donné pour la paie des soldats , pour les muni-*

---

(1) J'ai suivi la leçon *assensionis* au lieu de *dis-
sensionis.*

(2) 254,427 liv. 2 s. 6 den.

tions de bouche, pour les lieutenans, les pro-
questeurs, pour la cohorte prétorienne (1),
un million six cents trente-cinq mille quatre cents
dix-sept ; j'en ai laissé à Rimini six cents mille.

Est-ce là rendre des comptes ? Est-ce ainsi
que vous, Hortensius, que d'autres ou moi,
nous avons rendu les nôtres ? Quelle impudence ! quelle audace ! parmi tous les comptes
qui jamais furent rendus, en existe-t-il un
pareil ? Cependant ces six cents mille sesterces
au sujet desquels il n'a pu supposer même le
nom des personnes à qui ils aient été donnés,
qu'il marque avoir laissés à Rimini, ces six cents
mille sesterces qui restoient, Carbon ne les a
point touchés, Sylla ne les a point vus, ils
n'ont point été remis au trésor. Verrès a choisi
la ville de Rimini, parce qu'elle avoit été
prise et détruite lorsqu'il rendoit ses comptes.
Il ne se doutoit pas de ce qu'il va voir tout-à-
l'heure, qu'il a échappé du désastre de Rimini
assez d'habitans pour déposer de ce fait. Greffier, lisez de nouveau.

On lit les comptes rendus par Caïus Verrès
à Publius Lentulus et à Lucius Triarius, ques-

(1) On appelloit *cohorte prétorienne*, les officiers
de la suite d'un commandant de province.

teurs de Rome (1). Lisez aussi l'article du sénatus-consulte qui regarde les comptes.

On lit le sénatus-consulte.

C'étoit, Verrès, pour qu'il vous fût permis
de rendre vos comptes de cette manière, et
non pour rétablir la noblesse dans sa dignité
et dans son lustre, que vous êtes devenu
tout-à-coup partisan de Sylla. Quand vous
vous seriez enfui, les mains vuides, de l'armée
de Carbon, ce seroit toujours dans vous un
crime d'avoir pris la fuite, ce seroit toujours
un attentat d'avoir trahi votre consul. Carbon
étoit mauvais citoyen, consul pervers, homme
séditieux. Qu'il ait été tout cela pour les autres,
quand a-t-il commencé à l'être pour vous?
lorsqu'il vous a eu remis sa caisse, ses muni-
tions de bouche, tous ses intérêts et son armée. Si vous aviez jugé mal de lui auparavant, vous auriez fait ce que fit l'année suivante Marcus Piso. Le sort l'ayant donné pour
questeur au consul Scipion, il ne prit point
de caisse, il ne se mit point en route pour

____

(1) Ainsi, *P. Lentulo.... relatarum*, est le titre
de ce que Cicéron fait lire'. Je lis ensuite *recita ex
S. C.*, et pour titre, *senatusconsultum.*

l'armée : il se déclara pour le parti qu'il croyoit celui de la république , sans manquer ni à la bonne-foi , ni aux principes consacrés par nos ancêtres , ni aux devoirs que lui imposoit le sort.

En effet , si nous voulons troubler tout et tout confondre , si on n'a plus de respect pour les décisions du sort , plus d'égard (1) pour l'engagement pris de partager la bonne et mauvaise fortune, si les maximes et les règlemens de nos ancêtres n'ont plus aucune force ; il n'y aura plus rien de sûr dans notre vie ; en butte à toutes les perfidies de la trahison , elle sera semée de périls. C'est un ennemi commun, celui qui s'est déclaré l'ennemi de ses chefs. Jamais sage ne se confia à un traître. Sylla lui-même , qui a dû être très-satisfait de l'arrivée de Verrès , l'a éloigné de sa personne et de son armée; il l'a fait rester auprès de ceux qu'il savoit lui être dévoués , dans la ville de Bénévent , où il ne pouvoit nuire aux intérêts de son parti. Toutefois il le récompensa libéralement par la suite , il lui abandonna le pil-

(1) Je suis bien de l'avis d'habiles critiques , qui au lieu de *societatem* lisent *sanctitatem.*

lage de quelques biens des proscrits dans le territoire de Bénévent; il lui accorda des graces comme à un traître , mais non sa confiance comme à un ami. Quoiqu'il y ait encore à présent des hommes qui détestent la mémoire de Carbon , ils ne doivent point penser au mal qu'ils lui souhaitoient , mais à ce qu'ils ont à craindre pour eux-mêmes en pareille circonstance. Ici nous sommes tous intéressés ; le péril et la trahison nous regardent tous. Il n'y a pas d'embûches plus cachées que celles qui se couvrent de l'apparence d'une fonction publique , ou du nom d'une liaison étroite. On peut se garantir sans peine , par une sage défiance , d'un ennemi déclaré : mais la perfidie , ennemi secret , caché et domestique , loin de se découvrir , nous surprend avant que nous ayons pu l'appercevoir et la connoître.

Comment , Verrès ? vous avez été envoyé à une armée comme questeur , pour être non-seulement le dépositaire de la caisse , mais le défenseur de votre consul , pour être associé à toutes ses opérations et à tous ses conseils , pour lui tenir lieu de fils , selon les principes de nos ancêtres ; et vous l'abandonnerez tout-à-coup ! vous le trahirez ! vous passerez dans le parti de ses adversaires ! Quel scélérat ! quel monstre ! monstre qu'il faudroit reléguer aux extrémités de la terre ! non, un génie capable d'un tel forfait ne peut se contenter d'un seul crime de cette espèce : il doit nécessairement méditer toujours de semblables noirceurs , se livrer à des excès pareils d'audace et de perfidie.

Aussi Verrès trahit-il encore de la même manière Dolabella , qui l'avoit choisi pour son questeur après la mort de Malléolus : cette liaison peut-être étoit encore plus étroite que celle avec Carbon , puisque le choix de la volonté doit avoir plus de force que la décision du sort. Verrès fut donc le même pour Dolabella qu'il avoit été pour Carbon. Il mit sur le compte du proconsul les crimes dont il étoit lui-même coupable , il fournit tous les griefs à ses ennemis et à ses accusateurs (1) ; lui-même il rendit le témoignage le plus odieux , le plus

(1) Dolabella fut accusé au retour de sa province ; Marcus Scaurus , son accusateur , présenta à Verrès une longue liste de tous ses vols et de tous ses excès, menaçant de l'accuser lui-même , s'il ne lui dénonçoit tous les crimes de Dolabella , et s'il ne lui servoit de témoin.

contraire à l'homme dont il avoit été le lieutenant , auquel il avoit servi de questeur. Le
malheureux Dolabella périt victime de la trahison détestable de Verrès , de son indigne et
fausse déposition ; je dirai même , victime en
grande partie des infamies de ce traître et de
ses rapines.

Qu'espérez-vous , Romains , d'un tel scélérat ? pour quel emploi réserverez-vous un monstre si perfide et si cruel , un homme qui a méprisé et foulé aux pieds la décision du sort
à l'égard de Carbon , le choix de la volonté
à l'égard de Dolabella , qui les a abandonnés
tous deux , que dis-je ? qui les a trahis , qui les
a indignement poursuivis ?

Ici , Romains , jugez de la gravité des délits
par la nature des faits , plutôt que par la briéveté de mon discours. Je suis obligé de ne
pas trop m'étendre , afin de pouvoir vous exposer tout ce qui entre dans le plan que je me
suis tracé.

Ainsi , après avoir parlé de la questure de
Verrès , après vous avoir montré les vols et les
crimes de sa première magistrature , je vais vous
entretenir du reste. Je supprimerai toute cette
époque désastreuse de la domination de Sylla,

marquée par des rapines et des proscriptions ;
et sans permettre à l'accusé de tirer ses défenses des misères communes , je l'accuserai sur
des faits particuliers et personnels. Retranchant
donc de l'accusation tout ce tems de violence
et de trouble , je vais vous instruire de son admirable lieutenance.

Lorsque Dolabella eut obtenu la province
de Cilicie , avec quelle ardeur , grands dieux !
Verrès ne s'employa-t-il pas , quelles intrigues
ne fit-il pas jouer , pour être son lieutenant !
Et ce fut là l'origine de tous les malheurs qui
accablèrent le proconsul. Car dès que Verrès se
fut mis en route , on vit dans toute sa marche,
non un magistrat du peuple Romain , mais un
fléau dévastateur.

Je supprimerai toutes les vexations légères ,
les vexations telles qu'un autre auroit pu en
commettre ; je ne dirai rien qui ne lui soit propre , et qui , si on le disoit d'un autre accusé ,
ne parût incroyable. Dans l'Achaïe (1) , il
demanda de l'argent au magistrat de Sicyone.
N'en faisons pas un crime à Verrès ; d'autres

_____

(1) L'Achaïe n'étoit point la province de Dolabella ;
mais lui et Verrès se rendirent par-là dans la Cilicie.

ont agi de même. Le magistrat ne se rendant pas à sa demande, il voulut le punir. Cela est mal, mais n'est pas sans exemple. Considérez l'espèce de punition ; et vous verrez sur quelle espèce d'homme vous avez à prononcer. Il fait allumer du feu dans un lieu étroit, avec des branchages humides et verds ; et y faisant enfermer un homme d'extraction libre, d'une naissance distinguée dans sa ville, ami et allié du peuple Romain, il le laisse à demi mort, presque étouffé par la fumée. Je ne parlerai pas ici des statues et des tableaux qu'il a enlevés dans l'Achaïe. Je me réserve à parler ailleurs (1) de ce genre de brigandage. Vous savez qu'à Athènes une immense quantité d'or a été emportée du temple de Minerve. Il en a été question dans le jugement de Dolabella. Que dis-je ? il en a été question ; on a même estimé la somme. Vous trouverez, Romains, que Verrès fut non-seulement complice, mais principal auteur de ce vol.

Il arrive à Délos. Là, pendant la nuit, il enlève secrétement du temple auguste d'Apollon,

____

(1) *Ailleurs* ; sans doute dans le discours intitulé : *de signis.*

des

lon , des statues très-belles et de la plus haute antiquité ; il les emporte sur son vaisseau. Le lendemain , les habitans de Délos virent le temple dépouillé , et en ressentirent une vive douleur : car ils ont, pour ce temple, une antique et religieuse venération ; ils croient que c'est dans ce lieu même qu'Apollon a pris naissance. Cependant ils n'osoient dire un mot ; ce pouvoit être Dolabella lui-même qui eût ordonné le vol. Alors il s'éleva tout-à-coup une tempête si violente , que non - seulement le proconsul ne put se mettre en route malgré son désir, mais qu'il pouvoit à peine rester en sûreté dans le port (1) , tant les flots amoncelés se précipitoient au loin. Le vaisseau de notre pirate , chargé des statues saintes , poussé par les vagues et jeté sur la terre , y est brisé ; on trouve sur le rivage les statues d'Apollon. Elles sont replacées par l'ordre de Dolabella ; la tempête s'appaise ; Dolabella part de Délos.

(1) *Dans le port :* mot à mot , *dans la ville* , où étoit le logis de Dolabella , pas très-loin du rivage , sans doute. —— *Ità magni fluctus ejiciebantur ,* c'étoit l'hémistiche d'un vers de la tragédie d'Ennius intitulée : *Achille* , si l'on en croit un commentateur anonyme.

Malgré votre stupide ignorance, malgré votre mépris pour la religion, je ne doute pas toutefois, Verrès, qu'au milieu de vos périls et de vos alarmes, vous ne soyez frappé par le ressouvenir de vos crimes. Pouvez-vous concevoir quelque espérance de salut, lorsque vous vous rappelez toutes vos impiétés énormes, tous vos forfaits, tous vos attentats envers les dieux immortels? Quoi! vous avez osé dépouiller Apollon de Délos! Vous avez pu porter des mains impies et sacriléges sur un temple aussi antique, aussi saint, aussi révéré! Quand vous n'auriez pas reçu dans votre enfance les instructions ordinaires, quand vous n'auriez pas appris alors ces faits consignés dans les livres, n'avez-vous pu même depuis, lorsque vous êtes venu à Délos, vous instruire de ce qu'on sait par l'histoire et par la tradition? Ne vous y a-t-on pas dit que Latone, après avoir erré long-tems, enceinte et près d'accoucher, se réfugia à Délos, où se trouvant à terme, elle mit au monde Apollon et Diane? D'après cette opinion, on croit que l'Isle est consacrée particulièrement à ces deux divinités. Et telle est, telle fut toujours la sainteté du

culte qu'on leur rend, que les Perses même (1),
ayant déclaré la guerre à toute la Grèce, aux
dieux et aux hommes, et ayant abordé à
Délos avec une flotte de mille vaisseaux, n'osè-
rent rien profaner, toucher à rien dans le temple. Et vous, ô le plus pervers, le plus insensé
des hommes, avez-vous bien osé piller ce temple si vénérable ? la cupidité vous a-t-elle
aveuglé au point de vouloir abolir un culte si
religieux ? Si vous n'y pensiez pas alors, ne
songez-vous pas même aujourd'hui, qu'il n'est
point de supplice qui ne vous soit dû depuis
long-tems pour tous vos sacriléges ?

Il se rend en Asie (2). Pourquoi faire mention de ses entrées dans les villes, de ses repas
et de ses festins, des chevaux et des présens qu'il exigeoit ? Je ne m'arrêterai point, en
parlant de Verrès, à des accusations communes.
Je dis qu'il a enlevé par force de l'isle de Chio
de très-belles statues, qu'il a fait la même chose

(1) Sous les règnes de Cyrus, de Darius et de
Xercès.

(2) Dans la partie de l'Asie que gouvernoit Caïus
Néro, où étoient les villes de Chio, d'Erythre, &
les autres ci-dessous nommées.

dans Erythre et dans Halicarnasse. Sans parler
de l'argent qu'il a volé à Ténédos , Ténès lui-
même , ce Dieu si révéré des Ténédiens , qui ,
dit-on , a fondé la ville , et qui a donné son
nom à l'isle , oui, ce Ténès même , d'un travail si précieux , que nous avons vu il y a
quelque tems dans le Comitium (1), Verrès l'a
enlevé malgré les gémissemens de toute la ville.
Et la dévastation de ce temple si antique et si
fameux de Junon de Samos , qu'elle fut déplorable pour les habitans ! qu'elle fut affligeante
pour toute l'Asie ! combien ne fut-elle pas
généralement connue ! Qui de vous n'en a pas
ouï parler ? Des députés de Samos étant venus
trouver Néron en Asie , pour se plaindre de
cette dévastation , il leur répondit , que de
pareilles plaintes , faites contre un lieutenant
du peuple romain , devoient être portées à
Rome et non devant un préteur (2). Quels
tableaux , quelles statues , Verrès n'a-t-il pas

(1) Place de Rome où se tenoient les assemblées
appelées *comitia curiata.*

(2) *Devoient être portées....* Sans doute parce que
c'est au peuple romain , et non à un préteur , à
punir une personne publique.

enlevés du temple et de la ville ? dernièrement je les ai reconnus moi-même chez lui dans sa maison, lorsque je vins pour y mettre le scellé (1).

Où sont maintenant, Verrès, ces statues ? Je vous demande les statues que j'ai vues dernièrement chez vous adossées à toutes les colonnes, même dans tous les entre-colonnemens ; celles enfin que j'ai vues en plein air dans les bosquets. Pourquoi, tant que vous avez espéré qu'un autre préteur, avec les juges que vous auriez fait nommer (2) à la place de ceux-ci, prononceroient dans votre affaire, pourquoi sont-elles restées chez vous ? Lorsque vous vîtes que j'aimois mieux faire usage de mes témoins, que du tems qui m'étoit accordé (3), vous n'y

(1) L'accusateur avoit le droit de mettre le scellé dans la maison de l'accusé, de peur qu'on n'enlevât les registres et autres moyens de preuve.

(2) Il est évident qu'il faut lire *subsortiturus* au lieu de *subsortitus*.

(3) Latin *horis tuis*, du tems que vous auriez bien voulu que j'eusse employé. Il y a dans *nostris testibus* et *horis tuis*, une précision et une grace qu'il m'a paru impossible de transporter dans notre langue. Quelques livres n'ont pas *tuis*.

N 3

laissâtes que deux statues enlevées de Samos et déposées dans vos cours. N'avez-vous point pensé que j'obligerois à rendre témoignage, vos amis intimes qui ont visité souvent votre demeure; que je leur demanderois s'il n'y avoit pas des statues qu'on a fait disparoître ? Selon votre idée, que devoient prononcer les juges à votre sujet, en voyant que vous entrepreniez, non plus de vous dérober à votre accusateur, mais de frustrer les questeurs de Rome et les acquéreurs des biens vendus à l'encan (1) ? Pour ce qui est des vols de Samos, vous avez entendu, Romains, dans la première audience, la déposition de Charidème de Chio. Il disoit qu'étant commandant de navire, et accompagnant par ordre de Dolabella, Verrès qui se retiroit de l'Asie, il s'étoit trouvé avec lui à Samos ; qu'il savoit que le temple de Junon et la ville de Samos avoient été pillés et dépouillés ; que depuis, ayant été accusé par les habitans de Samos, devant ceux de Chio, ses compatriotes, il avoit été absous parce qu'il

_____

(1) Lorsqu'un accusé étoit condamné , les questeurs de Rome s'emparoient de ses effets et les faisoient vendre à l'encan.

avoit prouvé que les accusations des Samiens
lui étoient étrangères, qu'elles ne regardoient
que Verrès.

Vous n'ignorez pas qu'Aspende (1) est une
ville de Pamphilie ancienne et célèbre, qu'elle
étoit remplie de très-belles statues. Je ne dirai
pas, Verrès, que vous avez enlevé telle et
telle statue ; je dis que vous n'avez laissé aucune statue dans Aspende : oui, vous les avez
enlevées toutes des temples et des places publiques, ouvertement et à la vue de tout le monde,
vous les avez fait transporter sur des chariots.
Il a même enlevé ce musicien d'Aspende, dont
vous avez souvent entendu dire qu'il jouoit de
son luth de la main gauche et si légèrement qu'il
déroboit son jeu aux auditeurs (2), ce qui a

(1) Aspende étoit dans le gouvernement de Dolabella ; la Cilicie et la Pamphilie étoient des contrées
de l'Asie mineure.

(2) Lorsqu'un joueur de luth touchoit les cordes
de la main gauche, et si légèrement qu'il étoit entendu de lui seul et de ceux qui étoient le plus près
de lui, on disoit *intùs canit* : lorsqu'il touchoit de
la main droite et avec force, on disoit *foris canit.*
Delà, les Grecs disoient de ceux qui faisoient, comme
on dit, leurs coups à la sourdine, *intùs canunt.*

N 4

donné lieu à un-proverbe grec ; Verrès , dis-je ,
l'a enlevé et l'a caché dans l'intérieur de sa maison , afin , sans doute , de passer pour plus
habile que le musicien même.

Il est , nous le savons , il est à Perga un
temple de Diane très-ancien et fort révéré. Je
dis , Verrès , que vous avez aussi pillé et dépouillé ce temple , que vous avez ôté , à Diane
elle-même tout l'or dont elle étoit couverte.

Quelle audace, grands Dieux ! quelle fureur !
quand vous auriez pris d'assaut , à la tête d'une
armée , ces villes dans lesquelles vous êtes entré à titre de lieutenant , toutefois , je pense ,
les statues et les ornemens que vous eussiez enlevés de ces villes, vous les auriez transportés ,
non dans votre maison , ni dans les jardins
de vos amis ; mais à Rome dans les places
publiques.

Que dirai-je de Marcellus qui prit Syracuse ,
cette superbe ville ? de Scipion qui fit la guerre
en Asie et vainquit Antiochus , ce puissant
monarque ? de Flamininus qui subjugua le roi
Philippe et la Macédoine ? de Paul Emile qui
triompha du roi Persée par ses armes et par
son courage ? de Mummius qui emporta de
force Corinthe , cette ville si belle , si ornée,

si opulente ; qui soumit à l'empire et à la domination du peuple romain , tant de villes
d'Achaïe et de Béotie ? Comme l'honneur et la
vertu régnoient dans les maisons de ces grands
hommes, on n'y voyoit ni statues, ni tableaux :
mais nous voyons Rome entière , les temples
des dieux , toutes les contrées de l'Italie , dé-
corés de leurs beaux monumens et de leurs
superbes offrandes.

Je crains que ces exemples ne soient trouvés
trop anciens et dénués de toute force. Les
Romains alors étoient tous également si désintéressés que le mérite d'une intégrité à toute
épreuve semble avoir été la vertu non-seulement des personnes , mais encore de ces heureux tems. Voici l'illustre Servilius (1) , qui
s'est distingué par de grands exploits. Il va
prononcer dans l'affaire de Verrès. Il a pris par
la force des armes , par sa prudence et par sa
valeur, Olympe , ville ancienne , remplie et
ornée des plus précieux monumens. Je cite
l'exemple tout récent d'un homme plein de
courage , de Servilius : ce grand général du

(1) Publius Servilius , surnommé Isauricus , un
des juges de Verrès.

peuple romain , a pris Olympe , ville ennemie, depuis que vous, Verrès , lieutenant-vice-questeur dans les mêmes contrées , vous avez fait piller et ravager les villes des alliés et des amis de Rome. Les ornemens que , par un brigandage coupable , vous avez enlevés des temples les plus saints , nous ne pouvons les voir que dans vos maisons ou dans celles de vos amis: ceux que Servilius a enlevés d'une ville ennemie par ses armes et par sa bravoure , par les loix de la guerre , par le droit de conquête , il les a apportés au peuple romain , il les a fait servir à son triomphe , il en a fait mettre un compte détaillé dans les registres publics. Qu'on apprenne par ces registres l'exactitude scrupuleuse d'un citoyen illustre. Lisez , greffier.

On lit le compte rendu par Publius Servilius.

Vous le voyez , Verrès , on a marqué le nombre des statues , et jusqu'à la grandeur, la forme , l'habillement de chacune. La satisfaction que procurent la vertu et la victoire est , sans doute , plus sensible que le plaisir qui vient du crime et de la cupidité.

Oui, assurément, Servilius a rendu plus exactement compte du butin appartenant au peuple romain, que vous ne vous l'êtes rendu à vous-même de vos rapines.

Vos statues, direz-vous, et vos tableaux ont aussi décoré la ville de Rome et la place publique. Je le sais ; j'ai vu avec tout le peuple le forum et le comitium remplis d'ornemens qui présentoient aux yeux un magnifique spectacle, mais qui faisoient naître dans l'esprit et dans le cœur des sentimens et des idées tristes. J'ai vu briller par-tout vos rapines, le butin des provinces, les dépouilles des alliés et des amis de cet empire. C'est alors sur-tout que Verrès se flatta de pouvoir commettre impunément ses autres délits, en voyant asservir à ces mêmes passions les hommes qui prétendoient dominer dans les tribunaux. Les alliés et les nations étrangères commencèrent dès-lors à perdre tout courage et toute espérance : en ce tems il y avoit par hasard à Rome plusieurs députés de l'Asie et de l'Achaïe, qui, dans notre forum même, pleins d'une religieuse vénération pour les statues des dieux enlevées de leurs temples, se prosternoient devant elles. A la vue des autres statues et ornemens qu'ils

reconnoissoient en divers endroits , ils ne pouvoient retenir leurs larmes. Non , disoient-ils
tous alors , ainsi qu'on nous le rapportoit , on
ne peut plus douter de la ruine totale des
alliés et des amis du peuple romain , puisque,
dans le forum même , dans ce lieu auparavant
témoin de l'accusation et de la condamnation
des magistrats concussionnaires , on expose à
la vue de tout le monde ce qui a été enlevé et
arraché aux alliés par une violence criminelle.

Non , sans doute , Verrès ne pourra nier
qu'il n'ait en sa possession un nombre infini
de statues et de tableaux : mais , je pense , on
lui entend dire quelquefois qu'il a acheté ce
qu'il a volé et pillé ; parce que , sans doute ,
nous avons envoyé dans l'Achaïe, dans l'Asie,
dans la Pamphilie , aux dépens du trésor, avec
le titre de lieutenant , avec les faisceaux et les
haches (1) , un marchand de statues et de ta-

_____

(1) J'ai pris d'Asconius, *cum imperio et securibus* ,
qu'il place après *quidem*. Les lieutenans n'avoient
point proprement *imperium et secures* , mais ils en
avoient , pour ainsi dire , par emprunt , de ceux
dont ils étoient les lieutenans. Ainsi Cicéron écrit
à Cornificius , *je n'approuve pas que vous ayez
ôté à vos lieutenans leurs faisceaux.*

bleaux. J'ai tous vos registres , Verrès , et ceux de votre père ; je les ai lus avec attention et les ai mis en ordre. J'ai de votre père les registres de toute sa vie , et de vous , ceux du tems pendant lequel vous dites en avoir tenu. Car voici , Romains , dans Verrès quelque chose de fort extraordinaire. On nous parle de quelqu'un qui n'a jamais tenu de registres. On l'a cru , mais faussement , de Marcus Antonius (1) qui en a tenu avec beaucoup d'exactitude. Mais je veux bien supposer que quelqu'un ait poussé jusques-là une négligence assurément très-blâmable. On nous parle de quelque autre qui n'en a pas tenu toujours , mais seulement depuis une certaine époque. On peut apporter une raison de cette conduite. Mais ce qui est , éorange , ce qui est absurde , c'est la réponse de Verrès sur la demande que je lui faisois de ses registres : J'en ai tenu , me dit-il , jusqu'au consulat de Térentius et de Cassius ; j'ai cessé depuis. J'examinerai ailleurs cette réponse.

L'examen seroit ici inutile , puisque j'ai vos

_____

(1) C'est ce Marcus Antonius à qui on avoit confié un commandement si étendu , le soin de garder toute la côte maritime , et qui fut tué dans la Crète.

registres et ceux de votre père pour le tems
dont je suis occupé. Vous ne pouvez nier avoir
enlevé un très-grand nombre de fort belles
statues et de fort beaux tableaux. Eh ! puissiez-
vous le nier ! montrez sur vos registres ou sur
ceux de votre père , que vous ayez acheté une
seule statue ou tableau , et je vous donne gain
de cause. Vous ne pouvez dire comment vous
avez acheté même ces deux belles statues qui
sont maintenant dans votre cour, et qui durant
beaucoup d'années avoient été aux portes de
Junon de Samos ; oui , ces deux statues qui
attendent un enchérisseur, qui sont restées seu-
les dans votre maison , délaissées et abandon-
nées par les autres.

Mais peut-être étoit-ce là les uniques objets pour lesquels il se livroit à toute la fureur
d'une cupidité sans borne ; ses autres passions
connoissoient quelque règle et quelque mesure. A combien de jeunes-gens libres , à combien de femmes respectables, croyez-vous qu'il
n'ait pas fait violence dans le cours de son infame lieutenance ? Dans quelle ville a t-il porté
ses pas , où il n'ait laissé plus de traces de son
incontinence et de ses dissolutions que de son
arrivée ? Mais tous les faits qui peuvent être

ntés , je les supprime ; j'en laisse même qui
ont des plus certains et des plus notoires.
Parmi toutes ses honteuses actions , j'en choisis une seule , afin d'arriver plus promptement
à la cause de la Sicile , dont la province même
n'a imposé le fardeau.

Il est dans l'Héllespont une ville nommée
Lampsaque ; c'est une des villes d'Asie les plus
illustres et les plus connues. Les habitans en
sont dévoués aux citoyens romains. Tranquil-
es et paisibles plus qu'aucun autre peuple , ils
sont plus jaloux de ce loisir qui fait les délices
des Grecs que portés à la violence et au tumulte. Verrès avoit obtenu de Dolabella , à
force de sollicitations , qu'il l'envoyât vers les
rois Sadala (1) et Nicomède , voyage qu'il vouloit faire plus pour son intérêt propre , que
pour celui de la république ; dans sa route il
passa par Lampsaque , pour le grand malheur
et presque pour la ruine de cette ville. Il est
conduit chez un nommé Janitor , où il loge ;
ceux de sa suite sont placés dans d'autres
maisons.

(1) Sadala , roi de Thrace ; Nicomède , roi de
Bithynie.

D'après son usage et ses goûts infâmes, il donne commission à des hommes qui l'avoient suivi, personnages des plus vils et des plus odieux, de tâcher de lui découvrir quelque fille ou femme qui méritât de l'arrêter quelques jours à Lampsaque.

Parmi ceux qui l'accompagnoient étoit un certain Rubrius, homme fait pour servir ses passions. Il s'entendoit merveilleusement à lui trouver par-tout où il alloit, de quoi les satisfaire. Il vient lui dire que dans la ville étoit un certain Philodame, que la naissance, les richesses, l'estime et la considération dont il jouissoit, distinguoient entre tous ses concitoyens. Sa fille, devenue veuve (1), demeu-

(1) Mot-à-mot, *qu'il avoit une fille qui habitoit avec son père, parce qu'elle n'avoit pas de mari.* Il y a toute apparence que la fille de Philodame avoit été mariée fort jeune, et qu'ayant perdu son mari peu après son mariage, elle étoit retournée dans la maison de son père ; si elle avoit été fille et non encore mariée, il étoit naturel qu'elle demeurât avec son père ; l'orateur ne l'auroit pas remarqué et n'en auroit pas donné la raison : il auroit dit tout simplement, Philodame avoit une fille non encore mariée. Ajoutez que par-tout où il en parle, il se sert du mot *mulier*, et jamais de celui de *virgo*.

roit

roit avec lui. D'une beauté rare, elle passoit
encore pour être fort sage et très-vertueuse. A
ces mots, Verrès s'enflamma tellement pour
un objet que ni lui-même, ni celui qui lui en
parloit n'avoit vu, qu'il s'annonça aussitôt comme voulant loger chez Philodame. Janitor, son hôte, qui ne se doutoit de rien,
craignant de l'avoir mécontenté (1), fit tous
ses efforts pour le retenir : Verrès, qui ne pouvoit alléguer aucune raison de le quitter, chercha un autre moyen pour contenter sa passion.
Sous prétexte que Rubrius, son plus cher favori, son ministre et son confident dans ces
sortes d'intrigues, n'étoit pas logé assez com-
modément, il demande qu'il soit conduit chez
Philodame. Celui-ci apprend cette résolution ;
et aussitôt, bien qu'il ignorât de quel grand
malheur il étoit menacé, lui et ses enfans, il

(1) Les éditions portent *ne quid in ipso se offen-*
derit. Je crois qu'il faut ou *se* ou *ipso.* Avec *se* seulement, voici comme j'explique la phrase, *ne quid in se*
offenderit Verrem. Avec *ipso* je comment *ne (juxtà)*
quid in ipso Verres offenderit, id est, offensus fue-
rit. Offendo se construit de ces deux manières, et de
là probablement on a pris *ipso* et *se*, après n'avoir
pris d'abord que l'un ou l'autre.

Tome III.   O

va trouver Verrès, il lui représente que ce n'est pas à lui à loger; que, lorsque c'étoit son tour (1), il ne logeoit que les préteurs et les consuls, et non la suite des lieutenans. Verrès, que sa passion seule entraînoit, ne tient aucun compte des représentations de Philodame : il fait conduire par force Rubrius chez un homme qui n'étoit pas obligé de le recevoir.

Philodame n'ayant pu obtenir justice, ne songeoit plus qu'à suivre sa politesse accoutumée. Lui qui passoit pour être ami de nos Romains et pour les bien accueillir, ne voulut point paroître avoir reçu malgré lui, dans sa maison, Rubrius lui-même. Cet homme, un des plus riches de sa ville, fait préparer un festin magnifique ; il prie Rubrius d'inviter ceux qui lui feront plaisir, de lui réserver une place pour lui seul, s'il le jugeoit à propos : il envoie même son fils, jeune homme

(1) Lorsqu'un Romain décoré d'un titre d'autorité ou de celui de sénateur, se sendoit dans une ville alliée, il étoit reçu au nom de la ville par un des principaux citoyens qu'on choisissoit chaque année pour cette fonction.

d'un mérite distingué , souper dehors chez un de ses proches.

Alors Rubrius invite des hommes de la suite du lieutenant : Verrès a soin de les instruire du rôle qu'ils doivent jouer. Ils arrivent de bonne heure ; on se met à table. Ils parlent entr'eux de boire à la manière des Grecs (1); ils s'y excitent mutuellement. Leur hôte les y exhorte lui-même : ils demandent de plus grandes coupes. La conversation s'anime , la joie éclate parmi tous les convives. Rubrius voyant qu'on étoit assez échauffé : eh ! mais, dit-il, Philodame , pourquoi ne pas faire venir votre fille ? Philodame , vieillard respectable et père , étonné de l'audace de ce propos, reste interdit. Rubrius insiste. L'hôte alors , pour répondre quelque chose, allègue la cou-

(1) *A la manière des Grecs ,* c'est-à-dire en nommant à chaque coup les dieux, leurs amis, les personnes qui les intéressoient. *Ils demandent de plus grandes coupes.* On buvoit d'abord dans de moindres coupes, et dans le cours du festin on en demandoit de plus grandes. *Poscunt majoribus poculis,* sous-entendu *bibere.* Il y en a qui expliquent cette petite phrase , *provocant se invicem majoribus poculis exhauriendis.*

tume des Grecs, qui ne permettoit pas aux
femmes de se mettre à table avec les hommes.
Tous les conviés aussitôt s'écrient chacun
pour leur part : la coutume est ridicule ; qu'on
fasse venir la jeune personne ; et en même tems
Rubrius ordonne à ses esclaves de fermer la
porte et de la bien garder.

Dès que Philodame s'apperçut qu'on pensoit et qu'on se disposoit à faire violence à sa
fille, il appelle ses esclaves ; il leur commande
de ne point s'occuper de lui, de défendre sa
fille, et de détacher quelqu'un d'entr'eux pour
annoncer à son fils ce grand malheur. Cependant des cris retentissent dans toute la maison,
grand combat entre les esclaves de Rubrius et
ceux de l'hôte. Un des premiers citoyens de
Lampsaque est maltraité indignement chez lui.
Chacun, à l'envi, le frappe ; il est inondé d'eau
bouillante par Rubrius lui-même. La nouvelle
ne tarda pas à être annoncée au fils ; sur-le-
champ il accourt à la maison tout hors de lui-
même, pour défendre la vie de son père et
l'honneur de sa sœur. Les habitans de Lampsaque n'eurent pas plutôt appris ce qui se passoit, que tous, animés du même esprit, ou-
trés d'une telle injure, faite à un homme tel

que Philodame , ils se rendent de nuit à sa demeure. Cornélius , licteur de Verrès , placé
par Rubrius avec des esclaves comme en sen-
tinelle pour enlever la femme , est tué : quelques esclaves sont blessés : Rubrius lui-même,
dans la mêlée , reçoit une blessure. Verrès,
qui voyoit tout le tumulte qu'excitoit son incontinence , cherchoit à échapper par quelque
moyen.

Le lendemain , dès le matin , on convoqua
une assemblée générale. Les citoyens s'y rendent en foule : on délibère sur le parti à
prendre. Chacun, pour sa part, suivant qu'il
avoit plus d'autorité , parloit au peuple. Il ne
se trouva personne dont l'avis ne fût en subs-
tance ; que les habitans de Lampsaque pouvoient employer la violence et les armes pour
venger l'horrible attentat de Verrès , sans
craindre que le sénat et le peuple romain voulussent sévir contre la ville ; que si nos lieutenans avoient de pareils droits sur les alliés et
sur les nations étrangères , des droits qui ne
permissent pas même de défendre l'honneur de
ses enfans contre leur brutale passion , il valoit mieux tout souffrir que d'être exposé à de
telles violences, à de tels outrages.

O 3

Voilà ce que tout le monde pensoit ; ce que
chacun disoit avec plus ou moins de force,
suivant qu'il étoit plus ou moins affecté ; tous
donc marchant à la maison où logeoit Verrès,
on jette des pierres dans la porte , on la coupe
avec des haches , on apporte du bois et des
sarmens, on se prépare à y mettre le feu. Alors
les citoyens romains qui commerçoient à
Lampsaque , accourent; ils conjurent les habitans de faire plus d'attention au titre de Verrès
qu'à l'injure qu'ils en avoient reçue: nous le
savons, disoient-ils, c'est un homme abominable ; mais comme il n'a pas réussi dans son
entreprise , et qu'il ne doit pas rester à Lampsaque , ce sera un moindre mal d'épargner un
scélérat que d'attenter aux jours d'un lieutenant.

Ainsi Verrès , beaucoup plus criminel et
plus pervers qu'Adrien (1) , fut un peu plus
heureux. Adrien fut brûlé vif dans son palais
de préteur à Utique , parce que les citoyens
romains ne pouvoient supporter son avarice ;

(1) Caïus Fabius Adrianus gouvernoit l'Afrique en
qualité de préteur dans les tems de Sylla : Utique
étoit la principale ville de sa province.

et l'on étoit si persuadé qu'il méritoit ce trai-
tement, que tout le monde se réjouit de sa
mort, loin qu'on cherchât à la venger. Investi de feux et d'une troupe d'alliés en courroux, Verrès cependant échappa à un danger
si pressant, aux flammes qui l'environnoient
de toutes parts, sans qu'il ait pu encore supposer, ni acte de pouvoir, ni événement quelconque, qui ait pu le jeter dans un si grand
péril. Car il ne sauroit dire : je voulois ap-
paiser une émeute, j'exigeois du blé, je le-
vois une contribution ; j'exécutois enfin quelqu'ordre de la république ; j'ai ordonné, j'ai
sévi, j'ai menacé avec trop de rigueur. Quand
il donneroit ces raisons, il ne seroit pas excusable s'il s'étoit trouvé exposé à un tel péril
pour avoir commandé aux alliés avec trop de
dureté.

Mais, puisqu'il n'ose pas dire la vraie raison
de ce tumulte, ni en imaginer une fausse; puisque Rettius, cet homme si sage (1), qui pour

(1) Latin, *le plus sage de son ordre*, de l'ordre
ou de la compagnie des huissiers. Suivant Asconius,
accensi signifioit aussi des grades dans la profession
militaire, qu'il ne seroit pas facile de faire entendre
en françois.

lors étoit huissier de Néron, vous a dit avoir été informé à Lampsaque de tout ce détail ; puisque Varron, personnage d'un mérite rare, qui étoit alors en Asie tribun de soldats, dit l'avoir appris de Philodame : pouvez-vous douter que la fortune ait moins voulu sauver Verrès de ce danger que le réserver pour la sévérité de votre jugement. A moins qu'il ne répète ce que disoit Hortensius dans la première plaidoierie. Oui, Hortensius a interrompu Rettius au milieu de sa déposition ; et par là il faisoit assez connoître qu'il ne se taisoit ordinairement que faute d'avoir rien de bon à alléguer ; ensorte que, s'il s'étoit tû dans le reste, c'est qu'il n'avoit rien à dire. Il disoit donc que Philodame et son fils avoient été condamnés par Néron. Pour ne point m'étendre sur ce sujet, je dis seulement que Néron et son conseil se sont déterminés à les condamner, parce qu'il étoit constant que le licteur Cornélius avoit été tué, et qu'ils ne croyoient pas qu'il fut permis de tuer un homme, même pour venger une injure. Et en cela je vois que, par son arrêt, Néron n'a pas absous Verrès, mais condamné Philodame et son fils comme meurtriers.

Mais, quelle étoit cette condamnation ?
Ecoutez, je vous prie, Romains ; soyez enfin
touchés du sort de vos alliés ; montrez-leur
qu'ils peuvent ne pas réclamer en vain votre
justice. Toute l'Asie étoit persuadée que le
licteur de Verrès, ou plutôt le ministre de sa
passion infâme, avoit été tué légitimement ; il
craignit donc que Philodame ne fût renvoyé
absous par le jugement de Néron. Il prie et
conjure Dolabella de quitter sa province pour
aller trouver ce préteur ; il lui représente que
lui Verrès ne pouvoit échapper à une condamnation, si on laissoit à Philodame, avec la
vie, la liberté de se rendre un jour à Rome.
Dolabella se laissa persuader. Il fit une démarche que bien des personnes désaprouvèrent.
Il quitta sa province (1), son armée, la guerre
qu'il avoit à soutenir ; et pour l'intérêt du plus
vil des hommes, il se transporta en Asie dans
la province d'un autre. Arrivé près de Néron,
il le presse de juger la cause de Philodame. Il
étoit venu lui-même pour assister au jugement,
et donner son avis le premier. Il avoit même

(1) Il étoit défendu à un gouverneur de province
de s'en éloigner sans l'ordre du sénat.

amené ses préfets (2) et ses tribuns de soldats
Néron les admit tous au tribunal. Verrès lui
même, juge équitable, en étoit aussi. Il
avoit quelques Romains créanciers des Grecs,
auxquels le crédit des plus indignes lieutenant
sert beaucoup pour se faire payer de leurs
dettes. Le malheureux Philodame ne pouvoit
trouver de défenseur. Quel Romain, en effet,
n'auroit pas redouté le crédit de Dolabella
ou quel Grec n'auroit pas été intimidé par
l'ascendant de son pouvoir? On aposte pour
accusateur un citoyen romain tiré des créanciers de Lampsaque. S'il parloit au gré de
Verrès, ses licteurs devoient l'aider à se faire
payer du peuple. On employoit donc tous ces
puissans efforts, tous ces moyens violens; l'in-
fortuné Philodame, accusé par plusieurs, n'é-
toit défendu par personne. Dolabella, avec
ses officiers, agissoit vivement dans le tribunal.
Verrès disoit qu'il y alloit de toute son existence; témoin en même tems et juge, il avoit

(1) Les *praefecti* étoient proprement des comman-
dans d'escadrons de cavalerie ; on donnoit aussi ce
nom à des officiers de la suite des proconsuls ou
préteurs.

aposté un accusateur : malgré toutes ces démarches, malgré la certitude d'un meurtre
commis, on étoit néanmoins si frappé de la
perversité de Verrès et de l'outrage fait à Philodame, qu'on prononça un plus ample informé.

Parlerai-je de l'empressement de Dolabella
pour une seconde audience ? Parlerai-je des
larmes et des mouvemens de Verrès ? Parlerai-
je de l'excessive timidité et de la foiblesse que
montroit quelquefois Néron , très-honnête
homme d'ailleurs et fort intègre ? Il ne savoit
quel parti prendre ; il ne pouvoit rien , sinon
peut-être , ce que tout le monde désiroit, décider l'affaire sans Verrès et Dolabella. On auroit approuvé généralement ce qui eût été décidé sans eux , mais la sentence rendue alors
passoit moins pour avoir été prononcée par
Néron , qu'extorquée par Dolabella. Philodame et son fils ne sont condamnés que
par un petit nombre de voix à avoir la tête
tranchée. Dolabella reste toujours ; il demande,
il sollicite , il presse l'exécution de leur supplice , afin que le moins de personnes possible puissent apprendre de leur bouche le
crime affreux de Verrès.

La place publique de Laodicée (1) offre à tous les regards un spectacle triste, déplorable, affligeant pour toute la province d'Asie ; un vieillard et son fils encore jeune, traînés au supplice, l'un pour avoir garanti ses enfans de l'outrage, l'autre pour avoir défendu la vie de son père et l'honneur de sa sœur. Ils pleuroient tous deux, non sur eux mêmes, mais le père sur la mort de son fils et le fils sur la mort de son père. Que de larmes, croyez-vous, ne versa point Néron lui-même ? Quels furent les pleurs de toute l'Asie, le deuil et les gémissemens des habitans de Lampsaque ? Des hommes innocens, distingués par leur naissance, des amis et des alliés du peuple romain, périssoient donc sous la hache, vic-times de l'horrible débauche et de la brutale passion du plus détestable des hommes.

Non, Dolabella, non, je ne puis plus avoir (2) pitié, ni de vous, ni de vos enfans

(1) Cette ville étoit alors dans la province de Né-ron : lorsque Cicéron fut proconsul de Cilicie, elle faisoit partie de cette province.

(2) Au lieu de *misereri potest*, j'aimerois mieux *miserere potest* comme dans des manuscrits, ou sim-plement *miseret* comme dans Asconius.

que vous avez laissés dans l'indigence et dans l'abandon. Verrès vous étoit-il assez cher pour que vous voulussiez laver son crime dans le sang innocent? Etoit-ce pour aller tirer du péril, par un acte violent et cruel, l'homme le plus scélérat, que vous abandonniez votre armée et la poursuite de l'ennemi? De ce-que vous l'aviez nommé vice-questeur, pensiez-vous qu'il seroit votre ami pour toujours? Ne saviez-vous pas que le consul Carbon, dont il avoit été réellement le questeur, il l'avoit abandonné, dépouillé de la caisse (2), attaqué et trahi indignement? Vous avez donc éprouvé sa perfidie, lorsqu'il s'est rangé du côté de vos accusateurs, lorsque coupable lui-même, il vous a chargé cruellement par son témoignage, lorsqu'il n'a voulu rendre ses comptes au trésor qu'après votre condamnation.

Et vous, Verrès, porterez-vous l'impudicité à un tel excès, que ni les provinces du peuple romain, ni les nations étrangères, ne pourront la tolérer, ni la supporter? Dès que vous aurez vu un objet, que dis-je? dès que

_____

(1) *Auxiliis, pecuniá,* (car je crois qu'il faut une virgule apsès *pecuniá*) est pour *auxiliis pecunias.*

vous en aurez ouï parler, que vous l'aurez convoité, que vous y aurez seulement pensé, s'il
ne se rend aussitôt à votre passion, s'il n'obéit
à vos désirs, aposterez-vous des hommes pour
l'enlever? Attaquerez-vous de force les maisons? Des villes paisibles, des villes amies et
alliées, auront-elles recours aux armes et à la
violence pour se garantir, elles et leurs enfans,
des indignes outrages d'un lieutenant du peuple
romain? Je vous le demande, avez-vous été
assiégé à Lampsaque? La multitude s'est-elle
mise en devoir de mettre le feu à la maison où
vous logiez? Les habitans de Lampsaque ont-
ils voulu brûler vif un lieutenant du peuple
romain? Vous ne pouvez le nier; j'ai la déposition que vous avez rendue entre les mains
de Néron; j'ai la lettre que vous lui avez écrite.
Greffier, lisez la déposition de Verrès.

On lit la déposition de Caïus Verrès contre Phi-
lodame.

Lisez maintenant la lettre de Verrès à Néron.

On lit la lettre de Caïus Verrès à Caïus Néron.
(1).

La ville de Lampsaque vouloit-elle faire la

(1) J'ai traduit tout cet endroit comme si on lisoit,

guerre au peuple romain ? Entreprenoit-elle de se révolter contre nous, de se soustraire à notre empire ? Je vois par l'histoire et par la tradition, qu'une ville où un lieutenant du peuple romain a été, je ne dis pas assiégé, je ne dis pas attaqué par le fer, par le feu, par les troupes de gens armés, mais simplement insulté dans sa personne ; je vois, dis-je, qu'à moins d'une réparation publique de cette insulte, on déclare la guerre à une telle ville? D'où vient donc que tous les citoyens de Lampsaque, au sortir de l'assemblée, comme vous écrivez, sont accourus à votre maison? Vous ne montrez la cause d'un si grand tumulte, ni dans votre lettre à Néron, ni dans votre déposition. Vous avez été assiégé, dites-vous; on a apporté du feu ; on vous a environné de sarmens ; votre licteur a été tué; on ne vous a permis de sortir ni de paroître, et vous cachez la cause d'une pareille émeute. Si Rubrius eût fait quelqu'outrage aux habitans de Lamp-

TESTIMONIUM C. VERRIS IN PHILODAMUM.
  Recita ex Verris litteris ad Neronem.
  Ex litteris C. Verris ad C. Neronem.
  Bellumne populo romano.

saque de son chef, et non comme agent et
ministre de votre passion, on seroit venu se
plaindre à vous de l'injure d'un de vos officiers, et non vous attaquer vous-même. Puis
donc que nos témoins ont déclaré la cause de
l'émeute, que Verrès l'a soigneusement cachée,
leurs dépositions et son silence persévérant ne
prouvent-ils pas que la cause est celle que nous
avons produite?

Epargnerez-vous donc, Romains, un infâme qui s'est porté à des excès si crians, que
les hommes auxquels il a fait outrage n'ont pu
attendre (1), pour s'en venger, le tems prescrit par les loix, ni différer à manifester la violence de leur ressentiment? Vous avez été assiégé : par qui? par les habitans de Lampsaque. Sans doute par des barbares, ou par
des hommes qui n'ont que du mépris pour
notre empire. Mais plutôt ces habitans, fort
doux autant par leur éducation que par nature
et par habitude, sont par leur condition alliés

_____

(1) C'est-à-dire, ils ont marché tout de suite à la
maison de Verrès, sans attendre le tems où ils pourroient se plaindre, ou au principal magistrat, ou à
son successeur, ou à Rome.

du

du peuple romain , dépendans de lui par la
fortune , ses supplians par choix ; et sans
doute , Verrès , s'ils n'eussent essuyé un outrage si cruel et si atroce , qu'ils croyoient devoir plutôt mourir que de le souffrir , ils n'en
seroient jamais venus au point d'être plus animés par votre incontinence qu'intimidés par
votre pouvoir. Au nom des dieux , ne forcez
pas, Romains , les alliés et les nations étrangères d'avoir recours à des voies qu'ils se ver-
ront contraints d'employer , si vous ne les ven-
gez vous-mêmes. Rien n'eût jamais adouci les
habitans de Lampsaque animés contre Verrès,
s'ils n'eussent pas espéré de le voir subir à
Rome sa punition. Ils avoient reçu une injure
qui leur sembloit au-dessus de toute peine lé-
gale ; ils ont mieux aimé néanmoins en remettre la vengeance à vos loix et à vos tribunaux , que de satisfaire leur juste ressentiment.
Quoi ! Verrès , vos infâmes débauches vous
ont fait assiéger par une ville illustre ; vous
avez contraint ses malheureux habitans de recourir à la force , aux armes et à la violence ,
comme s'ils n'avoient rien attendu de nos loix
et de nos tribunaux ; dans les villes de nos
amis, vous vous êtes montré , non pas un lieu-

Tome III.   P

tenant du peuple romain, mais un odieux et
barbare tyran : chez les nations étrangères,
vous avez, par de honteuses dissolutions, dés-
honoré notre nom et notre empire ; vous avez
échappé au fer des amis et des alliés du peuple
romain; vous vous êtes dérobé aux flammes dont
ils vous environnoient, et vous espéreriez trouver ici un refuge ? Vous êtes dans l'erreur : c'est
pour que vous trouviez à Rome votre perte et
non le repos, que les habitans de Lampsaque
vous ont laissé échapper de leurs mains. On
a prononcé, par la condamnation de Philodame et de son fils, que vous aviez été injus-
tement assiégé à Lampsaque. Mais si je prouve,
si je démontre, d'après la déposition d'un méchant homme, mais digne de foi dans cette
circonstance ; si je prouve, dis-je, d'après votre
propre déposition, que vous avez imputé à
d'autres la violence qui vous a été faite, et
qu'on n'a pas sévi contre ceux que vous avez
accusés ; à quoi vous servira la sentence prononcée par Néron ? Greffier, lisez la lettre de
Verrès à Néron.

Lettre de Caïus Verrès à Néron.

Themistagoras et Thessalus.... Vous marquez

que Thémistagoras et Thessalus ont ameuté le peuple. Quel peuple ? Celui qui vous a assiégé, celui qui a voulu vous brûler vif. Quand avez-vous poursuivi ces deux hommes ? Quand les avez-vous accusés ? Quand avez-vous défendu le titre et les droits de lieutenant ? On l'a fait, direz-vous, dans le jugement de Philodame. Greffier, prenez la déposition de Verrès. Voyons ce qu'il a dit comme témoin. Lisez.

Verrès interrogé par l'accusateur, a répondu qu'il ne poursuivoit pas les coupables dans le jugement actuel ; qu'il remettoit à un autre tems à les poursuivre.

De quoi donc vous sert la sentence prononcée par Néron ? De quoi vous sert la condamnation de Philodame ? Vous lieutenant, vous aviez été assiégé ; selon que vous le marquez à Néron, on vous avoit fait une éclatante insulte qui retomboit sur le peuple romain, qui intéressoit tous les lieutenans ; vous n'avez pas poursuivi ces coupables ; vous avez, dites-vous, intention de les poursuivre dans un autre tems. Quel tems avez-vous pris ? quand les avez-vous poursuivis ? pourquoi avoir laissé donner atteinte aux droits des lieutenans ? Pourquoi avoir trahi et abandonné la cause du

P 2

peuple romain ? Pourquoi avoir négligé de poursuivre des injures qui regardoient la république autant que vous ? Ne deviez-vous point porter votre cause au sénat, vous plaindre d'insultes aussi atroces ? Ne deviez-vous point faire mander à Rome par les consuls, des hommes qui avoient ameuté le peuple ? Dernièrement Scaurus (1) se plaignoit ici de ce qu'étant questeur à Ephèse, on avoit employé la force pour empêcher de tirer du temple de Diane un de ses esclaves qui s'étoit réfugié dans cet asyle; Périclès, citoyen d'Ephèse des plus distingués par sa naissance, fut mandé à Rome, parce qu'on l'accusoit d'être l'auteur de cette injure. Vous, Verrès, si vous aviez instruit le sénat que, décoré du titre de lieutenant, vous aviez été insulté à Lampsaque, que des hommes de votre suite avoient été blessés, votre licteur tué, vous-même assiégé et presque brûlé; que les auteurs et les chefs de cette émeute étoient, comme vous le marquez à Néron, Thémistagoras et Thessalus : qui n'eût pas été indigné ! qui n'eût pas cru travailler pour lui-même en

_____

(1) Marcus Aurélius Scaurus, autre que le Marcus Æmilius Scaurus, accusateur de Dolabella.

vengeant l'insulte qui vous étoit faite ? Qui n'eût pas été persuadé que votre cause intéres-soit tout l'état ? En effet, le titre d'un lieute-nant doit être assez sacré pour être respecté, non-seulement dans les villes de nos alliés, mais dans le camp même de nos ennemis.

Le récit qu'on vient d'entendre offre un trait insigne de la dissolution et de l'impudi-cité de Verrès ; en voici un autre de cupidité et d'avarice, presque aussi grave dans son genre. Il demanda aux Milésiens un navire pour l'escorter jusqu'à Mynde. Ils lui donnè-rent aussitôt le meilleur bâtiment de leur flotte tout armé et tout équipé. Verrès mit donc à la voile et partit pour Mynde. Je pourrois parler avec autant de vérité que de force, de ces laines précieuses (1) qu'il enleva aux Milésiens, des dépenses qu'il fit à son arrivée, des outrages et des injures dont il accabla le premier ma-gistrat de Milet ; mais je supprime tous ces faits et je les réserve pour les témoins. En voici un qu'il est impossible de taire, et d'exposer

(1) Mot à mot, *des laines publiques*, c'est-à-dire, des laines appartenant à la ville de Milet : les laines de cette ville étoient fort estimées.

P 3

comme il le mérite. Il ordonne aux soldats et aux rameurs de retourner à pied de Mynde à Milet; et le vaisseau des Milésiens, le plus beau de leurs dix navires, il le vendit à Magius et à Rabius (1) qui habitoient à Mynde. Ce sont ces mêmes hommes que le sénat dernièrement a déclarés ennemis de la république. Avec ce vaisseau, ils firent voile chez tous les ennemis du peuple romain, depuis Dianium, ville d'Espagne, jusqu'à Sinope, ville du Pont.

Grands dieux! quelle inconcevable avarice! quelle étrange audace! Comment, Verrès, un vaisseau de la flotte du peuple romain, que la ville de Milet vous avoit donné pour vous servir d'escorte, vous avez osé le vendre! Si la gravité du délit, si l'opinion publique ne vous retenoit pas, ne faisiez-vous point même réflexion qu'une ville illustre et distinguée déposeroit de ce vol horrible, ou plutôt de cet affreux brigandage? Quoi! parce qu'à votre prière, Dolabella a voulu sévir contre celui

(1) Lucius Magius et Lucius Rabius (Asconius dit Lucius Phannius) avoient abandonné l'armée de Marius pour se rendre à Mithridate. Ils furent envoyés par ce prince, qui faisoit son principal séjour dans la ville de Sinope, à Sertorius qui étoit en Espagne.

qui avoit commandé le navire , et qui avoit
instruit les Milésiens de ce qui s'étoit passé ,
parce qu'il a fait ôter des registres son rapport.
qui y avoit été porté conformément aux loix
de Milet ; pensiez-vous pour cela vous être
soustrait à toute accusation ?

Vous vous êtes grandement trompé dans
cette circonstance , comme dans beaucoup
d'autres. Vous avez toujours pensé , et sur-
tout en Sicile , que pour couvrir vos crimes ,
il suffiroit d'empêcher qu'on portât certains
articles sur les registres publics , ou d'en faire
ôter ceux qu'on y avoit portés. Vous avez vu ,
dans la première audience, au sujet de plusieurs
villes de Sicile ; combien cette précaution étoit
vaine ; vous l'allez voir encore au sujet de Milet.
Les habitans de ces villes obéissent aux gouverneurs tant qu'ils sont présens ; sont-ils partis ,
non-seulement ils portent sur les registres ce
qu'on leur avoit empêché d'y porter , mais de
plus ils marquent la raison pour laquelle ils
ne l'ont point porté d'abord. Ces registres restent à Milet , oui ils restent, et ils resteront
tant que la ville subsistera. Le peuple de Milet , par ordre de Muréna (1) , avoit fait cons-

(1) C'est le Muréna , père de celui que Cicéron a

P 4

truire dix vaisseaux avec l'argent des impôts
dûs au peuple romain, comme avoient fait les
autres villes d'Asie , chacune pour leur part.
Les Milésiens ont donc marqué sur les registres publics qu'ils avoient perdu un de leurs
dix vaisseaux , non par une soudaine incursion de pirates , mais par le brigandage d'un
lieutenant ; non par la violence d'une tempête,
mais par l'incursion de cet horrible fléau des
alliés. Il est à Rome des députés de Milet ,
hommes des plus distingués par leur naissance
et les principaux de leur ville. Bien qu'ils re-
doutent (1) le mois de février et la puissance
des futurs consuls ; ils ne pourront cependant
nier un tel délit , lorsqu'ils seront interrogés ;
ils ne pourront même le taire , lorsqu'ils seront
produits comme témoins. Retenus par la religion du serment , et par la crainte de leurs
propres loix , ils déclareront ce qu'est devenu

défendu , lequel avoit fait la guerre à Mithridate , et
en avoit triomphé.

(1) J'ai suivi la leçon d'*extimescunt* au lieu d'*ex-
pectant*. Février étoit le mois où le sénat assemblé
répondoit aux députés des provinces et à leurs demandes. — *Des futurs consuls* , de Métellus et d'Hortensius , amis de Verrès.

le navire ; ils feront voir que dans l'emploi de l'un des dix vaisseaux équipés contre les pirates, Verrès s'est montré un pirate odieux.

A la mort (1) de Malléolus, questeur de Dolabella, il s'imagina qu'il lui étoit échu deux successions, la questure en premier lieu ; car Dolabella le nomma aussitôt son vice-questeur ; et de plus une tutèle. Tuteur du jeune Malléolus, il s'empara des biens de son pupille. Le père de celui-ci étoit parti pour sa province avec un si grand nombre d'effets, qu'il ne laissoit presque rien à Rome. Outre cela, il avoit placé (2) des sommes sur divers peuples, et il avoit tiré des obligations. Une quantité considérable de superbe vaisselle d'argent l'avoit suivi dans son voyage ; car il partageoit avec

(1) Asconius remarque que Cicéron se sert du verbe *occiso* et non *mortuo*, pour faire entendre que Verrès avoit bien pu aider à la mort de Malléolus. Dans l'article de la questure, où Cicéron, en parlant du même Malléolus, se sert aussi du participe *occiso*, Asconius observe qu'il s'en est servi oratoirement au lieu de *mortuo*.

(2) *Occupare pecuniam alicui* ou *apud aliquem*, c'est placer de l'argent sur quelqu'un, ou le lui donner à intérêt.

Verrès ce goût , ou plutôt cette manie : il avoit
laissé en mourant beaucoup d'argenterie ,
beaucoup d'esclaves dont plusieurs avoient des
talens , plusieurs une belle figure. Verrès s'ap-
propria toute l'argenterie qui lui plut , il em-
mena tous les esclaves qu'il voulut. Les vins
et autres objets laissés par Malléolus , qu'on
peut acheter facilement en Asie , il les transporta chez nous ; il vendit le reste et en fit de
l'argent. Il étoit notoire qu'il avoit tiré environ
deux millons cinq cents mille sestercés (1) ;
de retour à Rome , il ne rendit compte , ni au
pupille , ni à sa mère , ni aux autres tuteurs.
Il gardoit chez lui les esclaves de son pupille
qui avoient des talens ; ceux qui avoient de la
figure et du savoir marchoient à sa suite (2) ;
ils étoient à lui , disoit-il , il les avoit achetés.
La mère et l'aïeul du jeune homme le pressoient pour que , s'il ne rendoit ni biens , ni
comptes , il déclarât du moins ce qu'il avoit
apporté des biens de Malléolus ; fatigué par
beaucoup d'instances , il dit enfin qu'il avoit

(1) 312,500 livres.
(2) On appeloit *servos circumpedes* , des esclaves
qui ne s'éloignoient jamais de leurs maîtres, toujours
prêts à exécuter leurs ordres.

reçu un million de sesterces (1). Ensuite , sur la dernière feuille du registre, au bas de la page, il porta un article avec des ratures odieuses , il prétendit avoir remis à l'esclave Chrysogonus six cents mille sesterces qu'il avoit reçus pour son pupille. Vous jugerez vousmêmes , Romains, comment le million de sesterces a été réduit à six cents mille , comment on a eu pour dernier produit cette somme précise, comment la même somme de six cents mille sesterces étoit restée de l'argent destiné à Carbon , comment elle a été remise (2) à l'esclave Chrysogonus , enfin comment cet article a été porté au bas de la page et avec des ratures. Au reste , quoiqu'il ait reconnu avoir reçu six cents mille sesterces, il n'en a pas remis

(1) 125,000 livres. *Six cents mille sesterces* , 75,000 livres. —— *Sur la dernière feuille* , latin , *sur la dernière cire*. Un registre étoit composé de plusieurs tablettes enduites de cire.

(2) C'est-à-dire , comment elle n'a pas été remise ; c'étoit un faux dans le registre. —— Chrysogonus , esclave ou affranchi de Malléolus. —— *Cinq mille sesterces*, 625 livres. Comme cette somme est aussi trop modique, quelques-uns croient qu'au lieu de *quinque* il faut lire *quingenta*. Ainsi , on auroit cinq cents mille serterces , 12,500 livres.

cinq mille. Quant aux esclaves , lorsqu'il s'est vu accusé , il a rendu les uns , il garde les autres même encore à présent , il retient leur pécule (1) et les esclaves à eux , achetés de leur deniers.

Voilà la merveilleuse tutèle de Verrès ; voilà l'homme à qui on peut confier ses enfans ; voilà son attention pour la mémoire d'un ami qui n'est plus ; voilà ses égards pour l'opinion des vivans. Toute l'Asie , Verrès , offroit un champ vaste à vos rapines et à vos vexations , toute la Pamphilie étoit abandonnée à vos pillages ; peu content de si immenses richesses , vous n'avez pu vous empêcher de porter la main sur une tutèle , sur un pupille , sur le fils d'un ami. Ce ne sont plus les Siciliens , ce ne sont plus les agriculteurs , qui cherchent à vous perdre , comme vous le publiez ; ce ne sont plus ces hommes , que vos décrets et vos ordonnances ont animés et acharnés contre vous. J'ai fait paroître le jeune Malléolus ,

_____

(1) On appeloit *pécule* l'argent que gagnoit pour lui un esclave dans les momens que son maître lui laissoit libres. Avec cet argent, il achetoit quelquefois un esclave, qui lui appartenoit, qui servoit sous lui : cet esclave s'appeloit *vicarius*..

j'ai fait paroître sa mère et son aïeule , qui ,
désolées et baignées de larmes , ont affirmé que
vous aviez dépouillé leur jeune fils de son patrimoine. Qu'attendez - vous ? que Malléolus
lui-même sorte du tombeau , qu'il vienne vous
demander compte des devoirs de tuteur et
d'ami ? Imaginez-vous qu'il est ici présent et
qu'il vous parle : ô le plus avare et le plus infâme des hommes, rends au fils de ton ami (1),
sinon tous les biens que tu lui as enlevés , au
moins ceux que tu as reconnus. Pourquoi
obliger le fils de ton ami à marquer dans le
forum le premier ussage de sa voix par des cris
de douleur et de plaintes ? pourquoi obliger
l'épouse , la belle-mère , enfin toute la maison
de ton ami mort , à déposer contre toi ? pourquoi obliger de respectables femmes , des femmes remplies de pudeur , à paroître. contre leur
usage et malgré elles , dans une si grande as-

(1) *Sodalis* en latin signifie proprement celui qui est
dans le même corps , dans la même compagnie , dans la
même société qu'un autre. Je n'ai pas trouvé de
mot en françois pour le rendre. Les mots de *confrère*,
compagnon, *camarade*, ne seroient pas assez nobles;
celui de *collègue* seroit trop relevé.

semblée d'hommes ? Greffier , lisez toutes les
dépositions.

On lit les dépositions de la mère et de l'aïeule du
jeune Malléolus.

Ce seroit ici le lieu de dire ce que Verrès a
fait en qualité de vice-questeur , les vexations
qu'il a exercées dans tout le pays des Milyades (1) , comment il a ruiné la Lycie , la Pamphilie , la Pisidie , toute la Phrygie , en exigeant du blé , en se servant de son estimation ,
employée depuis dans la Sicile , et imaginée
alors pour la première fois ; mais il n'est pas
nécessaire de prouver tout cela en détail. Sachez , Romains , que , dans les opérations de
sa place (2) , Verrès ayant taxé les villes pour

_____

(1) Pays des Milyades , Lycie , etc. toutes contrées
faisant partie de la Cilicie , province de Dolabella.
—— *En exigeant du blé* ... c'est-à-dire, en exigeant
du blé qui n'étoit pas dû , ou plus qu'il n'étoit dû ,
et en demandant de l'argent au lieu de blé , estimant
le blé plus qu'il ne valoit. Nous verrons dans le discours contre Verrès sur les blés, *de re frumentariâ* ,
comment ce préteur estimoit le blé.

(2) *Quae res per eum gestae sunt* , entendez ces
mots comme si on lisoit *in iis rebus quae per eum*

la redevance du blé , des cuirs , des habits de
matelots et de soldats , ayant exigé tout en argent et rien en nature, sachez , dis-je , que pour
ces seuls objets Dolabella a été condamné à trois
millions de sesterces. Toutes ces exactions se
faisoient par l'ordre de Dolabella et par le ministère de Verrès. Je m'arrête à ce qui regarde
une seule contrée , parce qu'il est beaucoup de
délits du même genre. Lisez , greffier.

*Le greffier lit l'estimation de la somme à laquelle
a été condamné Dolabella , préteur du peuple
romain , pour l'argent exigé du pays des
Milyades (1).*

Oui , Verrès, je le soutiens , c'est vous qui
avez exigé cet argent , c'est vous qui avez fixé
la somme , c'est vous à qui on l'a comptée. Je
prouve que le même principe de violence et

gestae sunt. —— Un peu plus bas , au lieu de *saccos*
j'ai lu *sagos* : car on disoit *sagus* et *sagum.* ——
Trois millions de sesterces , 375,000 livres.

(1) J'ai traduit en suivant la leçon PR. P. R. c'est-
à-dire , PRAETORI POPULI ROMANI , en supprimant
quòd après *redactae* , et sous-entendant *causâ* à ce
dernier mot ; *redactae pecuniae causâ* , ou *ob re-
dactam pecuniam.*

d'injustice vous a fait lever des sommes immenses dans toute l'étendue de cette province,
que vous l'avez ravagée toute entière, comme
une maladie contagieuse, comme un fléau destructeur.

Aussi Marcus Scaurus, accusateur de Dolabella, s'est assuré de Verrès et en a disposé
absolument. Ce jeune homme, dans ses informations, l'ayant reconnu coupable de beaucoup de rapines et d'infamies, s'y prit habile-
ment et avec adresse. Il lui montra un ample
volume de ses hauts faits, tira de lui tout ce
qu'il voulut contre Dolabella, et le produisit
comme témoin. Verrès déposa au gré de l'accusateur. Si j'avois voulu me servir pour témoins de ceux qui ont partagé les rapines de
Verrès, j'en aurois eu un grand nombre. Pour
se délivrer de toute inquiétude, pour éviter
d'être impliqués dans l'accusation, ils me pro-
mettoient tout ce que je voudrois. J'ai rejeté
toutes les offres : aucun traître ni même aucun
transfuge n'a été admis à mon camp. Peut-être
doit-on regarder comme de meilleurs accusateurs ceux qui ont tenu une autre conduite.
Oui, sans doute ; mais je suis jaloux de montrer dans ma personne un bon défenseur plutôt
qu'un

qu'un bon accusateur. Verrès n'a point osé rendre ses comptes au trésor avant la condamnation de Dolabella ; il a obtenu du sénat un délai, parce que, disoit-il, ses registres étoient entre les mains des accusateurs de Dolabella, comme s'il ne pouvoit pas en prendre copie. Il est le seul qui ne rende jamais de compte au trésor. Vous avez entendu, Romains, celui qu'il a rendu de sa questure en trois lignes. Pour sa lieutenance, il n'en a rendu compte qu'après la condamnation et l'exil de celui qui pouvoit le contredire. Enfin, le compte de sa préture de Sicile qu'il auroit dû rendre sur-le-champ d'après le sénatus-consulte, il ne l'a pas rendu encore aujourd'hui. J'attends mes questeurs (1), a-t-il dit dans le sénat ; comme si, lorsqu'un questeur peut rendre ses comptes sans son préteur, ainsi que vous avez fait, Hortensius, vous et tous les autres, un préteur ne pouvoit pas rendre les siens sans son questeur. Dolabella a obtenu (2) un délai, a-

(1) J'ai lu *quaestores* d'après Asconius, parce qu'il y avoit deux questeurs en Sicile, celui de Syracuse et celui de Lilybée.

(2) Le latin porte *idem*, la même chose que je demande, c'est-à-dire, *un délai*. On lit dans une édi-

t-il dit encore. Les sénateurs approuvèrent l'augure plutôt que l'excuse ; ils souscrivirent à sa demande. Mais enfin , Verrès , vos questeurs sont venus il y a long-tems ; pourquoi n'avez-vous pas rendu vos comptes? Quant aux comptes de votre odieuse lieutenance et de votre vice-questure , les articles sont les mêmes qui devoient être portés nécessairement (1) dans la condamnation de Dolabella.

Le greffier lit l'estimation de la somme à laquelle a été condamné Dolabella , préteur du peuple romain , pour l'argent qu'il a exigé.

Dolabella (2) a déclaré dans ses comptes,

tion *diem :* mais peut-être est-ce une faute d'impression. —— *Les sénateurs approuvèrent l'augure,* c'est-à-dire , ils espérèrent que Verrès ayant obtenu sa demande comme Dolabella , il seroit condamné comme lui.

(1) Ces articles vous regardoient particulièrement ; mais comme Dolabella étoit l'accusé, et qu'il répondoit des fautes de son questeur , ils devoient être portés dans sa condamnation. J'ai suivi , pour le titre, la leçon, DOLABELLAE PR. P. R. PECUNIAE REDACTAE.

(2) Avant *quòd* il faut sous-entendre *patet* ou *apparet. Acceptum referre alicui ,* reconnoître qu'on a

qu'il avoit reçu de Verrès cinq cents trente-
cinq mille sesterces de moins que celui-ci n'a
marqué dans ses livres ; il a déclaré encore
que Verrès avoit reçu de lui deux cents trente-
deux mille sesterces de plus qu'il n'est porté
sur les registres du même Verrès ; il a déclaré
enfin que vous, homme exact et régulier, vous
avez reçu pour un million huit cents mille
sesterces de blé plus que vous n'avez marqué
dans vos registres. Delà toutes ces sommes restées entre vos mains, sommes qui ne sont pas
portées par écrit (1), que nous trouvons sans

reçu de quelqu'un. *Expensum ferre alicui*, reconnoître qu'on a donné à quelqu'un. —— *Cinq cents
trente-cinq mille sesterces*, 66,875 livres. *Deux millions trente-deux mille sesterces*, 29,000 livres. *Un
million huit cents mille sesterces*, 225,000 livres. J'ai
traduit comme si on lisoit *octoginta millia quàm tu
homo castissimus in tabulis habebas.*

(1) *Pecuniae extraordinariae, i. e., pecuniae non
in ordinem relatae, non in tabulis perscriptae.* ——
Un peu plus bas, j'ai traduit comme lisant d'après la
conjecture d'habiles critiques *Curtiis Postumis*, de
manière que le dernier mot soit le surnom des deux
hommes nommés. Par la suite, il n'est parlé que des
Curtius, ce qui confirme la conjecture. —— *Quatre
millions* 500,000 livres.

Q 2

aucun guide , en suivant quelques traces légères : delà ces comptes avec Quintus et Cnéus
Curtius Postumus , sur une foule d'articles
dont Verrès ne porte aucun sur ses livres ; delà ces quatre millions de sesterces que je prouverai , par des témoins , avoir été comptés à
Radius dans Athènes ; delà cette préture ouvertement achetée : à moins qu'on ne doute
encore comment Verrès a été fait préteur.
Oui , sans doute , c'est par ses talens , ou par
des services connus , ou par une grande réputation d'intégrité , ou enfin , ce qui est la
moindre chose , par son assiduité au Forum ,
qu'un homme qui , avant d'être questeur ,
avoit vécu avec des courtisannes et de jeunes
débauchés , qui , dans l'exercice de cette charge,
s'étoit comporté comme vous avez vu ; qui ,
après son odieuse questure , s'étoit arrêté à
peine trois jours dans Rome ; qui , en son absence, n'étoit pas resté dans l'oubli , mais dont
les honteuses dissolutions avoient fait le sujet
continuel de tous les entretiens.

Oui , sans doute ; dès qu'un tel homme
est revenu ici , il a été fait préteur sans donner
d'argent : il en avoit certainement donné pour
éluder l'accusation. Savoir à qui , cela ne me

regarde pas ; cela est étranger à ma cause. Ce qu'il y a de certain, c'est que tout le monde étoit persuadé, lorsque la chose étoit récente, qu'il y avoit eu de l'argent donné. O le plus stupide et le plus insensé des hommes, dans le tems où vous teniez des registres, où vous vouliez éviter d'être accusé en négligeant d'écrire certaines sommes (1), pensiez-vous qu'il vous suffiroit, pour échapper à tout soupçon, de ne pas marquer sur vos registres à qui vous aviez remis de l'argent, de ne faire mention d'aucun article, lorsque les Curtius marquoient sur les leurs un si grand nombre d'articles pour lesquels ils en avoient reçu de vous? A quoi vous servoit-il de n'avoir pas marqué que vous leur aviez donné de l'argent? Vous imaginiez-vous que vous seriez accusé sur vos seuls registres?

Je vais parler maintenant de son admirable préture, et de ses prévarications qui, malgré les soins que j'ai pris de m'instruire, sont plus connues de tout cet auditoire que de moi, et tellement connues, que je ne pourrai guère

---

(1) J'ai suivi la leçon *extraordinariâ pecuniâ*, qui présente un sens bien plus clair et bien plus net.

Q 3

éviter le reproche de négligence. Combien ne
diront pas : *mais il n'a point parlé de cette action*
dans laquelle j'ai été compromis ; *il n'a rien dit*
de cette injure qui m'a été faite à moi ou à mon
ami : *j'ai été témoin de tout cela ?* Je suis jaloux
de m'excuser auprès de ceux qui connoissent
ses injustices *,* c'est-à-dire , auprès de tout le
peuple : je proteste donc que ce n'est point
par négligence que j'omettrai bien des faits ;
mais parce que j'en réserve une partie pour les
témoins , et que je crois devoir en supprimer
beaucoup pour abréger , pour ménager le tems.
J'en ferai même , malgré moi , l'aveu ; comme
il n'y a eu aucun moment de la vie de Verrès
qui n'ait été marqué par quelque crime, je n'ai
pu connoître tous ceux qu'il a commis. Ainsi
donc , dans l'immense détail des prévarications de sa préture , n'attendez de moi, soit
pour ce qui concerne la manière de rendre la
justice, soit pour ce qui regarde l'entretien des
édifices publics (1) , n'attendez que les faits les

(1) C'étoient les censeurs qui étoient chargés de
l'entretien des édifices publics : mais comme on avoit
été un tems sans avoir de censeurs , les consuls
avoient chargé de cette partie Verrès et un autre
préteur.

plus dignes d'un homme dont l'accusation ne sauroit admettre rien de léger et de médiocre.

Dès qu'il fut élu préteur, sorti des bras et ayant pris les auspices de sa Chélidon (1), il obtint par le sort le département de Rome, au gré de ses désirs et de ceux de sa courtisanne, plutôt que selon le vœu du peuple romain. Voici comme il débuta en établissant son (2) édit.

Asellus étoit mort sous la préture de Sacerdos. N'ayant qu'une fille unique, et n'étant pas inscrit sur les registres du cens (3), il

(1) Pour entendre l'allusion très - ingénieuse de Cicéron, qu'il est impossible de transporter en françois, il faut savoir que *chélidon* veut dire hirondelle, que c'étoit le nom d'une courtisane, maîtresse de Verrès, et qu'on prenoit les auspices par le vol des oiseaux.

(2) Lorsque le préteur de la ville entroit en charge, il déclaroit par quels principes il avoit dessein de se régler dans l'administration de la justice, durant le cours de sa magistrature ; et c'est là ce qui s'appeloit l'édit du préteur. Cet édit ou ordonnance n'avoit de force que le tems qu'il étoit en exercice ; son successeur pouvoit y faire tel changement qu'il jugeoit à propos.

(3) On inscrivoit sur les registres du cens ceux

fit ce que la nature lui inspiroit et ce que la loi ne lui défendoit pas, il établit sa fille héritière de tous ses biens. La jeune pupille se trouvoit héritière dans les formes ; tout étoit pour elle, l'énoncé de la loi (1), la volonté du père, les édits des préteurs, enfin la jurisprudence qui régnoit lorsqu'Asellus mourut.

Verrès désigné préteur.... j'ignore si on l'y avoit fait penser, ou si on l'avoit sollicité, ou bien si, averti par sa cupidité toujours active en pareil cas, il s'est porté de lui-même à cette prévarication, sans être guidé, sans être conseillé par personne; quoi qu'il en soit, voyez, Romains, l'audace et la fureur du personnage : il s'adresse à Lucius Annius, héritier substitué, (car on ne me persuadera pas qu'Annius se soit adressé le premier à Verrès), il lui dit qu'il

qui avoient un certain revenu, depuis cent mille sesterces suivant Asconius. Asellus, pour quelque raison que nous ignorons, n'avoit pas été inscrit sur les registres du cens ; il crut en conséquence pouvoir établir sa fille héritière, parce que la loi Voconia ne défendoit de faire des femmes héritières qu'à ceux qui étoient *censi*, c'est-à-dire, inscrits sur les registres du cens.

(1) J'ai suivi la leçon *legis aequitas.*

pouvoit lui procurer la succession par son ordonnance ; il lui apprend ce qui pouvoit se
faire. Annius trouvoit la chose avantageuse ;
Verrès la trouvoit lucrative pour lui. Quoique
d'une audace que rien n'arrête , il faisoit sourdement des propositions à la mère de la pupille. Il aimoit mieux recevoir de l'argent
pour ne rien ordonner de nouveau , que de
porter une ordonnance aussi illégale et aussi
barbare. En donnant au préteur une somme
d'argent sous le nom de la pupille , sur-tout
une somme considérable , les tuteurs ne
voyoient pas comment ils pourroient la porter
sur leurs comptes , ou la donner, sans courir
des risques pour eux-mêmes : d'ailleurs ils ne
croyoient pas que Verrès pousseroit si loin l'injustice. Quoiqu'on les eût sondés à plusieurs
reprises , ils persistèrent à ne rien donner.

Mais voyez , je vous prie , Romains, quelle
ordonnance équitable a rendue Verrès, au gré
de celui à qui il abandonnoit un héritage arraché à des enfans. *Voyant que la loi Voconia* (1)

___

(2) Quintus Voconius avoit porté une loi sous le
consulat de Quintus Marcius Philippus et de Cnæus
Servilius Cæpio , par laquelle il étoit défendu de faire
une femme son héritière , à celui qui étoit inscrit sur

Qui jamais eût pensé que Verrès seroit l'ennemi des femmes ? S'il a agi en quelque chose contre les femmes, n'étoit-ce pas pour éviter que l'ordonnance ne parût rendue au gré de la Chélidon ? Il veut, dit-il, prévenir la cupidité des hommes. Vit-on jamais rien de plus beau, je ne dis pas dans notre siecle, je dis même du tems de nos ancêtres ? A-t-on jamais agi avec moins de passion ? Continuez, je vous prie, greffier. L'autorité du personnage, sa gravité, ses connoissances du droit, me charment. *Quiconque depuis la censure d'Aulus Postumius et de Quintus Fulvius* (1) *a fait ou fera.* *A fait ou fera ?* A-t-on jamais rien ordonné de cette manière ? A-t-on jamais, par une ordonnance, fait un crime ou matière à procès d'une chose à laquelle on n'a pu pourvoir ni avant

les registres du cens, c'est-à-dire, qui avoit un certain revenu. Mais il pouvoit arriver, comme peut-être il est arrivé à Asellus, qu'il fût échu à quelqu'un une succession, ou venu une donation depuis les derniers censeurs ; alors il n'étoit point dans le cas de la loi.

(1) Ils avoient été censeurs cinq ans avant que Voconius portât sa loi. *Postve ea*, c'est-à-dire, *vel postea*. Je n'ai pas rendu ces mots en français, parce qu'il m'a semblé inutile de les rendre.

ni après l'ordonnance ? Asellus avoit fait, selon toutes les formes, par l'autorité de tous les jurisconsultes, un testament qui n'étoit contraire, ni aux loix, ni à l'honnêteté, ni à la nature, et quand le testament eût été vicieux, on ne devoit pas néanmoins, après la mort du testateur, établir une jurisprudence nouvelle pour son testament. La loi Voconia vous plaisoit, sans doute. Vous auriez donc dû imiter Voconius lui-même qui, par sa loi, n'a ôté d'héritage à aucune fille ni femme, mais a ordonné qu'à l'avenir quiconque, après les censeurs actuels, auroit été inscrit sur les registres du cens, ne pourroit instituer héritiers ni fille ni femme. On ne lit pas dans la loi Voconia, ces mots : *a fait ou fera*. Aucune loi n'attaque le tems passé, sinon pour une action si mauvaise par elle-même et si criminelle qu'on devroit l'éviter avec soin, quand même il n'y auroit pas de loi. Et pour ces actions là même, nous voyons beaucoup de choses ordonnées par les loix, sans que les délits antérieurs à ces loix soient portés en justice. Dans la loi Cornélia (1) touchant les testa-

(1) Loi portée par Lucius Cornélius Sylla.

mens , concernant la monnoie , et dans plusieurs autres , on n'établit pas pour le peuple une jurisprudence nouvelle; mais on ordonne que même une action qui a toujours été mauvaise , ne sera (1) jugée par le peuple que depuis un tems fixe. Quant au droit civil , si on établit quelque chose de nouveau , c'est sans se permettre de rien infirmer de ce qui est passé. Consultez Verrès , les loix Atinia, Fuvia, Fuffia , la loi Voconia même dont nous parlons , toutes les autres loix sur le droit civil , vous trouverez que dans toutes on établit une jurisprudence dont on ne se sert que depuis la promulgation de la loi. Ceux qui donnent le plus d'autorité à l'édit du préteur , disent que cet édit est une loi annuelle. Vous , Verrès , vous donnez plus d'étendue à un édit qu'à une loi. Si l'édit d'un préteur cesse d'avoir autorité aux calendes de janvier , pourquoi commenceroit-il à avoir force avant les calendes de janvier? Un préteur , par son édit , ne peut

(1) *Ne sera jugée par le peuple*. Il y en a qui , au lieu de *ad populum* , voudroient qu'on lût *ad praetorem* ; d'après cette conjecture il faudroit traduire , *ne sera jugée par le préteur*.

s'étendre dans l'année de celui qui doit le remplacer ; reculera-t-il donc dans l'année de celui
qui l'a précédé ?

Sans doute , si vous n'aviez pas établi cette
jurisprudence pour une seule personne, vous
auriez procédé avec plus de précaution. Vous
dites : *quiconque a fait ou fera héritier*. Mais si
on lègue plus de biens qu'il n'en doit revenir à
l'héritier ou aux héritiers , ce qui est défendu
par la loi Voconia à celui qui est inscrit sur
les registres du (1) cens, pourquoi ne pro-
noncez-vous pas sur cet article , puisqu'il est
de la même espèce ? C'est que , dans votre ordonnance, vous vous embarrassez , non d'agir
conséquemment, mais de favoriser tel homme,
ensorte qu'il est clair que c'est un vil intérêt
qui vous a guidé. Si vous aviez rendu votre
ordonnance pour le tems à venir, quoique
toujours illégale, elle seroit moins criminelle ;

---

(1) J'ai traduit comme si on lisoit *ei qui census
sit non licet*. L'esprit de la loi Voconia étoit de ne
pas épuiser les successions par des legs faits à des femmes , ou à des hommes étrangers à la famille. Pourquoi donc Verrès prononce-t-il sur un article de la
loi , es non sur l'autre , puisqu'ils sont tous
deux de la même espèce et qu'ils ont la même fin ?

tout ce qu'on (1) auroit pu , ç'auroit été de la
blâmer , sans que personne eût refusé d'y
obéir. Mais telle est votre ordonnance; il n'est
personne qui ne voie qu'elle a été faite , non
pour tous les citoyens , mais uniquement pour
les héritiers substitués d'Asellus. Aussi , quoique vous ayez accompagné cet article d'un
long et magnifique préambule , qui décèle la
corruption , il ne s'est trouvé après vous aucun
préteur qui ait rendu la même ordonnance.
Loin qu'aucun en ait produit de semblables ,
on n'a même jamais craint qu'il en existât une
pareille. Car beaucoup , depuis votre préture ,
ont fait des testamens en la même forme qu'A-
sellus ; entr'autres dernièrement Annia : cette
femme riche , de l'avis d'un grand nombre de
ses proches , n'étant pas inscrite sur les registres du cens , constitua sa fille héritière par un
testament. C'est déja un grand préjugé contre
la perversité singulière de Verrès , que personne n'ait craint de voir jamais un préteur
disposé à suivre le réglement fait par lui de
son chef. Vous êtes le seul , Verrès , qui ne

(1) J'ai suivi la leçon , *sed tantùm vituperari posset* , en mettant après *posset* un point finissant. Je
ponctue ensuite , *in dubitum venire non posset;*
nemo enim,... sous-entendez *res à non posset.*

vous soyez pas contenté de réformer la volonté
des vivans, si vous ne changiez encore celle
des morts. Vous-même avez supprimé cet article dans votre ordonnance de Sicile, vous
réservant néanmoins à décider d'après l'ordonnance de Rome les cas imprévus qui pourroient survenir. Le moyen de défense que vous
vous étiez ménagé par la suite, vous l'avez totalement affoibli en infirmant vous-même votre
autorité par votre ordonnance de la province.
Et je ne doute pas, Romains, que cette injustice, qui me paroît affreuse et révoltante, à
moi qui chéris tendrement ma fille, ne le paroisse aussi à chacun de vous qui avez les
mêmes sentimens et la même affection pour les
vôtres. En effet, la nature nous a-t-elle rien
donné de plus doux et de plus cher, qui mérite davantage d'épuiser tous nos soins et toute
notre tendresse?

O le plus barbare des hommes! pourquoi
avez-vous fait une telle injure à Asellus mort?
Pourquoi avez-vous causé à ses cendres et à ses
mânes, la douleur d'arracher à des enfans,
pour l'abandonner à qui il vous plaîsoit, un
patrimoine qui leur a été laissé par la volonté
de leur père, suivant les loix et les formes?

Ceux avec qui nous partageons nos biens pendant notre vie, un préteur pourra-t-il les dépouiller après notre mort de nos propriétés et de nos fortunes? *Je ne donnerai*, dit-il, *ni le droit de revendiquer, ni celui de posséder.* Vous enleverez donc à une pupille sa robe (1) prétexte? Vous lui ôterez les ornemens qui annoncent son rang et sa condition libre? Serons-nous étonnés après cela que les habitans de Lampsaque aient pris les armes contre un tel homme? Serons-nou étonnés qu'en quittant sa province, il se soit enfui de Syracuse? Si nous regardions les malheurs et les injures d'autrui comme nous intéressant personnellement, seroit-il resté, dans la place publique, aucuns vestiges de Verrès? Un père donne à sa fille; vous l'en empêchez. Les loix le permettent; vous vous y opposez. Il donne de ses biens sans s'écarter des règles ; que trouvez-vous en

(1) *Robe prétexte*, robe bordée de pourpre, que portoient les magistrats , ou les enfans de l'un et l'autre sexe, jusqu'à un certain âge, les enfans, dis-je, de condition libre et de rang honnète. Ces enfans portoient aussi suspendue au cou, une boule d'or, *bullam auream* ; et c'est là sans doute ce qu'entend l'orateur par les ornemens dont il parle.

cela

cela de répréhensible? Rien, sans doute. Mais, je le veux, empêchez-le si vous le pouvez, si vous trouvez quelqu'un qui vous écoute, si on peut vous obéir. Comment? vous priverez les morts de l'exécution de leur volonté, les vivans de leurs biens, vous nous priverez tous de nos droits? Le peuple romain n'auroit-il pas puni cet attentat par les voies de fait, s'il ne vous eût réservé pour ce tems et pour ce tribunal? Depuis qu'il existe des préteurs, voici la jurisprudence que nous avons toujours suivie. Si on ne produisoit pas de testament, le plus proche devoit être héritier: si celui-ci étoit mort sans avoir fait de testament, on accordoit la possession à l'héritier qui suivoit. Il seroit facile de faire voir l'équité de cette jurisprudence; mais, dans une chose aussi commune, il suffit de montrer que tous les préteurs avant Verrès ont prononcé d'après ces règles, et que l'ordonnance (1) suivie encore aujourd'hui, est fort ancienne, a passé jusqu'à nous par tradition.

(1) On appeloit proprement *edictum translatitium* ou *tralatitium* la partie qu'un préteur adoptoit de l'édit ou ordonnance de son prédécesseur ; ce qu'il y changeoit ou ajoutoit se nommoit *edictum novum*.

Tome II   R

Mais écoutez, Romains, une nouvelle ordonnance de la composition de Verrès, pour
un objet anciennement réglé; et puisqu'on a
cette facilité pour apprendre le droit civil,
mettez les jeunes-gens sous sa discipline : c'est
un homme d'un génie profond, rempli d'une
science merveilleuse.

Un certain Minucius mourut avant sa préture : il n'avoit point fait de testament. En
vertu de la loi, la succession venoit à sa famille. Si Verrès avoit agi d'après l'ordonnance
qu'ont suivie tous les autres avant et après lui,
la possession des biens eût été donnée à la famille Minucia. Si quelqu'un se fût porté héritier en vertu d'un testament qui n'existoit pas
alors, il auroit simplement revendiqué en justice la succession, ou recevant une caution (1)
de la partie adverse pour l'objet en litige, il
auroit lui-même déposé une somme. C'est là,
ce me semble, la jurisprudence que nous
avons suivie nous et nos ancêtres. Voyez comment Verrès l'a réformée.

(1) Mot à mot, recevant une caution pour lui garantir l'objet revendiqué et contesté. —— *Il auroit
déposé une somme*, qu'il auroit consenti à perdre en
perdant le procès.

(259)

Tels sont les termes dans lesquels il rédige son ordonnance, qu'on voit aisément qu'elle a été faite pour un seul homme. Excepté qu'il ne nomme pas la personne, il marque expressément toute l'espèce; il s'embarrasse peu du droit, de la coutume, de l'équité, des ordonnances de tous ses prédécesseurs.

Extrait de l'ordonnance de Verrès pour Rome.

Si on conteste une succession ; supposé qu'il y ait un possesseur, il ne donnera point de caution (1).

Qu'importe au préteur quel est le possesseur actuel ? L'essentiel n'est-il pas de connoître le possesseur légitime ? Ainsi donc, parce qu'il y a un possesseur, vous n'ôtez point la possession ; vous ne la donneriez pas s'il n'y avoit point de possesseur ; car vous ne parlez nulle part

(1) Ici *sponsionem non faciet* est pour *satis non dabit.* Au reste, voici en deux mots le raisonnement que fait ensuite l'orateur. Ou il y a un possesseur, ou il n'y en a pas ; cela forme deux espèces. Vous prononcez, Verrès, sur la première, et vous ne dites rien de la seconde, parce que la première seule vous intéresse. Apparemment ; celui que favorisoit Verrès s'étoit mis en posscsion de l'héritage.

R 2

de cette dernière espèce, et vous ne renfermez dans votre ordonnance que l'espèce pour laquelle vous aviez reçu de l'argent.

Mais voici ce qui est aussi ridicule qu'injuste : *Si on conteste*, dit-il, *une succession, et si on produit un testament fait suivant toutes les formes légales, j'adjugerai la succession d'après le testament.* Cet article est pris des anciennes ordonnances (2) ; ce qui suit mérite d'être observé : *Si on ne produit pas de testament....* eh bien ! il dit qu'il adjugera la succession à celui qui se dit héritier. Quelle différence y a-t-il donc qu'on ne produise pas de testament ? Si on en produit et qu'il y manque une seule des formes légales, vous n'adjugerez pas la possession ; vous l'adjugerez, si on n'en produit point du tout. Que dire maintenant ? Que personne après lui n'a rendu d'ordonnance pareille. Faut-il donc s'étonner que personne n'ait voulu ressembler à un Verrès ? Lui-même n'a point porté cet article dans son ordonnance de Sicile ; car il avoit déja reçu son salaire. S'écartant donc de son ordonnance, comme il s'étoit écarté de celle qu'il avoit rendue au sujet d'A-

(1) Voyez un peu plus haut la note sur *translatitium*.

sellus (1), il a ordonné dans la Sicile pour les possessions des héritages, la même chose qu'ont ordonnée à Rome tous les préteurs, excepté lui.

Extrait de l'ordonnance de Sicile.

Si on conteste une succession....

Au nom des dieux, que peut-on dire d'une telle conduite? Je vous le demande, Verrès, encore à présent, pour ce qui regarde la possession des héritages, comme je l'ai fait tout-à-l'heure au sujet d'Asellus pour ce qui concerne les successions des femmes; je vous le demande, pourquoi n'avez-vous pas voulu transporter ces dispositions dans votre ordonnance pour la province ? Avez-vous cru des habitans de province plus dignes que nous de jouir (2) d'une jurisprudence équitable? La justice est-elle autre à Rome, autre dans la Sicile? **On**

---

(1) Par son ordonnance au sujet d'Asellus, Verrès avoit ôté la possession à celle qui possédoit ; ici au contraire il la donnoit au possesseur. J'ai un peu commenté ces paroles, *item ut illo edicto.*

(1) *Uteremur* peut s'expliquer ; mais j'aimerois mieux, avec d'habiles critiques, *uterentur.*

R 3

ne peut dire ici qu'il est bien des objets sur lesquels on doit statuer autrement dans les provinces ; on ne le peut dire ; ni de la possession
des heritages , ni des successions des femmes ;
car je vois que , dans ces deux cas , vous-
même , sans parler des autres , vous avez
rendu une ordonnance absolument dans les
mêmes termes qu'on emploie à Rome. Je vois
que, pour n'avoir pas gratuitement une mauvaise réputation dans la province , vous avez
supprimé , dans votre ordonnance de Sicile ,
les objets seuls que vous aviez réglés à Rome
par une ordonnance , à prix d'or, avec la dernière, infamie. Tant qu'il fut désigné , il rédi-
geoit toute son ordonnance (1) au gré de ceux
qui achetoient de lui la justice pour leur avantage ; entré en exercice , il prononçoit contre
sa propre ordonnance , sans aucun scrupule.
Aussi , Pison a-t-il rempli plusieurs cahiers des
articles sur lesquels il étoit intervenu , parce
que Verrès avoit prononcé contre sa propre ordonnance. Vous n'avez pas oublié , je crois ,
Romains , quelle multitude d'hommes de tout

_____

(1) Voyez plus haut ce que nous avons observé sur
l'édit ou ordonnance du préteur.

rang , sous sa préture , se rassembloient au tribunal de Pison (1). Si Verrès ne l'avoit pas eu
pour collègue , il se seroit vu accablé de pierres
en plein forum ; mais ses injustices paroissoient
plus supportables , parce qu'on trouvoit toujours un refuge dans l'équité et dans les lumières de Pison , refuge auquel on avoit recours sans peine , sans embarras , sans frais ,
même sans protection.

Rappelez - vous , Romains , je vous prie ,
quelle passion Verrès montroit dans sa manière
de rendre la justice , quelle variation dans ses
jugemens , quel trafic honteux : rappelez-vous
combien les maisons de tous les jurisconsultes
étoient vuides , combien celle de la Chélidon
étoit pleine. Lorsqu'on étoit venu le trouver
de la part de cette femme , et qu'on lui avoit
parlé à l'oreille , ou il faisoit revenir ceux sur
lesquels il avoit déja prononcé, et il changeoit
sa décision ; ou il prononçoit sans scrupule
le contraire de ce qu'il venoit de prononcer
dans l'instant. De-là il se trouvoit des hommes

_____

(1) On sait qu'il y avoit plusieurs préteurs : on
voit ici qu'un préteur pouvoit en appeler à un autre ,
et faire corriger les jugemens.

R 4

à qui le dépit donnoit envie de rire sur son
compte ; qui , pour s'amuser , faisoient des
allusions plaisantes au nom de Verrès (1) et
à celui de son prédécesseur. Je ne rapporterai
pas ces allusions , qui ne sont ni assaisonnées
de beaucoup de sel , ni dignes de la gravité
du tribunal. Vous les avez entendues, Romains;
et il suffit de vous faire ressouvenir que la
perversité et les injustices de Verrès faisoient
l'entretien ordinaire du public et le sujet de
ses plaisanteries.

Parlerai-je de son orgueil envers le peuple
de Rome, avant de parler de sa cruauté? la
cruauté, sans doute, est quelque chose de plus
grave et de plus atroce. Croyez-vous qu'on ait
oublié comment il se permettoit de déchirer,
à coups de verges, les citoyens romains ? un
tribun s'en plaignit dans une assemblée, en
faisant paroître , aux yeux du peuple, le ci-

(1) Le mot de Verrès signifie porc mâle ; delà les
allusions plaisantes à son nom. Il n'est pas étonnant,
disoit-on , *jus tàm nequam esse verrinum* , que le jus
de porc soit si mauvais, ou que Verrès rende si mal
la justice. *Sacerdos* veut dire prêtre : pourquoi Sacerdos , prédécesseur de Verrès , n'a-t-il pas immolé ce
méchant porc mâle ?

toyen dont Verrès avoit fait déchirer le dos à coups de verges. Mais je vous entretiendrai de ce délit en son lieu. (1) Qui ne sait quel étoit son orgueil, comment il méprisoit les citoyens du dernier rang, comment il les dédaignoit, ne les regardant pas même comme des hommes libres ?

Publius Trébonius institua, pour ses héritiers, des hommes pleins de vertu (2) et d'une naissance honnête, auxquels il joignit son affranchi. Aulus Trébonius son frère avoit été proscrit; ayant dessein de lui ménager une ressource, il fit porter dans son testament que les héritiers s'engageroient par serment (3) à faire passer chacun à Aulus Trébonius la moitié au moins de leur legs. L'affranchi prête serment. Les autres héritiers vont trouver Verrès; ils lui représentent qu'ils ne devoient pas prêter serment, que ce seroit contrevenir à la loi Cornélia, qui défend d'assister un proscrit. Ils

(1) Dans le discours *sur les supplices*.

(2) Ils passoient pour tels, et Trébonius en avoit cette idée, quoiqu'ils n'aient pas répondu à sa confiance.

(3) Sans doute, entre les mains de l'exécuteur testamentaire.

obtiennent de ne pas prêter serment. Verrès leur
donne la possession. Je ne l'en blâme pas. En
effet, il eût été injuste d'accorder une partie des
biens fraternels à un proscrit dans l'indigence.
Pour l'affranchi, il auroit cru commettre un
crime, s'il n'eût pas prêté serment, d'après les
dernières volontés de son patron (1). Aussi
Verrès déclare-t-il qu'il ne lui donnera pas la
possession de son legs ; il ne falloit pas qu'il
pût assister un proscrit son patron, et en même
tems il devoit être puni d'avoir rempli les dernières volontés d'un patron son bienfaiteur.
Vous donnez donc, Verrès, la possession à
celui qui n'a pas prêté serment ? je le veux :
c'est un droit du préteur. Vous l'ôtez à celui
qui a prêté serment. De quelle autorité ? il as-
siste un proscrit ; une loi (2) le défend sous

(1) Un affranchi restoit toujours sous la protection
de son ancien maître ; il le regardoit comme son protecteur et son patron.

(2) Cicéron prétend que la loi de Sylla étant portée contre celui qui assistoit un proscrit, et non contre le magistrat qui rendoit la justice, le magistrat
devoit plutôt prononcer d'après les loix de l'équité
naturelle, que d'après une loi positive, qu'on regardoit généralement comme injuste et cruelle, quoiqu'on
n'osât pas le dire hautement.

une peine. Cette loi regarde-t-elle le magistrat qui rend la justice ? Blâmez-vous l'affranchi, parce qu'il assistoit un proscrit indigent, son patron, ou parce qu'il étoit fidelle à la dernière volonté d'un patron dont il avoit reçu un bien-fait insigne ? lequel de ces deux procédés blâmez-vous ? Alors Verrès, ce magistrat intègre, dit du haut de son tribunal : *Quoi ! un affranchi* (1) *sera héritier d'un chevalier romain si riche !* Il faut que les affranchis aient été bien modérés pour l'avoir laissé sortir vivant de son siége.

Je pourrois produire une foule de décisions de Verrès, dont la singularité même et l'injustice, sans qu'il soit besoin de rien en dire, annoncent qu'elles ont été rendues à prix d'or. Pour que vous puissiez juger des autres par une seule, écoutez un fait que vous avez entendu dans la première plaidoierie.

Caïus Sulpicius Olympus mourut sous la préture de Sacerdos ; je ne sais si ce n'étoit pas avant que Verrès sollicitât la préture. Il établit son héritier Octavius Ligur, (2) qui se porta

____

(1) Du tems de Cicéron, *libertinus* vouloit dire simplement affranchi, et non fils d'affranchi.

(2) Marcus Octavius Ligur, sénateur.

pour tel et posséda les biens sans contestation, sous la préture de Sacerdos. Lorsque Verrès fut en exercice, la fille du patron de Sulpicius, d'après son ordonnance qui n'étoit point celle de Sacerdos, répéta sur Ligur un sixième de la succession. Ligur n'étoit pas présent. Lucius, son frère, plaidoit sa cause, soutenu de ses amis et de ses proches. Verrès s'annonçoit comme devant envoyer la fille en possession, si on ne s'arrangeoit avec elle. Gellius (2) parloit pour elle ; il montroit que l'ordonnance de Verrès ne devoit pas s'étendre sur les successions échues avant sa préture ; que peut-être Ligur, si l'ordonnance eût existé alors, ne se seroit pas porté héritier. La demande étoit juste, appuyée par des citoyens respectables ; mais l'argent prévalut.

Ligur vient à Rome ; il ne doutoit nullement que, s'il parloit lui-même à Verrès, la justice de la cause, et la dignité de la personne ne lui fissent quelque impression : il va donc le trouver chez lui ; il lui expose son affaire : il lui prouve que la succession lui étoit

___

(1) Lucius Gellius, qui avoit été consul deux ans auparavant, et qui alors étoit censeur.

échue depuis long-tems ; il lui dit bien des
choses qui auroient fait impression sur tout
autre ; ce qui n'étoit pas difficile à un homme
d'esprit dans une cause aussi juste ; il finit par
le prier de ne pas lui faire une injustice, de ne
pas dédaigner jusqu'à ce point un homme de
sa naissance et de son rang. Verrès se mit à se
plaindre de Ligur, de ce qu'il témoignoit
tant d'ardeur et tant d'empressement pour la
succession d'un étranger ; il devoit songer aussi
au préteur : j'ai besoin, disoit-il, de beaucoup
d'argent, et pour moi-même, et pour les chiens
affamés, qui sont à mon service. Je ne puis,
Romains, vous exposer le fait plus clairement
que vous ne l'avez entendu de Ligur lui-même
dans sa déposition. Eh quoi ! Verrès, n'ajou-
tera-t-on pas foi même à ces témoins ? leurs
dépositions sont-elles étrangères à la cause ?
n'en croira-t-on ni Octavius Ligur, ni Lucius
son frère ? Qui est-ce qui nous croira ? qui
croirons-nous ? Est-il quelque chose qui puisse
être prouvée par des témoins, si ceci ne l'est
pas ? l'objet de leur déposition est-il peu grave ?
En effet, quoi de moins grave de voir un préteur de Rome établir cette jurisprudence dans

l'exercice de sa charge, qu'un préteur doit être cohéritier de tous ceux auxquels il est échu une succession ? Pouvons-nous douter de son impudence à rançonner les personnes qui étoient d'un rang moins élevé, et qui avoient moins de crédit, les hommes de nos campagnes latines, les affranchis qu'il ne regarda jamais comme des hommes libres, puisqu'il n'a point épargné un Octavius Ligur, personnage des plus distingués par sa naissance, son rang, son nom, son esprit, sa vertu, son crédit et sa fortune ; puisqu'il a eu le front de lui demander de l'argent pour prononcer en sa faveur ce qui étoit juste ?

Que dirai-je de ses exactions dans l'entretien des édifices publics ? elles ont déja été attestées par ceux qui ont éprouvé ses injustices ; il y en a d'autres encore qui les attestent. Les faits sont évidens et notoires : on les a deja cités, et on les cite encore. Oui, Verrès, un chevalier romain, le frère de Titinius (1) un de vos juges, Fannius déclare qu'il vous a remis de l'ar-

(1) Paul Manuce observe que Titinius étant propre frère de Fannius, et portant un autre nom, devoit avoir été adopté dans la famille Titinia.

ent. Greffier, lisez la déposition de (2) Fannius.

On lit la déposition de Fannius.

N'en croyez pas, Romains, la déposition de Fannius ; et vous, Titinius, n'en croyez pas Fannius votre frère. Il affirme une chose incroyable ; il accuse Verrès de cupidité et d'audace : ces deux vices qui semblent convenir à tout autre plutôt qu'à lui. Tadius, intime ami du père de Verrès, qui est de la même famille, et qui porte le même nom que sa mère, a fait sa déposition ; il a produit des registres par lesquels il prouve lui avoir remis de l'argent. Greffier, lisez les articles pour lesquels Tadius a remis de l'argent ; lisez la déposition du même (3) Tadius.

On lit la déposition de Tadius.

N'en croira-t-on ni la déposition de Tadius, ni ses registres ? A quoi donc s'en rapporter dans les jugemens ? N'est-ce pas autoriser tous les crimes et tous les délits que de ne pas ajouter foi aux dépositions des personnages les

(1) J'ai traduit comme si, après *Fannii*, on lisoit le titre, *testimonium C. Fannii.*

(2) Je crois qu'après *Tadii* il faut ajouter le titre, *testimonium Q. Tadii.*

plus distingués, aux registres des hommes les plus vertueux ?

Que dirai-je des plaintes et des discours journaliers du peuple romain, des impudentes malversations de Verrès, ou plutôt de son étrange brigandage ? Quoi ! avoir osé dans le temple (1) de Castor, cet illustre monument, exposé sans cesse aux yeux et aux regards du peuple romain, où le senat est souvent convoqué, où les plus importantes affaires rassemblent tous les jours une foule de citoyens, avoir osé dans ce lieu même, dans un lieu qui retentit journellement des discours publics, laisser un monument éternel de son audace !

Publius Junius s'étoit chargé d'entretenir (2) le temple de Castor, sous le consulat de Metellus et de Sylla. Il mourut et laissa un fils en bas-âge. Les consuls Octavius et Aurélius ayant

---

(1) Ce temple étoit placé dans la partie du forum la plus fréquentée, et le sénat s'y rassembloit souvent.

(1) Publius Junius s'étoit chargé de l'entretien du temple de Castor, moyennant une somme qui lui avoit été livrée, et dont répondoient ses biens. —— *Les consuls...* C'étoient ordinairement les censeurs qui étoient chargés de cette fonction ; mais comme on avoit été quelque tems sans avoir de censeurs, les consuls avoient pris leur place.

ayant

donné à des entrepreneurs l'entretien des
temples, et n'ayant pu leur faire rendre
compte, non plus que les préteurs Sacerdos et
Césius; il fut fait un sénatus-consulte en vertu
duquel les préteurs Verrès et Cœlius feroient
examiner la réparation des édifices publics,
qu'on n'avoit pu examiner jusqu'à ce jour.
Armé de ce pouvoir, Verrès, comme vous
l'avez appris de Fannius et de Tadius, Verrès (3)
qui avoit toujours exercé ses rapines ouvertement, avec une effronterie sans exemple, fut
jaloux de pouvoir laisser des traces éclatantes
de ses brigandages, non dans un pays éloigné,
d'où le simple récit viendroit frapper nos
oreilles, mais ici même sous nos yeux, exposées sans cesse à nos regards. Il s'informa quel
étoit celui qui devoit entretenir le temple de
Castor et le remettre en bon état. Il savoit la mort
de Junius : il vouloit savoir qui cela regardoit
après lui ; il apprend qu'il a laissé un fils pupille, chargé des obligations de son père. **Lui**
qui avoit toujours publié que les pupilles de
l'un et l'autre sexe étoient pour les préteurs
une proie certaine, croyoit qu'il lui étoit échu

(1) Un savant voudroit supprimer le *verumtamen*,
dont la phrase réellement pourroit se passer.

une excellente affaire. Il pensoit que , dans un aussi vaste monument , où il y avoit tant d'ouvrage , quoique tout fût réparé et en bon état , il trouveroit toujours matière à ses manœuvres et à ses rapines. Il falloit remettre le temple de Castor à Rabonius , (1) qui , en vertu du testament de Junius , se trouvoit constitué tuteur de son jeune fils. On étoit déjà convenu avec lui des moyens de remettre le temple avec les plus grandes sûretés, de part es d'autre. Verrès fait appeler Rabonius ; il lui demande s'il y avoit quelque article qui ne lui eût pas été remis par son pupille, et dont il dût se faire rendre compte. Rabonius disoit, et il disoit

(1) Pour bien entendre tout ce qui regarde l'entretien du temple de Castor, il faut supposer que dans les réparations publiques, on faisoit estimer ces réparations ; et alors celui qui prenoit ou à qui on donnoit cette entreprise , faisoit faire les réparations moyennant une somme qui lui étoit donnée, et dont répondoient ses biens ou ceux d'une caution. Rabonius probablement s'étoit chargé de faire allouer les réparations , peut-être même s'étoit-il constitué caution ; et par conséquent les tuteurs du jeune pupille devoient lui remettre le temple de Castor bien réparé, pour qu'il le remît lui - même aux préteurs.

vrai, qu'il étoit aisé à son pupille de remettre le temple , que toutes les offrandes et toutes les statues étoient dans leur entier , l'édifice en bon état dans toutes ses parties : le préteur trouvoit fort mauvais que, dans un temple aussi vaste et d'une réparation aussi dispendieuse, on ne pût pas tirer un riche butin , sur-tout d'un pupille.

Il se rend lui-même au temple de Castor, il le considère, voit de tous côtés les voûtes parfaiment bien lambrissées , tout le reste neuf et en bon état. Il se tourmente, il examine ce qu'il pourra faire. Un de ces chiens affamés, qu'il avoit dit à Ligur avoir en grand nombre à son service, lui dit : Vous n'avez rien à faire ici, Verrès , à moins peut-être que vous ne vouliez exiger les colonnes d'à-plomb. Le préteur, d'une ignorance profonde , demande ce que c'est que l'à-plomb. On lui dit qu'il n'y avoit presque point de colonne dont l'à-plomb fût parfait. Eh bien ! dit-il, tenons-nous en à cet expédient ; exigeons les colonnes d'à-plomb. Rabonius , bien instruit de la loi qui ordonne de remettre le nombre des colonnes , sans parler d'à-plomb , et ne croyant point d'ailleurs qu'il

S 2

lui fût avantageux de les exiger de cette manière, dans la crainte qu'il ne fût obligé de
les rendre de même ; Rabonius dit que la
chose n'étoit pas due , que ni lui ni personne
ne pouvoit l'exiger. Verrès conseille à Rabonius de se tenir tranquille, et en même tems
il le flatte de l'associer au butin. Il appaise et
gagne un homme doux et nullement opiniâtre ;
il déclare qu'il exigera les colonnes d'à-plomb.

Cette décision d'une nouvelle espèce, cet
embarras imprévu où l'on jette le pupille, est
annoncé sur-le-champ à Mustius son beau-
père qui vient de mourir , à Marcus Junius son
oncle paternel , à Politius , un de ses tuteurs,
homme intègre ; ceux-ci instruisent de la chose
un personnage aussi illustre qu'exact et vertueux, Marcellus, tuteur honoraire du pupille.
Marcellus va trouver Verrès, il le conjure de
la manière la plus pressante, avec tout le zèle
dont il étoit capable , de ne pas vouloir , par
la plus criante des injustices , dépouiller le
fils de Junius de son patrimoine. Verrès qui
avoit déja dévoré cette proie en idée et en espérance , ne se laissa toucher ni par les discours
ni par le nom de Marcellus. Il répondit qu'il

exigeroit les colonnes ainsi qu'il l'avoit annoncé. Les tuteurs voyoient qu'il étoit impossible de se faire écouter de Verrès , que tous
les accès étoient difficiles , ou plutôt absolument fermés ; que le droit , l'équité , la compassion , les discours d'un parent , les sentimens d'un ami , le crédit et le nom de personnages respectables , cédoient auprès de lui à
un vil intérêt ; ils décident , ce qui seroit venu
à l'esprit de tout le monde , qu'il leur restoit
encore un moyen , c'étoit d'implorer la protection de la Chélidon , de cette femme qui ,
sous la préture de Verrès , dictoit toutes les
ordonnances , prononçoit souverainement
dans toutes les affaires des particuliers , et
même dans ce qui avoit rapport à l'entretien
des édifices publics.

Un des fermiers de nos domaines de l'ordre
équestre , citoyen des plus distingués , Mustius
se rendit chez la Chélidon ; il s'y rend accompagné de Marcus Junius , oncle paternel du
jeune enfant , homme aussi intègre que sage ,
et de Potitius , un des tuteurs , le plus recom-
mandable de son ordre par la considération
dont il jouit , par ses mœurs pures et par sa

vie régulière. O préture infâme de Verrès !
combien n'en ont pas ressenti le déshonneur
et l'opprobre ! sans parler du reste, avec quelle
honte, avec quelle répugnance croit-on que
de tels personnages aient été supplier une
courtisanne, eux que rien n'auroit jamais pu
abaisser à une si humiliante démarche, si les
titres de tuteurs et de parens ne les y eussent
contraints. Ils se rendent, comme je dis, chez
la Chélidon. Sa maison étoit pleine. On lui
demandoit de nouvelles formes de justice, de
nouvelles ordonnances, de nouveaux jugemens. *Que Verrès me donne la possession, qu'il
ne me l'ôte pas, qu'il ne donne pas action contre
moi, qu'il m'adjuge les biens.* Les uns donnoient
de l'argent comptant, d'autres des billets en
bonne forme. Enfin tout annonçoit l'audience
d'un préteur, plutôt que des visites faites à une
courtisanne. Dès qu'ils purent avoir accès, les
tuteurs du jeune pupille abordent Chélidon.
Mustius porte la parole, il lui expose la chose,
implore sa protection, et promet de l'argent.
Chélidon répond en courtisanne, c'est-à-dire,
assez humainement ; elle s'emploiera volontiers, dit-elle, elle en parlera à Verrès avec

intérêt ; ils n'ont qu'à revenir. Ils se retirent, et reviennent le lendemain. Sa réponse fut qu'elle n'avoit pu rien obtenir ; Verrès disoit qu'on pourroit tirer delà une somme considérable.

Ceux qui par hasard ne se sont pas trouvés à la première plaidoierie, pourront croire que j'invente ces faits, des faits que leur extrême infamie rend incroyables. Vous, Romains, vous en avez déja connoissance. Ils ont été attestés sous la foi du serment, par Potitius, un des tuteurs du jeune pupille ; ils l'ont été par Junius son oncle, aussi un des tuteurs ; ils l'auroient été par Mnstius, s'il eût vécu ; mais à la place de Mustius, Domitius a déposé de ce qu'il a entendu dire à Mustius lui-même, lorsque l'affaire étoit récente. J'avois été fort lié avec Mustius ; je lui avois fait gagner une cause où il s'agissoit pour lui de toute son existence. Je ne pouvois ignorer qu'il communiquoit toutes ses affaires à Domitius (1) : celui-ci donc instruit que j'avois tout appris de Mustius vivant, ne parla pas néanmoins de Chélidon

_____

(1) Lucius Domitius AEnobarbus, qui fut ensuite consul avec Appius Pulcher. -- *Le premier* ou *le prince*

S 4

tant qu'il put, il donna toujours des réponses
détournées. Telle étoit la pudeur de cet
illustre jeune homme, le premier de la jeunesse
romaine, que, pendant quelque tems, quoiqu'il fût pressé par moi, il répondit toute
autre chose plutôt que de nommer une vile
courtisanne. Il disoit d'abord qu'on avoit fait
solliciter Verrès par ses amis ; ensuite, ne
pouvant plus s'en défendre, il nomma enfin
Chélidon. Ne rougissez-vous pas, Verrès, d'avoir
géré votre préture au gré d'une femme que
Domitius ne croyoit pas même pouvoir nommer décemment ?

N'ayant rien obtenu de Chélidon, les parens
et tuteurs du pupille prennent un parti indispensable, celui de conclure l'affaire par eux-
mêmes. Ils s'arrangent avec Rabonius, un des
tuteurs, moyennant deux cents mille sesterces (1) pour un objet qui étoit à peine de
quarante mille. Rabonius fait son rapport à

de la jeunesse. C'étoit un simple éloge du tems de
la république, c'étoit un titre distingué du tems des
empereurs.

(1) Deux cents mille sesterces, 25,000 liv. ; quarante mille sesterces, 5000 livres. La somme que

Verrès ; la somme lui paroissoit assez forte, et même énorme. Le préteur, qui s'étoit attendu à quelque chose de mieux, reçoit mal Rabonius, lui parle avec dureté, lui dit que son arrangement ne peut le satisfaire : enfin il déclare qu'il fera l'adjudication de l'ouvrage. Les tuteurs ignorent ce qui se passe ; ils croient pouvoir compter sur l'arrangement pris avec Rabonius, ils ne craignent pas de plus grand malheur pour leur pupille. Verrès se met sur-le-champ en devoir de faire l'adjudication de l'ouvrage sans avoir fait afficher ni annoncer le jour, dans le tems le moins favorable, pendant les jeux romains, lorsque le forum étoit décoré. Rabonius déclare à ses co-tuteurs qu'il renonce à l'arrangement pris avec eux. Ceux-ci, malgré la précipitation du préteur, arrivent à tems. Junius, oncle du pupille, demande l'adjudication (1). Verrès

———

recevoit Rabonius devoit passer en grande partie à Verrès ; et on l'exigeoit du pupille, sous prétexte de mettre les colonnes d'à-plomb.

(2) Mot à mot, *lève le doigt* ; ce qui annonçoit qu'on mettoit l'enchère dans une vente publique,

change de couleur; embarrassé de sa personne, il ne sait que dire et que penser. Il cherche dans sa tête quel parti il prendra. Il voit que, si l'adjudication de l'ouvrage étoit donnée au pupille, si elle ne tomboit pas à l'adjudica-taire qu'il avoit lui-même aposté, il n'y avoit rien à gagner pour lui. Il imagine donc...... quoi? rien de fort ingénieux, rien qui pût faire dire, c'est fort mal, mais il y a de l'adresse. N'attendez de lui, Romains, aucune ruse ca-chée, aucun tour subtil. Tout sera clair dans sa conduite, tout sera manifeste; vous n'y trouverez qu'audace, effronterie, extravagance. Si l'adjudication de l'ouvrage, se disoit-il à lui-même, est donnée au pupille, la proie m'échappe des mains. Quel est donc le remède?

ou qu'on vouloit prendre une adjudication. Non-seulement, comme le remarque l'orateur, l'adjudi-cation devoit appartenir au pupille, mais il me semble qu'il n'étoit pas besoin d'une adjudication nouvelle, que les colonnes devoient être réparées d'après l'ancienne adjudication qui avoit fait retomber l'entreprise sur le fils de Junius. Mais Verrès, par une injustice criante, vouloit lui faire remettre une somme, pour une réparation chimérique, à un nouvel adjudicataire qui seroit à sa bienséance.

Le remède ? c'est d'empêcher que l'adjudication de l'ouvrage ne soit donnée au pupille. Mais que devient cet usage de tous les consuls, censeurs, préteurs, enfin de tous les questeurs, dans la vente des biens engagés, meubles et immeubles (1), de traiter le plus favorablement celui à qui les biens appartiennent, et qui les a engagés dans une entreprise ? Verrès exclut celui-là seul à qui seul, je le dirai presque, on devoit permettre de prendre l'adjudication. Car pourquoi quelqu'un veut-il disposer de mes deniers malgré moi ? Pourquoi vient-il sur mon marché ? On fait l'adjudication d'un ouvrage qui doit être réparé à mes frais ; je m'offre pour le réparer ; ce sera à vous qui faites l'adjudication de l'ouvrage à l'examiner. Mes meubles et im-

---

(1) *Bona praedes* et *bona praedia* répondent à ce que nous appelons en françois *meubles et immeubles.* Au reste, voici le raisonnement de Cicéron : Si dans la vente des biens engagés pour une entreprise, on préfère, à offres égales, celui à qui appartiennent les biens, ne doit-on pas préférer, dans une adjudication nouvelle, celui qui doit payer la nouvelle réparation, comme ayant été chargé originairement de l'entreprise ?

meubles feront la sûreté du peuple ; et si vous
ne trouvez pas cette sûreté suffisante, prenez-
enquelqu'autre (1). Quoi donc ! vous, préteur,
vous abandonnerez la disposition de mes biens
à qui vous voudrez ! Vous empêcherez que je
ne me présente pour veiller à mes intérêts !

Il est à propos de connoître la loi (2) même :
on verra qu'elle a été rédigée par celui qui a
rendu l'ordonance pour les successions.

Loi pour les ouvrages à faire au nom du pupille
Junius (3).

Quelle est cette loi ? parlez, greffier, parlez,
je vous prie, plus distinctement. *Caïus Verrès*,
préteur de Rome, *a* (4) *ajouté.* Il réforme les loix

---

(1) J'ai traduit comme si on lisoit : *et si non putas*
cautum, caveto. Scilicet....

(2) La loi portée par Verrès pour l'adjudication
nouvelle.

(3) J'ai traduit d'après la restitution, LEX OPERI
FACIUNDÓ PUPILLI JUNII.

Quæ ? dic.....

(4) *A ajouté,* sans doute à la loi par laquelle l'adjudication du temple de Castor avoit été donnée à
Publius Junius. —— *En cénseur;* j'ai suivi la leçon
censoriò. Quid enim video.

en censeur. Que vois-je en effet dans beaucoup
de loix anciennes ? Les censeurs Domitius ; Métellus , Cassius et Servilius , *ont ajouté.* Verrès
s'exprime de même. Dites , greffier, qu'a-t-il
ajouté ? *Celui qui aura pris une adjudication
depuis les censeurs* (1) *Lucius Marcius et Marcus
Perpenna , ne l'admettez pas pour associé , ne
lui donnez point l'adjudication , qu'il n'y ait aucune part.* Pouquoi cela , Verrès ? appréhen-
diez-vous que d'ouvrage ne fût mal fait ? mais
vous aviez droit de le faire examiner. Que le
pupille ne fût point solvable ? mais on avoit
donné (2) au peuple pour sûreté des meubles
et immeubles , et on lui en auroit donné une
plus grande si vous l'aviez voulu. Mais si
la chose même , si l'atrocité de votre injustice
ne vous retenoit point ; si vous n'étiez touché,
ni de l'infortune du pupille , ni des larmes
de ses proches ; si le nom de Décimus Brutus
qui avoit engagé ses terres pour servir de
caution, et celui de Marcèllus, un des tuteurs,

(1) *De censoribus* est ici le même que *à censoribus in multis veteribus legibus* ? *Cn. Domitius...*

(2) Joignez *erat,* non avec *locuples* qui précède ,
mais avec *cautum* qui suit.

n'étoient d'aucun poids auprès de vous, ne
deviez-vous pas songer que votre délit seroit
tel que vous ne pourriez le nier l'ayant porté
sur vos registres, ni vous justifier en l'avouant?
L'ouvrage est adjugé pour cinq cents soixante
mille sesterces (1); quoique les tuteurs décla-
rassent hautement qu'ils le feroient pour
quatre-vingt mille à la volonté du plus injuste
des hommes. Car enfin quel étoit l'ouvrage?
Vous l'avez vu, Romains. Toutes les colonnes
que vous voyez reblanchies ont été mises à
bas avec une machine sans aucun frais, on
les a replacées en faisant servir les mêmes
pierres. Voilà, Verrès, ce que vous avez adjugé pour cinq cents soixante mille sesterces.
Cependant, je l'assure, parmi ces colonnes
il y en a auxquelles votre entrepreneur n'a
pas touché; il y en a auxquelles on n'a fait
qu'ôter l'ancien crépi pour y en mettre de
nouveau. Si j'avois cru qu'il falloit tant d'argent pour reblanchir des colonnes, certainement je n'aurois jamais demandé l'édilité (2).

(1) 70,000 livres. Quatre-vingt mille sesterces,
10,000 livres.

(2) Nous avons vu plus haut que les censeurs,

Mais afin de paroître traiter la chose en rè-gle, et ne pas exclure le pupille de l'adjudica-tion, *si l'entrepreneur*, dit Verrès, *cause quel-que dommage, il le réparera.* Quel dommage pou-voit-il causer, puisqu'il remettoit chaque pierre à sa place ? *Celui*, ajoute-t-il, *qui sera chargé de l'entreprise, donnera caution pour le dommage qu'il pourra causer à celui qui aura reçu l'ouvrage de l'ancien entrepreneur* (1). Il se moque de vou-loir que Rabonius se serve de caution à lui-même. *Qu'on paie comptant*, dit-il encore. Sur les biens de qui ? Sur les biens de celui qui déclaroit hautement qu'il feroit pour quatre-vingt mille livres, un ouvrage que vous, Verrès, vous avez adjugé pour cinq cents soixante mille. Sur les biens de qui ? Sur les biens d'un pu-pille. Celui dont le préteur devoit protéger l'en-fance et la foiblesse, quand même il eût été abandonné de tout le monde, quand même il

et à leur défaut les consuls et préteurs, se char-geoient de veiller à la réparation des temples et édifices publics ; apparemment que les édiles parta-geoient avec eux cette fonction.

(1) *L'ancien entrepreneur*, le pupille, du chef de son père ; celui qui devoit recevoir de lui l'ouvrage, Rabonius ; le nouvel entrepreneur, Rabonius.

eût manqué de tuteur, vous lui avez enlevé, malgré la réclamation de ses tuteurs, non-seulement son patrimoine, mais encore les biens de ses tuteurs eux-mêmes (1). *L'ouvrage*, dit la loi, *sera bon dans toutes ses parties.* Mais il n'y avoit que quelques pierres à tailler et à transporter avec une machine. On n'a eu à voiturer ni pierres énormes, ni matériaux. Il n'y a eu de dépenses dans cette entreprise que le salaire de quelques ouvriers (2), et la main-d'œuvre d'une machine. Je le demande, pour construire à neuf une seule colonne, sans faire resservir aucune pierre, en coûteroit-il moins que pour réparer les quatre ? Personne ne doute qu'il n'en eût coûté beaucoup plus pour en faire une seule neuve. Or, je suis en état de prouver que, dans des maisons particulières, des colonnes, pour une cour, qui n'étoient pas moins considérables, qui étoient voiturées de loin, et avec peine, ont été entreprises chacune pour quarante mille sesterces (3).

(1) Sans doute, de Décimus Brutus, un des tuteurs, qui s'étoit rendu caution. —— *Suo cuique*, c'est-à-dire, *suae cuique parti.*

(2) *Paucae operae fabrorum* i. e. *pauci fabri.*

(3) 5000 livres.

Mais

Mais il y a de la folie à parler si long-temps de l'impudence manifeste de Verrès, sur-tout puisque dans sa loi il a bravé ouvertement les discours et l'opinion du public, puisque même il l'a terminée par ces mots : *Le pupille aura les matériaux qui pourront resservir.* Comme si l'on pouvoit tirer quelque chose qui pût resservir d'un ouvrage fait tout entier de pierres qui avoient resservi. Mais si on ne pouvoit pas avoir l'entreprise pour le pupille, s'il (1) n'étoit pas nécessaire qu'on lui en donnât l'adjudication, quelqu'autre pouvoit du moins se présenter pour l'obtenir. Tous ont été exclus aussi ouvertement que le pupille. Verrès marque les calendes de décembre pour terme d'un ouvrage qu'il adjuge environ aux ides de septembre (2) : tout le monde est exclus par la briéveté du temps.

(1) Avant *non necesse*, sous-entendez ou ajoutez *si*.

(1) Le 15 septembre. Il vient ici une réflexion : n'y avoit-il pas assez de tems depuis le 15 septembre jusqu'au 1er décembre, pour faire un ouvrage que l'orateur représente comme si modique ? Asconius a fait cette objection, et il y répond en disant que l'ouvrage demandoit du tems, mais peu de dépense.

Tome III.   T

Pourquoi donc Rabonius a-t-il accepté cé terme? Personne n'a inquiété Rabonius, ni aux calendes, ni aux nones, ni aux ides de décembre. Enfin, Verrès est parti pour sa province un peu avant que l'ouvrage ne fût achevé. Lorsqu'il fut accusé, d'abord il disoit ne pouvoir allouer le compte de l'ouvrage. Pressé par Rabonius, il en rejetoit sur moi la faute, parce que j'avois clos ses registres. Rabonius m'en demande communication; il me fait parler par ses amis; il l'obtient sans peine. Verrès étoit assez embarrassé. Il croyoit qu'en n'allouant pas le compte de l'ouvrage, il auroit quelque moyen de défense. D'un autre côté, il voyoit que Rabonius dévoileroit tout le mystère. Toutefois la chose pouvoit-elle être plus claire qu'elle ne l'est maintenant, quand même le seul témoin Rabonius me (1) manqueroit? Verrès alloua le compte de l'ouvrage quatre ans après l'indication d'un terme pour ce même ouvrage. Si quelqu'autre se fût présenté pour l'entreprise, il n'auroit pas joui du privilége de

(1) J'ai traduit comme si on lisoit *haberem*, au lieu de *haberet*. -- Un peu plus bas, je crois avec un savant qu'il faut ajouter *usus esset* après *accessisset*. Au mot *exclusisset*, sous-entendez *iste* ou *Verrès*.

Rabonius, puisque Verrès avoit exclus tout le
monde par la briéveté du tems ; d'ailleurs,
il n'auroit pas voulu tomber entre les mains
d'un homme qui auroit pensé qu'on lui en-
lèvoit une proie. Car pourquoi chercher par
des inductions à qui l'argent est parvenu ?
Verrès lui-même ne l'a-t-il pas fait assez connoître ? D'abord, comme Brutus, qui lui
avoit compté de son argent quarante mille
sesterces (1), le pressoit vivement de les lui
rendre, il lui remit cette somme sur les cinq
cents soixante mille sesterces ; or cette remise
ne dépendoit plus de lui, puisque l'ouvrage
étoit adjugé, et qu'il avoit reçu des cautions.
Non, assurément, il n'eût pu faire une remise sur cette somme, si c'eût été l'argent
d'un autre. Ensuite on a compté de l'argent
à Cornificius qu'il ne peut nier avoir été son
secrétaire. Enfin les registres de Rabonius lui-

(1) 5000 livres. Brutus, sans doute, avoit remis
cette somme à compte, et elle lui fut rendue quand
on paya les 560,000 sesterces : il faut faire cette
supposition, où dire qu'il y a erreur dans les sommes
que présentent les livres. -- Un peu plus bas, j'ai lu,
d'après la conjecture d'un savant ; *facere* au lieu
de *ferre*.

même publient hautement que le butin étoit pour Verrès. Greffier , lisez l'extrait des registres de Rabonius (1).

Le greffier lit.

Ici même , dans la plaidoierie, Hortensius s'est plaint que j'avois fait paroître à vos yeux en robe prétexte (2) le pupille Junius, avec son oncle paternel qui déposoit contre l'accusé. Il s'est écrié qu'en faisant paroître un enfant , je cherchois à soulever le peuple et à l'enflammer. Mais qu'y avoit-il donc, Hortensius, dans cet enfant de propre à soulever le peuple et à l'enflammer ? C'étoit apparemment le fils d'un Gracchus, d'un Saturnius, ou de quelqu'homme pareil que j'avois fait paroître , afin d'animer une multitude ignorante par le nom seul et le souvenir du père. C'étoit le fils de Publius Junius, de race plé-

(1) Mot à mot , *lisez les articles* contenus dans les registres de Rabonius , parmi lesquels ne se trouvoit point la somme déboursée au nom du pupille.

(3) *Robe prétexte* , robe bordée de pourpre que portoient les enfans jusqu'à ce qu'ils prissent la robe virile. J'ai traduit ensuite d'après la leçon *et stetisse cum patruo.*

béienne , que son père en mourant a recommandé , d'abord à ses tuteurs et à ses proches ,
ensuite à la sagesse des loix, à l'équité des
magistrats , à vos décisions. Le fils de Junius ,
dépouillé de son patrimoine et de toute sa
fortune par l'adjudication criminelle et l'odieux
brigandage de Verrès , s'est présenté au tribunal , pour se procurer du moins la satisfaction de voir enfin avec des habits un peu
moins somptueux (1) , l'homme qui lui fait
porter depuis tant d'années les tristes vê-
temens de l'indigence. Ainsi , Hortensius , ce
n'étoit pas son âge , mais sa cause , ce n'étoit
pas son vêtement , mais son sort , qui vous
sembloit propre à exciter l'indignation du
peuple. Et ce qui vous causoit une si grande
peine , ce n'étoit pas qu'il fût venu avec sa
robe prétexte , mais sans la marque de sa
condition (2). Personne , en effet , n'étoit
touché à la vue d'un vêtement que lui don-

(1) C'est-à-dire , avec les habits de deuil que portoient ordinairement les accusés.

(2) Latin , *sine bullâ* ; sans la boule d'or que
portoient suspendue à leur cou , sur-tout les enfans
des sénateurs et des chevaliers romains.

T 3

noit la coutume , et son état d'enfant libre ;
ce qui indignoit tout le monde , c'est qu'un
brigand lui eût enlevé ce que lui avoit donné
son père comme un ornement de son enfance,
comme une marque honorable de son rang.
Les larmes du jeune pupille ne devoient pas
intéresser le peuple plus qu'elles ne nous
intéressent, plus qu'elles ne vous intéressent
vous - même , Hortensius , et les juges qui
composent le tribunal. La cause est commune,
le péril est commun ; tout le monde croit
devoir se réunir pour réprimer de telles injustices comme pour éteindre un incendie.
Car nous avons des enfans en bas âge ; la durée
de notre vie est incertaine : nous devons,
pendant que nous vivons encore, prendre
des mesures et des précautions pour les mettre
à l'abri de toute injure tant qu'ils sont jeunes
et orphelins. En effet, qui pourra défendre
nos enfans , dans leur première jeunesse,
contre l'injustice des magistrats ? Sera-ce leur
mère ? Oui , sans doute , la mère de la pupille Annia, dame de la première distinction,
lui a été d'un grand secours ! Verrès a-t-il
moins enlevé son patrimoine à la jeune pupille , quoique la mère implorât le secours

des dieux et des hommes ? Leurs tuteurs les défendront peut-être. Oui, assurément, rien ne seroit plus facile auprès d'un préteur tel que Verrès, qui, dans la cause du pupille Junius, a dédaigné les discours, le vœu et le grand nom de Marcellus, un des tuteurs !

Et nous chercherons encore les crimes qu'il a commis (1) aux extrémités de la Phrygie et de la Pamphilie ! Nous chercherons les malversations qu'il a exercées dans la guerre des pirates, lui qui s'est montré un pirate odieux dans le forum du peuple romain ! Et nous douterons quelles ont été, dans le butin fait sur les ennemis, les manœuvres d'un homme qui a remporté de si grandes dépouilles du monument de Lucius Métellus (2) ! d'un

(1) Les crimes qu'il a commis lorsqu'il étoit lieutenant de Dolabella. —— *Les malversations qu'il a exercées....* dans sa préture de Sicile.

*(2) Latin *ex L. Metelli manubiis,* c'est-à-dire *ex aede Castoris quae extructa erat de manubiis Lucii Metelli Dalmatici, ità dicti quia de Dalmatis triumphavit.* On appeloit *manubiae* la partie du butin qui revenoit au général de l'armée victorieuse.

T 4

homme qui , pour faire reblanchir quatre colonnes, a pris plus d'argent que n'en a donné
Métellus pour les faire construire ! Atten-
drons-nous la déposition des témoins de Sicile ? Eh ! Verrès , qui jamais jeta les yeux
sur le temple de Castor sans être témoin de
votre cupidité, de votre injustice , de votre
audace ? Qui jamais se rendit de la statue du
dieu Vertumne (1) au grand cirque , sans se
rappeler à chaque pas votre avarice ? Le chemin par où l'on conduit en pompe les statues
des dieux, vous en avez exigé la réparation
de manière que vous n'osez y passer vous-
même. Croira-t-on que, séparé de l'Italie par
un bras de mer, vous ayez épargné les alliés,
vous qui avez fait du temple de Castor un

(1) Quartier de Rome, où étoit la statue de Vertumne, dieu du commerce. Le grand cirque, le cirque
où l'on donnoit les jeux appelés *Circenses*. — *Vous
en avez exigé......* On disoit en latin *exigere viam*,
exiger la réparation d'un chemin. — *Tensae* étoient
des espèces de brancarts sur lesquels on portoit les
statues des dieux dans les processions. — *Séparé
par un bras de mer* , par le bras de mer qui sépare
l'Italie de la icile

monument de vos rapines , qui pût être apperçu tous les jours par le peuple romain , et
même encore à présent par les juges quand ils
prononceront sur votre sort.

Il a même présidé dans sa préture à un
jugement public (1) : car ce fait ne doit pas
être passé sous silence ; on a conclu devant
lui à une amende contre Opimius. Celui-ci
avoit été traduit en justice sous prétexte qu'é-
tant tribun du peuple il avoit fait opposition
malgré la loi (2) Cornélia ; mais en effet parce
que , dans son tribunat , il avoit parlé contre
le vœu d'un certain noble. Si je voulois m'expliquer sur ce jugement , il me faudroit citer
et choquer trop de personnes ; et je n'en ai
pas besoin. Je dirai seulement que quelques

_____

(1) Contre l'usage du préteur de la ville, lequel
ne présidoit guère qu'aux jugemens en matières
civiles.

(2) *Loi Cornelia ,* loi de Sylla qui avoit ôté aux
tribuns le droit d'opposition , le droit d'appel au
peuple , etc. Six ans après le consul Caïus Aurélius
Cotta leur avoit rendu seulement le droit d'assembler
le peuple. Par la suite Pompée leur rendit tous les
autres. — *D'un certain noble ,* de Catulus.

hommes fiers (1) , pour ne rien dire de plus , avec le secours de Verrès , se sont fait un amusement et un jeu de ruiner et de perdre le malheureux Opimius. Et il viendra encore se plaindre que je n'aie employé que neuf jours pour terminer la première plaidoierie de son jugement, lorsqu'à son tribunal Opimius , sénateur du peuple romain , a perdu en trois heures ses biens , son existence civile , toutes ses distinctions ? L'indignité de ce jugement est cause qu'on a souvent parlé dans le sénat d'anéantir ce genre d'amendes et de jugemens. Il seroit trop long de dire quelles rapines énormes et criantes Verrès a exercées ouvertement dans la vente des biens d'Opimius. Voici ce que je dis , Romains ; si je ne vous prouve pas ce que j'avance par les registres des plus honnêtes personnages , croyez que j'ai tout inventé pour la conjoncture. Or, un homme qui a profité de la disgrace d'un sénateur du peuple romain , au jugement duquel il avoit présidé comme préteur , qui s'est en-

(3) *Quelques hommes fiers,* Catulus, Hortensius., Curion ; grands partisans de Sylla.

richi de ses dépouilles qu'il a emportées dans
sa maison , quelle disgrace un tel homme ne
mérite-t-il pas de subir ?

Je ne dis rien de l'élection des juges faite
par Junius ; (1) car enfin , Verrès , ose-
rois-je parler contre les registres que vous avez
produits ? cela seroit trop difficile. J'en suis détourné , non-seulement par votre autorité im-
posante , et par celle des juges alors choisis ,
mais encore par l'anneau d'or de votre secrétaire. (2) Je ne dirai pas ce qu'il seroit difficile
de persuader , je dirai ce que je puis prouver :

(2) Junius présidoit le tribunal dans l'affaire d'Oppianicus : on prétend qu'il avoit usé de fraude dans
l'élection des juges que faisoit le président pour remplacer ceux qui avoient été récusés par les deux
parties ; faire cette seconde élection c'étoit *subsortiri ;*
l'action de la faire, *subsortitio.* Les noms des juges
choisis étoient portés sur les registres du préteur.
Verrès étoit soupçonné d'avoir altéré ses registres
pour n'être pas impliqué dans la condamnation de
Junius.

(2) L'orateur fait allusion à l'anneau d'or que
Verrès , en Sicile , avoit décerné publiquement à
son secrétaire , comme on le voit dans le discours
de re frumentariá. C'étoit avec un anneau qu'on

oui, plusieurs des premiers de cette ville vous
ont entendu dire, qu'il falloit vous pardonner
d'avoir produit de faux registres ; que, si vous
n'aviez pris vos précautions, vous succombiez
infailliblement à la haine publique qui a perdu
Junius.

C'est ainsi que Verrès dit qu'il cherche à se
tirer d'embarras, en portant des faits supposés
sur les registres publics et privés, retranchant,
changeant, raccommodant, ayant soin que les
ratures ne paroissent pas. Il va toujours en
avant, de sorte que pour couvrir ses crimes,
il lui faut ajouter des crimes nouveaux. Cet insensé a cru que, par l'entremise de Curtius,
un de ses bons amis, président du tribunal,
l'élection de ses juges se feroit de la même manière. Curtius, sans donner de raison plau-
sible, vouloit faire choisir pour juges des
hommes avec qui Verrès s'entendoit ; et si, en
animant le peuple, en excitant contre lui ses
clameurs, je n'avois arrêté ses manœuvres, je

scelloit les registres publics et privés. — *Des
juges alors choisis*, dans le jugement présidé par
Junius.

n'aurois pu trouver aucun homme de bien pour nous juger dans la compagnie même où j'en devois trouver le plus grand nombre . . . . (1)

(1) Le texte est altéré dans cette dernière phrase, et il manque beaucoup de choses à la fin de ce discours : j'ai tâché de tirer de ce qui reste un sens raisonnable, en transposant, et mettant au commencement ce qui est à la fin. —*Ex decuriâ nostrâ,* de notre décurie, c'est-à-dire de la décurie des sénateurs. Il y avoit trois décuries, compagnies ou classes, d'où l'on tiroit les juges, celle des sénateurs, celle des chevaliers, et celle du peuple, ou des tribuns du trésor.

SECOND LIVRE

OU DISCOURS

CONTRE VERRÈS.

Sur la jurisdiction de Sicile.

Sommaire.

Dans le discours qui précède, les griefs sont comme étrangers à l'accusation ; dans celui-ci l'orateur commence à traiter ce qui étoit vraiment son sujet. Ce discours est intitulé *sur la jurisdiction de Sicile,* c'est-à-dire sur la manière dont Verrès a rendu la justice en Sicile, parce que c'est là l'objet principal dont il traite, quoiqu'il en renferme encore d'autres. Après un très-bel éloge de la Sicile, après un exposé de toutes les démarches des Siciliens pour venir accuser Verrès et déposer contre lui, Cicéron raconte la manière injuste, arbitraire et cruelle dont ce préteur jugeoit les malheureux Siciliens, dont il a jugé Dion d'Halèse, Sosippe et Epicrate d'Agyrone, Héraclius de Syracuse, Epicrate de Bidis, Sopater et Sthénius. Ces nar-

*rations sont développées d'une manière inté-
ressante. Voilà ce qui regarde la jurisdiction
et qui forme comme la première •partie du
discours.*

*L'argent que Verrés tiroit de l'élection des sé-
nateurs, des pontifes et des censeurs „de la contribution pour les statues ; ses vols et ses gains
usuraires conjointement avec les fermiers publics, et sur - tout avec Carpinatius dont les
registres décèlent ses malversations : tels sont les
objets qui composent la seconde partie du discours
et qui le terminent. On y remarque le portrait
de Timarchide, un des principaux agens et
ministres de Verrés.*

SECOND LIVRE CONTRE VERRÈS,

Sur la jurisdiction de Sicile.

Je me vois forcé, Romains, de supprimer
bien des griefs, pour m'occuper enfin de ce
qui est proprement confié à mon ministère.
Car c'est de la cause de la Sicile que je me suis
chargé ; c'est cette province qui m'a engagé à
plaider pour elle. Mais en m'imposant à moi-
même ce fardeau, en acceptant la cause de la
Sicile, j'ai embrassé un plus grand objet. C'est

la cause de tout l'ordre des sénateurs, c'est la cause du peuple romain, que j'ai entrepris de défendre, dans la persuasion où j'étois que, pour faire rendre enfin aux tribunaux un arrêt équitable et sévère, il falloit, non-seulement dénoncer à la justice un accusé chargé de crimes, mais encore montrer aux juges un accusateur rempli de zèle et de fermeté. Ainsi donc, sans m'arrêter aux autres déprédations et infamies de Verrès, je me hâte d'en venir à la cause des Siciliens : par-là je pourrai la plaider avec toutes mes forces, et avoir assez de tems pour la développer.

Mais avant que de parler des malheurs de la Sicile, je vais dire un mot de la dignité et de l'ancienneté de cette province, de tous les avantages qu'elle nous procure.

Si tous les alliés et toutes les provinces méritent les attentions et les égards des tribunaux, il me semble que la Sicile sur-tout y a les droits les plus nombreux et les mieux fondés. D'abord, de toutes les nations étrangères, la Sicile est la première qui ait recherché l'amitié des Romains, qui se soit mise sous la protection de notre empire : c'est la première qui ait porté le nom de province, et où nous ayons

trouvé

trouvé ce nouveau titre de distinction ; c'est la première qui ait fait sentir à nos aïeux la gloire et la douceur de commander aux peuples étrangers. Elle est la seule qui ait signalé son attachement et son affection pour le peuple romain : de toutes les villes qui la composent, les unes (1) une fois revenues à notre amitié, ne s'en sont jamais écartées depuis, les autres, qui sont le plus grand nombre et les plus illustres, sont restées constamment nos amies fidelles. La Sicile a été pour nos ancêtres comme un passage qui les a conduits dans (2) l'Afrique. Non, la grande puissance des Carthaginois ne seroit point tombée si facilement, si nous n'avions pas eu dans cette province une ressource pour les vivres, et un asyle pour nos flottes. Aussi, après la ruine de Carthage, Scipion l'Africain décora-t-il les villes sici-

(1) J'ai traduit d'après la conjecture d'un savant qui au lieu de *venissent* lit *rediissent*.

(2) Ce fut après avoir chassé de la Sicile les Carthaginois, et avoir pacifié cette province, que les Romains, sous la conduite de Régulus, commencèrent à porter la terreur de leurs armes dans l'Afrique où ils prirent plusieurs villes.

Tome III.   V

liennes des plus belles statues et des plus beaux
monumens. Il vouloit multiplier les monumens de sa victoire, sur-tout chez les peuples
qui devoient le plus se réjouir de la victoire du
peuple romain. Enfin ce Marcellus lui-même,
qui, dans la Sicile, fit éprouver aux ennemis
sa valeur, aux vaincus sa clémence, sa bienveillance à tous les Siciliens, Marcellus ne se
contenta pas, dans cette guerre, de ménager les
alliés de la république, il épargna même les
ennemis dont il avoit triomphé. Après avoir réduit par la force de ses armes et la sagesse de
ses mesures, cette ville si bien fermée du côté
de la terre et de la mer, cette ville que l'art
et la nature ont fortifiée, la superbe Syracuse,
loin de toucher à la ville même, il la laissa si
magnifiquement décorée, qu'elle étoit à la fois
un monument de sa victoire, de sa douceur,
de sa modération : on y voyoit en même tems
ce qu'il avoit emporté de force, ce qu'il avoit
épargné, ce qu'il avoit laissé aux habitans. Il
respecta la Sicile au point qu'il ne se permit
pas même, dans l'Isle de nos alliés, de faire disparoître une seule ville ennemie.

Aussi la province de Sicile nous a-t-elle été
d'un grand secours dans toutes les occasions ;

tout ce qu'elle pouvoit produire , paroissoit
moins croître sur son territoire , qu'être déja
renfermé dans nos greniers. Ne nous a-t-elle
pas toujours fourni a l'instant marqué le blé
qu'elle nous devoit ? Ne nous en a-t-elle pas
toujours offert d'elle-même dans nos besoins ?
a-t-elle jamais refusé celui que nous exigions
d'elle ? Caton l'ancien , surnommé le Sage ,
appelloit la Sicile le grenier de la république ,
la nourrice du peuple romain. La guerre d'Italie , (1) une des plus importantes et des plus
critiques , nous a appris que la Sicile étoit pour
nous, non pas un grenier , mais cet ancien
et riche trésor de nos aïeux (2). Car sans

(1) Guerre qui fut excitée par presque tous les
peuples d'Italie , parce qu'on leur refusoit le droit de
cité romaine qu'ils demandoient.

(2) Il y avoit à Rome trois sortes de trésors : le
trésor où l'on déposoit le vingtième de l'or , et que
l'on ne pouvoit ouvrir que dans les plus fâcheuses
extrémités ; le trésor pour la guerre des Gaulois , et
auquel il étoit défendu , sous les plus horribles im-
précations , de toucher sinon pour cette guerre ;
enfin le trésor pour les besoins journaliers. C'est
celui dont parle Cicéron, et qu'il disoit être alors
dans un grand épuisement.

que nous fussions obligés de faire aucune dépense , en nous fournissant des cuirs , des ha-
'bits , des grains , elle a équipé , vêtu , nourri
nos plus grandes armées.

Que dirai-je des services continuels qu'elle
nous rend , et dont peut-être nous ne sentons
pas toute l'étendue ? Par elle beaucoup de nos
citoyens sont enrichis ; ils ont en elle une province voisine , fidelle , fertile , où ils se trans-
portent sans aucune peine , où ils commercent
avec plaisir. Elle renvoie les uns chargés de
marchandises dont ils tirent des profits immenses ; elle retient les autres chez elle , pour
qu'ils s'enrichissent par l'agriculture , par les
pâturages , ou par le commerce : enfin elle
leur offre une demeure et un domicile. Or , ce
n'est pas un léger avantage pour nous , qu'un
si grand nombre de nos citoyens soient retenus si près de Rome par des occupations si lu-
cratives. Nos provinces et nos domaines sont
en quelque sorte les terres du peuple romain ;
et comme vous aimez sur-tout vos terres les
plus voisines , la proximité d'une province qui ,
pour ainsi dire , est à nos portes , doit nous la
rendre infiniment agréable.

Telle est d'ailleurs la vie occupée des habitans, leur conduite sage et régulière, que leurs mœurs semblent beaucoup se rapprocher des nôtres, je dis nos mœurs antiques, et non celles qui ont prévalu de nos jours. On ne voit rien en eux de semblable aux autres Grecs, ni indolence, ni luxe : au contraire, un grand amour du travail dans les affaires publiques et particulières, beaucoup d'économie et d'activité. Ils ont une telle affection pour nos Romains, que seuls ils ne haïssent ni nos commerçans, ni les fermiers de nos domaines. Quoiqu'ils eussent déja souffert des injustices de plusieurs de nos magistrats, c'est pour la première fois aujourd'hui que toute la province a recours à vos tribunaux, à l'autel sacré des loix, Cependant ils avoient même essuyé cette année (1) désastreuse, qui les avoit tellement abattus, qu'ils n'auroient pu se relever, si le destin propice ne leur eût envoyé un Marcellus, pour que la Sicile fût deux fois sauvée par la même famille. Ils avoient déja senti les effets de l'énorme puissance de Marcus Anto-

(1) Sous le préteur Marcus Lépidus, qui eut pour successeur Caïus Marcellus.

V 3

nius (2) : mais, se disoient-ils à eux-mêmes,
instruits par leurs ancêtres, les Siciliens ont
reçu du peuple romain de si importans services,
qu'ils doivent supporter même les injustices
des gouverneurs qu'on leur envoie. Avant Verrès, leurs villes n'avoient rendu témoignage
contre aucun magistrat : ils l'auroient enfin
snpporté lui-même, s'il ne se fût permis que des
vexations déja connues, des vexations tolé-
rables et d'une seule espèce. Mais ne pouvant
plus soutenir ses dissolutions, sa cruauté, son
avarice, sa tyrannie; se voyant par les excès et
les crimes d'un seul homme dépouillés de tous
les droits, bienfaits et priviléges qu'ils tenoient
du sénat et du peuple romain ; ils ont résolu
de poursuivre et de venger par vos décisions,
ses injures énormes ; ou, si vous jugiez les Siciliens indignes de vorte protection et de votre
assistance, ils sont décidés à abandonner leurs
villes et leurs demeures, puisque les vexations
de Verrès leur ont déja fait déserter leurs campagnes.

(1) C'est le Marcus Antonius à qui on avoit abandonné le soin de garder toute la côte maritime, et
qui périt dans la Crète.

C'èst dans ce dessein que les deputés de
toute la province ont supplié Métellus de venir prendre au plutôt la place de Verrès ; c'est
dans cet esprit qu'ils ont tant de fois déploré
leurs infortunes auprès de leurs protecteurs ;
c'est dans la douleur dont ils étoient pénétrés,
qu'ils ont présenté aux consuls une requête qui
étoit vraiment une accusation contre celui qu'ils
poursuivent. Moi-même dont ils connoissoient
la modération et l'attachement pour mes amis ;
ils sont presque venus à bout par leur afflic-
tion et leurs larmes, de me faire abandonner
mon plan de conduite ; et-tout opposé que j'y
étois par inclination et par système, ils m'ont
forcé d'accuser Verrès ; quoiqu'après tout il
me semble que, dans cette cause, j'ai moins à
jouer le rôle d'accusateur que celui de défenseur.
Enfin les personnages les plus qualifiés, les
premiers de toute la province, se sont transportés à Rome en leur propre nom et au nom
de leurs villes ; les villes les plus distinguées
et les plus recommandables, poursuivent leurs
injures avec la plus grande chaleur.

Mais comment les deputés siciliens sont-ils
venus ? Je crois devoir, Romains, vous parler
pour eux plus librement qu'ils ne le désire-

roient peut - être eux-mêmes ; je consulterai
plus leurs intérêts que leur désir. Croyez-vous
que jamais , dans une province , on ait dé-
ployé tant de puissance , on ait montré tant
de passion , pour soustraire un accusé absent
aux recherches d'un accusateur ? Les questeurs (1) de l'un et l'autre département, sous
sa préture , se sont présentés avec leurs faisceaux pour me traverser. Généreusement
traités sur les provisions de sa maison , leurs
successeurs non moins zélés pour ses intérêts ,
ne s'opposoient pas moins ardemment à mes

---

(1) Il y avoit deux questeurs dans la Sicile , le
questeur de Lilybée et celui de Syracuse. Il y a toute
apparence que Verrès avoit changé chaque année de
questeurs ; car je ne puis croire que Cécilius, questeur de Verrès , qui avoit voulu se constituer son
accusateur, ait traversé les informations faites contre
Verrès. Les quatre questeurs étoient les deux de
Verrès et les deux de Métellus son successeur. Mais
pourquoi les deux de Verrès étoient-ils restés après
son départ ? J'en ignore la raison. —— *Se sont présentés avec leurs faisceaux.* Nous voyons par cet
endroit et par d'autres que les questeurs , dans
les provinces , faisoient porter devant eux les
faisceaux.

poursuites. Voyez quel étoit son crédit, puisqu'il a trouvé dans quatre questeurs d'une province des protecteurs et des défenseurs aussi
déclarés ; puisque le préteur et tous les officiers
de sa suite lui témoignoient un dévouement
absolu, regardoient visiblement comme leur
province, non la Sicile qu'ils avoient trouvée
entièrement dépouillée, mais Verrès lui-même
qui en étoit parti chargé de ses dépouilles. Ils
menaçoient ceux des Siciliens qui avoient résolu d'envoyer des députés pour déposer
contre lui, ils menaçoient ceux qui en avoient
déja fait partie ; ils faisoient aux autres de
grandes promesses s'ils vouloient témoigner en
sa faveur. Les témoins de délits particuliers,
les plus dignes de foi, auxquels j'avois fait
des sommations, parlant à leurs personnes,
ils les arrêtoient par force, et les tenoient
enfermés. Malgré toutes ces vexations, sachez-
le, Romains, la ville de (1) Messine est la

(2) On peut voir dans le premier article du discours intitulé *de signis*, pourquoi la ville de Messine
étoit favorable à Verrès, et comment Héius, chef
de la députation de Messine, en faisant au nom de
la ville l'apologie de Verrès, se plaignit en son

seule qui ait envoyé des députés pour faire
l'apologie de Verrès. Le chef de la députation, le plus distingué de sa ville, Héius,
a déposé, sous la foi du serment, qu'on
avoit construit à Messine pour Verrès, au
nom et avec des ouvriers de la ville, un grand
vaisseau de transport. Ce député de Messine,
chargé de faire l'apologie de Verrès, a déposé
encore qu'il ne s'étoit pas borné à lui ravir ses
biens, qu'il avoit enlevé de sa maison les
objets de son culte, les dieux pénates qui lui
avoient été laissés par ses ancêtres. L'admirable apologie que celle dans laquelle les
députés chargés d'une seule fonction en rem-
plissent deux, louent le préteur et lui repro-
chent des vols ! Je dirai dans un autre endroit
comment Messine étoit amie de Verrès : vous
verrez que les raisons mêmes de l'amitié des
Mamertins pour lui, sont des raisons de le
condamner. Aucune autre ville ne fait son
apologie par délibération publique. Tout le
poids de l'autorité souveraine n'a pu ébranler

propre nom des vols qui lui avoient été faits. Au
reste, la ville étoit appelée Messine et les habitans
Mamertins.

qu'un petit nombre d'hommes et non de villes; tout ce qu'elle a produit, c'est que dans les lieux les plus misérables et les plus abandonnés, des citoyens de peu de considération sont partis sans l'ordre du sénat et du peuple ; ou que des hommes nommés députés contre Verrès, chargés du témoignage et des instructions de leur ville, ont été retenus par la force et la crainte. Je ne suis pas fâché que cela soit arrivé chez quelques peuples ; vous n'en ferez que plus d'attention au témoignage de tant d'autres peuples si distingués et si recommandables, de toute la Sicile en un mot, en voyant qu'aucune puissance n'a pu les arrêter, qu'aucun péril n'a pu les empêcher de venir éprouver ce que peuvent auprès de vous les plaintes d'anciens et fidèles alliés.

Quant à cette apologie de Verrès faite, dit-on, par les Syracusains en vertu d'un décret public, vous avez appris dans la plaidoierie précédente, par le témoignage du Syracusain Héraclius, de quelle nature étoit cette apologie; je vous montrerai néanmoins ailleurs tout ce qu'on doit penser par rapport

à cette ville. Vous verrez que jamais homme
ne fut autant haï d'aucun peuple que Verrès
l'a été et l'est encore des Syracusains.

Mais, dira-t-on, les Siciliens sont les seuls
qui le poursuivent ; les citoyens romains qui
commercent dans la Sicile le soutiennent, le
chérissent, désirent qu'il soit absous. D'abord,
quand cela seroit, dans un jugement de concussion, dans un tribunal établi en faveur des
alliés, ce sont les plaintes des alliés qu'on
doit écouter. Mais vous avez pu voir dans la
première plaidoierie qu'un grand nombre de
citoyens romains établis en Sicile, témoins
dignes de foi, déposoient des injustices les
plus graves, et de celles qu'ils avoient essuyées eux-mêmes, et de celles qu'ils savoient
avoir été faites à d'autres. Pour moi, je le
pense et je le dis ; les Siciliens doivent me
savoir quelque gré d'avoir poursuivi leurs
injures à mes propres risques, sans craindre
le travail, sans appréhender de me faire des
ennemis. J'ajouterai encore que nos citoyens
ne me doivent pas moins de reconnoissance,
persuadés comme ils le sont eux-mêmes que
de la condamnation de Verrès dépend la con-

servation de leurs droits, de leur liberté, de leurs fortunes, de leurs intérêts les plus chers.

Voici, Romains, ce que je vous propose en parlant de sa préture en Sicile : si, dans sa province, il a eu pour lui quelque espèce d'hommes que ce soit, Siciliens, citoyens romains, agriculteurs, pacagers, ou commerçans ; s'il n'a pas été pour eux tous un pirate, un ennemi commun ; si enfin, dans quelque affaire, il épargna jamais aucun d'eux, je consens que vous l'épargniez lui-même.

Le sort ne lui eut pas plutôt donné la province de Sicile, qu'à Rome même et aux portes de Rome (1), avant de partir, il examina en lui-même et avec ses amis quels moyens pourroient l'enrichir le plus dans l'année où il gouverneroit. Ce n'étoit point par la pratique

---

(1) Latin, *ad urbem*, se disoit d'un magistrat qui, pour quelque raison particulière, se tenoit aux portes de Rome en attendant le moment de partir. —— *Dans l'année où il gouvernoit.* Le gouvernement des provinces prétoriennes n'étoit que d'un an ; et Verrès ne devinoit pas que le sien seroit prolongé, parce qu'Arrius ne viendroit pas lui succéder.

qu'il vouloit s'instruire; et quoiqu'il ne fût pas novice dans l'art de faire valoir une province , il vouloit arriver en Sicile avec ses plans de concussion bien formés et bien arrangés. Qu'elles étoient justes ces conjectures du peuple , manifestées par des propos et des bruits publics ! Que , tout en plaisantant , on avoit tiré de sûrs présages (1) de sa conduite passée et de son nom même pour la conduite qu'il devoit tenir en Sicile ! Pouvoit-on , lorsqu'on se rappeloit sa fuite et ses larcins dans sa questure , lorsqu'on songeoit au pillage des villes et des temples dans sa lieutenance , lorsqu'on voyoit dans le forum les brigandages de sa préture , pouvoit on douter de ce qu'il seroit dans la quatrième partie de ses malversations , dans le quatrième acte de la pièce (3).

Et afin que vous sachiez qu'il s'est occupé à Rome , non-seulement des espèces de vols

_____

(1) On disoit : Verrès saura bien balayer sa province , *Verres everret provinciam.*

(2) Le premier acte de la pièce étoit la questure de Verrès , le second sa lieutenance d'Asie , le troisième sa préture de Rome , le quatrième sa préture de Sicile , enfin le cinquième , ou la catastrophe , l'accusation présente.

qu'il pourroit commettre , mais même du nom
des personnes qu'il pourroit voler, en voici
une preuve incontestable qui vous fera juger
plus facilement de son impudence extrême.
Le jour qu'il mit le pié dans la Sicile (voyez
s'il étoit assez préparé pour piller la province
dans toute son étendue, et si à Rome on avoit
bien tiré les présages) il écrivit aussitôt de
Messine à Halèse. Je pense qu'il avoit fait là
lettre en Italie : car dès qu'il fut débarqué , il
prit des mesures pour faire comparoître devant
lui Dion, citoyen d'Halèse ; il vouloit connoître, disoit-il, d'une succession qu'Apollo-
dore Laphiron , un des parens de Dion , avoit
laissée au fils de ce même homme. C'étoit,
Romains , une riche succession. Le Dion dont
je parle est celui qui vient d'obtenir le droit
de cité romaine à la recommandation de
Quintus Métellus (1). On vous a prouvé dans
la première plaidoierie , par là déposition de
bien des personnages distingués et par quantité de registres , qu'il avoit compté onze cents
mille sesterces (2) pour obtenir de Verrès le

(1) Quintus Cœcilius Métellus, d'où Dion s'étoit
nommé Quintus Cœcilius Dio.
(2) 137,500 livres.

gain d'une cause qui n'offroit pas le moindre
doute : qu'ainsi , sans parler de très-belles
cavalles enlevées dans ses haras, sans parler
de sa . maison dépouillée de tout ce qu'il y
avoit de vases d'argent et de tapis, Dion avoit
perdu onze cents mille sesterces par la raison
seule qu'il lui étoit échu une succession.

Mais sous quel préteur cette succession
étoit-elle échue au fils de Dion ? Sous le même
qu'il en étoit échu une à Annia , fille du sénateur Annius , et une encore au sénateur
Ligur ; sous Caïus Sacerdos. Quelqu'un avoit-
il alors inquiété Dion ? Pas plus que l'on n'avoit
inquiété Ligur sous Sacerdos. Et qui est-ce
qui a déféré Dion à Verrès ? Personne , à
moins que vous ne pensiez qu'il se soit trouvé
des délateurs (1) dans le détroit même. Il étoit

(1) Latin *quadruplatores* , des hommes qui dénoncent et qui accusent pour avoir la quatrième
partie des biens de la personne condamnée. —*Dans
le détroit même* , dans le bras de mer qui séparoit
la Sicile de l'Italie. —— *Dans Rome ;* le latin dit ,
dans les fauxbourgs de Rome , *ad urbem.* On disoit
esse ad urbem d'un préteur ou proconsul qui partoit
pour sa province ou qui en revenoit, et que quelques raisons particulières arrêtoient aux fauxbourgs
de la ville.

encore

encore dans Rome quand il apprit qu'il étoit échu une riche succession à un certain Dion sicilien , que l'héritier étoit chargé de poser des statues dans la place publique , sous peine, s'il y manquoit, d'être condamné à une amende envers Vénus Erycine. Les statues avoient été posées en vertu du testament ; il croyoit cependant que le nom seul de Vénus lui fourniroit le moyen de tirer quelque profit pécuniaire (1). Il aposte donc quelqu'un pour réclamer la succession au nom de Vénus Erycine : car elle fut réclamée , non , suivant l'usage, par le questeur qui avoit dans son département le mont Eryx (2) , mais par un certain Névius Turpio , agent de Verrès et son émissaire , le plus odieux de tous les délateurs de sa troupe , qui, sous la préture de Sacerdos, s'étoit vu condamné pour des violences.

(1) Au lieu de *causam pecuniae* il y a des livres qui portent *causam calumniae* , c'est-à-dire , *causam falsi praetextûs juris sub quo illam pecuniam possit invadere.*

(2) Nous avons déjà remarqué qu'il y avoit deux questeurs en Sicile , celui de Syracuse et celui de Lilybée : c'est du dernier qu'il est ici question.

Tome III.   X

Telle étoit la nature de la cause, que le préteur lui-même cherchant un accusateur, ne
put trouver personne d'une certaine considération. L'accusé est déclaré quitte envers la
déesse et débiteur de Verrès (1). Celui-ci aima
mieux, sans doute, charger d'une faute les
hommes que les dieux, et enlever lui-même à
Dion ce qu'il n'étoit pas plus en droit de lui
prendre, que laisser emporter à Vénus ce qui
ne lui étoit pas dû.

Qu'est-il besoin de faire lire la déposition de
Sextus Pompéius Chlorus qui s'est trouvé à
toute cette affaire, qui même a plaidé la cause
de Dion ? C'est un personnage fort distingué ;
et quoique son mérite nous l'ait fait adopter
depuis long-temps pour citoyen, tous les Siciliens le regardent toujours comme le plus
illustre, comme le premier d'entr'eux. Qu'est-
il besoin de citer la déposition de Dion lui-même,
homme plein d'honneur et de probité ? Celles
de Vétécillius Ligur, de Manlius, de Calé-
nus ? Tous, dans leurs témoignages, ont parlé
de l'argent donné par Dion à Verrès. Marcus

_____

(1) Dion fut renvoyé absous, mais après avoir payé
à Verrès une somme considérable.

Lucullus (1) a déposé de même. Il y avoit long-temps, disoit-il, que, vu les liens de l'hospitalité qui les unissoient ensemble, Dion l'avoit instruit de ses malheurs. Mais je vous le demande, Hortensius, Lucullus alors en Macédoine, étoit-il mieux instruit de ces faits que vous qui étiez à Rome, à qui Dion a eu recours, qui, dans une lettre écrite à Verrès, vous êtes plaint avec force de l'injustice faite à Dion ? Ces faits pour vous sont-ils nouveaux et inattendus ? Est-ce aujourd'hui pour la première fois que vos oreilles sont frappées de ce délit ? N'avez-vous rien appris par Dion, rien par Servilia, votre belle-mère, dame du premier rang, anciennement unie avec Dion par l'hospitalité ? Ne savez-vous pas là-dessus bien des choses que mes témoins ignorent ? Et ce qui m'empêche de vous avoir pour témoin dans ce délit particulier, n'est-ce pas la défense (2) de la loi plutôt que l'innocence de

_____

(1) Marcus Térentius Lucullus, frère de Lucius Lucullus, commanda dans la Macédoine et en triompha.

(2) La loi ne permettoit pas à un accusateur d'exiger le témoignage du défenseur de l'accusé.

Verrès ? Greffier , lisez les dépositions de Lucullus , de Chlorus et de Dion.

Le greffier lit.

Ce favori de Vénus , qui des bras de sa Chélidon est passé dans sa province , vous paroît-
il, Romains, avoir extorqué une somme assez
forte au nom de Vénus ? Ecoutez une injustice
non moins criante dans une succession moins
considérable.

Sosippe et Epicrate sont deux frères de la
ville d'Agyrone. Leur père , mort depuis vingt
ans , avoit marqué dans un endroit de son
testament que , si ses fils manquoient à remplir quelque condition , ils paieroient à Vénus
une certaine somme. C'est la vingtième année même , lorsque dans l'intervalle la province avoit vu tant de préteurs , tant de
questeurs, tant de délateurs, qu'on revendique
la succession contre les deux héritiers au nom
de Vénus. Verrès connoît de cette affaire ; il
reçoit de Sosippe et d'Epicrate , par l'entremise de Volcatius , une somme d'environ
quatre cents mille sesterces (1). Vous avez déja
entendu les dépositions de beaucoup de té-

_____

(1) 50,000 livres.

moins. Les deux frères d'Agyrone ont gagné leur cause et vuidé leur bourse.

Verrès, dit-on, n'a point touché la somme. Quelle défense! est-ce sérieusement qu'on l'emploie, ou pour en faire l'essai? Quant à moi je la trouve toute nouvelle. Verrès apostoit des délateurs; Verrès faisoit comparoître les parties; Verrès connoissoit de l'affaire; Verrès jugeoit; on comptoit de grandes sommes d'argent; ceux qui les donnoient gagnoient leur cause : et vous emploierez cette défense, Verrès n'a pas touché la somme! J'appuie moi-même votre réponse; mes témoins disent la même chose; ils déposent qu'on a remis la somme à Volcatius. Mais de quelle autorité Volcatius enlevoit-il à deux hommes quatre cents mille sesterces? Lui auroit-on donné une obole (1) s'il fût venu de son chef? Qu'il vienne maintenant, qu'il essaie; personne ne le recevra dans sa maison. Mais je dis plus, Verrès; je vous accuse d'avoir pris contre les loix quarante millions de sesterces (2). Je con-

(1) Le mot latin *libella* étoit une pièce de monnoie de la valeur d'un as, d'un sou environ.
(2) 5,000,000 livres.

viens qu'on ne vous a pas compté à vous-
même une seule pièce d'argent : mais loisqu'on
remettoit des sommes pour obtenir de vous des
ordonnances , des décisions , des arrêts, il
n'étoit pas question de savoir dans la main de
qui on les avoit comptées, mais par l'injustice
de qui elles étoient extorquées. Vos mains
étoient tous ces hommes d'élite attachés à
votre personne. Vos préfets , vos secrétaires,
vos médecins, vos greffiers, vos aruspices, vos
huissiers , étoient vos mains. Plus on tenoit à
vous de près par le sang , par l'alliance , par
quelque liaison ; plus on étoit censé la main
du préteur Verrès. Toute cette troupe d'hommes
qui composoient votre suite , et qui ont fait
plus de mal à la Sicile que n'auroient pu faire
toutes les troupes d'esclaves fugitifs, étoient
vos mains sans contredit. Tout ce qu'a pris
chacun d'eux doit être nécessairement regardé
comme vous ayant été donné, comme ayant
été compté dans votre main. Si les juges approuvent cette manière de se justifier : *Il n'a
pas reçu lui-même* ; on peut supprimer tous les
jugemens pour crime de concussion. Oui ,
quelque coupable que soit un accusé , il pourra
toujours employer cette défense. Car puisque

Verrès l'emploie, y aura-t-il jamais par la
suite d'accusé assez pervers qui comparé à lui
ne représente Mucius (1) avec toute son intégrité ? Et les défenseurs de Verrès me semblent
moins chercher à le justifier qu'essayer dans
sa personne ce moyen de justification.

Vous devez, Romains, donner la plus
grande attention à un objet qui intéresse le
bien de la république, la réputation du sénat
et le salut des alliés. Voulons-nous passer pour
intègres, nous ne devons pas seulement nous-
mêmes être désintéressés, mais encore rendre
tels ceux qui composent notre suite. Faisons
ensorte avant toute chose de n'emmener avec
nous que des hommes jaloux de ménager notre
réputation et notre honneur : mais si comptant
choisir des amis, nous sommes trompés dans
notre choix, nous devons punir les coupables, ou du moins les congédier : en un mot,
conduisons-nous de manière que nous ne
perdions jamais de vue le compte que nous
avons à rendre. Voici un trait de Scipion
l'Africain, le plus doux et le plus complaisant

(1) Quintus Mucius Scævola avoit gouverné l'Asie
avec tant d'intégrité que les Grecs de cette contrée
établirent une fête en son honneur.

X 4

des hommes. Toutefois notre complaisance ne
doit jamais aller jusqu'à compromettre notre
réputation : ce grand homme nous sert
d'exemple. Un de ses anciens amis , attaché à
sa personne , ne pouvant obtenir de lui qu'il
le menât en Afrique , au nombre des officiers
de sa suite (1) , témoignoit quelque peine de
ce refus : ne soyez pas étonné , lui dit-il , si
je ne vous accorde pas votre demande. Je
connois un homme à qui ma gloire certainement sera chère ; il y a long-tems que je le
presse de partir avec moi au nombre des officiers de ma suite, sans avoir pu encore obtenir de lui cette grace. En effet , si , dans
notre administration , nous ne voulons compromettre ni notre gloire , ni notre sûreté ,
nous devons plutôt prier qu'on nous accompagne dans notre province , que d'accorder ,
comme une faveur , qu'on nous y suive. Mais
vous , Verrès , lorsque vous invitiez vos amis
à vous accompagner dans votre province comme

(1) *Praefecti* , que j'ai rendu quelquefois en françois par le mot de *préfets* , étoit le nom qu'on
donnoit à des officiers de la suite des gouverneurs de
provinces.

pour partager un butin , lorsque vous exerciez
vos rapines avec eux et par eux , qu'en pleine
assemblée vous les décoriez d'anneaux d'or (1) ;
ne pensiez-vous pas que vous auriez à rendre
compte ici de leur conduite et de la vôtre ?

Tels étoient les gains énormes qu'offroient
à sa cupidité les affaires dont il avoit résolu
de connoître avec son conseil (2) , c'est à dire
avec sa troupe de brigands : il avoit imaginé
une infinité d'autres moyens pour envahir des
sommes immenses. Personne ne doute que
toutes les fortunes des particuliers ne soient
au pouvoir de ceux qui règlent les jugemens
et de ceux qui jugent ; qu'aucun de nous ne
peut posséder en paix ses maisons, ses terres ,
son patrimoine , si , lorsqu'ils nous sont dis-
putés , un préteur injuste , qui ne trouve point
d'opposant (3) , donne le juge qu'il veut , et

(1) Allusion à cet anneau d'or que Verrès fit décerner à son secrétaire en pleine assemblée.

(2) J'ai lu *concilio* au lieu de *consilio*.

(3) Comme à Rome, où un tribun peut s'opposer
à un préteur. Nous avons même vu , dans le discours qui précède , qu'un préteur pouvoit s'opposer
au décret d'un autre préteur.

si ce juge sans conscience et sans principes
prononce au gré du préteur. Que sera-ce si le
préteur, dans la permission qu'il donne de
juger, emploie une formule telle, que même
un Octavius Balbus, ce juge si vertueux et si
éclairé, ne pourroit juger autrement que ne
prescrit la formule ? Par exemple, si la permission est conçue en cette forme : Octavius
Balbus sera juge ; s'il apparoît que la terre de
Capènes dont il s'agit appartient par le droit
des Romains à Publius Servilius, il obligera
toujours celui-ci de la rendre à Quintus Catulus (1) ; si, dis-je, la permission est conçue
en cette forme, le juge Octavius n'obligera-
t-il pas nécessairement Servilius de rendre la
terre à Catulus, et ne condamnera-t-il pas
celui qu'il ne devroit pas condamner ? Telle
a été sous Verrès la jurisprudence prétorienne ;
telle est la manière dont il a fait administrer
la justice pendant trois ans. Voici ses ordonnances : Que le créancier soit accusé par le

(1) J'ai traduit comme si on lisoit, *esse, tamen
is fundus....* et comme si un peu plus bas après
restituere on changeoit *aut* en *et*. Il semble qu'avec
ces changemens tout est bien suivi.

débiteur`, s'il ne veut pas recevoir la somme
que le débiteur dit lui devoir ; s'il demande (1)
plus que le débiteur ne lui offre , qu'on le
mène en prison. Verrès n'a-t-il pas fait mener
en prison Fuficius demandeur, aussi-bien que
Suétius et Racilius ? Sous ce chef de la justice ,
les citoyens romains étoient jugés comme s'ils
étoient Siciliens , et les Siciliens comme s'ils
étoient citoyens romains , quoiqu'ils eussent
dû être jugés les uns et les autres d'après leurs
loix (2).

Mais pour vous montrer sous un seul point
de vue toute sa manière de procéder dans les
jugemens, voyez d'abord quelle est la jurisprudence des Siciliens , vous verrez après cela
quelles étoient ses ordonnances. Voici quelle

(1) Au lieu de *si petitur* j'ai lu *si petit plus ,* sans
doute *quàm debitor se debere dicit.* **A ducas** il faut
sous-entendre *i* *vincula.*

(2) Le texte est altéré ici de manière à ne pouvoir
être restitué. J'ai mis dans mon françois le sens qui
m'a paru le plus raisonnable, comme si on lisoit en
lettres du bas , et non en majuscules : *qui cives
romani erant , de iis judicium dabatur quasi Siculi
essent , qui Siculi quasi cives romani essent , cùm
de utrisque suis ipsorum legibus judicium dari
oporteret.*

est la jurisprudence des Siciliens : *Si un citoyen plaide dans sa ville contre un de ses concitoyens, ils seront jugés d'après leurs loix. Si un Sicilien plaide contre un Sicilien qui ne soit pas de la ville, le préteur* (en vertu du décret de Rupilius , porté de l'avis des dix (1) députés , décret appelé par les Siciliens loi Rupilia) *tirera des juges au sort. Si un particulier fait des demandes contre un peuple, ou un peuple contre un particulier , on choisira pour les juger le sénat d'une ville tierce, quand les sénats des deux parties seront récusés. Si un citoyen romain poursuit un Sicilien , on donnera un juge sicilien ; et un juge romain , si c'est un Sicilien qui poursuit un citoyen romain. A l'égard des autres affaires , on choisit ordinairement des juges parmi les citoyens romains établis dans chaque ville. Les agriculteurs et les décimeurs seront jugés d'après la loi qui les regarde , qu'on appelle loi d'Hiéron.*

(1) Lorsqu'un pays étoit nouvellement soumis aux Romains, ils y envoyoient ordinairement dix députés pour régler la forme de l'administration et fixer les loix. Rupilius , après avoir été fermier des domaines, devint consul. Etant proconsul , et ayant défait en Sicile les esclaves fugitifs , il régla les loix des Siciliens , accompagné de dix députés.

Sous la préture de Verrès, toutes ces formes ont été, non-seulement bouleversées, mais anéanties : Siciliens et citoyens romains se sont vus dépouillés de leurs priviléges. D'a-bord (1), pour ce qui regarde l'article d'un citoyen plaidant contre un de ses concitoyens, ou les loix ne l'arrêtoient pas, et il nommoit un juge à son gré, soit son huissier, soit son aruspice, soit son médecin ; ou si le jugement étoit réglé selon les loix, si les parties avoient un de leurs concitoyens pour juge, ce juge n'étoit pas libre. Car écoutez l'ordonnance de Verrès par laquelle il disposoit de tous les jugemens. Il avoit annoncé que, si quelqu'un jugeoit mal, il en prendroit connoissance, et séviroit contre le coupable. D'après cette me-nace du préteur, personne ne doutoit (2) que, dès qu'un juge s'attendroit à voir son jugement revisé par un autre, et qu'il auroit à craindre un procès capital, il ne consultât uniquement

---

(1) *Primùm suae leges*, sous-entendez *non modò perturbatae, sed ereptae*, (*in eo*) *quòd civis....*

(2) J'ai préféré *dubitabat* à *dubitat;* mais je voudrois qu'ensuite on lût deux, fois *putaret*, et *spectaret.*

la volonté de celui par lequel il sauroit devoir
être bientôt jugé lui-même. On ne choisissoit
aucun juge parmi les citoyens romains , ou
parmi les commerçans. Toute la troupe des
juges dont je parle étoit composée des hommes
de la suite , non de Quintus Scævola (1) , qui
cependant n'en tiroit jamais des officiers de sa
suite , mais d'un Caïus Verrès. Et quels étoient,
croyez-vous , ces hommes sous un tel chef ?
Ils étoient comme son ordonnance (2) : *Si un
sénat a mal prononcé....* Je ferai voir que , quand
on donnoit un sénat pour juge , ce sénat contraint par Verrès prononçoit contre son propre
sentiment. On ne tiroit aucun juge au sort ,

---

(2) Nous avons déja parlé de Quintus Mucius
Scævola , qui avoit gouverné l'Asie avec une intégrité rare.

(2) *Ils étoient....* c'est-à-dire , ils ne valoient pas
mieux que son ordonnance. —— *Si un Sénat a mal
prononcé....* par ces mots l'orateur passe à l'article
du sénat d'une ville qu'on doit donner pour juge.
J'ai mis des points après le mot *prononcé ,* parce
que Cicéron supprime la conclusion qu'il laisse ajouter
aux juges : si un sénat a mal prononcé, j'en pren-
drai connoissance , et je sévirai contre les coupables.

si ce n'est lorsque le préteur n'avoit aucun intérêt à la chose. Les jugemens de contestations diverses, réglés par la loi d'Hiéron, ont tous été abolis d'un seul coup (1). Nuls juges n'étoient tirés du corps des citoyens romains et des commerçans. Voilà en général quel étoit son despotisme, en voici des traits particuliers.

Il est un Héraclius, fils d'Hiéron, de Syracuse, homme fort distingué dans sa ville. C'étoit avant la préture de Verrès un des plus riches Syracusains ; il est devenu un des plus pauvres, sans autre cause de son désastre que la cupidité et les injustices du même Verrès. Il lui échut, par le testament d'Héraclius son proche parent, une succession de trois millions (2) de sesterces au moins, une maison remplie de beaux vases d'argent ciselés, d'une quantité de beaux tapis, et d'esclaves précieux. On sait toute la passion et la folie de Verrès pour ces sortes d'objets. On parloit beaucoup de cette succession : Héraclius,

(1) J'ai suivi la leçon, *sublata uno nomine omnia.* D'autres lisent *sublata non nomine.*

(2) 375,000 livres.

disoit - on , héritoit d'une fortune immense ;
outre les fonds de terre , il auroit encore une
ample provision de meubles , de vases d'argent,
de tapis , d'esclaves.

La nouvelle en vient aux oreilles de Verrès.
Et d'abord il essaie contre Héraclius cette
petite ruse qui lui étoit ordinaire ; il lui fait
demander, pour les voir , des effets qu'il ne
devoit pas lui rendre. Ensuite, quelques Syracusains l'avertissent (c'étoient ses alliés , des
hommes dont il n'avoit jamais regardé les
épouses comme lui étant étrangères , Cléomène
et Eschrion : vous verrez par la suite quel
étoit leur crédit auprès du préteur , et le motif
honteux de ce crédit) ces hommes, dis - je ,
vont avertir Verrès ; c'étoit une excellente
affaire , il y avoit beaucoup d'effets dans la
succession ; Héraclius étoit un homme âgé,
peu actif ; à l'exception de Marcellus , il n'avoit
point de protecteur auquel il pût s'adresser,
dont il pût implorer le secours ; le testament
qui le rendoit héritier l'obligeoit de placer
des statues dans l'académie (1). Nous ferons

(1) Lieu où les jeunes-gens s'occupent de divers
exercices ; *académie* m'a paru répondre au mot
ensorte,

« ensorte, disoient-ils, que les *académistes* se plaignent que les statues n'ont pas été placées, qu'ils revendiquent la succession, qu'ils soutiennent qu'elle doit leur être dévolue.

Le moyen fut du goût de Verrès ; il jugeoit qu'une si riche succession étant contestée et revendiquée en justice, il étoit impossible qu'il se retirât sans quelque butin. Il approuve donc le conseil ; il est d'avis qu'on agisse au plutôt, qu'on attaque le plus brusquement possible un homme de cet âge, qui n'entendoit rien aux procès. On ajourne Héraclius. Tout le monde est d'abord surpris qu'on lui fasse une aussi mauvaise difficulté. Ensuite parmi ceux qui connoissoient Verrès, les uns soupçonnoient, les autres voyoient clairement, qu'il avoit jeté ses vues sur la succession. Cependant arrive le jour qu'il avoit annoncé ; le jour où selon le réglement et d'après la loi Rupilia, il tireroit des juges (1) au sort dans la ville de Syracuse : il étoit venu préparé pour cette question. Héraclius lui représente qu'il ne pouvoit

latin *palæstra*, et *académistes* à celui de *palæstritae*.

(1) Latin *dicas*, qui est ici pour *judices*.

Tome III   Y

élire des juges dans ce jour : la loi Rupilia défendoit de les élire dans les trente jours de l'ajournement; or, les trente jours n'étoient pas encore expirés. S'il évitoit ce jour-là, Héraclius espéroit qu'Arrius, alors attendu par la province avec impatience, viendroit succéder au préteur avant qu'il pût faire l'élection. Verrès fixa donc le trentième jour, et renvoya tous les jugemens qui tomboient à cette époque, afin de pouvoir tirer des juges au sort pour Héraclius, après trente jours, conformément à la loi. Le jour venu, il se dispose comme s'il vouloit tirer au sort. Héraclius accompagné d'une troupe de ses amis, va le trouver, et demande qu'il lui soit permis de discuter son affaire avec les académistes, c'est-à-dire avec le peuple de Syracuse, d'après les loix de cette ville (1). Les adversaires demandent qu'on leur donne des juges pris dans les villes qui ressortissoient au tribunal de Syra-

(2) Héraclius demandoit à être jugé d'après les loix de Syracuse, conformément à ce que nous avons vu plus haut, que si un citoyen plaidoit dans sa ville contre un de ses concitoyens, ils seroient jugés d'après leurs loix.

cuse, les juges que Verrès voudroit leur donner. Héraclius persiste à demander qu'on
lui donne des juges d'après la loi Rupilia,
qu'on respecte les réglemens des prédécesseurs, l'autorité du sénat, la jurisprudence
de tous les Siciliens. Pourquoi parler de la
partialité de Verrès et de ses prévarications
odieuses dans l'administration de la justice ?
Qui de vous n'a point su de quelle manière
il la rendoit à Rome lorsqu'il étoit préteur ?
Qui jamais, durant sa préture, a pu défendre
son droit suivant les règles contre le gré de
la Chélidon ? Ce n'est point la province qui
l'a gâté, comme quelques-uns ; il s'y est montré
ce qu'il étoit à Rome. Héraclius représentoit
(chose connue de tout le monde) que les Siciliens avoient une jurisprudence réglée, suivant laquelle ils devoient terminer entr'eux
leurs procès ; qu'il existoit une loi Rupilia,
que le proconsul (1) Rupilius, de l'avis des dix

(1) Des éditions portent *consul*, d'autres *préteur* ;
il est clair qu'il faut lire *proconsul*, ou entendre
préteur dans ce sens. J'ai donc traduit comme si
on lisoit *quam proconsul Rupilius ex senatus-consulto de decem legatorum....*

Y 2

députés , avoit donnée en vertu d'un sénatus-consulte ; qu'en Sicile tous les consuls et préteurs avoient toujours observé cette loi : Verrès déclara qu'il ne tireroit point de juges au sort d'après la loi Rupilia ; il donna cinq juges à sa volonté.

Comment punir un audacieux qui se joue de la justice ? Comment trouver un supplice qui réponde à ses prévarications ? O le plus pervers et le plus effronté des hommes ! on avoit réglé les juges que vous deviez donner dans une affaire entre Siciliens ; on avoit fait intervenir l'autorité d'un général du peuple romain (1) , la dignité de dix députés illustres, un sénatus-consulte d'après lequel Rupilius avoit établi des loix en Sicile de l'avis des dix députés ; tous vos prédécesseurs avoient observé en tout les loix Rupilia , mais principalement dans les contestations judiciaires : et vous avez sacrifié à un vil intérêt toutes ces considérations ! vous n'avez tenu compte , ni de la disposition des loix , ni de la religion des traités ! vous n'avez eu nul égard à l'opinion publique ,

_____

(1) Ce général du peuple romain étoit Rupilius ensuite nommé.

nulle crainte des jugemens, nul respect pour
l'autorité d'aucun homme ! vous n'avez voulu
vous régler sur aucun exemple ! Mais pour
revenir à ce que je disois, Verrès avoit donné
cinq juges sans égard aux loix et aux réglemens,
sans tirer au sort, sans permettre de récuser ;
uniquement au gré de sa passion ; Verrès, dis-
je, avoit donné cinq juges, non pour examiner
la cause, pour la juger comme il leur seroit
prescrit : il ne fut rien fait ce jour-là ; on leur
ordonne de s'assembler le lendemain. Cependant Héraclius voyant que le préteur en vouloit
à toute sa fortune, de l'avis de ses parens et
amis, prend la résolution de ne pas se trouver
au jugement. Il s'enfuit donc de Syracuse pendant la nuit. Le lendemain matin , Verrès se
lève bien plutôt qu'il n'avoit jamais fait , il
ordonne qu'on fasse venir les juges. Héraclius
ne se présentoit pas ; il veut les contraindre
à condamner Héraclius absent. Les juges
l'avertissent de se conformer, s'il le trouvoit
bon , à son propre édit, de ne pas les contraindre à prononcer contre l'absent en faveur
du présent avant la dixième heure (1) du jour,
ils obtiennent leur demande.

(1) *La dixième heure*, deux heures avant la nuit. On

Verrès cependant étoit déconcerté, aussi
bien que ses amis et son conseil; ils voyoient
avec peine qu'Héraclius se fût enfui. Condamner un homme absent pour une aussi considérable succession, leur paroissoit une chose
beaucoup plus odieuse que s'il eût été condamné présent. D'ailleurs, comme on avoit
donné des juges sans se conformer à la loi
Rupilia, ils concevoient que le jugement paroîtroit bien plus criant encore et plus inique.
En voulant corriger sa faute, Verrès ne fit que
manifester davantage sa perversité et sa cupidité.
Il annonce qu'il ne se servira pas des cinq juges;
il ordonne, ce qu'il auroit dû faire d'abord
d'après la loi Rupilia, qu'on cite Héraclius
et ceux qui l'avoient fait ajourner; il déclare
qu'il vouloit tirer des juges au sort d'après
la loi. Ce qu'Héraclius n'avoit pu obtenir la
veille en le priant et le suppliant avec larmes,
lui vint à l'esprit le lendemain, qu'il falloit
tirer des juges au sort d'après la loi Rupilia. Il
tire de l'urne les noms des trois juges, auxquels il ordonne de condamner Héraclius absent. Ils le condamnent.

sait que les Romains partagèoient le jour en douze
heures égales.

Quel étoit donc, Verrès, votre égarement ?
n'avez-vous donc point cru que vous rendriez
compte un jour de votre administration ?
n'avez-vous donc point pensé que ces juges
entendroient enfin le récit de pareilles injustices ? Comment ? on revendiquera, au profit
d'un préteur avide, une succession sur laquelle
on n'a aucun droit! on fera intervenir le nom
d'une ville ! on fera jouer à une ville illustre
le rôle odieux de calomniatrice! et peu content de cela, on ne cherchera pas même à se
couvrir d'une apparence d'équité! Eh! je le
demande, que, par l'autorité de sa place, un
préteur commande à un homme et le force
d'abandonner tous ses biens, ou qu'il établisse
un jugement par lequel il perdra necessaire-
ment toute sa fortune sans être entendu,
quelle différence y a-t-il? Certes, Verrès,
vous ne pouvez nier que vous n'ayez pu suivre
la loi Rupilia en tirant des juges (1) au sort,
sur-tout puisqu'Héraclius le demandoit. Direz-
vous que vous vous êtes écarté de la loi du
consentement d'Héraclius; vous vous embar-

(1) *Judicium* pour *judices*, ainsi que *dicas* plus
haut.

rasserez vous-même par votre défense ; vous vous égorgerez avec vos propres armes. Car d'abord pourquoi Héraclius n'a-t-il pas voulu se présenter, puisqu'il avoit des juges parmi ceux qu'il demandoit ? Ensuite, pourquoi, lorsqu'il se fut enfin présenté, avez-vous tiré au sort d'autres juges, si ceux qui avoient été donnés auparavant, vous les aviez donnés du consentement des deux parties ? Ajoutez que c'est le questeur Posthumius qui, dans ce département, tiroit ses juges au sort pour toutes les autres affaires ; celle d'Héraclius est la seule de ce genre pour laquelle vous l'ayez fait vous-même.

On dira que Verrès a abandonné la succession au peuple de Syracuse. D'abord, quand j'en conviendrois, les juges ne devroient pas moins le condamner, par la raison qu'il n'est pas permis d'enlever impunément à quelqu'un ce qui lui appartient pour le donner à un autre. Mais on verra qu'il s'est approprié la plus grande partie de la succession sans daigner même cacher son vol ; que le peuple de Syracuse en a porté la honte, tandis qu'un autre en a recueilli le fruit ; qu'enfin quelques Syracusains, ceux qui disent maintenant être venus

au nom de leur ville pour faire l'apologie de
Verrès, ont partagé alors la proie, et viennent
à présent, moins pour faire son apologie, que
pour faire estimer avec les autres les pertes de
leur ville (1). Lors donc qu'Héraclius eut été
condamné absent, non-seulement la succession
contestée, qui montoit à trois millions de
sesterces, mais tout son patrimoine, qui ne
faisoit pas un moindre objet, fut livré à
l'académie de Syracuse, c'est-à-dire, aux Syracusains.

Quelle préture que la vôtre, Verrès ! vous
enlevez à un particulier une succession qu'il
tenoit de son parent proche, qu'il tenoit d'un
testament, qu'il tenoit des loix ; vous lui enlevez des biens dont le testateur lui avoit donné
la jouissance entière, et la possession un peu
avant de mourir ; des biens qui lui venoient de
la succession d'un proche parent mort quelque
temps avant votre préture, sur lesquels il n'y
avoit eu aucun litige, qu'on n'avoit pas même
songé à lui contester. Mais soit, enlevez une

_____

(1) Parce qu'on devoit répartir sur toutes les
villes de la Sicile la somme totale à laquelle seroit
condamné Verrès.

succession aux parens proches ; donnez-la à des académistes ; enrichissez-vous du bien d'autrui , sous le nom d'une ville ; renversez les loix , les testamens , les volontés des morts , les droits des vivans : deviez-vous encore dépouiller Héraclius de son patrimoine ? Dès qu'il eut pris la fuite , avec quelle publicité , grands dieux ! avec quelle impudence , avec quelle cruauté ses biens n'ont-ils pas été pillés ! dans tout cela qui ne vit pas alors la ruine totale d'Héraclius , des gains énormes pour le préteur , la honte et l'infamie de Syracuse , le malheur de toute la province ? on a soin de faire porter aussitôt chez Verrès tout ce qu'il y avoit dans la succession de vases d'argent cizelés. Nul ne doutoit plus qu'il ne fallût enfin faire porter chez lui tout ce qu'il y avoit de vases de Corinthe et de tapis magnifiques , non-seulement dans la maison d'Héraclius , cette maison opprimée et prise de force , mais dans toute l'étendue de la province. Le préteur garda pour lui les esclaves qu'il voulut , il distribua les autres. On vendit le reste à l'encan. La cohorte (1)

(1) *Cohors praetoria* , les officiers de la suite du préteur. Mais comme c'étoit proprement une expres-

(347)

prétorienne, cette invincible cohorte, se signala dans la vente.

Mais voici le plus curieux. Les Syracusains qu'on avoit chargés en apparence de recueillir au profit de leur trésor les effets de la succession, mais dans la réalité de les distribuer à d'autres, rendoient compte de cette affaire dans leur sénat. On avoit donné à Verrès, disoient-ils, nombre de belles coupes, des urnes d'argent d'un grand prix, beaucoup de tapis, des esclaves précieux; ils ajoutoient ce qu'on avoit compté d'argent à chacun par son ordre : les sénateurs en gémissoient, mais enfin ils le souffroient. On lit tout-à-coup, pour un seul article, une somme de deux cents cinquante mille (2) sesterces, donnée par ordre du préteur. Un cri s'élève de toute l'assemblée: non-seulement les plus honnêtes, et ceux qui trouvoient indigne que, sous le nom d'un peuple, on enlevât à un particulier sa fortune, par la plus

sion militaire, et que, sous les empereurs, elle fut prise dans ce sens unique, j'ai hasardé *cohorte prétorienne*, expression qui va mieux ici que toute autre, parce qu'elle fait ressortir la pensée de l'orateur.

(1) 31,250 livres.

criante des injustices ; mais les artisans même
de cette manœuvre, associés pour quelque part
au butin et aux rapines, se mirent à crier qu'il
gardât la succession. En un mot, il s'éleva de
si grands cris dans le sénat que tout le peuple
accourut.

Les plaintes du sénat devenues publiques,
parvinrent bientôt jusqu'au palais du préteur.
Mécontent de ceux qui avoient fait la lecture,
irrité contre tous ceux qui s'étoient récriés,
Verrès entra dans une violente colère. Toutefois il se démentit alors lui-même ; malgré l'impudence et l'audace que vous lui connoissez,
les discours et les clameurs du peuple, joints à
l'idée que le vol d'une si grande somme d'argent étoit manifeste, le troublent et le décon-
certent. Quand il se fut un peu rassuré, il
manda les sénateurs de Syracuse ; et comme ils
ne pouvoient nier la somme qu'ils lui avoient
remise, il ne chercha pas bien loin, car il n'auroit pu se faire croire ; il prit l'homme le plus
près de sa personne, son second fils presque,
pour l'accuser de s'être emparé de la somme ;
il déclara qu'il le forceroit de la rendre. Le
gendre de Verrès, se voyant chargé, n'oublia
point ce qu'il devoit à son rang, à sa jeunesse,

à sa naissance ; il parla dans le sénat de Syracuse, il montra qu'il n'avoit eu aucune part
dans cette affaire, et s'exprima assez clairement
sur la conduite de Verrès, conduite qui n'é-
toit pas obscure. Aussi par la suite, les Syracusains lui érigèrent une statue ; et lui-même,
dès qu'il le put, quitta la province, et abandonna le préteur. Cependant, dit-on, Verrès
se plaint quelquefois, et se trouve malheureux
d'être accusé, non pour ses délits personnels,
mais pour ceux des officiers de sa suite. Vous
avez, Verrès, gouverné pendant trois ans une
province. Le jeune homme que vous aviez choisi
pour gendre, n'a été qu'une année avec vous ;
vos amis les plus intimes, pleins de vertus,
vos lieutenans vous ont abandonné : Tadius
étoit le seul lieutenant qui vous restoit, mais
il n'est pas resté long-temps ; s'il fût toujours demeuré près de vous, il auroit du moins ménagé
soigneusement votre réputation, et sur-tout la
sienne. Pourquoi vous en prendre à ceux qui
sont près de votre personne ? Croyez-vous pouvoir rejeter sur quelqu'un vos délits, et même
les partager avec d'autres ? On compte aux sénateurs de Syracuse les deux cents cinquante
mille sesterces. Des témoins et des registres

vous prouveront, Romains, comment ils sont
revenus depuis à Verrès, par une porte dé-
robée.

C'est le partage criminel d'une succession fait, malgré le sénat et le peuple de
Syracuse, avec plusieurs particuliers ; c'est l'injustice audacieuse du préteur, et le fruit odieux
de cette injustice qui ont produit par la suite
tous ces crimes commis, au grand mécontente-
tement de tous les Syracusains, par le ministère de Théomnaste, d'Eschrion, de Diony-
sodore et de Cléomène : c'est là ce qui a oc-
casionné le pillage de toute la ville, dont je
parlerai ailleurs (1) ; ce qui a enhardi Verrès
à enlever de toutes parts dans Syracuse, par l'entremise des mêmes hommes, tous les effets rares, tout l'ivoire des temples, tous les tableaux et
toutes les statues des dieux qui ont flatté son
goût. C'est pour cela que, dans la salle du sénat à Syracuse, dans l'endroit le plus honorable et le plus remarquable de cette salle, près
de la statue d'airain de Marcus Marcellus, qui
a épargné et rendu aux Syracusains ce lieu
même qu'il pouvoit leur ôter par le droit de

_____

(1) Dans le discours intitulé *de signis.*

la guerre et de la victoire , c'est pour cela , dis-
je , qu'on a érigé une statue dorée à Verrès ,
et une autre à son fils ; afin sans doute que
tant que ce monument d'un tel homme subsis-
teroit , le sénat de Syracuse ne pût s'assembler , sans verser des larmes , sans pousser des gémissemens.

C'est par l'entremise des mêmes hommes ,
avec qui il étoit en communauté d'injustices ,
de rapines et de femmes , que Verrès a fait
abolir la fête de Marcellus (1) , au grand regret de tous les Syracusains , cette fête qu'ils
célébroient avec empressement , autant pour reconnoître les services récens de Caïus Marcellus , que pour honorer le nom même des
Marcellus , et toute cette illustre famille. Mithridate en Asie , après avoir envahi cette province entière , n'abolit pas la fête de Mucius (2).

(1) Du Marcellus qui avoit pris Syracuse et qui
l'avoit conservée. — *De Caïus Marcellus*, qui avoit
été préteur en Sicile il y avoit quelque tems , et qui
avoit réparé les vexations de son prédécesseur Marcus
Lépidus. Le latin porte Marcus Marcellus : c'est une
faute de texte visible.

(2) Quintus Mucius Scœvola. Nous avons déja dit
qu'il gouverna l'Asie avec tant d'intégrité que les
peuples établirent une fête en son honneur.

Il étoit ennemi, et un ennemi cruel et féroce,, il ne voulut pas néanmoins toucher aux honneurs rendus à un homme, honneurs liés avec le culte qu'on rendoit aux dieux. Vous, Verrès, vous avez empêché les Syracusains d'accorder un seul jour de fête à ces Marcellus, auxquels ils devoient l'avantage de pouvoir célébrer toutes leurs autres fêtes. Mais vous les avez amplement dédommagés de cette partie ; vous avez pourvu à ce qu'on célébrât en votre honneur une fête magnifique, à ce qu'on assignât des fonds pour fournir, pendant une longue suite d'années, aux festins et aux sacrifices. Egayons un peu notre style en parlant d'une conduite de Verrès aussi révoltante : ne soyons point toujours montés sur le ton sérieux, et ne nous livrons point par-tout à la véhémence de nos sentimens. Oui, le jour, la voix et les forces me manqueroient, si je voulois maintenant élever assez le ton pour faire sentir combien il est horrible, combien il est indigne qu'il y ait une fête en l'honneur de Verrès, chez des peuples qui se croyoient ruinés sans ressources par ses vexations. O les belles fêtes que celles qu'on a appelées de votre nom *Verrea !* Vous êtes-vous rendu en quelqu'endroit,

qu'endroit, sans que vous ayez apporté avec
vous votre fête (1) : êtes-vous entré dans une
maison, dans une ville, dans un temple, que
vous ne les ayez entierement balayés et parfaitement nettoyés ? Ainsi, à la bonne heure,
que ces fêtes soient appelées *Verrea*, puisqu'elles
rappellent, avec votre nom, votre naturel
avide et rapace.

Voyez, Romains, combien l'injustice et
l'habitude de mal faire s'étendent insensible-
ment, et combien il est difficile de les réprimer. Il existe une ville nommée Bidis, fort
peu considérable, voisine de Syracuse. Un
certain Epicrate est, sans contredit, le premier de cette ville. Une succession de cinq cents
mille sesterces (1) lui avoit été laissée par une

____

(1) *Sans que vous ayez apporté avec vous votre
fête*, c'est-à-dire, sans que vous ayez montré tout
balayé par vous. *Verrere, verrea*, on voit en latin
le rapport de ces mots, qui disparoît en françois.
Vous êtes-vous rendu.... Ici les leçons et les conjectures varient beaucoup. Je voudrois avec quelques
savans qu'on pût lire, *quò accessisti, quaesò, quò
non attuleris.* —— Un peu plus bas, *eversum* participe d'*everrere*, balayer tout-à-fait.

(2) 62,500 livres.

Tome III.   Z

certaine femme sa parente, et parente si proche,
que , quand elle seroit morte sans faire de testament , Epicrate , d'après les loix de Bidis ,
devoit se trouver héritier. L'affaire de Syracuse ,
dont je viens de parler , étoit toute récente. On
savoit que le Syracusain Héraclius n'auroit point
perdu son patrimoine , s'il ne lui fût échu une
succession. Il étoit aussi échu, comme jadis, une
succession à Epicrate. Ses ennemis pensèrent
que , sous le même préteur , on pouvoit le
dépouiller de sa fortune , comme on avoit dépouillé Héraclius. Ils trament sourdement leur
intrigue, ils instruisent Verrès par le moyen de
ses agens ; il est réglé que les académistes de
Bidis revendiqueroient la succession contre Epicrate , comme avoient fait ceux de Syracuse
contre Héraclius. On n'a jamais vu de préteur
aussi favorable aux académies ; mais en sou-
tenant leurs intérêts (1) , il n'oublioit pas les
siens. Dans l'affaire d'Epicrate , prévenu à
temps, il commence par lui-même, et ordonne

(1) *Unctior* en latin , c'est-à-dire *lautior.* Ce mot
ici a une grace particulière qu'il est impossible de
transporter en françois. Les académies ou palestres
faisoient beaucoup usage d'huile dans leurs exercices,
ungebantur.

que l'on compte sur-le-champ à un de ses amis quatre-vingt mille sesterces (1).

La chose ne put être assez cachée ; Epicrate en est informé par un de ceux qui étoient présens. Il négligea d'abord cet avis, il le méprisa ; son affaire ne lui sembloit nullement douteuse. Ensuite, considérant ce qui étoit arrivé à Héraclius, et connoissant toute l'iniquité de Verrès, il jugea que le mieux étoit de quitter secrètement la province. Il le fit donc ; il partit pour Rhège. A cette nouvelle, ceux qui avoient donné l'argent se trouvèrent fort embarrassés. Que pouvoit-on faire en l'absence d'Epicrate ? Héraclius étoit du moins présent la première fois qu'on lui avoit donné des juges ; pouvoit-on agir contre un homme qui s'étoit retiré avant qu'on eût paru en justice, avant qu'on eût parlé de contestation juridique ? Ils partent pour Rhège, ils vont trouver Epicrate ; ils lui représentent ce qu'il savoit déja, qu'ils avoient donné quatre-vingt mille sesterces ; ils le prient de leur faire rendre l'argent qu'ils avoient déboursé ; que pour ce qui

___

(1) 5ooo livers. —— *La chose*..... J'ai traduit comme si on lisoit , *res occult..ri satis non potuit.*

le regardoit, il prît les mesures qu'il jugeroit nécessaires; personne ne lui contesteroit la succession.

Épicrate les reçut très-mal, et les renvoya avec des paroles fort dures. Ils reviennent à Syracuse; ils se plaignent à beaucoup de monde, comme c'est l'ordinaire. Ils avoient, disent-ils, déboursé inutilement quatre-vingt mille sesterces. La chose se répand; tout le monde en parle. Fidèle à la méthode qu'il avoit suivie à Syracuse (1) , Verrès déclare qu'il vouloit connoître des quatre-vingt mille sesterces; il assemble beaucoup de personnes. Les Bidiens disent qu'ils ont donné la somme à Volcatius , sans ajouter que c'étoit par l'ordre de Verrès. Celui-ci fait venir Volcatius , et lui ordonne de rendre l'argent. Volcatius , qui ne perdoit rien, l'apporte très-volontiers; il le rend en présence d'un grand nombre de témoins : les Bidiens emportent la somme.

Quoi donc ! dira quelqu'un , blâmez-vous ici Verrès qui, loin d'être voleur, n'a pas même souffert qu'un autre le fût? Ecoutez, Romains ;

(1) Il manque ici visiblement un substantif, comme *rationem* ou quelque autre.

et vous verrez que la somme qui a paru s'éloigner de Verrès, et s'en aller par la grande
route, lui est revenue par un sentier détourné (1).
Car enfin, que devoit faire le préteur, lorsqu'ayant examiné la chose dans son conseil,
il eut découvert que, soit en recevant, soit
en donnant une somme pour corrompre les
juges, pour vendre ou pour acheter la justice, un officier de sa suite et des citoyens de
Bidis avoient compromis son honneur, son
rang et sa place. Ne devoit-il pas punir et ceux
qui avoient donné, et celui qui avoit reçu ?
Vous, Verrès, qui avez décidé de sévir contre
quiconque auroit mal jugé, ce qui arrive souvent par inadvertence ; vous laissez impunis
ceux qui, pour vendre ou pour acheter vos décrets et vos décisions, se sont permis de donner ou de recevoir de l'argent. On a toujours
vu depuis dans la même intimité avec vous,
Volcatius, un chevalier romain, qui avoit es-

(1) Je croirois avec un habile critique qu'il faudroit
lire, *hanc pecuniam, quae viâ modò visa est exire
ab isto, eamdem semitâ revertisse.* —— *Car enfin...*
Je crois qu'il faut ajouter *non* avant *debuit* et supprimer cette même négation qui est avant *in cum.*
Je supprime avec quelques éditions le *fecisse.*

Z 3

suyé un tel affront. Eh ! qu'y a-t-il de plus honteux pour un homme d'honneur (1) ; qu'y a-t-il
de moins fait pour un homme libre , que de se
voir forcé par un magistrat, dans une grande assemblée , de rendre un argent pris ? Si Volcatius avoit eu les sentimens que doit avoir, je
ne dis pas un chevalier romain , mais tout
homme libre , auroit-il pu seulement, par la
suite, vous regarder ? Après avoir reçu de vous
un tel affront, n'eût-il point été votre ennemi ,
et un ennemi mortel, s'il ne se fût pas entendu
avec vous , s'il n'eût pas ménagé votre réputation aux dépens de la sienne ? Combien , au
contraire , n'a-t-il pas été votre ami pendant
tout le temps qu'il est resté avec vous dans votre
province ? Combien ne l'est-il pas encore , à
présent que vos autres amis vous ont abandonné ? Vous ne pouvez le dissimuler, et nous
en pouvons juger par nous-mêmes.

Mais de ce que Volcatius ne lui en a pas
voulu , de ce que lui-même n'a sévi ni contre

---

(1) On distinguoit trois espèces d'hommes, *servi*,
liberi, *ingenui*. Un esclave pouvoit devenir libre,
liber, mais il n'étoit pas *ingenuus*, libre d'extraction.

Volcatius, ni contre les Bidiens, est-ce la seule
preuve que rien ne s'est fait à son insu ? C'est,
sans doute , une preuve convaincante ; mais
voici la meilleure de toutes. Il devoit être irrité
contre les Bidiens ; il avoit découvert que, dans
l'impuissance de poursuivre Epicrate en justice,
eût-il même été présent, ils avoient essayé d'extorquer du preteur un décret en prodiguant
l'or : toutefois , il ne se contenta pas de
livrer aux Bidiens même la succession échue
à Epicrate, mais ainsi qu'il avoit fait pour Héraclius de Syracuse , et avec une injustice encore plus révoltante, puisqu'Epicrate n'avoit
pas même été ajourné , il livra aux Bidiens le
patrimoine et toute la fortune de leur compa-
triote. Il fit voir, ce qui étoit sans exemple ,
qu'il recevroit les revendications faites contre
un absent. Les Bidiens se présentent à son
tribunal, ils revendiquent la succession. Ceux
qui parloient pour Epicrate , demandent à
Verrès qu'il les renvoie à leurs loix, et qu'il
fasse juger l'affaire d'après la loi Rupilia. Les
adversaires n'osoient rien opposer ; on ne trouvoit aucun expédient : ils accusent Epicrate
d'être parti pour frustrer ses créanciers ; ils demandent qu'on les mette en possession de ses

Z 4

biens. Epicrate ne devoit une obole à personne.
Ses défenseurs consentoient à être poursuivis
eux-mêmes pour les dettes qu'on répéteroit en
justice, et à répondre des sommes auxquelles
leur ami auroit été condamné. Comme aucune
chicane ne prenoit, les adversaires, par le
conseil de Verrès, imaginent d'accuser Epicrate
d'avoir falsifié les registres publics, soupçon
dont il n'y avoit pas la moindre apparence.
Les amis ne veulent point qu'on lui fasse subir une nouvelle espèce de jugement, qu'on
prononce en son absence sur ce qui intéres-
soit son honneur, et en même temps ils con-
tinuent à demander qu'on les renvoie à leurs
loix. Verrès, ravi de voir qu'il y avoit un article sur lequel les amis d'Epicrate refusoient
de le défendre en son absence, profite de cette
excellente découverte, et déclare qu'il donnera
action principalement pour ce grief. Il étoit notoire que la somme qu'il avoit paru laisser aller, lui étoit revenue, et que même depuis il
en avoit reçu une beaucoup plus forte; les
amis d'Epicrate renoncèrent donc à le défendre.
Le préteur adjugea tous ses biens à ses adversaires. Aux cinq cents mille serterces de la succession, il en fit joindre un million cinq cents

mille (1) autres qui composoient originairement
la fortune de ce malheureux. D'après la manière dont la chose a été conduite dès le commencement, dont elle a été amenée à sa fin,
d'après la grandeur de la somme et le caractère
de Verrès, peut-on dire qu'il n'ait eu aucune
vue d'intérêt dans toute cette affaire ?

Apprenez maintenant, Romains, tout le malheur des Siciliens. Héraclius de Syracuse, et
Epicrate de Bidis, dépouillés de leur fortune,
vinrent à Rome : ils y furent pendant deux
ans en habit de deuil, avec l'extérieur le plus
misérable. Lorsque Métellus partit pour la Sicile, ils partirent avec lui, munis de bonnes
recommandations. Dès les premiers jours de
son arrivée à Syracuse, ce préteur annulla
les deux arrêtés rendus contre Epicrate et Héraclius. Des biens de l'un et de l'autre il ne
restoit, qui pût leur être restitué, que ce qui
n'avoit pu changer de place. Métellus avoit
merveilleusement débuté dans sa province :
il s'étoit occupé à réparer et à réformer toutes
les injustices de Verrès auxquelles il pouvoit
remédier. Il avoit donné des ordres pour

(1) 187,500 livres.

qu'Héraclius fût rétabli dans ses biens ; les ordres n'étant pas exécutés , tous les sénateurs de Syracuse qu'Héraclius faisoit ajourner pour lui rendre ses possessions, le préteur ordonnoît qu'ils fussent conduits en prison. Un grand nombre y ont été conduits. Pour Epicrate , il fut rétabli sur-le-champ. Le nouveau préteur réforma d'autres jugemens, soit à Lilybée , soit à Agrigente , soit à Palerme. Il avoit annoncé qu'il ne suivroit pas les rôles faits sous la préture de Verrès : les dîmes dans l'adjudication desquelles celui-ci s'étoit écarté de la loi d'Hiéron , il avoit déclaré qu'il les adjugeroit d'après les dispositions de cette loi. Enfin toute la conduite de Métellus étoit comme un renversement de toute la préture de Verrès.

Lorsque j'arrivai en Sicile, il étoit bien changé. Il lui étoit venu depuis deux jours un certain Létilius nullement étranger aux lettres (1), et dont Verrès en conséquence s'est

(1) On sent l'équivoque en parlant d'un secrétaire. — *Avoit apporté de Rome plusieurs lettres :* c'étoient des lettres de change , comme Cicéron le dit ailleurs.

toujours servi pour secrétaire. Il avoit apporté plusieurs lettres de Rome, une entre autres qui avoit changé entièrement Métellus. Ce préteur se mit subitement à dire qu'il vouloit chercher en tout les intérêts de Verres, qu'il tenoit à lui par les liens de l'amitié et même par ceux de la parenté. Tout le monde s'étonnoit qu'il lui fût venu dans l'idée de se dire son ami et son parent, après l'avoir égorgé par tant d'actes et de décrets. Quelques-uns pensoient que Létilius lui avoit été député par Verrès pour lui rappeler qu'il étoit son parent et son ami, qu'il lui avoit rendu des services. Depuis ce tems, il demandoit aux villes une apologie pour son prédécesseur; il ne se contentoit pas de détourner les témoins par des paroles, il les retenoit de force. Et si à mon arrivée je n'eusse un peu arrêté ses entreprises; si je n'eusse fait valoir auprès des Siciliens, non des ordres de Métellus, mais la lettre et la loi (1) de Glabrion, je n'eusse jamais pu amener un si grand nombre de témoins.

Mais je reviens à ce que je disois: apprenez,

(1) Lesquelles lettre et loi donnoient à Cicéron tout pouvoir de faire des informations dans la Sicile, d'y recueillir des pièces et d'en amener des témoins.

Romains, les malheurs de la Sicile. Lorsque
je me rendis à Syracuse. Héraclius et Epicrate
vinrent bien loin au-devant de moi avec tous
leurs amis; ils me remercièrent les larmes aux
yeux; ils désiroient de m'accompagner à Rome.
Mais comme il me restoit encore beaucoup de
villes à visiter, je pris avec eux un jour, et
je leur donnai un rendez-vous à Messine. Ils
m'y envoyèrent un courier pour me faire savoir qu'ils étoient retenus par le préteur. Je
leur fis signifier de venir rendre témoignage
contre Verrès, et je donnai leurs noms à
Métellus. Malgré leur extrême envie, et les
injures atroces dont ils avoient à se plaindre,
ils ne sont pas encore venus. Tels sont, Romains, les droits de vos alliés; il ne leur
est pas même permis de déplorer leurs infortunes.

Il est un autre Héraclius, citoyen de Centorbe, jeune homme d'un mérite rare et d'une
grande naissance, dont vous avez déja entendu la déposition. On lui avoit fait une
mauvaise difficulté pour une somme de cent
mille sesterces (1); Verrès, par le moyen d'un

(1) 12,500 livres. — *Trois cents mille sesterces,*
37,500 livres. Il est bien étonnant que Verrès ait pris

compromis, où les deux contendans déposoient une amende, lui extorqua trois cents
mille sesterces. Il fit casser la sentence arbitrale
favorable à Héraclius, parce qu'un citoyen de
Centorbe avoit prononcé entre deux de ses
concitoyens ; il décida que le juge avoit mal
jugé ; il le priva des avantages communs à tous
les habitans, lui interdit l'entrée du sénat et
les places publiques. Il déclara qu'il ne lui
permettroit pas de poursuivre pour outrage
quiconque l'auroit frappé ; que, si on l'atta-
quoit en justice, il le feroit juger par un officier de sa suite ; qu'enfin il ne lui donneroit
action pour aucune affaire. Telle fut l'autorité
de ce jugement de Verrès ; personne ne frappa
ce citoyen diffamé, malgré la permission ex-
presse et l'encouragement formel d'un préteur
dans sa province ; personne ne l'attaqua en
justice, quoique Verrès autorisât par son
exemple à lui intenter d'injustes procès. Cette

au jeune Héraclius trois fois la somme qui étoit en
litige. Au reste, il fit casser la sentence et diffamer
le juge, parce que, sans doute, il auroit voulu prendre
des juges parmi les officiers de sa suite, et faire juger
la chose à son gré.

note d'infamie si flétrissante resta imprimée sur ce malheureux, tant que Verrès demeura dans son gouvernement. Après qu'il eut effrayé les juges par cette rigueur nouvelle et sans exemple, croyez-vous qu'on ait rendu des arrêts en Sicile sinon au gré de ses désirs ? Croyez-vous qu'il n'ait eu dessein que d'enlever, comme il a fait, une somme à Héraclius ? Ne vouloit-il pas encore, ce qui étoit pour lui une source de gains immenses, ne vouloit-il pas ; sous prétexte de rendre la justice, pouvoir disposer seul de tous les biens et de toutes les fortunes ?

Quant aux jugemens pour crimes, qu'est-il besoin de les parcourir chacun en détail ? Parmi plusieurs traits de même espèce, je choisirai ceux qui ont un caractère de perversité plus marqué.

Il y avoit à Halicie un certain Sopater, des plus riches et des plus distingués de sa ville. Accusé pour crime capital par ses ennemis devant le préteur Sacerdos, il n'avoit pas eu de peine à se justifier, et il fut absous. Lorsque Verrès eut succédé à Sacerdos, les mêmes ennemis dénoncèrent le même Sopater pour le même objet. L'affaire ne paroissoit pas em-

barrassante à celui-ci ; il étoit innocent, et
ne croyoit pas que Verrès osât infirmer le
jugement de son prédécesseur. L'accusé est
cité ; la cause se plaide à Syracuse. L'accusateur
expose les mêmes griefs qui avoient déja été
détruits, non-seulement dans un plaidoyer,
mais encore par une sentence. Sopater se trouvoit défendu par Minucius, chevalier romain
fort considéré, et connu de nos juges. La
cause étoit de nature à n'inspirer aucune crainte,
à n'offrir aucun doute.

Cependant, l'affranchi de Verrès, son officier de confiance, qui, comme vous l'avez su
d'une foule de témoins dans la première plaidoierie, étoit le ministre et le négociateur de
toutes ces sortes d'affaires, Timarchide va
trouver Sopater, il l'avertit de ne pas trop
compter sur le jugement de Sacerdos et
sur la bonté de sa cause ; ses accusateurs
et ses ennemis pensoient à donner de l'argent au préteur, qui cependant préféreroit
d'en recevoir pour l'absoudre, et qui d'ailleurs aimeroit mieux, s'il étoit possible, ne
pas annuller un jugement rendu. Cette proposition imprévue et inopinée déconcerta Sopater : tout ce qu'il put répondre dans le

moment à Timarchide, c'est qu'il se consul-
teroit ; et en même tems il lui annonce qu'il
étoit fort mal en argent. Il demanda l'avis de
ses amis ; ceux-ci lui conseillèrent de donner
une somme pour se racheter et se sauver de
l'injustice. Il vient donc trouver Timarchide,
lui expose l'embarras où il se trouvoit, l'a-
mène à se contenter de quatre-vingt mille sesterces (1) ; et il lui compte cette somme. Lorsqu'on vint à plaider la cause, tous les défenseurs de Sopater n'avoient nulle crainte, nulle
inquiétude. L'accusation se trouvoit sans fon-
dement ; la chose avoit été jugée ; Verrès étoit
payé : pouvoit-on douter du succès ? L'affaire
n'est point finie ce jour-là : on lève la
séance.

Timarchide va trouver de nouveau Sopater. Le préteur, lui dit-il, a reçu les quatre-
vingt mille sesterces, mais les accusateurs
offrent une somme bien plus considérable ;
et il l'exhorte à profiter de cet avis. Sopater
étoit Sicilien et accusé, c'est-à-dire dans une
position très-peu favorable pour faire valoir ses
droits ; il ne put souffrir néanmoins le propos

(1) 10,000 livres.

de

de Timarchide et l'entendre plus long-tems : Faites, lui dit-il, tout ce qu'il vous plaira, je ne donnerai pas davantage. C'étoit l'avis de ses amis et de ses défenseurs, d'autant plus que, quelles que fussent les dispositions de Verrès en jugeant cette cause, il avoit dans son conseil des citoyens romains d'une grande distinction, établis à Syracuse, qui, lorsqu'on avoit absous le même Sopater, s'étoient aussi trouvés du conseil de Sacerdos. Suivant eux, il étoit impossible, sur la même accusation, sur la déposition des mêmes témoins, de faire condamner Sopater par les mêmes hommes qui l'avoient absous.

On se présente donc au tribunal dans cette unique confiance. Les mêmes hommes qui formoient ordinairement le conseil étoient venus en grand nombre ; Sopater n'avoit d'autre ressource pour sa défense que de paroître dans une respectable et nombreuse assemblée, devant les mêmes juges, je le répète, qui l'avoient déja absous sur la même accusation : voyez, Romains, cette audace de Verrès, et cette perversité manifeste, qui ne se couvroit pas d'une apparence de raison, ni même du voile de la pudeur. Il ordonne à

Pétilius, chevalier romain, membre du conseil, d'aller juger (1) une cause particulière dont il étoit principal juge. Pétilius refusoit, parce que Verrès retenoit lui-même ses amis qu'il désiroit avoir pour assesseurs. Le préteur complaisant déclare qu'il ne retenoit aucun de ceux qui voudroient accompagner Pétilius. Ainsi tous se retirent, les autres obtenant aussi qu'on ne les retienne pas : ils vouloient, disoient-ils, se trouver à la cause pour l'une ou l'autre des deux parties. Verrès reste donc seul avec ses méprisables satellites.

Minucius, qui plaidoit pour Sopater, ne doutoit pas que Verrès, ayant congédié des juges, ne dût remettre à un autre jour à juger cette cause, lorsque tout-à-coup il reçoit ordre de parler. Et devant qui, demande-t-il ? Devant moi, dit Verrès, si vous me trouvez capable de juger un Sicilien, un misérable Grec. Vous en êtes capable, lui réplique Minucius, mais je voudrois parler devant ceux qui se sont déja trouvés à la cause, et qui en sont instruits. Parlez, dit le préteur, ils ne

(1) Latin *operam dare;* Paul Manuce explique ces mots, *curare judicium illud cui praeesset.*

peuvent s'y trouver maintenant. Eh bien ! dit
Minucius, Pétilius m'a aussi prié d'aller juger
avec lui : et en même tems il se mit en devoir
de quitter l'audience. Verrès irrité , emploie
pour le retenir des paroles dures, et même
de violentes menaces : il l'exposoit, dit-il, à
d'infamans reproches et à d'odieux soupçons.
Minucius qui , en commerçant à Syracuse ,
n'avoit pas oublié ses droits et son rang , qui
savoit qu'en travaillant à augmenter sa fortune
dans la province, il ne devoit rien perdre de
sa liberté , répondit au préteur ce qu'il jugea
à propos, ce que demandoient sa cause et la
circonstance; il persista à dire qu'il ne plaideroit pas , puisque le conseil avoit été congédié. Il quitta donc le siége ; les autres amis
et défenseurs de Sopater firent la même chose ,
excepté les Siciliens (1).

Malgré son extrême audace et son incroyable
effronterie, Verrès se voyant seul tout-à-coup ,
ressentit quelque crainte et quelque trouble.
Quel parti prendre ? de quel côté se tourner ?

(1) Les Siciliens restèrent par crainte de Verrès; il
paroît que tous ceux qui s'étoient retirés étoient des
citoyens romains.

S'il remettoit pour lors la cause , Sopater jugé
ensuite par ceux qui venoient d'être éloignés ,
seroit infailliblement absous. Si lui préteur ,
sans conseil, après avoir annullé un jugement
de Sacerdos , condamnoit un accusé innocent
et non défendu , il ne pourroit tenir contre le
soulévement de tout le public. Il éprouvoit la
plus cruelle incertitude , et manifestoit les agi-
tations de son esprit par les mouvemens de
son corps, au point que ceux qui étoient présens voyoient sans peine que la crainte et la
cupidité combattoient dans son ame. Il y avoit
beaucoup de monde au jugement , on gardoit
un profond silence : on étoit impatient de savoir comment alloit éclater sa passion. Timarchide , son officier de confiance, s'approchoit
fréquemment de son oreille. Déterminé enfin ;
Allons, dit-il, qu'on parle (1). Sopater le conjure au nom des dieux et des hommes de le
faire juger par son conseil. Le préteur fait
appeler tout-à-coup les témoins. Un ou deux
déposent en peu de mots ; on ne les interroge

(1) Latin , *parlez.* Ou Verrès troublé oublie
que Minucius est absent, ou il adresse la parole à
Sopater.

pas : l'huissier annonce qu'ils ont déposé pour Verrès ; comme s'il eût craint que Pétilius ne revînt après avoir jugé ou remis l'affaire dont il avoit à connoître , il s'élance de son siége avec précipitation : un homme innocent qui avoit été absous par Sacerdos , il le condamne sans l'entendre , de l'avis de son greffier , de son médecin, et de son aruspice.

Retenez , Romains , retenez un tel homme dans votre ville ; épargnez-le, conservez-le, afin que nous ayons un sénateur qui juge avec nous , qui, dans le sénat, donne son avis sans passion sur la guerre et sur la paix. Toutefois nous devons peu nous inquiéter , nous et le peuple romain , de l'avis qu'il pourra donner dans le sénat. Quel sera , en effet, l'autorité d'un Verrès ? Quand osera-t-il , quand pourra-t-il donner son avis ? Un homme aussi dissolu , aussi lâche , paroîtra-t-il au sénat avant le mois de (1) février ? Mais soit,

(1) Le mois de février étoit consacré tout entier à écouter les députations étrangères. Ainsi Verrès, qui n'est pas en état d'exposer un avis , qui ne sait que vendre son suffrage , viendra au sénat dans un mois où il ne faudra qu'écouter, où il pourra se vendre à plus haut prix, et où enfin la saison commençoit à

qu'il paroisse ; qu'il décide la guerre contre les Crétois ; qu'il affranchisse Byzance ; qu'il donne à Ptolémée le titre de roi ; qu'il parle et qu'il pense en tout au gré d'Hortensius ; cela nous embarrasse peu , cela n'intéresse et ne met en péril ni nos personnes ni nos fortunes. Mais ce qui est important , ce qui est effrayant , ce qui est à redouter pour les plus vertueux, c'est que, si Verrès , par l'effet d'une cabale puissante , échappe à cette accusation , il faudra , sans doute , qu'il soit du nombre des juges , qu'il prononce sur la vie et l'honneur d'un citoyen romain , qu'il soit le porte-étendart dans l'armée d'un orateur jaloux de dominer en maître dans les tribunaux. C'est ce que le peuple romain ne peut souffrir, c'est à quoi il s'oppose : si vous aimez , vous crie-t-il,

devenir moins rigoureuse. Les Crétois avoient donné du secours à Mithridate , et l'on se disposoit à leur faire la guerre. Ce fut Métellus, collègue d'Hortensius , qui en fut chargé et qui la termina. Il prit le surnom de *Creticus*. Il paroît , au reste , qu'Hortensius désiroit que cette guerre fût entreprise , que Byzance fût affranchie , qu'elle ne fût plus province romaine, et que Ptolémée, roi d'Egypte , fût confirmé dans ce titre par le sénat et le peuple romain.

si vous aimez de tels hommes , si vous voulez
que dé tels personnages donnent du lustre à
vôtre ordre , et fassent l'ornement de vos assemblées , nous vous le permettons , ayez avec
vous un pareil sénateur , et même , si vous le
trouvez bon , prenez-le pour vous juger ; mais
ni le peuple , ni les autres qui ne sont pas
de votre ordre , à qui les belles loix Cornélia
ne permettent point de récuser plus de trois
juges (1) , ne veulent être jugés par un homme
si cruel , si odieux , si abominable.

En effet , si c'est une indignité (c'est, suivant moi , une horreur , une infamie) , si c'est
une indignité de prendre de l'argent pour juger,
de mettre à prix son devoir et sa religion ;
combien n'est-il pas plus indigne , plus horrible , plus affreux , de condamner celui dont
on a reçu de l'argent pour l'absoudre , ensorte qu'un préteur n'ait pas dans ses engagemens même la bonne-foi des pirates ? C'est un

(1) *Rejiciundi trium judicum*, construction singulière dont il y a des exemples. Sylla avoit réglé
que les chevaliers romains et le peuple ne pourroient
récuser que trois juges : les sénateurs en pouvoient
récuser davantage.

crime de recevoir de l'accusé ; c'en est un
plus grand de recevoir de l'accusateur ; mais
quel crime plus énorme encore de recevoir
de l'un et de l'autre? Vous vous étiez annoncé,
Verrès, dans votre province pour vendre la
justice ; on l'a emporté auprès de vous quand
on a donné plus d'argent ; je vous le passe :
peut-être s'en est-il trouvé qui ont tenu une
pareille conduite. Mais, après avoir engagé
votre parole et votre religion à une des parties
pour une somme d'argent, vous l'engagerez
ensuite à la partie adverse pour une somme
plus considérable ! vous serez disposé à tromper l'une et l'autre ! vous donnerez gain de
cause à qui il vous plaira, et vous ne rendrez
pas même l'argent à celui que vous aurez
trompé ! Qu'on vienne me parler d'un Bulbus,
d'un Stalénus (1) : a-t-on jamais vu un tel
monstre, un tel prodige de corruption et de
perfidie ? A-t-on jamais entendu parler d'un
homme qui s'arrange avec l'accusé et qui en-

(1) Bulbus et Stalenus, deux juges fort peu scru-
puleux, accoutumés à se laisser corrompre, dont
il est beaucoup parlé dans le plaidoyer pour
Cluentius.

suite compose avec l'accusateur ? qui éloigne
d'honnêtes citoyens instruits de la cause, qui
leur fait abandonner le tribunal ? qui resté
seul, condamne un accusé précédemment
absous, dont il a reçu de l'argent qu'il ne
rend pas ? Mettrons-nous un tel homme au
nombre des juges ? Occupera-t-il la seconde (1)
classe des juges-sénateurs ? Prononcera-t-il sur
un homme libre ? Lui confiera-t-on la tablette
judiciaire, pour qu'il la marque, non avec
de la cire, mais, s'il lui prend envie, avec
du sang ? Niera-t-il aucun des faits qui pré-
cèdent ? Il n'en est qu'un qu'il ne manquera
pas de nier, sans doute d'avoir reçu de l'argent. Pourquoi ne le nieroit-il pas ? Mais un
chevalier romain, qui a défendu Sopater, qui
l'a conseillé et guidé dans toutes ses démarches, Minucius, sous la foi du serment,
atteste qu'on a donné de l'argent, il atteste
avoir entendu dire à Timarchide que des accu-

(1) *Alteram*, suppose qu'il n'y avoit que deux
classes ou décuries de juges-sénateurs : quelques-uns
croient qu'il y en avoit trois. —— *Avec de la cire :*
allusion à une fraude d'Hortensius. Voyez discours
intitulé *Divinatio.*

sateurs offroient une somme plus considérable. Tous les Siciliens l'attesteront , aussi
bien que tous les habitans d'Halicie , aussi
bien que le jeune fils de Sopater , qui s'est vu
privé par cet homme cruel d'un père innocent
et d'un riche patrimoine. Mais quand je n'aurois pu prouver , par des témoins , l'article de
l'argent , auriez-vous pu nier , nieriez-vous
aujourd'hui , qu'après avoir congédié votre
conseil , après avoir éloigné des hommes de
la première distinction , qui étoient du conseil
de Sacerdos et ordinairement du vôtre, vous
avez prononcé sur une affaire déja jugée;
qu'un homme que Sacerdos avoit absous, dans
son conseil , après l'avoir entendu , vous
l'avez condamné sans l'entendre , sans votre
conseil. Lorsque vous aurez avoué ce qui s'est
passé à Syracuse publiquement, en plein forum,
à la face de toute la province, niez à la bonne
heure , si vous le voulez , que vous ayez pris
de l'argent , il s'en trouvera qui, voyant ce
qui s'est passé en public, douteront de ce que
vous avez fait en particulier , hésiteront lesquels ils doivent croire de vos défenseurs ou de
mes témoins.

Je vous ai déja prévenus ,' Romains , que

je ne détaillerois pas toutes les actions de
Verrès dans ce genre, mais que je choisirois
les plus remarquables. Ecoutez maintenant de
sa part un autre trait fameux, dont on a
beaucoup parlé dans la Sicile et ailleurs, un
trait unique qui me semble renfermer en lui
seul tous les crimes à-la-fois. Donnez - moi
toute votre attention, je vous prie ; vous allez
entendre un forfait né de la cupidité, accru
par l'adultère, achevé et consommé par la
cruauté.

Sthénius, assis près de nous, citoyen de
Thermes, étoit connu auparavant de beaucoup
de personnes par sa haute noblesse et par son
rare mérite ; il est maintenant connu de tout
le monde par ses infortunes et par les injustices criantes de Verrès. Quoique ce préteur fût
lié avec lui par les droits de l'hospitalité, qu'il
se fût arrêté souvent dans sa maison à Thermes,
qu'il y eût séjourné même, il lui enleva tout ce
qui pouvoit attirer l'attention ou frapper les
regards. Sthénius, dans sa jeunesse, avoit
rassemblé avec un peu trop de recherche des
ouvrages curieux et délicatement travaillés en
airain de Délos et de Corinthe, des tableaux,
et même assez de belle argenterie pour un ha-

bitant de Thermes. Se trouvant en Asie, jeune, il avoit rassemblé ces effets rares, comme je viens de le dire, avec un peu de recherche, moins toutefois pour sa propre satisfaction que pour le plaisir de nos concitoyens, ses amis et ses hôtes, qu'il invitoit à sa table, ou dont il vouloit célébrer l'arrivée. Lorsque Verrès eut tout enlevé, soit en demandant, soit en exigeant, soit en prenant, Sthénius soutint ces pertes le mieux qu'il put. Il ne laissoit pas de ressentir une vive peine ; sa maison, si bien fournie de tout, si bien décorée, se trouvoit presque entièrement vuidée et dépouillée par celui même qu'il y avoit reçu. Mais il ne faisoit part de son chagrin à personne : il croyoit devoir souffrir d'un préteur sans se plaindre, et d'un hôte avec patience.

Cependant Verrès, par un effet de cette passion si connue de tout le monde, ayant vu dans les places et édifices publics de Thermes de très-belles statues antiques, ne tarda pas à en être épris. Il demanda à Sthénius de lui promettre ses services pour les enlever, et de lui prêter son secours. Sthénius, non-seulement le refusa, mais encore lui déclara qu'il étoit impossible que des statues d'une telle antiquité, des monumens de Scipion l'Africain, fussent enlevés de la ville de Thermes , tant que Rome et l'empire romain subsisteroient.

Ici rapprochons de la dureté et de la cupidité de Verrès, la clémence et l'équité d'un de nos plus illustres généraux. Les Carthaginois avoient pris jadis Himère , une des villes de Sicile les plus célèbres et les mieux décorées. Scipion, qui croyoit digne du peuple romain, qu'aussitôt la guerre finie , notre victoire remît les alliés en possession de ce que l'ennemi leur avoit enlevé, fit rendre ce qu'il put à tous les Siciliens après la prise de Carthage. Les habitans d'Himère que les malheurs de la guerre avoient épargnés , voyant leur ville détruite , s'étoient établis à Thermes, ville placée sur les confins de leur territoire, et voisine de leur ancienne patrie. Ils croyoient recouvrer la fortune et la gloire de leurs aïeux , lorsqu'on plaçoit dans leur nouvelle patrie les monumens de leurs ancêtres. Il y avoit plusieurs statues en airain , une entre autres d'une grande beauté ; c'étoit Himère elle-même représentée sous la figure d'une femme portant le nom de la ville et du fleuve. On y voyoit aussi un vieillard courbé , ayant un livre à la main : c'étoit la statue du poëte Stésichore, qui passe pour un chef-d'œuvre de l'art. Ce poëte étoit d'Himère ;— mais grace à son génie, son nom a été et est encore fameux dans toute la Grèce. Verrès désiroit avec fureur ces deux statues. On y voyoit encore, je l'avois presque oubliée, une certaine chèvre ; nous-mêmes qui connoissons peu ces chefs-d'œuvre des artistes, nous en avons été frappés, tant elle est travaillée avec délicatesse. Ce n'est point pour que Verrès, fin connoisseur, pût les enlever, que Scipion a dédaigné de prendre pour lui-même ces raretés et d'autres semblables ; et s'il les a rendues aux habitans de Thermes, ce n'est pas qu'il n'eût aussi des jardins à Rome ou dans le voisinage, quelqu'endroit en un mot où il pût les placer : mais s'il les eût transportées dans ses demeures, on ne les eût point appelées long-tems de son nom, on leur eût donné le nom de ceux à qui elles seroient passées après sa mort ; au lieu qu'elles se trouvent maintenant exposées dans des places où il me semble qu'elles seront réellement et qu'on les regardera toujours comme étant à Scipion.

Verrès vouloit avoir ces statues ; la chose étoit agitée dans le sénat : Sthénius s'y opposa très-fortement; et comme il étoit un des plus éloquens des Siciliens, il insista sur les principaux motifs : les habitans de Thermes, disoit-il, devoient plutôt abandonner leur ville que d'en laisser enlever les monumens de leurs ancêtres, les dépouilles des ennemis, les bienfaits d'un grand homme, les témoignages de leur alliance et de leur amitié avec le peuple romain. Son discours fit la plus vive impression sur tous les esprits; il ne se trouva personne qui ne déclarât qu'il valoit mieux mourir. Ainsi c'est presque la seule ville de l'univers, où Verrès n'ait pu rien prendre en ce genre dans les places et édifices publics, ni par violence, ni par artifice, ni par autorité, ni par crédit, ni par argent. Mais j'exposerai ailleurs sà passion pour tous ces objets. Je reviens maintenant à Sthénius.

Le préteur, outré contre son hôte, rompt avec lui : il déménage, ou plutôt il déloge (1);

―――――――――――――

(1) Il m'a semblé que la différence entre *exire* et *migrare* est celle que j'ai marquée dans ma traduction. *Exire* sortir simplement ; *migrare* sortir en emportant les meubles. On a vu plus haut que Verrès avoit enlevé beaucoup d'effets de la maison de Sthénius.

car il avoit déja enlevé les meubles. Les enne
mis de Sthénius invitent aussitôt le préteur
dans leurs maisons, afin d'être à portée de
l'aigrir de plus en plus par de faux rapports
et par des imputations calomnieuses. Ces ennemis étoient Agathinus, homme noble, et
Dorothée, qui avoit épousé Callidama, fille
d'Agathinus, dont Verrès avoit entendu parler.
Il préféra de loger chez le gendre d'Agathinus.
Il ne s'étoit passé qu'une seule nuit, et déja il
chérissoit Dorothée au point qu'il sembloit que
tout étoit commun entre eux ; il avoit des
égards pour Agathinus comme pour un allié
et un parent : il paroissoit même ne plus penser à cette statue d'Himère ; la figure et les
traits de la femme de son hôte lui plaisoient
bien davantage.

Ainsi donc il exhorte le gendre et le beau-
père à susciter à Sthénius un procès, et à forger
un délit. Ceux-ci lui représentent qu'ils ne savoient pas sur quoi l'accuser. Alors Verrès leur
déclare ouvertement qu'ils pouvoient dire contre
Sthénius tout ce qu'ils voudroient, que toutes
leurs accusations seroient toujours bien reçues.
Ils ne diffèrent donc pas d'un moment : ils
dénoncent aussitôt Sthénius, et l'accusent d'a-
voir

voir falsifié les registres publics. Sthénius demande à être jugé par ses concitoyens sur la
falsification des registres , à être actionné selon
les loix de Thermes : le sénat et le peuple
romain , disoit-il , avoient rendu aux habitans
de Thermes leur ville , leurs campagnes et leurs
loix pour prix de leur amitié et de leur fidélité
constante ; depuis , Rupilius , d'après un sénatus-consulte et de l'avis des dix députés , avoit
donné aux Siciliens des loix en vertu desquelles
les citoyens devoient plaider entre eux suivant
leurs loix ; enfin , Verrès lui-même avoit déclaré
par un édit que , dans de pareilles causes , il
renverroit à leurs loix les citoyens. Le préteur ,
cet homme rempli d'équité , si supérieur à
toute passion , annonce qu'il connoîtra de
l'affaire , il ordonne à Sthénius de se disposer
à plaider sa cause pour le lendemain à la huitième heure (1). Le dessein de ce méchant , de
ce scélérat , n'étoit pas ignoré : il n'avoit pu
s'en cacher lui-même , et l'épouse de Doro-

(1) Sur les deux heures après midi : car on sait
que les Romains partageoient le jour en douze heures
égales. Il y a des éditions qui portent *nonâ horâ* , à
la neuvième heure.

Tome III. B b

thée n'avoit pu s'en taire. On savoit qu'après
avoir condamné Sthénius sans preuves et sans
témoins, cet infame préteur avoit intention de
faire battre cruellement de verges un homme
de cet âge, de cette naissance, son hôte. Le
projet de Verrès n'étoit pas douteux ; Sthénius,
de l'avis de ses hôtes et de ses amis, s'enfuit
de Thermes et se réfugie à Rome. Il aimoit
mieux braver l'hiver et les tempêtes que de ne
pas éviter ce fléau commun de la province, cet
écueil inévitable de tous les Siciliens.

Verrès, homme exact et vigilant, ne manque
point de venir à la huitième heure ; il fait appeler Sthénius. Mais voyant qu'il ne se présentoit pas, enflammé de colère et transporté
de fureur, il envoie à sa maison des esclaves
de Vénus : il dépêche des cavaliers dans ses
terres, dans ses maisons de campagne ; et,
pour attendre des nouvelles certaines, il reste
constamment dans la place publique jusqu'à
la troisième heure de la nuit (1). Le lendemain,
il revient de grand matin, mande Agathinus,
et lui ordonne d'accuser Sthénius quoiqu'ab-

(1) La nuit se partageoit en douze heures égales,
ou en quatre veilles de trois heures.

sent sur la falsification des registres. Telle
étoit la cause, que l'accusateur ne trouvoit rien
à dire même sans adversaire, devant un juge
ennemi de l'accusé. Il se contente de dire en
un mot, que Sthénius, sous la préture de
Sacerdos, avoit falsifié les registres publics. A
peine avoit-il proféré ces paroles, Verrès prononce ; il déclare Sthénius atteint et convaincu
d'avoir falsifié les registres publics : en homme
dévoué à Vénus, il ajoute, ce qui étoit nouveau et sans exemple, qu'on prendroit sur les
biens de Sthénius cinq cents mille sesterces (1)
pour Vénus Erycine ; et aussitôt il donne des
ordres pour qu'on vende ses biens. Ils auroient
été vendus en effet pour peu qu'on eût tardé à
lui compter cette somme.

Lorsqu'elle lui fut comptée, il ne s'en tint
pas à cette injustice ; il annonce publiquement
du haut de son tribunal que, si l'on vouloit
accuser Sthénius absent de crime capital (2).

(1) 62,500 livres. Le texte porte *quingenties*, ce
qui feroit cinquante millions de sesterces, 6,250,000
livres. La somme a paru exorbitante à d'habiles critiques qui ont corrigé *quingenta*.

(2) Cicéron ne dit pas quel étoit ce crime capital
dont Verrès vouloit faire accuser Sthénius absent.

il recevroit la dénonciation : et en même tems il exhorte Agathinus, son nouvel hôte, son nouvel allié, à se présenter, et à dénoncer Sthénius. Agathinus dit assez clairement, pour que tout le monde le pût entendre, qu'il ne le feroit pas, qu'il n'étoit point assez ennemi de Sthénius pour l'accuser de crime capital. Alors un certain Pacilius, homme indigent et vil, se présente tout-à-coup, et déclare que, si la chose étoit permise, il étoit prêt à dénoncer Sthénius absent. Oui, dit Verrès, cela est permis, c'est l'usage, et je recevrai votre dénonciation. Sthénius est donc dénoncé. Le préteur ordonne aussitôt que Sthénius ait à se trouver à Syracuse aux calendes de décembre.

Celui-ci, après une navigation assez heureuse dans une saison contraire, après avoir trouvé les vents et les flots plus favorables et moins cruels que l'ame du préteur, de son hôte, étoit arrivé à Rome; il instruit ses amis de son affaire. Il n'y avoit personne qui ne trouvât la conduite de Verrès affreuse et révoltante, comme elle l'étoit en effet. Les consuls Lentulus et Gellius en parlent aussitôt dans le sénat; ils étoient d'avis d'ordonner, si les sénateurs le jugeoient à propos, que, dans les provinces, on ne pourroit accuser personne pour crime capital en son absence. Ils instruisent le sénat de toute la cause de Sthénius, de la cruauté et de l'injustice de Verrès. Son père étoit au sénat ; les larmes aux yeux, il prioit chaque sénateur en particulier d'épargner son fils. Cependant il ne gagnoit rien : on étoit absolument décidé. Les avis étoient que, Sthénius ayant été accusé en son absence, on n'avoit dû rendre contre lui aucun jugement, que, si on en avoit rendu, il ne devoit pas être ratifié. On ne put rien terminer ce jour-là ; il n'y avoit point assez de tems, et le père de Verrès avoit engagé quelques sénateurs à consumer en discours le peu qu'il y en avoit. Après quoi, ce vieillard va trouver tous les défenseurs et hôtes de Sthénius ; il les conjure de ne point perdre son fils, les exhorte à être tranquilles sur Sthénius ; il fera toutes les diligences pour que son fils ne lui porte aucun préjudice ; il enverra des exprès en Sicile par terre et par mer. On comptoit encore trente jours jusqu'aux calendes de décembre ; c'étoit le tems que Verrès avoit fixé pour que Sthénius eût à se trouver à Syracuse. Les amis de Sthénius se

laissèrent toucher , dans l'espérance que la lettre
et les représentations d'un père rameneront un
fils à la raison. On ne parla plus de cette affaire dans le sénat. Des couriers envoyés à
Verrès, lui apportent une lettre de son père
avant le premier décembre , lorsque l'affaire
de Sthénius n'étoit pas encore entamée. Une
multitude de lettres sur le même objet lui sont
apportées en même tems de la part d'un grand
nombre de ses parens et amis. Verrès , qui ne
fit jamais un sacrifice de sa passion , ni à son
devoir, ni à sa sûreté propre, ni à la tendresse
filiale, ni aux sentimens de l'amitié (1) , crut
que , dans cette circonstance , l'autorité même
et la volonté d'un père qui employoit et les
prières et les avis, devoient céder à la fureur
qui le possédoit. Le lendemain , les calendes
même de décembre , il fait appeler Sthénius
comme il l'avoit annoncé.

Si votre père , Verrès , vous eût demandé
cette grace à la prière d'un ami , par bonté de
cœur ou par complaisance , la recommandation
d'un père auroit dû être auprès de vous d'un

(3) Voilà comme j'ai rendu l'*humanitatis* du latin ,
dont le sens est un peu vague.

grand poids. Mais il vous sollicitoit pour votre sûreté propre , il vous avoit envoyé de Rome des exprès , ces exprès étoient venus dans un tems où il n'y avoit encore rien de commencé ; et vous n'avez pu même alors être ramené au devoir et à la raison , sinon par les sentimens de tendresse filiale , du moins par la considération de vos propres intérêts ! Verrès appelle l'accusé. Il ne répond pas. Il appelle l'accusateur : considérez , je vous prie , Romains , et voyez combien la fortune elle-même condamnoit la folie de Verrès , en même tems qu'elle favorisoit la cause de Sthénius : l'accusateur appelé , Pacilius ne répondit pas, je ne sais pourquoi ; il ne parut point. Quand même Sthénius eût été accusé étant présent , quand il eût été chargé d'un crime notoire et manifeste ; toutefois , l'accusateur étant absent , Sthénius ne devoit pas être condamné. Car si un accusé pouvoit être condamné en l'absence de l'accusateur , je ne me serois point embarqué à Vibon sur un petit vaisseau , je ne serois point passé à Vélie au milieu de vos armes (1) , au milieu des armes des esclaves

(1) Cicéron a déja dit que Verrès lui avoit dressé

B b 4

fugitifs et des pirates ; je n'aurois point alors
exposé ma vie par tant de précipitation ,
par la seule crainte que vous ne fussiez
plus au nombre des accusés , si je n'arri-
vois pas à tems. Ainsi donc , si d'être absent
lorsque j'étois appelé , eût été pour vous la
circonstance la plus heureuse , pourquoi avéz-
vous cru que cette même circonstance ne devoit pas servir à Sthénius , dont l'accusateur
n'étoit point présent ! Verrès , Romains , a
terminé l'affaire comme il l'avoit commencée :
celui qui l'avoit fait accuser quoique absent,
il le condamne en l'absence de l'accusateur,
On lui annonçoit dès les premiers tems , et
son père le lui avoit marqué dans un grand
détail , que l'affaire avoit été agitée dans le
sénat , que même le tribun Palicanus (1) s'é-

des embûches sur terre et sur mer. —— *Des esclaves
fugitifs*, restes de la troupe de Spartacus. —— *Que
vous ne fussiez plus au nombre des accusés*. Si le
jour marqué pour le jugement, l'accusateur ne répondoit pas quand on appeloit la cause, l'accusé n'étoit
plus censé au nombre des accusés.

(1) Marcus Lollius Palicanus , tribun du peuple,
qui fit rendre aux tribuns par Pompée, consul, leur
ancien pouvoir dont les avoit dépouillés Sylla , dictateur.

toit plaint , dans une assemblée du peuple ,
de l'injustice faite à Sthénius ; qu'enfin moi-
même j'avois parlé pour Sthénius devant le
collége des tribuns , dont une ordonnance
défendoit à tout particulier condamne pour
crime capital de rester à Rome ; j'avois exposé
la chose comme je vous l'expose aujourd'hui ,
j'avois montré que la condamnation de Sthénius devoit être regardée comme nulle ; on
mandoit à Verrès que les tribuns avoient décidé d'une voix unanime que l'ordonnance ne
devoit pas empêcher Sthénius de rester à Rome :
à ces nouvelles , il craignit enfin , il fut troublé : il réforma ses registres (1); et par-là il
s'est perdu sans ressource , il s'est ôté tout
moyen de défense. En effet, s'il eût dit pour
sa décharge : On peut recevoir une dénonciation contre un homme absent; aucune loi
n'empêche de le faire dans une province ; ce
seroit une défense bien mauvaise , mais ce

_____

(1) Latin *vertit stylum in tabulis.* On se servoit
d'un stylet pour écrire sur des tablettes légèrement
enduites de cire. Le bas du stylet servoit pour écrire
et le haut pour effacer. *Vertere stylum*, prendre le
haut du stylet au lieu du bas.

seroit pourtant une défense. Enfin il pourroit recourir à ce dernier refuge d'une cause désespérée, qu'il a agi par mégarde, qu'il croyoit la chose permise : quoique cette défense soit misérable, ce seroit toujours dire quelque chose. Il change donc le contenu des registres, et il y met que Sthénius a été dénoncé étant présent.

Ici voyez dans combien de filets il s'est embarrassé, sans pouvoir se dégager en aucune sorte. D'abord il avoit souvent annoncé lui-même en Sicile, publiquement, siégeant en son tribunal, il avoit dit bien des fois dans des entretiens particuliers, qu'on pouvoit recevoir une dénonciation contre un homme absent, qu'il y avoit été autorisé par des exemples. Vous avez vu, Romains, dans la première plaidoierie, qu'il l'avoit répété plus d'une fois : c'est ce dont vous ont assuré plusieurs dépositions ; celle de Sextus Pompéius Chlorus, homme d'une grande vertu, dont je vous ai déja parlé ; celle de Cnæus Pompéius Théodorus, qui jouit généralement de la meilleure réputation, et qui, dans beaucoup d'importantes affaires, a mérité l'estime de l'illustre Pompée ; celle de Possidès Matro,

citoyen de Solence , de la première noblesse ,
d'une réputation et d'une vertu rares. Ces dépositions seront confirmées , dans cette plaidoierie , par un aussi grand nombre d'autres
que vous voudrez , et par celles des premiers
de notre ordre , qui ont entendu ces propos
de Verrès lui-même , et par celles d'autres
personnes qui étoient présentes quand on recevoit la dénonciation contre Sthénius absent.
Ensuite à Rome , lorsque l'affaire étoit agitée
dans le sénat , tous les amis de Verrès et son
père lui-même soutenoient que la chose étoit
légitime ; qu'on l'avoit fait souvent , que le
préteur avoit été autorisé par plus d'un exemple. Ajoutez que toute la Sicile en rend témoignage. Dans les requêtes de toutes les
villes présentées aux consuls , elle prie et conjure les sénateurs de statuer qu'on ne pourroit
point recevoir une dénonciation contre des
absens. A ce sujet , vous avez entendu dire
à Lentulus (1) , jeune homme distingué , protecteur de la Sicile , que les Siciliens l'instrui-
sant de ce qu'il devoit dire pour eux dans le

(1) Cnæus Lentulus Marcellinus , protecteur de la
Sicile , comme étant de la famille des Marcellus.

sénat, s'étoient plaints du malheur de Sthénius, et que c'étoit l'injustice faite à cet homme
qui les avoit déterminés à présenter la requête
dont nous parlons. Après cela, pouviez-vous
être assez extravagant, assez audacieux, pour
oser falsifier les registres d'une ville dans une
chose aussi claire, aussi attestée, que vous
aviez rendue vous-même si publique. Mais
comment les avez-vous falsifiés ? Quand nous
nous tairions tous, vos registres eux-mêmes
ne vous condamnent-ils pas ? Greffier, faites
courir ces registres dans le tribunal, montrez-
les aux juges. Le voyez-vous, Romains ; tout
l'article où il est dit que Sthénius a été dénoncé étant présent, est raturé ? Qu'avoit-on
écrit auparavant dans cet endroit ? Quelle
faute cette rature a-t-elle corrigée ? Pourquoi
attendre de nous des preuves dans ce grief ?
Nous ne disons rien des registres : ils sont
sous les yeux, ils disent assez haut qu'ils ont
été raturés et falsifiés. Espérez-vous, Verrès,
pouvoir échapper, lorsque nous vous pour-
suivons, non d'après des conjectures dou-
teuses, mais d'après vos propres vestiges,
d'après les traces toutes fraîches imprimées
dans les registres de votre préture ? Et il a

condamné sans l'entendre Sthénius, comme
ayant falsifié les registres publics, lui qui n'a
pu se défendre d'avoir falsifié des registres publics dans l'affaire de Sthénius !

Mais voyez une autre extravagance ; voyez
comme il s'embarrasse de plus en plus en voulant se dégager. Il donne pour représentant à
Sthénius, qui ? un de ses parens et de ses
proches ? Non. Un habitant de Thermes,
personnage noble et distingué ? Point du tout.
Un Sicilien qui ait un rang, qui jouisse de
quelque considération ? Rien moins que cela.
Qui donc ? Un citoyen romain. A qui le fera-
t-on croire ? Quoi ? Sthénius, le plus noble de
sa ville, dont la famille étoit des plus qualifi-
fiées, qui comptoit beaucoup d'amis, qui jouissoit d'un grand crédit et d'une grande considération dans toute la Sicile ; Sthénius n'a pu
trouver un seul Sicilien qui se constituât son
représentant ? A qui le persuaderez-vous ? A-t-il
préféré un citoyen romain ? Montrez-moi un
Sicilien accusé qui ait jamais pris un citoyen
romain pour représentant. Produisez, mettez
sous les yeux les registres de tous les préteurs
qui vous ont précédé. Si vous en trouvez un
seul, je conviendrai avec vous que tout s'est

passé comme vous le matquez dans vos registres. Mais peut-être Sthénius s'est-il fait un
honneur de choisir quelqu'un dans le nombre
des citoyens romains , dans la foule de ses
amis et de ses hôtes , pour le constituer son
représentant. Qui donc a-t-il choisi? Qui est-ce
qui est inscrit sur les registres ? Claudius ,
fils de Caïus , de la tribu palatine (1). Je ne
demande pas quel est ce Claudius , si c'est un
personnage assez considéré , assez distingué ,
assez habile , pour que son rang et sa réputation aient engagé Sthénius à s'écarter de
l'usage de tous les Siciliens , à prendre un
citoyen romain pour représentant. Je ne fais
aucune de ces demandes : car peut-être Sthénius s'est-il déterminé, moins par l'importance
du personnage que par le degré de l'amitié.
Mais si parmi tous les hommes , Sthénius n'a
pas eu de plus grand ennemi que ce Claudius
dans tous les tems, et sur-tout dans les circonstances actuelles , dans l'affaire même dont
il s'agit; s'il a été un de ses adversaires dans

(1) Tribu palatine , une des quatre tribus de la
ville , dans lesquelles se trouvoient les citoyens les
moins riches et les moins considérables.

la cause de la falsification des registres ; s'il l'a attaqué par mille moyens ; croirons-nous que Sthénius ait constitué un ennemi pour son représentant ? Ne croirons-nous pas plutôt que Verrès , dans le jugement de Sthénius , se soit servi pour le perdre du nom de son ennemi ?

Je me flatte que tout le monde, depuis long-tems, est convaincu de la perversité de Verrès ; mais dans la crainte que par hasard quelqu'un ne doute de quelle nature est toute cette intrigue , je vous demande encore un peu d'attention. Voyez-vous cet homme basané, dont les cheveux sont un peu crépus , qui croit nous regarder avec un air de malice et de finesse , qui a des mémoires en main , qui écrit, qui avertit l'orateur, qui est assis à ses côtés ? C'est Caïus Claudius. Il étoit regardé en Sicile comme le messager , l'entremetteur, l'agent de Verrès, presque le collègue de Timarchide : lui il se disoit (1) le collègue et le compagnon , non de Timarchide , mais de

---

(1) J'ai traduit comme si on lisoit en transposant, *numerabatur; qui se non... dicebat : nunc obtinet... videatur. Dubitate etiam.*

Verrès lui-même ; et il est maintenant si fort dans sa confiance, qu'il paroît le céder à peine pour l'intimité à ce fameux Apronius. Pouvez-vous douter encore que Verrès ne l'ait choisi entre tous par préférence, pour lui faire jouer le rôle odieux d'un représentant supposé, parce qu'il le croyoit son ami, et l'ennemi juré de Sthénius ?

Hésiterez-vous, Romains, à punir une telle audace, une telle cruauté, une telle injustice ? Hésiterez-vous à suivre l'exemple de ces juges qui, en condamnant Dolabella (1), ont an-nullé la condamnation de Philodame, citoyen d'Opuntium, parce qu'il avoit été accusé, non pas en son absence, ce qui est la chose du monde la plus cruelle et la plus inique, mais ayant été chargé par ses concitoyens d'une députation pour Rome ? Ce que ces juges ont décidé dans une cause de moindre consé-quence, par des principes d'équité; balance-rez-vous à le décider dans une cause des plus graves, sur-tout étant autorisés par l'exemple d'autres juges ?

(1) C'est le même Dolabella dont Verrès avoit été le lieutenant. Le Philodame est un autre que celui de Lampsaque.

Mais

Mais à quel homme, Verrès, avez-vous fait une injure aussi atroce, aussi éclatante? quel homme vous êtes vous fait dénoncer quoiqu'il fût absent? quel homme avez-vous condamné en son absence, non-seulement sans accusation et sans témoins, mais encore sans accusateur? quel homme? grands Dieux! je ne dirai pas votre ami, ce titre si cher parmi les mortels; ni votre hôte, ce titre si sacré: car la chose que je dis le moins volontiers de Sthénius, la seule chose que je trouve à reprendre en lui, c'est qu'étant le plus sage et le plus intègre des hommes, il vous a invité à loger dans sa maison, vous qui ne respirez que le crime, l'adultère et l'infamie; c'est qu'ayant été ou étant encore l'hôte de Marius, de Pompée, de Marcellus, de Sisenna, un de vos défenseurs, et d'autres personnages recommandables, il ait ajouté votre nom à celui de ces hommes illustres; ainsi je ne me plains pas des droits de l'amitié et de l'hospitalité que vous avez violés par un crime horrible : je parle ici, non pour ceux qui connoissent Sthénius, c'est-à-dire pour tous ceux qui ont été en Sicile; aucun d'eux n'ignore combien il est aimé dans sa ville, quelle est

pour lui l'estime et la vénération de toute
la province : mais je veux faire connoître à
ceux même qui n'ont jamais vu la Sicile,
quel homme vous avez choisi pour en faire
la malheureuse victime d'une injustice qui,
par l'indignité de la chose autant que par la
dignité de la personne, devoit soulever et révolter tout le monde.

Le Sthénius dont nous parlons n'a-t-il pas
obtenu dans sa patrie toutes les magistratures
avec la plus grande facilité? ne les a-t-il pas
gérées de la manière la plus noble et la plus
honorable? n'a-t-il pas relevé la petitesse de
sa ville par la beauté des grands édifices publics et des monumens dont il l'a décorée à
ses frais? Pour attester les services qu'il a rendus à la république de Thermes et à toute
la Sicile, n'a-t-on point placé une table d'airain
à Thermes dans la salle du sénat? n'y a-t-on
point gravé et détaillé tous les bienfaits dont
on lui étoit redevable? Cette table fut alors
enlevée par votre ordre ; je l'ai apportée aujourd'hui, afin que tout le monde pût connoître les honneurs que Sthénius a obtenus et
la considération dont il jouissoit parmi les
siens. N'est-ce pas encore le même Sthénius

qui, accusé devant l'illustre Pompée, par des
ennemis qui, pour le rendre odieux, lui re-
prochoient faussement que son amitié avec
Marius l'avoit rendu contraire aux intérêts de
notre république (1), n'est-ce pas lui, dis-je,
qui a été si pleinement absous par Pompée,
que ce grand homme, dans ce jugement même,
l'a cru digne d'en faire son ami et son hôte?
n'est-ce pas lui encore qui, dans cette circonstance, a été si bien recommandé, si bien
défendu par tous les Siciliens, que Pompée,
en le renvoyant absous, croyoit obliger, non-
seulement un homme, mais toute la province.
N'est-ce pas lui enfin qui étoit si zélé pour la
république (2), qui avoit une si grande autorité parmi ses compatriotes, que seul en Sicile,
sous votre préture, ce qu'aucun Sicilien, ce
que toute la Sicile n'avoit pu faire, il a pu
vous empêcher d'enlever aucune statue, aucun ornement d'aucun lieu sacré ou public

---

(1) C'est-à-dire, des intérêts de la noblesse, dont
Sylla étoit le défenseur : Pompée étoit zélé partisan
de Sylla.

(2) Il ne permit point qu'on enlevât des objets que
les Thermitains tenoient de la république.

de Thermes, quoiqu'il y en eût un grand
nombre, et que vous eussiez tout convoité?

On célèbre en votre honneur chez les Siciliens de brillantes fêtes qui portent votre nom ;
vous avez à Rome des statues dorées, érigées,
si l'on en croit l'inscription, par la Sicile
entière ; voyez cependant, Verrès, quelle
différence l'opinion publique met entre vous
et ce Sicilien condamné par vous protecteur
de la Sicile. Presque toutes les villes de la
province envoient des députés pour rendre
en faveur de Sthénius les témoignages les plus
honorables : et que fait cette même province
pour vous protecteur de tous les Siciliens ? La
ville de Messine, associée à vos rapines et à
vos infamies, est la seule qui par ses députés
vienne rendre témoignage en votre faveur ;
mais d'une manière si nouvelle que, tandis
que la députation vous loue, les députés vous
chargent. Les autres villes vous inculpent par
des lettres, par des députations, par des dépositions, elles se plaignent, elles vous accusent, elles se croient perdues sans ressource
si on vous renvoie absous.

C'est pour diffamer un homme tel que
Sthénius, c'est avec ses biens que vous avez

placé sur le mont Erix un monument de vos
dissolutions et de votre cruauté, en y faisant
graver le nom de Sthénius, citoyen de Thermes.
J'ai vu le Cupidon d'argent avec la lampe. Pour
quel sujet, pour quel motif, avez-vous employé à cet usage, sur-tout les deniers de
Sthénius? vouliez-vous dans le moment établir
une preuve visible de vorre cupidité, un
témoignage de votre impudique amour, un
trophée de la victoire remportée sur les droits
de l'amitié et de l'hospitalité. Les hommes
qui, livrés aux plus affreux désordres, non
contens de satisfaire leurs infames passions, se
font gloire encore de leurs infamies, s'étudient
à laisser en plusieurs endroits les traces honteuses de leurs débordemens. Verrès brûloit
d'amour pour l'épouse de son hôte, en faveur
de laquelle il avoit violé les droits de l'hospitalité : il ne vouloit pas simplement qu'on le
sût, mais qu'on en parlât toujours. Ainsi de
l'argent même que lui avoit procuré une affaire
où Agacius étoit accusateur, il jugea qu'il étoit
dû une offrande sur-tout à Vénus qui avoit
formé toute l'accusation et conduit le jugement.
Je vous croirois, Verrès, reconnoissant envers

les dieux , si vous aviez fait cette offrande à
Vénus sur vos biens et non sur ceux de Sthénius : vous le deviez d'autant plus que cette
année-là même vous aviez recueilli la succession de votre Chélidon.

Quand je n'aurois pas accepté cette cause à
la prière de tous les Siciliens ; quand toute la
province ne m'auroit pas demandé ce service ;
quand mon zèle et mon amour pour la république, le soin de la réputation de notre ordre
et des tribunaux , ne m'auroient pas contraint
de m'en charger ; quand je n'aurois pas eu
d'autre motif que d'avoir vu outragé par vous
d'une manière aussi cruelle , aussi indigne ,
aussi affreuse, Sthénius mon hôte et mon ami,
Sthénius que j'avois chéri singulièrement dans
ma questure, pour qui j'avois conçu une véritable estime , que j'avois reconnu dans la province plein d'ardeur et d'empressement pour
ma gloire : ne seroit-ce pas un motif suffisant
pour me déclarer l'ennemi d'un méchant
homme, pour défendre les plus chers intérêts
d'un hôte mon ami fidèle ? C'est ce que beaucoup d'autres ont fait du tems de nos ancêtres ; c'est ce qu'a fait encore dernièrement

l'illustre Domitius, qui a cru devoir accuser Silanus, personnage consulaire, pour venger les injures d'Egritomare (1) son hôte, d'un habitant d'au-delà les Alpes. Je me croirois fait pour suivre cet exemple d'amitié et de sensibilité, pour flatter mes amis et mes hôtes de l'espoir de vivre en plus grande sûreté avec le secours de ma foible éloquence. Mais puisque, dans les vexations qu'a essuyées toute la province, se trouvent renfermées les injures personnelles de Sthénius, puisque je défends en même tems plusieurs hôtes et amis, soit en particulier, soit avec leur ville, dois-je craindre qu'on me reproche de m'être chargé de cette cause, sans y avoir été déterminé et comme forcé par la considération d'un devoir indispensable ?

Telle est la manière dont Verrès connoissoit des affaires, les jugeoit ou les faisoit juger : le nombre de ses délits en ce genre est infini, et nous voulons mettre des bornes, prescrire un terme à nos accusations et à nos discours ; nous allons donc conclure cet article, nous

(1) Il est parlé du même Egritomare, dans le discours intitulé *divinatio*.

prendrons ensuite quelques traits dans les autres genres.

Vous avez entendu dire à Quintus Marius que ses intendans avoient compté au préteur cent trente mille sesterces (1) pour lui obtenir le droit de demander justice : vous vous rappelez la déposition de Varius ; ce fait, vous vous en souvenez, a été confirmé par la déposition de Sacerdos, citoyen doué des plus grandes vertus. Vous le savez, Sertius et Modius, de l'ordre équestre, et outre cela une foule de citoyens romains et de Sicilens, ont dit qu'ils avoient donné de l'argent à Verrès pour le même objet. A quoi bon argumenter sur un délit pour lequel il suffit absolument d'écouter des témoins ? Pourquoi discuter des faits sur lesquels il ne peut y avoir aucun doute ? Peut-on douter que, sous la préture de Verrès, la justice en Sicile n'ait été vénale, puisqu'à Rome il a vendu toute son ordonnance (2) et toutes ses décisions ? Peut - on

(1) 16,250 livres.

(2) Nous avons parlé, dans le discours précédent, de l'édit ou ordonnance du préteur de la ville à Rome ; un préteur et un proconsul dans la province annon-

douter que ce préteur n'ait reçu de l'argent des Siciliens pour interposer des décrets, puisqu'il en a demandé à Octavius Ligur pour lui rendre justice ?

Mais parlons (1) de ses autres moyens d'extorquer de l'argent. En est-il un seul qu'il n'ait pas mis en usage ? En est-il quelqu'un inconnu au reste des hommes qu'il n'ait pas imaginé ? Dans les villes de la Sicile, est-il une place importante, une commission, un office auquel soient attachés de l'honneur ou du pouvoir, qu'il n'ait pas tourné à son profit et mis partout en négoce ?

On a entendu dans la première plaidoierie les dépositions des particuliers et des villes. Les députés de Centorbe, d'Halèse, de Catane, de Palerme, et de plusieurs autres villes, ont certifié ce que j'avance, aussi bien qu'une

coient également par un édit ou ordonnance, suivant quels principes il avoit dessein de se régler dans l'administration de la justice, durant le cours de son gouvernement.

(1) *Mais parlons....* J'ai ajouté de moi cette petite phrase. Elle m'a paru renfermée dans l'*enim* du latin, lequel ici fait transition.

multitude de particuliers. On a pu voir par leurs témoignages que, dans toute la Sicile, durant trois années, pas un seul sénateur dans aucune ville n'a été élu gratuitement, pas un seul par les suffrages, suivant la disposition de leurs loix, pas un seul, sinon par l'ordre ou les recommandations de Verrès ; dans le choix de tous les sénateurs, loin de prendre les suffrages, on n'a pas même examiné les conditions d'où l'on devoit tirer les membres du sénat, on n'a eu égard ni au revenu, ni à l'âge, ni à aucune loi des Siciliens ; quiconque vouloit devenir sénateur, ne fût-ce qu'un enfant, en fût-il indigne, fût-il d'une famille d'où on ne pouvoit l'être, si son or le rendoit auprès de Verrès propre à obtenir ce rang, il l'est toujours devenu : en tout cela Verrès n'a jamais respecté les loix des Siciliens, ni même celles qui ont été données par le sénat et le peuple de Rome. Car les loix que donne à nos alliés et à nos amis celui qui a reçu du peuple le commandement et du sénat le pouvoir de donner des loix, doivent être censées les loix du sénat et du peuple.

Les habitans d'Halèse, pour prix d'un grand nombre de services essentiels rendus à la république par eux et par leurs ancêtres , ne dépendoient que d'eux-mêmes : il n'y a pas long-tems, sous le consulat de Lucius Licinius et de Quintus Mucius (1) , dans une contestation qu'ils eurent entr'eux pour l'élection de leurs sénateurs , ils demandèrent des loix à notre sénat. Il fut ordonné par un décret de cette compagnie conçu en termes honorables , que le préteur Claudius Pulcher , fils d'Appius , leur donneroit des loix. Claudius ayant consulté tous les Marcellus (2) qui existoient pour lors, de leur avis il donna aux habitans d'Halèse des loix , dans lesquelles il régla beaucoup de choses , sur l'âge des personnes , qu'on ne pourroit être sénateur avant trente ans ; sur la profession, qu'on ne pourroit être choisi quand on auroit fait quelque vil trafic ; sur le revenu, et sur d'autres objets. Tous ces réglemens, avant la préture de Verrès , ont été observés, sous l'autorité de nos magistrats , à la plus grande satisfaction des habitans d'Halèse.

(1) Lucius Licinius Crassus, orateur célèbre ; Quintus Mucius Scævola, souverain pontife, fameux jurisconsulte.

(2) Les Marcellus , protecteurs de toute la Sicile.

Sous le gouvernement de Verrès, l'huissier qui a voulu entrer dans le sénat, y est entré en donnant de l'argent ; des jeunes-gens de seize ans au plus ont acheté le titre de sénateur. Les habitans d'Halèse, nos anciens et fidèles alliés et amis, avoient obtenu à Rome que la chose ne fût pas permise chez eux même par leurs suffrages ; l'argent, sous Verrès, l'a rendue possible.

Les Agrigentins ont pour l'élection de leurs sénateurs d'anciennes loix de Scipion, par lesquelles sont établis les mêmes réglemens ; et de plus, comme il y a deux espèces d'Agrigentins, les anciens et les nouveaux qui composent la colonie que le préteur Manlius, d'après un sénatus-consulte, conduisit à Agrigente des villes de la Sicile, il est réglé par les loix de Scipion, que le nombre des nouveaux citoyens dans le sénat ne surpassera pas celui des anciens. Verrès, sous qui l'argent avoit rendu tout le monde égal, avoit fait disparoître toutes les différences d'état et toutes les distinctions, ne confondit pas seulement tout ce qui regardoit l'âge, la naissance et le trafic, mais encore pour les deux espèces de citoyens, il troubla l'ordre et le choix des an-

-ciens et des nouveaux. Il étoit mort un sénateur parmi les anciens : il restoit un égal
nombre de part et d'autre ; il falloit nécessairement choisir un des anciens en vertu des
loix , afin que ceux-ci eussent la pluralité du
nombre (1). Les choses étant dans cet état,
non-seulement d'anciens , mais même de nouveaux citoyens , vinrent trouver Verrès pour
acheter la place vacante. Un nouveau l'emporta à force d'argent, et obtint des provisions du préteur. Les Agrigentins lui envoient
des députés pour l'instruire des loix et lui
représenter ce qui s'étoit pratiqué les années
précédentes : ils vouloient lui apprendre qu'il
avoit vendu la place à celui qui ne pouvoit
pas même s'offrir pour l'acheter. Verrès qui
en avoit déja reçu le prix , ne daigna pas
même écouter leurs représentations. Il fit la
même chose à Héraclée , où Rupilius avoit
conduit une colonie , en lui donnant les mêmes
loix pour l'élection des sénateurs , et pour le
nombre des anciens citoyens et des nouveaux.
Verrès ne se contenta pas , comme dans les

(1) J'ai suivi la leçon *ut his amplior numerus esset.*
His , sans doute , *veteribus.*

autres villes , de recevoir de l'argent , il confondit la qualité et le nombre des anciens et des nouveaux citoyens.

N'attendez pas, Romains , que je parcoure toutes les villes : je renferme tout en deux mots ; je dis que , sous la préture de Verrès, pas un seul homme n'a pu être nommé sénateur sans lui avoir compté de l'argent. Je dis la même chose des magistratures , des emplois, des sacerdoces , dans lesquels il a méprisé et les droits des hommes et tout ce qui regarde le culte des immortels.

Il est à Syracuse une loi religieuse, selon laquelle on doit élire tous les ans , par le sort, un pontife de Jupiter , sacerdoce regardé chez les Syracusains comme le plus auguste. Lorsqu'on a nommé trois sujets par voie de suffrages dans les trois ordres de la ville , on emploie la voie du sort. Verrès avoit obtenu d'autorité que Théomnaste , son intime ami , fût nommé par suffrage parmi les trois. On attendoit ce qu'il alloit faire pour le sort auquel on ne sauroit commander. Il commence , ce qui étoit le plus facile, par défendre qu'on tire au sort ; il ordonne que Théomnaste soit nommé sans cette formalité. Les Syracusains

lui représentent que les réglemens sacrés s'y
opposent, que la chose n'est pas possible,
enfin que ce seroit un sacrilége. Il ordonne
qu'on lise la loi : on la lit. Il étoit marqué
qu'on jeteroit dans l'urne autant de (1) billets
qu'il y avoit de personnes nommées, que
celui dont le nom sortiroit seroit pourvu du
sacerdoce. Le préteur, en homme subtil et
ingénieux : Fort bien, dit-il : il est marqué dans
la loi, autant qu'il y aura de personnes nommées. Combien donc, dit-il, a-t-on nommé
de personnes? Trois, lui répondit-on. Y a-t-il
donc autre chose à faire que de jeter trois
billets, et d'en tirer un seul? Rien autre chose.
Il en fait jeter trois sur lesquels étoit écrit le
nom de Théomnaste. Tout le monde se récrie,
tout le monde trouve la supercherie indigne
et révoltante. Ainsi, par ce moyen, Théomnaste est investi de l'auguste dignité de pontife
de Jupiter.

A Céphalède, on a fixé un mois dans lequel

(1) Le mot de *billets* est impropre, parce que les
anciens ne se servoient pas de billets ; mais le mot
est connu chez nous et fait bien entendre la pensée
de l'orateur. On se servoit anciennement de petites
boules, de ballottes, qu'on appeloit en latin *sortes*.

doit être élu le premier pontife. Un certain
Artémon, surnommé Climachias, désiroit fort
cet honneur. C'étoit un homme riche, et d'une
naissance distinguée; mais il ne pouvoit être
nommé s'il avoit pour concurrent un certain
Hérodote. On croyoit que cette place et cet
honneur lui étoient dus pour cette année-là :
Artémon lui-même ne pouvoit en disconvenir.
La chose est portée à Verrès qui la décide
suivant sa manière. Il emporte de chez Artémon des vases ciselés, aussi renommés que
précieux. Hérodote étoit à Rome, bien persuadé qu'il viendroit assez à tems pour l'élection quand il n'arriveroit que la veille. Verrès,
pour qu'on ne tînt pas les comices dans un
autre mois que celui qu'avoient réglé les loix,
et qu'Hérodote ne fût point frustré présent de la
dignité de pontife, ce dont le préteur se sou-
cioit fort peu, mais ce qu'Artémon vouloit
absolument éviter, imagine (je l'ai dit il y a
long-tems ; jamais homme ne fut plus subtil),
il imagine un moyen de faire tenir les comices
dans le mois prescrit par les loix sans qu'Hérodote pût être présent. Voici quel est l'usage
chez les Siciliens, et chez les autres Grecs, qui
veulent que leurs jours et leurs mois s'accordent

avec

avec le cours du soleil et de la lune : s'il y a
quelque différence, quelquefois ils tirent d'un
mois un jour ou deux (1) tout au plus; quelquefois aussi ils rendent le mois plus long
d'un jour ou deux. Instruit de cet usage, Verrès, ce nouvel astronome (2), qui faisoit
moins d'attention au cours des astres qu'à la
ciselure de beaux vases d'argent , ordonne
qu'on tire, non pas un jour d'un mois, mais
de l'année un mois et demi ; de sorte, par
exemple, que le jour qui devoit être les ides
de janvier, il le fit annoncer comme les calendes de mars. Ainsi, malgré les oppositions

---

(1) Le latin ajoute, lesquels jours ils appellent
exairesimous. A ce mot grec répond le mot latin
exemptos, tirés, ôtés, retranchés.

(1) *Astronome* : c'est à ce mot que répondoit le
mot latin *astrologus*. Le rapport en latin de *coeli* et de
coelati argenti ne peut se rendre en françois. —— *Les
ides de janvier*, le 14 janvier. *Les calendes de
mars*, le premier de mars. —— *Malgré les oppositions.....* au lieu de *plorantibus*, des livres portent
implorantibus; et un savant croit qu'il faudroit lire
recusantibus, et deos homines que implorantibus.
Quoi qu'il en soit, après *plorantibus*, je ne mets que
point et virgule.

Tome III. D d

et les représentations de toute la ville, le jour prescrit par Verrès étoit le jour marqué par les loix pour tenir les comices. De cette manière, Artémon fut nommé pontife. De retour à Céphalède quinze jours avant les comices, à ce qu'il s'imaginoit, Hérodote trouva le mois des comices (1) passé, et trente jours écoulés après leur tenue. Alors les habitans firent annoncer un intercalaire de quarante-cinq jours, pour faire revenir les autres mois dans leur ordre. Si la chose eût été possible à Rome, Verrès auroit cherché quelque moyen pour supprimer les quarante-cinq jours (2) entre les jeux du cirque et ceux de la victoire, pendant lesquels seuls on pouvoit poursuivre le jugement.

Mais il est à propos de connoître comment en Sicile les censeurs ont été créés sous sa préture. C'est une charge chez les Siciliens qui

---

(1) *Passé*, suivant l'arrangement de Verrès. Au lieu d'*eum* j'ai lu *elapsum*.

(2) Il n'y avoit que 37 jours entre les jeux du cirque et ceux de la victoire ; mais Cicéron en suppose 45 pour que le rapport qu'il établit soit parfait.

se confère par le peuple avec une extrême attention , parce que tous les Siciliens fournissent les tributs chaque année d'après leurs revenus estimés par les censeurs , et que les censeurs ont tout pouvoir pour régler cette estimation , pour faire un état de ce que chacun doit fournir. Aussi le peuple choisit-il , avec le plus grand soin , un magistrat auquel il donne toute sa confiance , et cette place est vivement briguée à cause du grand pouvoir qui l'accompagne.

Ici Verrès ne voulut pas suivre une marche obscure, ni tromper dans le sort, ni retrancher des jours du calendrier ; il n'eut recours à aucune fraude , à aucun artifice ; mais afin d'éteindre et d'arrêter dans toutes les villes ces désirs inquiets et ces démarches empressées de l'ambition, fléau trop ordinaire des états , il annonça que , dans toutes les villes , il nommeroit les censeurs lui-même. Dès que le préteur eut fait publier l'encan de toutes les censures de la province, on accourt chez lui de toutes parts à Syracuse. Tout étoit en mouvement dans son palais ; une foule de contendans y faisoient valoir leurs demandes : et doit-on en être surpris ? Tous les comices de

Dd 2

tant de villes étoient rassemblés dans une seule
maison ; une seule chambre renfermoit les
prétentions de toute une province pour une
grande magistrature. Timarchide recevoit les
enchères ; et , après avoir examiné publiquement les prix que chacun mettoit , il portoit
sur son livre deux censeurs pour chaque
ville. C'étoit lui qui faisoit hausser les prix ,
qui se chargeoit de tout l'embarras, de tout
le désagrément de l'opération. Enfin , graces
à son travail et à ses soins , des sommes immenses revenoient à Verrès sans aucune peine
pour ce préteur. Jusqu'ici vous n'avez pu savoir encore parfaitement tout l'argent qu'a pu
tirer Timarchide ; toutefois, dans la première
plaidoierie , vous avez vu par une foule de
témoignages, combien il a employé de moyens
divers, de moyens odieux , pour exercer des
malversations.

Mais afin que vous ne soyez pas étonnés de
voir un affranchi si puissant auprès de Verrès,
je vais vous exposer en peu de mots quel
homme c'est que ce Timarchide ; vous en
connoîtrez mieux, et l'indignité de Verrès qui
l'avoit auprès de lui, qui lui donnoit une telle
confiance , et tout le malheur de la province.

S'agissoit-il de corrompre des femmes , et de mille autres infamies pareilles , je trouvois ce Timarchide singulièrement propre pour satisfaire les passions honteuses et les énormes dissolutions de son maître. Découvrir où étoient les personnes , les aller trouver , les entretenir , les gagner par argent , mettre en œuvre dans ces occasions toute la finesse , toute l'audace , toute l'effronterie imaginable ; il étoit merveilleux pour cela. Il ne l'étoit pas moins pour inventer de nouvelles rapines. Car dans Verrès il n'y avoit qu'une avide et insatiable cupidité, sans nul génie, sans nulle imagination ; de sorte qu'abandonné à lui-même , comme vous l'avez vu à Rome, il paroissoit plutôt enlever de force que dérober avec adresse. Mais tel étoit le rare talent et la singulière sagacité de Timarchide , que, dans toute la province, il éventoit, il devinoit avec la plus grande sagacité les situations et les besoins de chacun. Il connoissoit les adversaires, les ennemis de tout le monde , il leur parloit, les sondoit, pénétroit les motifs , les sentimens , les moyens et les facultés des uns et des autres. Il effrayoit par la crainte quand il étoit nécessaire; il flattoit par l'espérance ,

D d 3

quand cela étoit utile ; tout ce qu'il y avoit d'accusateurs et de délateurs se trouvoit à sa disposition. Vouloit - il susciter une affaire à quelqu'un , il en venoit aisément à bout : tous les décrets , toutes les ordonnances , toutes les provisions émanées de Verrès , il les vendoit avec une habileté et une intelligence sans égales. Mais il ne se contentoit pas d'être le ministre des passions de son maître, il songeoit aussi à lui-même. Non content de ramasser les petites sommes que négligeoit le préteur , dont il s'est fait une fortune immense , il recueilloit encore les restes de ses plaisirs et de ses infamies. Aussi sachez que , pendant trois ans , on a vu régner sur toutes les villes de la Sicile , non pas un Athénion (1) qui n'en a pris aucune , mais le fugitif Timarchide ; oui , les femmes et les enfans , les biens et les fortunes des plus anciens et plus fidèles alliés du peuple romain , ont été au pouvoir d'un Timarchide.

Ce Timarchide donc , comme je dis , envoya

(1) Athénion , chef des habitans de Drépane qui s'étoient révoltés contre les Romains , et d'esclaves fugitifs qui s'étoient joints à lui.

dans toutes les villes des censeurs qui lui avoient payé leur nomination. Sous la préture de Verrès, tous les censeurs furent ainsi nommés : il n'y eut pas de comices tenus même pour la forme. Mais voici le plus grand trait d'impudence. On exigea de chaque censeur trois cents deniers (1) pour la statue du préteur, ouvertement, parce que, sans doute, les loix le permettoient. Il y eut cent trente censeurs de nommés. Outre l'argent donné secrettement contre les loix, ils fournirent pour la statue trente-neuf mille deniers ouvertement et conformément aux loix. Mais d'abord pourquoi une aussi forte somme ? Ensuite pourquoi des censeurs contribuoient-ils pour votre statue ? Le collège des censeurs (2) forme-t-il une classe d'hommes d'un ordre ou d'un état particulier ? Ces sortes d'honneurs sont rendus, ou par les villes en corps, ou par des hommes d'une certaine profession, comme les agriculteurs, les commerçans, les armateurs.

(1) 150 livres. — *Trente-neuf mille deniers.* On sait que le denier valoit quatre sesterces.

(2) Les censeurs étoient pris dans tous les ordres et dans tous les états.

Mais pourquoi les censeurs plutôt que les édiles ? Pour quel bienfait de votre part ? Il vous faut donc convenir qu'ils vous ont demandé leurs charges (car vous n'oseriez dire qu'ils vous les aient achetées) ; il faut convenir que vous les avez élus pour les obliger et non pour servir la république. Mais lorsque vous ferez cet aveu, doutera-t-on que vous n'ayez choqué les peuples de votre province, que vous n'ayez encouru leur haine, non pour accorder des bienfaits, mais pour extorquer de l'argent ?

Aussi ces censeurs firent ce que font chez nous ceux qui ont obtenu des magistratures à force de largesses ; ils travaillèrent, en gérant la censure, à réparer les brèches faites à leur fortune. Telle a été, sous votre préture, l'estimation des biens, que nul état ne pourroit être gouverné avec une telle estimation : on avoit affoibli le revenu des plus riches, et enflé celui des plus pauvres. Aussi en réglant les tributs, on imposoit au simple peuple un fardeau tel que, quand on auroit gardé le silence, la chose même auroit réclamé. Et c'est ce qu'il est très-facile de voir par les effets. Lorsque je passai en Sicile pour faire des in-

formations , Métellus étoit devenu tout-à-coup ,
à l'arrivée de Létilius (1), ami et même parent
de Verrès ; toutefois voyant que l'estimation
des biens faite par celui-ci ne pouvoit subsister , il ordonna de suivre celle qui avoit eu
lieu sous la préture de Péducéus, le plus ferme
et le plus intègre des hommes. Car il y avoit
alors des censeurs qui, nommés suivant les loix
et choisis par leur ville, pouvoient être punis
suivant les loix , s'ils avoient prévariqué. Mais
sous votre préture, quel censeur auroit craint,
ou la loi, à laquelle il n'étoit pas assujetti,
puisqu'il n'avoit pas été créé suivant la loi, ou
votre animadversion, puisqu'il vendoit ce qu'il
avoit acheté de vous ? Que Métellus retienne
mes témoins, à la bonne heure ; qu'il en force
d'autres de faire l'apologie de Verrès , comme
il l'a tenté sur beaucoup de personnes , pourvu
qu'il inculpe, comme il fait, votre administration. Eh ! qui jamais reçut de quelqu'un
un tel affront, un pareil outrage ? On fait l'estimation des biens de la Sicile tous les cinq
ans ; on l'a faite sous la préture de Péducéus.
La cinquième année étant tombée sous votre

(1) Voyez plus haut.

préture, on l'a faite de nouveau. L'année suivante, Métellus défend qu'on ait recours à
votre estimation : il dit qu'il veut créer de
nouveaux censeurs ; que cependant on suivra
l'estimation de Péducéus. Si votre ennemi en
eût agi avec vous de la sorte, bien que la province l'eût vu sans peine, ce jugement d'un
ennemi paroîtroit un peu dur ; mais c'est un
ami de nouvelle date, un parent d'adoption.
Il ne pouvoit après tout agir autrement s'il
vouloit garder sa province, et la gouverner
sans s'exposer lui-même. Attendez-vous encore,
Verrès, ce que prononceront vos juges ? S'il
vous eût dépossédé de votre préture, Métellus
vous eût fait un moindre affront que lorsqu'il
a révoqué et annullé les actes de votre préture. Et ce n'est pas seulement dans cette partie
qu'il s'est comporté de la sorte, mais avant
mon arrivée en Sicile, il s'étoit conduit de
même dans une foule d'importans objets. Il
avoit déja fait restituer à Héraclius de Syracuse
ses biens dont étoient saisis vos académistes ;
il avoit obligé à la même restitution les habitans de Bibis envers Epicrate, et Aulus
Claudius (1) envers le pupille de Drépane : et

(1) Il est parlé de cet Aulus Claudius dans le

si Létilius ne fût pas arrivé si promptement en Sicile avec des lettres, en moins de trente jours Métellus eût renversé les trois années entières de votre préture.

Et puisque j'ai parlé de l'argent que les censeurs ont fourni pour votre statue, je ne dois pas omettre cette manière d'attirer à soi de l'argent, de rançonner les villes sous pré-texte de statues : car je vois que la somme est immense, qu'elle monte à cent vingt mille sesterces (1). Cela est prouvé par les dépositions et les registres des villes : Verrès lui-même en convient, et il ne peut dire le contraire. Mais que devons-nous croire des choses qu'il nie, puisque celles qu'il avoue sont si criantes ? Car enfin, Verrès, que voulez-vous qu'on pense ? Que tout cet argent a été employé en statues ? Eh bien ! supposons-le. Souffri-

discours intitulé *de signis*. —— *Avec des lettres,* qui apportoient de l'argent à Métellus, avec des lettres de change, comme dit ailleurs Cicéron.

(1) *A cent vingt mille sesterces,* 15,000 liv., pour chaque ville ou chaque peuple ; ou bien, s'il est ques-tion de toute la Sicile, la somme devoit être beaucoup plus forte, et il y a erreur dans le texte.

rons-nous donc qu'on fasse payer aux alliés
des sommes aussi énormes, pour que les statues d'un infame brigand soient placées dans
tous les coins des rues, et qu'il soit difficile
d'y passer en sûreté.

Mais à quel objet ou à quelles statues a-t-on
employé ces sommes immenses ? On les emploiera, dira-t-on peut-être. Il faut attendre
apparemment les cinq ans marqués par les
loix (1). Si Verrès n'emploie pas l'argent dans
cet intervalle, alors nous l'accuserons de concussion pour l'article des statues. L'accusé est
cité en justice chargé d'une foule de délits
graves : nous voyons que pour un seul objet
il s'est approprié cent vingt mille sesterces. Si
vous êtes condamné, Verrès, vous ne songe-
rez pas, je crois, à employer cet argent en
statues avant les cinq ans expirés. Si vous êtes
absous, qui aura la folie de vous accuser après
cinq ans pour l'article des statues, vous qui
aurez échappé à tant et d'aussi graves accusa-

_____

(1) On voit ici que les loix permettoient d'attendre
cinq ans, au-delà de quel terme, si les statues n'é-
toient point posées, on pouvoit accuser celui qui
avoit reçu l'argent pour les statues.

tions? Si donc cet argent n'est pas encore
employé, et s'il est clair qu'il ne le sera pas,
qui ne voit qu'on n'a voulu que procurer à
Verrès le moyen de tirer à son profit cent
vingt mille sesterces pour un seul objet, et
fournir aux autres, si les juges approuvent
cette conduite, la facilité de prendre autant
d'argent qu'ils voudront sur ce même prétexte?
Par-là nous paroîtrons, non détourner de
prendre de l'argent, mais en approuvant certaines manières d'en prendre, donner des
noms honnêtes aux plus honteuses rapines. En
effet, si Verrès eût demandé cent vingt mille
sesterces au peuple de Centorbe (1), par exemple; s'il eût enlevé aux Centorbiens cette

---

(1) Cet endroit semble prouver ce que j'ai dit plus
haut, qne Verrès avoit reçu cent vingt mille sesterces
par chaque peuple. -- *La même somme*. Le texte
porte trois cents mille sesterces, 37,500 livres; mais
je crois que c'est une faute, et que la même somme
doit être répétée. Au reste, dans tout cet endroit,
Cicéron ne paroît pas s'être expliqué assez clairement. Mais il est certain qu'il ne se seroit pas si
fort arrêté à cet article, s'il n'eût été question que
de cent vingt mille sesterces répartis sur toute la
Sicile.

somme, il ne seroit pas douteux, je crois, qu'il ne fallût le condamner si la chose étoit prouvée. Mais s'il a exigé la même somme des mêmes habitans et s'il l'a extorquée d'eux sous prétexte de statues, sera-t-il absous parce qu'il sera écrit que l'argent a été donné pour des statues? Je ne le pense pas; à moins peut-être que nous ne songions, non à mettre des obstacles, mais à fournir des prétextes, à la cupidité de nos magistrats (1).

Si quelqu'un est curieux de statues, s'il est flatté de cet honneur et de cette gloire, qu'il se persuade toutefois, d'abord qu'on n'aime pas qu'il en fasse porter chez lui l'argent, ensuite qu'il faut se borner pour le nombre des statues, enfin qu'il ne faut pas les exiger malgré les peuples.

Et d'abord, pour ce qui est du premier article, je vous le demande, Verrès, les villes étoient-elles dans l'usage, ou de faire elles-mêmes marché pour vos statues, et le meilleur marché possible; ou de nommer quelqu'un pour présider à cette opération; ou de vous compter l'argent à vous ou à un autre commis

(1) J'ai suivi la leçon de *moram* et de *adferre*.

par vous ? Si les statues étoient faites par les soins de ceux qui vous rendoient cet honneur, j'entends : mais si on comptoit l'argent à Timarchide, cessez, je vous prie, quand vous êtes convaincu d'un vol aussi manifeste, de vouloir passer pour avoir été jaloux de gloire et de monumens.

Mais ne doit-on pas se borner pour le nombre des statues ? Oui, sans doute, et cela est nécessaire. Car enfin, prenons pour exemple Syracuse, et nommons cette ville préférablement à toute autre. Elle a érigé une statue à Verrès. C'est un honneur. Et à son père. C'est dans Verrès une ostentation intéressée de tendresse filiale. Et à son fils. Cela est supportable ; elle ne haïssoit pas cet enfant. Mais combien de fois et à combien de titres exigerez-vous des Statues des Syracusains ? Vous en avez exigé pour la place publique ; vous les avez forcés de contribuer pour les statues qui seroient posées à Rome : vous avez voulu qu'ils donnassent de l'argent comme agriculteurs ; ils en ont donné : qu'ils contribuassent pour leur part avec tout le corps de la Sicile ; ils ont fourni leur contingent comme Siciliens. Une seule ville ayant contribué à tant de titres, et les autres villes ayant fait la même chose, les abus même, Romains, ne doivent-ils pas vous avertir qu'il faut mettre quelque borne à cette manie des statues ?

Mais, Verrès, si aucune ville n'a contribué volontairement pour vos statues, si toutes se sont vues forcées par autorité, par crainte, par la violence et les mauvais traitemens ; au nom des dieux, peut-on douter que, quand même on décideroit qu'il est permis de recevoir de l'argent pour des statues, on ne décide en même tems qu'il n'est pas permis d'en prendre de force.

Ici je citerai pour témoin la Sicile, qui toute d'une seule voix déclare que, sous prétexte de statues, on a exigé des sommes d'argent considérables. En effet, les députés de toutes les villes, parmi les requêtes communes, nées presque toutes de vos vexations, ont présenté celle-ci, *qu'il ne leur fût pas permis de promettre des statues à un préteur avant qu'il eût quitté sa province.* Il y a eu beaucoup de préteurs en Sicile : les Siciliens, du tems de nos ancêtres et de nos jours, se sont adressés mille fois au sénat ; votre préture est la première qui ait donné naissance à cette requête nouvelle. En

effet,

effet, qu'y a-t-il de plus nouveau et pour le fond et pour la forme? Quant aux autres objets portés dans les mêmes requêtes concernant vos injustices, ils sont nouveaux, mais la forme de requérir n'est pas nouvelle. Les Siciliens demandent aux sénateurs, ils les prient que par la suite nos magistrats afferment les dîmes d'après la loi d'Hiéron. Vous êtes le premier qui les ayez affermées contre la disposition de cette loi. J'entends. Que les préteurs n'exigent pas d'argent au lieu du blé qu'on doit fournir pour la provision de leur maison. C'est la première fois qu'on ait fait cette requête occasionnée par vos trois deniers (1); mais la forme n'en est pas nouvelle. Qu'on ne puisse pas condamner un homme. C'est la disgrace de Sthénius et votre injustice envers lui qui ont fait naître cette requête. Je ne rapporterai pas les autres. Telles sont toutes les requêtes des Siciliens, qu'elles paroissent autant de griefs rassemblés contre le seul Verrès. Elles renferment toutes des injustices nouvelles,

(1) Trois deniers ou douze sesterces, 36 sous, que Verrès exigeoit pour le prix de chaque boisseau de blé.

mais la forme en est ordinaire. La requête au sujet des statues doit paroître ridicule à quiconque n'en pénètre pas l'esprit et le sens. Les Siciliens demandent, non qu'ils ne soient pas forcés d'accorder. ... que demandent-ils donc ? Qu'il ne leur soit pas permis d'accorder. Quoi ? vous me demandez qu'il ne vous soit pas permis de faire ce qui dépend de vous ? Demandez plutôt qu'on ne vous force pas de promettre ou d'accorder malgré vous. Nous ne (1) gagnerions rien, disent-ils, parce que tous les préteurs nieront toujours qu'ils nous aient forcés. Voulez-vous nous garantir de toute vexation ? imposez-nous une loi qui nous défende absolument de promettre. C'est votre préture, Verrès, qui a produit cette forme de requête. En l'employant, les Siciliens font entendre, ou plutôt ils déclarent hautement qu'ils ont contribué pour vos statues absolument malgré eux, forcés par la crainte et par les mauvais traitemens. Mais quand ils ne le diroient pas, n'êtes-vous point obligé d'en convenir ? Voyez et songez de quelle défense vous ferez usage ;

_____

(1) J'adopte bien volontiers la leçon, *nihil egero* : les éditions portent *nihil ergo*.

vous sentirez toujours qu'il vous faut avouer
vos concussions au sujet des statues.

On m'annonce que telle est la manière dont
vos défenseurs, hommes d'esprit, se préparent
à plaider votre cause, que telle est la manière
dont vous les dressez et les instruisez : lorsqu'un homme de cette province, honnête et
digne de foi, vous charge par sa déposition
de quelque délit grave, comme l'ont fait pour
bien des objets beaucoup de Siciliens de la
première distinction, vous dites aussitôt à
ceux qui ont entrepris de vous défendre : Il
est mon ennemi parce qu'il est agriculteur. Nos
adversaires, sans doute, ont envie de renfermer
dans une même classe tous les agriculteurs,
de dire qu'ils sont mal disposés contre Verrès
et animés contre lui, parce qu'il a exigé les
dîmes avec un peu de sévérité. Ainsi, Verrès,
tous les agriculteurs sont vos ennemis, ils vous
sont tous contraires; il n'en est aucun qui ne
désire votre perte. C'est assurément pour vous
un préjugé très-favorable, que cette classe
d'hommes, le principal soutien de la république et de toute la province, soit déclarée
contre vous. Mais soit; nous parlerons dans un
autre discours de vos injustices envers les

agriculteurs , et de leurs dispositions à votre égard ; pour le présent je m'en tiens à ce que vous m'accordez vous-même , qu'ils sont vos ennemis déclarés , comme vous le dites , à cause des dîmes. Je l'accorde , je n'examine pas s'ils sont vos ennemis à tort ou avec raison. Que veulent donc dire près du temple de Vulcain ces statues équestres dorées , qui choquent les yeux et les esprits du peuple romain ? Une des inscriptions porte : *Statue décernée par les agriculteurs.* S'ils vous l'ont décernée pour vous faire honneur, ils ne sont pas vos ennemis ; ajoutons foi à leurs témoins : ils ont alors consulté votre gloire , ils écoutent à présent leur religion. S'ils vous l'ont décernée forcés par la crainte , il vous faut nécessairement convenir que, sous prétexte de statues, vous avez extorqué des sommes d'argent dans votre province par crainte ou par violence. Choisissez entre ces deux alternatives. Pour moi , et je le ferai volontiers , je n'insisterai pas sur vos concussions au sujet des statues , pourvu que vous m'accordiez , ce qu'il y a pour vous de plus honorable , que les agriculteurs ont contribué pour votre statue de plein gré , pour vous faire honneur. En m'accordant ce point,

vous vous ôterez une grande partie de votre
défense ; vous ne pouvez dire que les agriculteurs soient animés contre vous , qu'ils soient
vos ennemis. Quelle étrange affaire ! Quelle
cause désespérée et sans ressource ! Un accusé,
et un accusé qui a été préteur en Sicile , rejeter ce que lui offre son accusateur ! ne pas
oser dire que les agriculteurs lui ont érigé
une statue de plein gré, qu'ils jugent avanta-
geusement de lui , qu'ils sont ses amis, qu'ils
ont à cœur ses intérêts ! Il appréhende , Romains, que vous ne le pensiez, parce que la
déposition des agriculteurs le charge grièfve-
ment. Je me servirai donc de ce qu'il m'accorde. Vous devez, certes, décider que ceux
qui sont ses ennemis déclarés , comme il veut
le faire croire , n'ont pas contribué volontairement pour lui décerner des honneurs et
lui ériger des statues. Mais afin que l'on entre
plus aisément encore dans mes raisons , inter-
rogez, Verrès, celui qu'il vous plaira des témoins de la Sicile que je produirai, ou Sicilien ou citoyen romain , celui qui vous paroîtra votre plus grand ennemi, qui dira avoir
été dépouillé par vous ; demandez-lui s'il a
contribué en son nom pour votre statue. Vous

ne trouverez personne qui nie être entré dans
la contribution, puisque tous ont donné.
Quelqu'un révoquera-t-il donc en doute que
celui qui doit être votre ennemi déclaré, qui
a essuyé de votre part les plus énormes injustices, ne vous ait donné de l'argent pour une
statue, non par affection ni de bonne volonté,
mais forcé par la crainte et par une autorité
supérieure? Je n'ai fait, Romains, ni pu faire
le calcul des sommes immenses qu'il a fait
payer malgré eux, avec la dernière effronterie,
à nos citoyens (1) habitans de la Sicile ; je
n'ai pu compter tout ce qu'il a exigé de ceux
d'entr'eux qui exercent l'agriculture ou qui
font le commerce à Syracuse, à Agrigente, à
Palerme, à Lilybée ; il vous suffit de savoir
que, de l'aveu même de Verrès, ils ont donné
de l'argent absolument malgré eux.

Je passe maintenant aux villes de la Sicile

(1) Il y avoit dans la Sicile beaucoup de citoyens
romains qui exerçoient l'agriculture ou qui faisoient
le commerce ; je crois que c'est d'eux qu'il est question ici, puisque Cicéron va dire tout-à-l'heure, *an
etiam Siculi inviti contulerunt ?* Les Siciliens ont-
ils aussi contribué malgré eux ?

dont on peut connoître sans peine les sentimens pour Verrès. Les Siciliens ont-ils aussi
contribué malgré eux ? Cela n'est point pro-
bable. Il est certain que Verrès s'est conduit
dans sa préture de manière que ne pouvant
contenter et les Siciliens et les Romains , il a
mieux aimé satisfaire les alliés que ménager
ses compatriotes. Aussi ai-je vu à Syracuse une
inscription où il est appelé , non-seulement le
protecteur , mais le sauveur de l'isle. Ce titre
de sauveur (1) est si beau que la langue latine
ne peut rendre le mot grec qui l'exprime. C'est
encore à sa gloire qu'on célèbre ces belles
fêtes qui portent son nom , non pas sur le
modèle de Marcellus , mais à la place de ces
fêtes que les Siciliens ont supprimées par son
ordre. On lui a érigé un arc de triomphe
dans la place publique de Syracuse , sur
lequel son fils est représenté nu (2); et lui-

(1) Les Latins n'avoient pas de mot pour rendre
le mot grec *sotèr;* car *salvator* étoit inconnu à
Rome du tems de Cicéron. Ils ne pouvoient donc
le rendre que par une périphrase , *is qui salutem*
dedit.

(2) Cicéron paroît blâmer ici la coutume des Grecs,

même de dessus un cheval considère la province qu'il a dépouillée. On voit par-tout ses statues ; elles semblent annoncer qu'il a presque fait poser autant de statues à Syracuse qu'il en a enlevées. Nous voyons aussi à Rome sur la base des statues une inscription en gros caractère , qui porte qu'elles ont été décernées par le corps entier de la Sicile. Quoi donc ? peut-on persuader à quelqu'un que ces peuples lui aient accordé tant d'honneurs malgré eux ? Vous devez encore ici , Verrès , bien plus qu'auparavant pour ce qui regardoit les agriculteurs , peser attentivement votre réponse : elle est embarrassante. Voulez-vous que les Siciliens , villes et particuliers, soient jugés vos amis ou vos ennemis ? S'ils doivent être jugés vos ennemis, que deviendrez-vous? A qui aurez-vous recours ? Sur qui vous appuierez-vous ? Vous venez de nous présenter comme vous étant contraire, tout le corps des agriculteurs , composé d'hommes très-riches et de personnages distingués , Siciliens et citoyens

qui représentoient presque toujours leurs figures nues. On voit le jeu de mots que je n'ai pu rendre, *nudus filius , nudatam provinciam.*

romains ; que direz - vous maintenant des
villes de la Sicile ? Direz-vous que les Siciliens
sont vos amis ? Le pourrez-vous dire ? Jusqu'à
ce jour, les Siciliens ne s'étoient jamais permis
de témoigner au nom des villes contre aucun
de nos magistrats, quoique tous les préteurs
de Sicile, excepté deux (1), eussent été condamnés au retour de leur province : et ces
mêmes Siciliens accourent tous aujourd'hui
avec des lettrés, avec des instructions, avec
des témoignages de leurs villes. S'ils faisoient
votre apologie au nom des villes, ils paroî-
troient le faire plutôt parce qu'ils l'ont toujours
fait que parce que vous le méritez : mais en
se plaignant de vos injustices au nom des villes,
ne font-ils pas connoître que forcés par vos
vexations énormes, ils se sont écartés de leurs
principes plutôt que de ne pas s'élever contre
vos excès. Il vous faut donc nécessairement
en convenir ; les Siciliens sont vos ennemis,
eux qui ont présenté contre vous aux consuls

(1) Ces deux que Cicéron excepte, étoient, sans
doute, Péducéus et Sacerdos. Il ne parle que des
préteurs et non des proconsuls. Il y avoit eu en Sicile
des proconsuls et des préteurs.

les plus fortes requêtes, qui m'ont supplié de
me charger de leur cause, et de plaider pour
leurs intérêts ; eux qui, malgré les défenses du
préteur, les oppositions de quatre questeurs (1),
ont bravé toutes les menaces et tous les périls
pour venger et sauver la province ; eux qui,
dans la première plaidoierie, ont déposé contre
Verrès avec tant de chaleur qu'Hortensius se
plaignoit qu'Artémon, député de Centorbe,
déposant au nom de sa ville, étoit accusateur
plutôt que témoin. Les concitoyens d'Artémon
l'avoient nommé député avec Andron, personnage distingué et digne de foi ; ils l'avoient
choisi pour sa vertu et son intégrité, et sur-
tout pour son éloquence, le croyant capable
de développer de la manière la plus lumineuse
toutes les vexations diverses du préteur. Les
députés d'Halèse, de Catane, de Tyndare,
d'Enna, d'Herbite, d'Agyrone, de Nétine, de
Ségeste, ont déposé contre lui. Il n'est pas
nécessaire de nommer toutes les villes : vous
savez quelle foule de témoins ont déposé dans
la première plaidoierie, et sur combien d'ar-

(1) Dont deux de Verrès qui étoient restés après
lui en Sicile, et deux de Métellus.

ticles. Les mêmes et d'autres encore déposeront bientôt. Tout le monde enfin verra dans cette cause, que les Siciliens sont disposés, si on ne sévit pas contre Verrès, à abandonner leurs maisons et leurs demeures, à quitter la Sicile, à fuir dans un autre pays. Et vous voudrez, Verrès, nous faire croire que de tels hommes ont fourni volontairement des sommes immenses pour multiplier vos honneurs et vos distinctions. Oui, sans doute, ils désiroient de perpétuer dans leurs villes vos traits et votre nom, ces hommes qui voudroient vous faire chasser de votre propre ville.

L'évènement a montré combien ils le désiroient : car je vois que depuis long-tems, pour établir si les Siciliens vous ont érigé des statues de leur propre mouvement ou contraints par la force, je rassemble trop minutieusement les preuves des dispositions où ils sont à votre égard. A-t-on jamais entendu dire au sujet d'aucun homme ce qui vous est arrivé, que, dans une province, ses statues posées, les unes dans des places publiques, les autres même dans des temples, aient été renversées avec violence par toute une multitude ? Combien n'y a-t-il pas eu de magistrats coupables en Asie , combien en Afrique, combien en Espagne, dans la Gaule, dans la Sardaigne , combien dans la Sicile même ? A-t-on jamais rien entendu de semblable au sujet d'aucun homme ? C'est une chose nouvelle , Romains , c'est une chose prodigieuse, parmi les Siciliens sur-tout et parmi tous les Grecs. Je ne croirois pas ce que je vous dis des statues , si je les avois vues arrachées de leur base et couchées par terre ; non , je ne le croirois pas , par la raison que chez les Grecs l'honneur rendu aux hommes par de tels monumens a toujours tenu en quelque sorte à la religion et au culte des immortels.

Dans les premières guerres contre Mithridate , les Rhodiens lui avoient résisté presque seuls (1) ; ils s'étoient opposés à toutes ses troupes , ils avoient soutenu ses plus rudes attaques sur leurs têtes, dans leurs murs et

---

(1) Cicéron dit *presque seuls* , parce que , dans les premières guerres contre Mithridate , les généraux romains éprouvèrent de rudes échecs : ce prince , maître de toute l'Asie , attaqua la ville de Rhodes qui seule avoit refusé de subir des loix.

avec leurs flottes, ils étoient plus que d'autres
ennemis du monarque; toutefois, même dans
les périls dont ils se voyoient investis, ils
n'ont pas touché à sa statue placée dans l'endroit de leur ville le plus fréquenté. Peut-être
ne paroît-il guère conséquent qu'ils aient
épargné la représentation et l'image de celui
dont ils auroient voulu exterminer la personne.
Mais enfin, quand j'étois à Rhodes (1), je
voyois par moi-même que leurs ancêtres leur
avoient transmis pour ces monumens une
sorte de vénération religieuse; ils disoient
pour leur défense que, par rapport à la statue,
ils avoient eu égard au tems où elle avoit été
placée; et que, quant à la personne du prince,
ils avoient considéré le tems où il leur faisoit
la guerre, où il étoit leur ennemi. Vous voyez
donc que ces principes religieux des Grecs
qui, dans la guerre même, mettent en sûreté
les monumens d'un ennemi, n'ont pu, même
au sein de la paix, mettre à l'abri les statues
d'un préteur du peuple romain.

Les Tarominitains, dont la ville nous est

___

(1) Cicéron avoit fait un voyage à Rhodes après
avoir plaidé la cause de Roscius d'Amérie.

unie par un traité d'alliance, hommes fort
tranquilles, que leur traité avoit toujours mis
à couvert des vexations de nos magistrats ;
les Taurominitains, dis-je, n'ont pas hésité
à renverser la statue du préteur. Ils en ont
toutefois laissé subsister la base dans leur
forum, persuadés que ce seroit un plus grand
affront pour Verrès, si l'on savoit que les
Taurominitains avoient renversé sa statue, que
si l'on croyoit qu'ils ne lui en eussent jamais
érigé. Les Tindaritains en ont aussi renversé
une dans leur forum ; et pour la même raison
ils ont laissé le cheval seulement. Les habitans
de Léontini (1), cette ville maintenant si pauvre
et si misérable, ont abattu sa statue placée
dans leur Gymnase. Pourquoi dirai-je des Syracusains ce qui ne les regarde pas seuls, ce
qui leur est commun avec tous les citoyens
romains établis dans leur ville, avec presque
toute la province ? Quel concours de monde,
à ce qu'on disoit, quelle affluence de peuple
lorsqu'on abattit, qu'on renversa les statues.

_____

(1) Léontini étoit une ville riche et opulente avant
que Verrès l'eût epuisée et ruinée par ses vexations.
On a francisé le mot latin *Leontini, norum.*

de Verrès ? Mais dans quel lieu se trouvoient-elles placées ? Dans le lieu le plus fréquenté et le plus vénérable, devant Jupiter même (1), à l'entrée et dans le vestibule du temple. Et si Métellus n'eût pas montré autant de rigueur, s'il n'eût pas fait agir toute son autorité, s'il n'eût pas rendu un édit sévère pour arrêter ce déchaînement des peuples, il ne resteroit dans la Sicile aucune trace des statues de Verrès. Non, on ne pourra dire, je ne l'appréhende point, qu'aucun de ces mouvemens ait eu lieu, je ne dis pas à ma sollicitation, je dis seulement à mon arrivée. Les statues étoient renversées avant que j'arrivasse en Sicile, avant même que Verrès eût mis le pié dans l'Italie ; on n'en a renversé aucune tant que j'ai séjourné dans cette province.

Voici ce qui s'est passé dès que j'en ai été parti. Il a été décidé par le sénat de Centorbe et ordonné par le peuple, que les questeurs feroient abattre les statues de Verrès, celles de son père et de son fils, et qu'au moins trente sénateurs assisteroient à l'exécution du décret. Voyez la sagesse et la dignité de cette ville.

(1) J'ai suivi la leçon *antè ipsum Jovem.*

Elle n'a pas voulu laisser subsister dans son
enceinte des statues qu'on lui avoit fait ériger
malgré elle, de force, par autorité, les statues
d'un homme contre lequel elle avoit envoyé
à Rome, ce qu'elle ne s'étoit jamais permis,
des députés avec des instructions et des dépositions graves : elle a pensé que la chose seroit
plus authentique si elle se faisoit d'après une
délibération du sénat et du peuple, et non par
la violence de la multitude. D'après ce décret
de la ville de Centorbe, les statues sont ôtées.
Métellus en est instruit; il témoigne son mé-
contentement : il mande le magistrat de Centorbe et les dix premiers citoyens, il menace
de sévir contre eux s'ils ne remettent en place
les statues. Ceux-ci font leur rapport au sénat.
Les statues, qui ne rendoient pas meilleure la
cause de Verrès, sont remises sur leur base;
les décrets au sujet des statues sont laissés
dans les registres. Je passe beaucoup de choses
à bien des personnes ; mais je ne puis absolument pardonner à Métellus, cet homme si
sage, une conduite peu réfléchie. Croit-il donc
que le renversement seul des statues de Verrès,
qui pouvoient être renversées par un coup de
vent ou de tonnerre, prouveroit quelque chose
contre

contre lui ? Qu'est-ce donc qui prouve contre
un homme ? Qu'est-ce qui le charge ? Sans
doute, les jugemens des autres et leurs dispositions à son égard. Si Métellus n'eût pas forcé
les habitans de Centorbe de rétablir les statues ;
je dirois : Voyez, Romains ; de quelle douleur sensible et profonde les vexations de
Verrès ont pénétré les cœurs de nos alliés et de
nos amis ; Centorbe, cette ville qui nous est si
dévouée, cette ville fidelle, unie au peuple
romain par d'importans services, qui a toujours
chéri notre empire, et jusqu'au nom des Romains dans chaque particulier ; oui, la ville
de Centorbe, d'après une délibération publique
et authentique, a décidé de ne laisser dans son
enceinte aucune statue de Verrès. Je ferois
lire les décrets de la ville ; je louerois les citoyens, comme je le pourrois avec vérité : je
compterois dix mille de ces citoyens, je compterois de fidèles et courageux alliés, qui ont
décidé tous de ne laisser dans leur ville aucun
monument de Verrès. Voilà ce que je dirois
si Métellus n'eût pas fait remettre les statues.
Je demanderois volontiers à Métellus lui-
même, quelle force il a ôtée à mon discours
par son acte de violence et d'autorité. Mes rai-

sons, je pense, n'ont rien perdu de leur poids.
Car enfin quand les statues auroient été renversées, je ne pourrois vous les montrer éten-
dues sur le sol. Je dirois seulement : Une ville
respectable a décidé qu'on abattroit les statues
de Verrès. Métellus ne m'a pas ôté l'avantage
de le dire, et de plus il m'a donné le droit de
me plaindre, si je le jugeois à propos, de ce
que nos amis et nos alliés soient gouvernés
avec une tyrannie qui ne les laisse pas libres
même dans la distribution de leurs bienfaits :
il m'a fourni le moyen de vous faire juger quel
a pu être Métellus dans les occasions où il
pouvoit me nuire, puisqu'il a manifesté sa
passion si visiblement dans une circonstance où
il ne me nuisoit pas. Mais je ne m'emporte point
contre Métellus : il voudroit faire croire, et
il répète sans cesse, qu'il n'a rien fait à dessein, rien avec de mauvaises intentions ; je
ne veux pas lui ôter son excuse.

Il est donc clair, Verrès, et il vous est impossible de le nier, qu'aucune statue ne vous
a été érigée volontairement, que tout l'argent
qui vous a été donné pour des statues, a été
arraché de force. Dans ce que je viens de dire,
je n'ai pas voulu seulement faire connoître que

vous avez extorqué pour des statues une somme de cent mille sesterces ; mais j'ai voulu montrer sur-tout, ce qu'il faut aussi prouver, quelle est et quelle a été contre vous la haine des agriculteurs, la haine de tous les Siciliens. Ici je ne puis deviner quelle sera votre défense.

Les Siciliens me haïssent, direz-vous, parce que j'ai beaucoup fait pour les citoyens romains. Mais ceux-ci sont vos ennemis les plus déclarés et les plus ardens. J'ai pour ennemis les citoyens romains, parce que j'ai défendu les intérêts et les priviléges des alliés. Mais les alliés se plaignent que vous les avez traités comme des ennemis en guerre. Les agriculteurs sont mes ennemis à cause des dîmes. Mais pourquoi êtes-vous haï de ceux dont les terres sont franches ? Pourquoi des habitans d'Halèse, de Centorbe, de Ségeste, d'Halicie ? Pouvez-vous citer ou des citoyens romains ou des Siciliens, de quelque état, de quelque rang, de quelque ordre qu'ils soient, qui ne vous haïssent ? Ainsi, quand je ne pourrois donner la raison de cette haine, il n'en faudroit pas moins conclure, je crois, que celui qui a encouru la haine de tous les hommes, mérite aussi celle de ses juges.

Oserez-vous dire qu'il est indifférent que les agriculteurs, que tous les Siciliens en un mot, pensent (1) bien ou mal de vous ? Vous n'oseriez le dire, et vous ne le pourriez pas quand vous le voudriez. Les statues équestres de ces agriculteurs, de ces Siciliens méprisables, vous empêchent de tenir ce langage ; ces statues qu'un peu avant votre retour vous avez fait placer dans Rome avec des inscriptions pour ralentir les poursuites de tous vos ennemis et de tous vos adversaires. Oseroit-on vous inquiéter, ou vous offenser seulement de paroles, en voyant des statues érigées au nom des agriculteurs et des commerçans, au nom de toute la Sicile en corps ? Est-il dans cette province quelque autre classe d'hommes ? Aucune. Verrès est donc, non-seulement chéri, mais encore honoré, par chaque partie de la province, par toute la province ensemble. Qui oseroit l'attaquer ? Pouvez-vous donc dire

_____

(1) Ici les leçons varient beaucoup : j'ai traduit comme si on lisoit, *universi benè aut malè existiment, ad rem...*

que les dépositions des agriculteurs, des commerçans, de tous les Siciliens, ne doivent vous porter aucun préjudice, lorsqu'en plaçant leurs noms dans l'inscription des statues, vous avez espéré pouvoir arrêter la haine qui vous poursuit, effacer le déshonneur dont vous êtes couvert? Ne pourrai-je point fortifier mon accusation de l'autorité de ceux dont vous avez employé le nom pour donner du prix et du lustre à vos statues?

Mais peut-être vous rassurez-vous, parce que vous vous êtes rendu favorables les fermiers publics. Je suis parvenu par mes soins à empêcher que leur crédit ne pût vous être utile, et vous par un effort de génie vous avez même travaillé à vous le rendre nuisible : car écoutez, Romains, en peu de mots et apprenez tout ce qui regarde ce fait.

Il est un certain Carpinatius, vice-administrateur (1) en Sicile de la ferme des pâturages publics : cet homme, pour son propre avan-

_____

(1) On appeloit *magister* celui qui *societati praeerat* : on nommoit *promagistro* celui qui *magistri vicem gerebat*. Ainsi celui qui *vicem gerebat consulis* s'appeloit *proconsule*.

F f 3

tage , et peut-être parce qu'il croyoit que c'étoit l'intérêt de la ferme , s'étoit livré à Verrès , étoit entré fort avant dans son amitié. Comme il suivoit le préteur dans toutes les villes (1), et ne le quittoit pas , il avoit contracté avec lui une liaison si intime , en vendant ses décrets et ses prononcés , en transigeant pour lui, qu'on le regardoit presque comme un autre Timarchide. Et même le talent de Carpinatius étoit d'autant plus funeste, que l'argent de ceux qui achetoient de Verrès , il le leur laissoit à intérêt. Or tel étoit , Romains, le produit de cet intérêt , que ce dernier bénéfice surpassoit l'autre. L'argent qu'il écrivoit avoir donné à ceux auxquels il prêtoit , il marquoit l'avoir reçu de Timarchide, ou du secrétaire de Verrès, ou de Verrès lui-même. De plus, il plaçoit à intérêt en son propre nom de grandes sommes de Verrès non portées sur les registres (2).

Avant que de devenir l'intime de celui-ci ,

(1) *Circùm omnia fora* , c'est-à-dire , *circùm omnes urbes in quibus praetor jus dicebat* : car on appeloit *forum* une ville où le préteur rendoit la justice.

(2) Voyez plus haut ce que nous avons dit sur *extraordinaria pecunia.*

Carpinatius avoit écrit quelquefois à la ferme sur les injustices du préteur ; Canuléius, chargé de la perception des droits de douane qu'on paie à Syracuse, avoit aussi écrit et marqué une infinité de vols de Verrès, qu'on avoit transportés de Syracuse sans payer les droits : car la même compagnie avoit les droits de douane et de pacage. Nous pourrions donc tirer plusieurs charges contre Verrès des lettres même écrites à la ferme. Or il arriva depuis, que Carpinatius, qui s'étoit lié avec Verrès, non-seulement d'amitié, mais d'intérêt, écrivoit fréquemment aux fermiers publics sur son empressement à obliger la compagnie, sur son ardeur à lui rendre les plus grands services. De son côté, Verrès faisoit et prononçoit tout ce que demandoit Carpinatius ; celui-ci du sien écrivoit plus souvent aux associés de la ferme, afin de détruire, s'il le pouvoit, ce qu'il avoit écrit d'abord. Enfin, lorsque Verrès quittoit sa province, il les engagea par lettres à venir au-devant de lui en grand nombre, à lui faire des remerciemens, et à lui promettre de s'employer pour lui sans réserve. Ils se prê-tèrent à ses désirs ; et suivant l'usage des com-pagnies, parce qu'ils croyoient intéressant pour

F f 4

la ferme d'annoncer de la reconnoissance,
et non parce qu'ils jugeoient Verrès digne de
quelque considération, ils lui firent des remerciemens : Carpinatius, lui dirent-ils, nous a
souvent fait récit par lettres des services que
vous vous empressiez de nous rendre. Verrès
leur répond qu'il l'avoit fait volontiers ; et
ayant donné de grands éloges au zèle de Carpinatius, il charge un de ses amis, pour lors
chef de la compagnie, de prendre de solides
mesures pour qu'il n'y eût rien dans les lettres
adressées à la ferme qui pût nuire à sa réputation et servir à le perdre. Cet ami, sans
s'adresser à la foule des associés, assemble les
décimeurs (1), auxquels il expose la demande
de Verrès. Ils arrêtent et décident qu'on sup-
primera les lettres qui pourroient nuire à la
réputation du préteur, et qu'on fera ensorte
que ces lettres ne puissent lui faire aucun
tort.

Si je montre que les décimeurs ont décidé

___

(1) *Décimeurs*, fermiers des dîmes, dont il est
beaucoup parlé dans le discours suivant. Je dirai
alors ce qu'ils étoient, et pourquoi je les ai nommés
décimeurs.

ce que je viens de dire ; si je prouve que les lettres ont été supprimées d'après leur arrêté, que voulez-vous davantage ? Puis-je apporter au tribunal une chose plus jugée, citer en justice un accusé plus condamné ? Mais par le jugement de qui condamné ? Sans doute, par le jugement de ceux que les citoyens qui désirent plus de sévérité dans les tribunaux, voudroient qu'on chargeât de juger les causes ; par le jugement des fermiers publics que le peuple demande aujourd'hui pour juges, et en faveur desquels nous voyons une loi publiée, non par un homme de notre origine, issu d'une famille équestre, mais par un citoyen (1) de la première naissance.

Les décimeurs, c'est-à-dire les chefs et comme les sénateurs des fermiers publics, ont arrêté de supprimer les lettres. Parmi ceux d'entr'eux qui étoient présens et qui ont donné leur avis, je puis produire les plus distingués et les plus riches, ceux mêmes qui sont les chefs de l'ordre équestre, et dont la grande considération fait

_____

(1) Par le préteur Lucius Aurélius Cotta, de race patricienne, lequel avoit porté une loi pour rendre les tribunaux aux chevaliers romains.

la principale force de l'opinion et des raisons de l'auteur de la loi. Ils paroîtront devant les juges, et diront ce qu'ils ont arrêté. Je les connois trop bien ; ils ne mentiront pas assurément. S'ils ont pu détourner les lettres adressées au corps, ils ne pourront oublier leur probité et leur droiture (1). Les chevaliers romains, qui vous ont condamné réellement par leur arrêté, ont donc désiré que vous ne le fussiez point par la sentence des juges. Que le tribunal voie si l'on doit s'en rapporter à leur arrêté ou à leurs désirs.

Mais examinez de quoi vous sert le zèle de vos amis, la bonne volonté des associés de la ferme, les mesures que vous avez prises. Je m'expliquerai un peu plus librement (2) sur cet objet : car je ne crains plus qu'on me reproche de parler avec l'animosité d'un accusateur plutôt qu'avec la liberté d'un citoyen. Si

(1) *Ne pourront oublier...* en déposant contre la vérité. Tout cet endroit n'est pas facile ; j'ai tâché de l'éclaircir dans ma traduction.

(2) J'ai suivi la leçon *paulò promptiùs* : on lit dans plusieurs livres *paulò ampliùs*. D'après cette dernière leçon j'aurois traduit, *je m'étendrai un peu davantage sur cet objet.*

les chefs de la compagnie n'avoient pas supprimé les lettres d'après un arrêté des décimeurs, je ne pourrois faire valoir contre vous
que ce que j'aurois trouvé dans les lettres.
Mais les lettres ayant été supprimées d'après
cet arrêté, il m'est permis à moi de dire tout
ce que je pourrai, et à un juge de soupçonner
tout ce qu'il voudra. Je dis que vous avez transporté de Syracuse une grande quantité d'or,
d'argent, d'ivoire, de pourpre, beaucoup
d'étoffes de Malte, beaucoup de tapis, un grand
nombre de vases de Délos, de Corinthe, des
provisions considérables de blé et de miel; je
dis que Canuléius, chargé de la perception
des droits de douane, a écrit à la ferme
parce qu'on n'avoit point payé pour tous ces
articles.

L'accusation vous paroît-elle assez grave ? Je
ne vois pas qu'elle puisse l'être davantage. Comment se défendra Hortensius ? Demandera-t-il
que je produise les lettres de Canuléius ? Dira-
t-il qu'une accusation de cette espèce est nulle,
si elle n'est prouvée par les lettres ? Je me
récrierai sur ce que les lettres ont été supprimées, je dirai que l'arrêté des associés de la
ferme m'a ôté les indices et les preuves par

écrit des vols de Verrès. Hortensius soutiendra qu'il n'y a pas eu d'arrêté, ou il recevra tous les coups que je lui porte. Nie-t-il l'arrêté? Cette défense me plaît, je descends dans l'arène. Le combat qu'on me propose est juste, la partie est égale. Je produirai des témoins, et j'en produirai plusieurs à-la-fois. Ils étoient ensemble lorsqu'on a décidé la suppression des lettres; il faut donc qu'on les interroge en-semble (1), afin qu'ils soient retenus, non-seulement par la religion du serment et par l'intérêt de leur réputation, mais encore par la crainte de leurs connoissances mutuelles. S'il est prouvé que la chose s'est faite comme je dis, vous ne pourrez avancer, Hortensius, qu'il n'y avoit rien dans les lettres de con-traire à Verrès. Loin de pouvoir l'avancer, il ne vous sera pas même permis de prétendre qu'il n'y avoit point tout ce qu'il me plaira de dire. Ainsi, Verrès, avec tout votre crédit, vous n'avez fait, comme je le disois tantôt, qu'ouvrir un champ libre et aux imputations de l'accusateur et aux soupçons des juges.

Cependant je n'inventerai rien; je n'ou-

_____

(1) J'ai traduit en lisant et ponctuant, *nunc quo-que unà sint cùm interrogabuntur.*

blierai pas que c'est moins un particulier que
j'ai entrepris d'accuser qu'un peuple que je me
suis chargé de défendre ; que les juges doivent
m'entendre comme dans une cause qui m'a
été déférée , et non comme dans un procès
que j'ai suscité ; je n'oublierai pas que je par-
viendrai à satisfaire l'attente , et des Siciliens ,
si j'expose avec exactitude ce que j'ai decou-
vert en Sicile, ce qu'ils m'ont appris eux-
mêmes ; et du peuple romain , si je parle sans
redouter le crédit ni le pouvoir de personne ;
et des juges , si par mes soins et par mon
zèle je leur facilite le moyen de prononcer
selon l'honneur et la justice ; qu'enfin je me
satisferai moi-même , si je ne m'écarte en aucune sorte du plan de conduite que je me
suis tracé dès le commencement. Vous n'avez
donc, Verrès , aucun sujet de craindre que
j'invente rien contre vous , vous avez même
lieu de vous applaudir : car je connois beaucoup de vos actions que je tairai , parce qu'elles
sont ou trop honteuses ou peu croyables. Je
ne chercherai , Romains, dans tout cet article
des associés de la ferme , qu'à vous bien instruire de la vérité des choses. (1) J'examinerai

(1) Je lis et ponctue , *tantùm agam de hoc toto*

s'ils ont fait un arrêté entr'eux. Quand je m'en serai convaincu, j'examinerai si les lettres ont été supprimées. Ce point constaté, je vous laisserai tirer vous-mêmes les conséquences : vous verrez que, si ces chevaliers romains qui ont fait un arrêté en faveur de l'accusé, étoient maintenant ses juges, ils le condamneroient certainement, puisqu'ils sauroient qu'on leur a envoyé des lettres qui déposoient de ses vols, et que ces lettres ont été supprimées d'après leur arrêté. Mais un homme qui seroit nécessairement condamné par ces chevaliers romains qui sont si bien intentionnés pour lui, et que lui-même a traités si obligeamment, est-il aucune puissance, est-il aucune manœuvre, qui puisse le faire absoudre par les membres de ce tribunal ?

Et qu'on ne s'imagine pas que les pièces supprimées, et soustraites aux juges, aient toutes été si bien enfermées, si bien cachées, qu'avec cette exactitude dont je me pique et qu'on attend de moi, je n'ai pu rien éventer,

nomine societatis, ut verum scire possitis. Quae-
*ram.——*Un peu plus bas, je ponctue ainsi la phrase;
vos jam, me tacito, intelligetis : si illi...

je n'ai pu rien découvrir (1). Tout ce qui pouvoit être trouvé par quelque moyen, par
quelque expédient, je l'ai trouvé : on verra
que l'accusé est convaincu de preuves d'une
évidence palpable. Comme j'ai travaillé la plus
grande partie de ma vie aux causes des fermiers
publics, et que j'étudie avec soin toutes leurs
opérations, je crois qu'à force de les pratiquer
et de les fréquenter, je suis assez bien instruit de leurs usages. Ainsi, dès que j'eus découvert que les lettres adressées aux associés
de la ferme étoient supprimées, je fis attention aux années pendant lesquelles Verrès
avoit été en Sicile. Je cherchai ensuite, ce qui
étoit fort facile à trouver, quels étoient pendant ces mêmes années les chefs de la compagnie. C'est un usage, je le savois, parmi
les chefs qui tiennent les registres, que, lorsqu'ils les remettent à un nouveau chef, ils
ne sont pas fâchés d'en garder eux - mêmes
une copie. J'allai donc trouver Vibius, un des
premiers de l'ordre équestre qui se trouvoit
avoir été chef l'année même dont j'avois le

(1) L'*assequi* du latin est pris ici dans le sens
passif.

plus de besoin. Je le surpris lorsqu'il ne m'attendoit pas. Je fouillai, je cherchai par-tout où je pus. Je ne trouvai que deux mémoires envoyés à la ferme par Canuléius de la douane de Syracuse : on y voyoit un compte de plusieurs mois d'effets transportés au nom de Verrès , dont les droits n'étoient pas payés. J'y mis le scellé à l'instant. Les mémoires ne contenoient (1) pas ce que je désirois principalement de savoir par les lettres adressées à la ferme; mais ce que j'y ai trouvé , Romains, je puis le citer pour servir d'exemple. Le peu qu'il y aura dans les mémoires sera du moins évident : vous pourrez par-là juger du reste. Greffier , lisez le premier mémoire ; vous lirez ensuite le second.

On lit les mémoires de Canuléius.

Je ne vous demande pas encore, Verrès , d'où vous avez eu quatre cents amphores de miel, une si grande quantité d'étoffes de Malte, cinquante lits pour des salles à manger , un si grand nombre de candélabres : je ne vous demande pas , dis-je , d'où vous avez eu tout

(1) J'ai suivi la leçon, *nec erant haec ex eo genere.*

cela ; .

cela ; je vous demande ce que vous en vouliez faire. Je ne parle pas du miel ; mais pourquoi une si grande quantité d'étoffes (1) de
Malte ? Vouliez-vous en parer les épouses de
vos amis ? Pourquoi tant de lits ? Vouliez-
vous en orner les maisons de tous nos opu-
lens ? Vous voyez, Romains, dans ces mémoires le compte de quelques mois ; imaginez,
si vous pouvez, quels étoient ceux de trois
années entières. Je soutiens que, d'après ces
courts mémoires trouvés chez un seul chef
de la compagnie, vous pouvez conjecturer
quel brigand Verrès étoit dans sa province ;
combien sa cupidité étoit énorme, sur combien d'objets et d'objets divers elle s'étendoit ;
quelle fortune il s'est acquise, non-seulement
en argent monnoyé, mais en mille effets de
différente nature. Je vous l'expliquerai plus
clairement ailleurs ; faites maintenant cette
observation. Canuléius évalue à soixante mille
sesterces (2) les droits de vingtième que Verrès

(1) *Melitensium.* Sous-entendez *vestium.*

(2) 7500 livres. Douze cents mille sesterces ;
150,000 livres. La seconde somme est la première
multipliée par vingt.

Tome III.   G g

n'a point payés à la douane de Syracuse pour
les effets transportés , dont on vient de lire
le compte. Ainsi, en très-peu de mois, comme
l'annoncent de courts mémoires négligés et
dédaignés , les vols de Verrès tranportés d'une
seule ville montoient à un million deux cents
mille sesterces. Cette isle ayant de tous les
côtés des sorties par la mer , imaginez-vous ce
qu'il aura fait transporter des autres lieux ,
d'Agrigente , de Lilybée , de Palerme , de
Thermes , d'Halèse , de Catane , des autres
villes , et sur-tout de Messine ; Messine où il
étoit toujours tranquille et sans inquiétude ,
qu'il regardoit comme son lieu de sûreté , qu'il
avoit choisie pour y transporter tout ce qu'il
falloit garder avec le plus de soin , ou faire
passer ailleurs avec le plus de secret. Lorsque
j'eus trouvé ces mémoires , on écarta et on ca-
cha plus soigneusement les autres. Mais afin
de montrer que ce n'étoit point la passion qui
me faisoit agir, je me suis contenté de ces seuls
mémoires.

Nous allons maintenant, Verrès , revenir à
votre amî Carpinatius et aux registres de dépense et de recette de la compagnie , qui ne
pouvoient être supprimés honnêtement. Nous

examinions à Syracuse les registres de la compagnie dressés par Carpinatius , registres où
l'on reconnoissoit ceux qui , ayant remis de
l'argent à Verrès, s'étoient constitués débiteurs
de Carpinatius sous plusieurs titres. La chose
sera pour vous , Romains , plus claire que le
jour, lorsque je ferai paroître ceux qui ont
remis l'argent. Vous verrez que le tems où ils
se sont rachetés à prix d'or des persécutions
qu'on leur suscitoit, s'accorde avec les registres
de la compagnie, non-seulement pour les (1)
années, mais encore pour les mois.

Au moment que nous faisions nos recherches , et que nous étions saisis des registres ,
nous y appercevons tout-à-coup des ratures
toutes fraîches, et comme des cicatrices encore
récentes. Frappés soudain d'un soupçon , nous
jetons les yeux sur les articles que contenoient
les registres, et nous y donnons une attention
particulière. Il y avoit des sommes reçues par
un Caïus Verrutius , fils de Caïus, de façon

---

(1) Mot à mot, *pour les consuls*. Personne n'ignore
que l'on nommoit tous les ans de nouveaux consuls ,
et que l'on disoit , *sous tels consuls,* pour dire, en
telle année.

cependant que jusqu'à la seconde R du nom
les lettres subsistoient entières , et que toutes
les autres se trouvoient brouillées et en rature.
Le second article , le troisième , le quatrième ,
mille autres , étoient de même. La fraude étoit
manifeste ; rien n'étoit plus clair que cette
honteuse et criminelle falsification des registres :
nous demandons à Carpinatius quel étoit ce
Verrutius avec lequel il avoit fait des affaires
aussi considérables. Notre homme ne savoit
que dire , il s'agitoit, il rougissoit. La loi ne
permettoit pas de transporter à Rome les registres des fermiers publics ; voulant vérifier
et certifier la chose, je cite Carpinatius devant
Métellus , et je porte au tribunal les registres
de la compagnie. Aussitôt grand concours de
monde : l'association de Carpinatius avec
Verrès et leur trafic usuraire étoient connus ;
on avoit une impatience extrême de savoir ce
que pouvoient contenir les registres. Je dé-
nonce la chose à Métellus ; je lui dis que j'ai
examiné les registres de la ferme ; que, dans
plusieurs articles de ces registres , il étoit fort
question d'un Caïus Verrutius ; que , par l'examen des mois et des années , je voyois que
ce Verrutius n'avoit fait aucune affaire avec

Carpinatius, ni avant l'arrivée, ni après le départ de Verrès. Je demande à Carpinatius de
me dire quel est ce Verrutius ; est-il commerçant, négociant, agriculteur, ou pacager?
Est-il encore en Sicile ou est-il déja parti ?
Tous les citoyens romains de Syracuse s'écrient
qu'il n'y a jamais eu de Verrutius dans la
Sicile. Je le presse de me répondre, de me
dire où il étoit, qui il étoit, d'où il étoit ;
pourquoi le commis (1) de la ferme, chargé
d'en dresser les registres, s'étoit toujours
trompé au nom de Verrutius dans un certain
endroit. Je lui faisois ces questions, non pas
que je crusse pouvoir le forcer de me répondre malgré lui ; mais je voulois mettre en évidence les vols de Verrès, l'infamie de Carpinatius, l'audace de l'un et de l'autre. Je
laisse mon homme devant le tribunal, saisi
de crainte, interdit par le reproche intérieur
de son crime, muet, consterné, presque mort.
Je fais transcrire les registres dans la place
publique, en présence d'une infinité de per-

_____

(1) Latin *servus societatis*. Les fermiers publics
avoient pour commis ou pour secrétaires des esclaves
attachés à la ferme.

sonnes ; j'emploie pour cette opération les principaux citoyens romains de la ville de Syracuse ; toutes les lettres et ratures sont transcrites et copiées avec la plus parfaite exactitude. Tout a été revisé, collationné avec un soin extrême, avec une attention scrupuleuse, et scellé par des personnages de la première considération.

Carpinatius alors n'a point voulu me répondre ; vous, Verrès, répondez-moi à présent, dites-moi quel est ce Verrutius : il a tout l'air d'être de votre famille. Un homme que je trouve avoir séjourné en Sicile sous votre préture, un homme que je vois, par les affaires même qu'il a faites, avoir été fort riche ; il est impossible que vous ne l'ayez pas connu dans votre province. Mais pour ne pas laisser plus long-tems la chose dans le doute, paroissez, vous à qui j'ai remis la copie exacte et fidelle des registres, développez-la, montrez-la à découvert ; que tout le monde apperçoive, non de légers indices, mais de profondes empreintes, de la cupidité de Verrès. Voyez-vous, Romains, le Verrutius ? Voyez-vous les premières lettres entières ? Voyez-vous la dernière partie, l'extrémité du nom de

Verrès, cachée (1) et ensevelie sous la rature?
Les originaux sont tels que vous voyez la copie.
Qu'attendez-vous ? Que demandez-vous davantage ? Et vous, Verrès, pourquoi rester
assis ? Pourquoi tarder à nous répondre ? Ou
produisez-nous le Verrutius, ou convenez que
c'est vous-même.

On loue les anciens orateurs, les Crassus
et les Antonius, d'avoir su détruire d'une manière lumineuse les accusations, d'avoir su
défendre les accusés avec éloquence. Mais,
sans doute, ils l'emportoient sur les orateurs
de nos jours par le bonheur des conjonctures
autant que par le génie. Personne alors ne
prévariquoit au point de ne laisser aucun
moyen de le défendre : personne ne vivoit de
manière à déshonorer toutes les parties de sa
vie; personne n'étoit convaincu d'une faute
avec une telle évidence, qu'ayant été assez
impudent pour la commettre, il parût l'être

(1) Dans tout cet endroit, il n'est pas besoin de
faire remarquer les allusions au nom de Verrès, qui
vouloit dire en latin *porc mâle*.

encore davantage s'il la nioit. Mais ici que fera
Hortensius ? Couvrira-t-il la tache de cupidité
par le mérite d'une sage tempérance ? Mais
dans Verrès il défend le personnage le plus dé-
pravé, le plus déréglé, le plus vil débauché.
Détournera-t-il votre attention de l'infamie de
ses désordres en citant des traits de son courage ? Mais pourroit-on nommer quelqu'un
plus lâche, plus timide, dont on puisse dire
avec plus de vérité qu'il n'est homme que parmi
les femmes, que parmi les hommes ce n'est
qu'une femme dissolue ? Mais il a des mœurs
douces. Est-il quelqu'un plus insolent, plus
grossier, plus arrogant ? Mais ses vices ne font
de mal à qui que ce soit. Qui jamais fut plus
dur, plus perfide, plus cruel ? Qu'auroient pu
faire tous les Crassus et tous les Antonius pour
un tel homme et dans une cause pareille ? Tout
ce qu'ils auroient fait, Hortensius, ç'auroit été
de ne pas se charger d'une telle cause, dans la
crainte que l'impudence d'autrui ne leur fît
perdre leur réputation de pudeur. Ils se présentoient au barreau avec un esprit libre et
désintéressé : ils ne se réduisoient point à l'alternative de passer, ou pour effrontés s'ils

(473)

défendoient leurs cliens , ou pour ingrats (1)
s'ils les abandonnoient.

(1) Cicéron fait ici entendre à mots couverts qu'Hortensius avoit reçu des présens de Verrès, comme il en
avoit reçu réellement. Verrès lui avoit donné entre
autres un Sphinx d'airain d'un grand prix. Et l'on
sait à cette occasion la réponse de Cicéron à Hortensius. Celui-ci disoit à notre orateur qu'il n'entendoit pas ses énigmes. *Vous devriez cependant les*
entendre, lui répondit-il, *puisque vous avez chez*
vous le Sphinx.

Fin du troisième volume.

TABLE

Du second Volume

DE LA CONSTITUTION

DES ROMAINS.

1961

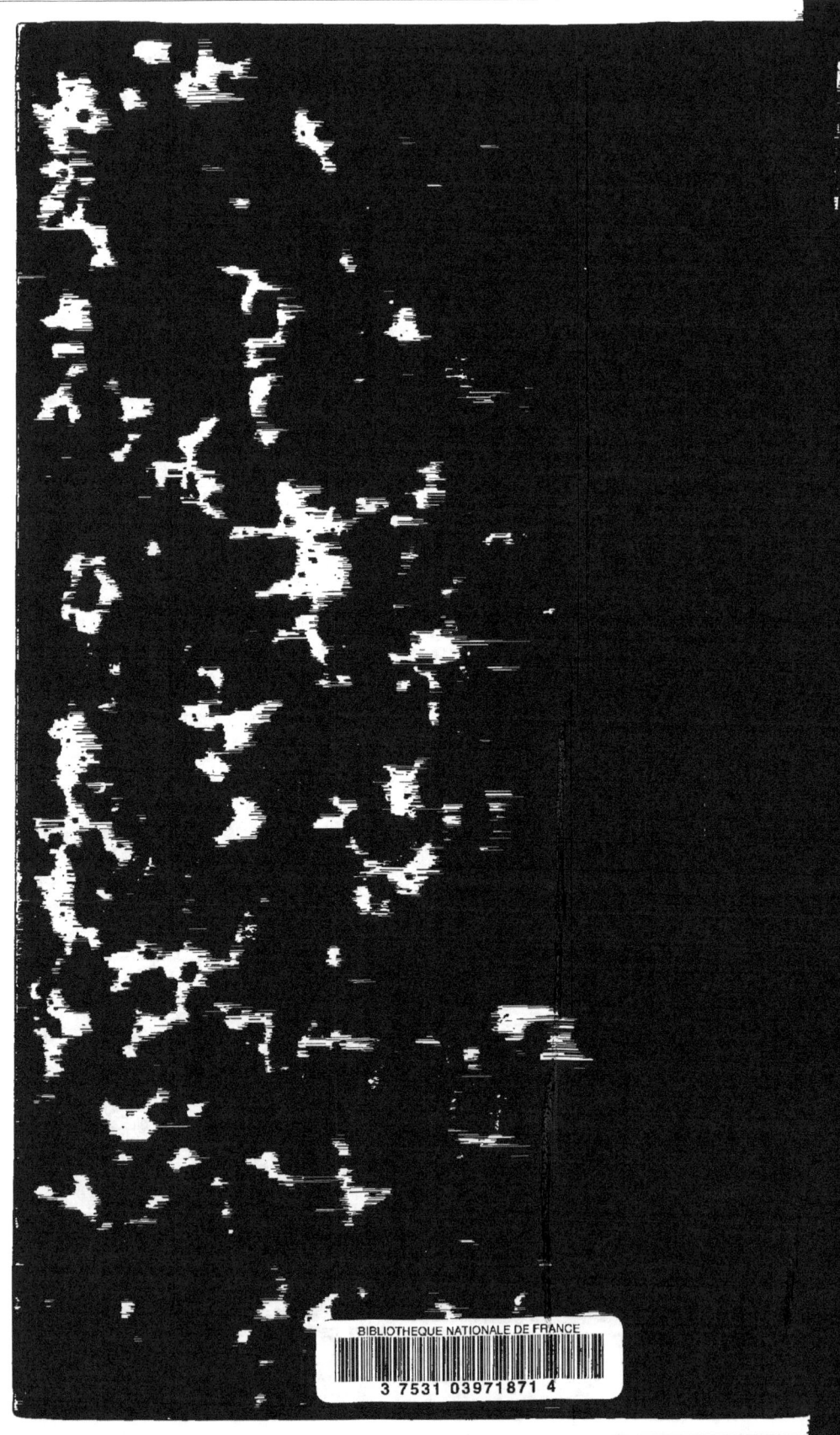